「詩人宣稱如果我們踏入年輕時曾住過的房子或者花園，我們會重新抓住那個時候的自我。但這是最最危險的朝聖之旅，因為結局失敗與成功的機會一樣高。尋找特定的地點，倒不如伴隨歲月的更迭，自我向內探索。」

「他人生命裡的未知要素就跟自然一樣，科學家的每一樣新發現都只是減少了它的未知要素，而非全然抹除。」

——普魯斯特，《追憶逝水年華》

〈導讀序〉

一場小說的華麗冒險

楊照

《時間裡的癡人》是一場小說的華麗冒險。

華麗，因為作者珍妮佛・伊根（Jennifer Egan）打定主意要讓書中的每一章，有不一樣的寫法。不一樣的角色、不一樣的觀點、不一樣的敘事手法、不一樣的節奏、不一樣的情緒。令人驚訝的，她基本上成功做到了。最讓人驚豔，最容易引起注意的，當然是書中的第十二章，從頭到尾用PowerPoint的形式呈現。應該不曾在別的地方出現過這樣精巧細緻的PPT小說吧！或許有人試過用PPT來寫小說，但恐怕很難寫得像叫做「出現很棒停頓的搖滾歌曲」這一篇那麼成熟、那麼成功吧！

首先，這裡使用PPT有充分的理由，因為那是一個平常就熱中於玩各種PPT表現的小女孩的自我表達。其次，PPT在這裡不只是一個形式上的噱頭，而是精確提供了讓那些文字可以被更有意思地安排的架構。換句話說，同樣的內容，如果搬回平常的字行、段落排法的話，立刻就失去了那種力量。第三，PPT形式巧妙呼應了故事裡的一項主題——「停頓」，和原有的小說敘述相比，PPT剛好也是一種充滿了「停頓」，只講大綱，省略許多說明的文本。文字的「停頓」與搖滾樂曲的「停頓」相映成趣。事實上，藏在這兩種「停頓」背後，還有敘事者（或者該說PPT製造者）愛麗森。布萊克他們一家在情感結構上的幽微斷裂與「停頓」。

也就是說，進行小說技巧上的大膽試驗時，珍妮佛・伊根抱持的卻是一種絕非遊戲的鄭重態度。那是面對小說這門藝術時的鄭重。她不是要發明別人沒寫過的手法，她要的，是透過不一樣的手法，表達因為這種手法存在才能被表達出來，甚至被創造出來的人間情感。

這種態度貫串了小說中的每一章。表面上看起來平凡無奇的第四章「狩獵觀光行」，講述「盧」帶著比他年輕二十歲的小女朋友，和兒子女兒，一起到非洲「狩獵觀光」，中間經歷的事。不過在表面客觀的敘述中，悄悄地加入了小女朋友明蒂的主觀評論，用她從人類學研究中學來，並自行衍生擴張的裝模作樣理論（pseudo-theory），分析、解釋這趟旅程。旅程的描述與旅程的第二序解析，巧妙無縫地並存並進著，構成了完全不炫耀、更不影響閱讀流暢度的「後設小說」。

還不只如此。這章小說進行了超過一半，突然天外飛來一段插話：「雷姆西狩獵觀光之旅的成員得到一則可以講上一輩子的故事。還促使某些團員在許多年後利用臉書和Google來尋找其他成員……」之前完全沒有任何預示，敘述飛跳到三十五年後，講述這些成員的重逢遭遇。接著，下一段敘述又飛跳回三十五年前的非洲。這種跳躍到了這章小說快結束時，以讓讀者目瞪口呆的方式密集出現。我們被帶著一下子跳到四年後、幾周後、二十年後，以及二十年後的三十年，還有十八年後發生的一場死亡悲劇。

珍妮佛．伊根不讓我們安住在閱讀的假設裡。假設我們只是要知道那年在雷姆西到底發生了甚麼事，假設明蒂就是二十三歲的美麗研究生，查莉就是十四歲的小女孩，羅夫就是年紀更小的弟弟。我們理所當然將小說視爲人生、時間的切片，切出這塊來供我們仔細凝視。珍妮佛．伊根卻以戲劇性的手段打破了這樣的心態，把時間帶進來，正因爲我們沒做好準備，時間的殘酷格外令人驚心。

《時間裡的癡人》裡，也有全無小說奇技淫巧的篇章，但那絕不代表這樣的篇章就比較平庸。像是第六章「基本要素」，從頭到尾是單一的第一人稱。小說第一句：「事情是這樣開始的……」敘述者史考提在雜誌上意外知道了，年少時一起玩樂團的班尼，現在竟然是當紅的唱片製作人了，他決定寫信給班尼，決定去拜訪班尼。小說結束在史考提從班尼的辦公室裡出來，將班尼給他的名片轉送了在街頭無家可歸的一對顯然是玩音樂的男女，然後回到自己的公寓。就這樣。

但藏在這樣單純的一件事底下，卻是史考提特殊的思考與感受方式。他說：「我決定不去想班尼。在『想某人』與『想著自己不要再想某人』之間只有細細的界線，但是我有耐心也有自制力，可以在這條細線上走個數小時，如有必要，數天都可以。」爲了要去見班尼，他去紐約東河釣了一尾銀花魚帶去當禮物。而且他將才剛送洗過，還沒有從洗衣店的塑膠套裡拿出來的夾克，再送去洗一次，惹得洗衣店櫃台小姐差點抓狂。他的理由很簡單——「因此我敢說啊，今早我穿去見班尼的夾克是乾淨衣裳。」

我們認識了一個有點怪，卻又奇特讓我們能夠理解、不會陌生不會抗拒的人。我們從來沒遇到過，卻很樂於遇到的人。因而等到小說最後一章「純淨語言」中，史考提再度出現，我們就能完全信任地接受，他就是那個可以在滿街都是「手指族」的時代，保留、甚至創造「純淨語言」的人。

《時間裡的癡人》書中最華麗的設計，是各章之間、各個角色的互相連結。用長篇小說的標準，用長篇小說的閱讀經驗來衡量《時間裡的癡人》，那小說有太多沒有說明、沒有交代的空隙了。若是換從短篇小說集的角度來看待呢？那麼《時間裡的癡人》又提供了太多令人無法安然錯過，無法不動念追究的各章之間互串連結了。

這正是珍妮佛．伊根的巨大成就。讓讀者勤勞些，自己去連連看這個人和那個人、這段情節和那段情節吧！不保證你想連的，一定都連得到連得上，不過只要你開始連，那麼保證你一定會在連連看的過程中，或理所當然或意料之外地找到許多原本閱讀中忽略的感受與意義，連的線頭愈多愈雜，閱讀的收穫就愈多。

要能達到這樣介於長篇與短篇之間，刺激讀者投入並保證回收的閱讀效果，談何容易。所以是一場冒險，一場其實成功機率很低很低的冒險。珍妮佛．伊根竟然就從自己惹來的母獅子嘴下，活著回來。

時間裡的癡人

A

第一章 失物

事情發生在拉西摩飯店的洗手間，一開始，跟以前沒兩樣，莎夏正在對鏡調整她的黃色眼影，瞥見洗手檯旁的地板上有個皮包，顯然屬於那個隔著緊閉的廁所門、排尿聲依然模糊可聞的女士。皮包開口邊緣，隱約可見一個淡綠色皮夾。現在回想，莎夏馬上明白是那位如廁女士對人們的愚蠢輕信激怒了她：我們所在的這個城市啊，你只要給人半點機會，他們會連你的皮都剝了，妳把東西丟在一眼就看到的地方，以爲妳出來時，它還在啊？這讓莎夏興起教訓那女人的欲望，卻掩飾了一直隱藏在她深處的另一種感覺：那個質地柔軟、脹鼓鼓的皮夾，簡直是自動送上門來——任由它原封不動，豈不乏味、平淡，還不如抓住機會、接受挑戰、冒險一試、而後兔脫、拋卻謹愼、與危險共舞，拿走那個鬼東西。

（她的治療師柯茲說「我瞭解」。）

「妳是說偷。」

他一直想要莎夏說出「偷」這個字，比起她去年幹來的一大堆東西，皮夾這玩意，比較難以迴避「偷」的事實。根據柯茲的說法，去年，她的「狀況」急速惡化，共計順手牽羊了四副鑰匙、十四副太陽眼鏡、條紋狀兒童圍巾一條、望遠鏡、起司刨絲器、折刀、二十八塊香皀，以及八十五支筆，有簽現金卡帳單的便宜原子筆，也有網路上要價兩百六十美元的茄紅色美斯康帝（Visconti）鋼筆，那是她趁前老闆的律師簽約時順手摸走的。莎夏不再偷商店，冰冷、無生命力的商品不再引誘她。她只偷有主之物。

「是啦，」她說：「我偷走它。」

莎夏與柯茲將她的感覺取名爲「個人挑戰」——譬如，莎夏拿走皮夾是爲了證明自己的強硬與個體性。他們該努力的是反轉莎夏的想法，讓不拿走皮夾成爲她的挑戰。這是可能的療方，雖然柯茲從來不用「治療」一詞。他的毛衣有霉臭味，隨便莎夏喊他柯茲，他的莫測高深完全是老派風格，莎夏無法判別他是不是同性戀、是否出版過著名的書，是不是越獄犯（她有時真懷疑如此）冒充外科醫師，然後把開刀器具留在病人腦殼裡。當然，這些問題她只要上網google，不到一分鐘就能得到答案。不過它們是有用的問題（根據柯茲的說法），所以，莎夏至今還在抗拒此念頭。

她現在躺的辦公室沙發是非常柔軟的藍色皮椅，柯茲曾說他非常喜歡這張椅子，因爲它免除了眼神接觸的壓力。「你不喜歡眼神接觸？」莎夏問。心理治療師說這種話，有點奇怪。

「我覺得眼神接觸很累人，」他說：「現在這樣子，我們愛看哪裡就看哪裡。」

「你看哪裡？」

他笑了：「妳看得出我的選擇有限。」

「病人躺沙發時，你通常看哪裡？」

「看房間，」柯茲說：「看天花板。看空氣。」

「你曾在治療時睡著嗎？」

「沒。」

莎夏通常瞧面街的窗子，今晚細雨在窗上潑了水紋，她繼續陳述自己的故事。她瞄了瞄皮夾，皮料細膩，飽滿似桃子。她抽起皮夾塞進自己的小皮包，在尿尿聲結束前，緊緊拉上皮包拉鍊。推開廁所門，飄飄穿越大廳，走向酒吧。她跟皮夾主人完全沒照面。

皮夾事件前，莎夏的這個夜晚瀕臨悲慘完蛋：遜砲級約會對象（又一個）躲在黑色瀏海後默思，眼神不時飄向平面電視，顯然看紐約噴射機隊比賽，勝過聆聽莎夏自己都覺得過度誇張的前老闆班尼．薩拉查的故事，除了他是廢材唱片公司創辦人、名人一枚外，莎夏還恰好知道他會在咖啡裡撒金箔（她懷疑是壯陽用），朝腋下噴殺蟲劑。

皮夾事件後，場面突然充滿刺激歡樂的可能性。當莎夏拎著增添了祕密重量的皮包，側身滑回座位時，她能感覺侍者在瞄她。她坐下，啜了一口「瘋狂甜瓜馬丁尼」①，歪著頭瞧艾列克斯。露出她的「要／不要」笑容，說：「哈囉。」

「要／不要」笑容驚人有效。

「妳看起來很開心，」艾列克斯說。

「我一向開心，」莎夏說：「只是有時忘了。」

莎夏上廁所時，艾列克斯已經結帳——明顯暗示他打算提前結束約會。現在他仔細端詳莎夏，說：「妳想上別的地方嗎？」

他們起身。艾列克斯穿黑色燈芯絨褲子配白色全扣式襯衫。他是律師助理。電郵裡，他充滿想像力，近乎「耍寶」，面對面，他焦慮又乏味。莎夏看得出他身材保持得不錯，不是健身房練出來的，而是還年輕，依然保有高中、大學時代運動訓練的遺跡。莎夏，三十五歲，已經過了那種階段。但是就連柯茲也不知道她的確切年齡。別人猜測她的年紀，最接近的答案是三十一歲，多數人認爲她二十來歲。她每天健身，避免曝曬。她潑在網上的個人資料全是二十八歲。

當她跟著艾列克斯步出酒吧區，忍不住拉開皮包拉鍊，摸一下綠色胖皮夾，只爲體驗心臟收縮的滋味。

「妳知道偷竊給妳的感覺，」柯茲說：「好到讓妳一再回味，藉此改善情緒。但是妳想過對方的感受嗎？」

她轉頭瞧柯茲。她偶爾得這樣做，提醒柯茲她不是白癡，她知道這個問題有標準答案。她跟柯茲是夥伴關係，共同撰寫一則結局早已註定的故事：她將治癒。她不會再竊取有主之物，她將重新關注以往引導她生活的那些事物：音樂；她剛到紐約時建立的朋友網絡；以及她寫在一大張新聞紙、貼在舊公寓牆壁上的人生目標：

發掘一支樂團，擔任他們的經紀人

搞懂新聞是怎麼回事

學日文

練豎琴

莎夏回答：「我不在乎別人。」

「這不代表妳缺乏同理心，」柯茲說：「妳知道的，水電工那件事。」

莎夏嘆氣。一個月前，她跟柯茲說了水電工的事，此後，每次心理諮商，他都想辦法提上一遍。那個老水電工是房東叫來檢查莎夏樓下鄰居的漏水。他現身莎夏的門口，頭上數撮白髮，然後——砰——不到一分鐘，他就躺到地上，爬進浴缸下方，像一頭動物鑽進自己熟悉的洞穴。摸索浴缸後面水閥的手指髒得像雪茄屁股，因爲伸長手臂，襯衫往上拉，露出柔軟的白背。老人的卑微讓莎夏吃驚，她轉過身，急著回去做她手頭上的事，只是水電工在跟她說話，問她洗澡有多頻繁，一次洗多久。她倨傲回答：「我從來不用這個澡缸，都在健身房淋浴。」他點點頭，沒注意她的輕慢，顯然習慣了。莎夏的鼻子開始微刺；她閉上眼，緊壓兩邊太陽穴。

張開眼，她看見水電工的工具腰帶就放在她腳邊的地板。裡面有一支漂亮的螺絲起子，皮腰帶陳舊，亮橘色的螺絲起子把手則閃亮如棒棒糖，銀色鑽頭精雕細琢，熠熠生輝。莎夏感覺她被一股單純的欲望拉向那把螺絲起子；她非握住它不可，一分鐘也好。她彎下腰，無聲拔出皮腰帶裡的起子。沒一聲叮噹；她的瘦削雙手幹什麼都像抽筋，卻擅長此道——每次順手牽羊，一拿起東西，她就忍不住想，這雙手天生該幹這個。螺絲起子一握入手中，她馬上如釋重負，背脊柔軟的老人趴在浴缸下摸索的景象，不再讓她痛苦，這感覺比如釋重負還好：幾乎是受上帝賜福的冷漠——她剛剛居然會爲這種事心痛，簡直難解。

莎夏跟柯茲提到這件事時，他問：「他走了之後呢？妳又覺得那把螺絲起子如何？」

短暫靜默，她回答：「普普通通。」

「眞的。不再特別？」

「不過就是螺絲起子。」

莎夏聽見柯茲在她背後挪動身體，房間的氣氛改變了：那支她放在贓物桌（最近她才補充了第二張桌子）上、後來幾乎沒再瞧上一眼的螺絲起子，似乎懸在柯茲辦公室空氣裡。在他們之間浮游：一個象徵。

「妳可憐那個老水電工，」柯茲說：「拿了他的東西，感覺如何？」

感覺如何？**她感覺如何**？這問題當然有「正確」答案。有時莎夏忍不住想說謊，只為剝奪柯茲的樂子。

「爛，」她說：「可以嗎？我感覺很爛。狗屎，為了看你，我都快破產了——我當然知道這種人生不是一級棒。」

柯茲不只一次想把水電工與莎夏的爸爸連結，莎夏六歲時，老爸消失於人海。她小心避免沉溺於水電工與她老爸的連結。「我不記得我爸爸，」莎夏告訴柯茲：「沒什麼好說的。」這是保護自己也是保護柯茲，他們正共同創作一則關於贖罪、重新開始、第二次機會的故事。朝她老爸那個方向走，只有哀傷，沒別的。

莎夏與艾列克斯穿越拉西摩飯店大廳，要往街上去。莎夏夾緊掛在肩頭的皮包，溫熱的皮夾像顆球蜷伏在她的腋下。他們行經大玻璃門旁嫩芽初綻的樹枝，正要踏上街頭，一個女人斜切了過來，「等一下，」她說：「妳有沒有瞧見——我完了。」

恐懼砰地襲擊莎夏。她馬上知道這是皮夾主人——雖然不像莎夏想像中的滿頭黑髮、漫不經心的模樣。這女人有一雙怯怯的棕色眼睛，平底尖頭鞋大聲喀喀敲在大理石地面。棕色鬈髮夾雜許多銀絲。

莎夏抓住艾列克斯的臂膀，拉他朝門走。她察覺肢體接觸讓艾列克斯脈搏加快，但是他不動，說：

「有沒有瞧見什麼？」

「有人偷了我的皮夾。裡面有身分證，明天一早，我就得搭飛機。我完蛋了！」她哀求瞪視兩人。紐約人早就學會遮掩這種赤裸裸的需求，莎夏畏縮了。她壓根沒想到這女人來自外地。

「妳報警了嗎？」艾列克斯問。

「櫃檯說他會報警。不過我也在想是不是從皮包裡掉出來，掉到別處了？」她無助望著三人腳下的大理石地板。莎夏稍稍鬆了一口氣。顯然這女人是那種會在無意間叨煩別人的人；此刻她跟著艾列克斯前往服務台，一舉一動都籠罩在歉意裡。莎夏跟在後面。

她聽見艾列克斯問：「有人協助這位女士嗎？」

櫃檯人員很年輕，衝天髮型。他擺出防衛姿態：「我們已經報警了。」

艾列克斯轉頭問那女人：「在哪兒掉的？」

「應該是在女廁所。」

「有其他人在嗎？」

「沒有。」

「廁所是空的？」

「可能有人，但是我沒瞧見她。」

艾列克斯轉身問莎夏：「妳剛剛去廁所。有瞧見什麼人嗎？」

莎夏勉強回答：「沒有。」她的皮包裡有贊安諾（Xanax）②，可是這會兒不能打開皮包。就算已經拉上拉鍊，她還是擔心裡面的皮夾隨時會以她無法控制的方式曝現在眾人眼前，恐懼連串而至：被捕、羞恥、潦倒、死亡。

艾列克斯轉頭跟櫃檯說：「爲什麼是由我來問這些問題，而不是你？這人在你們飯店剛剛被搶。你們難道沒有保全之類的嗎？」

「搶劫」、「保全」此類字眼終於戳破拉西摩飯店的安逸脈動，事實上，紐約這類飯店均是如此。大廳掀起了小小漣漪。

「我已經叫保全了，」櫃檯轉轉脖子：「我再打一次。」

莎夏瞄瞄艾列克斯。他很憤怒，露出先前一小時無謂漫談（實情是多數時候都是她在講話）並未顯現的鮮明特質——他是紐約新客，出身較小的城市。他想告訴大家「人與人該如何相處」。

兩名保全現身，跟電視裡的沒兩樣：身材壯碩，不知怎的，卻讓人覺得他們的謹愼禮貌與他們想要敲破別人腦袋的欲望絕對相關。他們分散開來搜索酒吧。莎夏眞巴不得她沒拿那個皮夾，彷彿她勉強抗拒了偷竊的衝動。

她跟艾列克斯說：「我去查查女廁。」經過電梯時，還強迫自己放慢步伐。廁所沒人。莎夏打開皮包，拿出皮夾，撈出贊安諾藥瓶，打開，扔一顆到嘴裡。用嚼的，藥效比較快。一股腐蝕味瀰漫她的嘴巴，她掃描廁所，該把皮夾丟在哪裡：廁所間裡？水槽下？抉擇，讓她軟癱。她不能出錯，才能全身而退，如果可以，如果她能——她突然超想對柯茲許下承諾。

廁所門打開，那女人走了進來。狂亂的眼光與莎夏那雙同樣抓狂的綠色狹長眼睛在鏡子裡相逢。短暫的凝結，那瞬間，莎夏知道自己被抓個正著；那女人知道，一開始就知道。莎夏把皮夾遞給她。從那女人錯愕的表情，莎夏發現她猜錯了。

「對不起，」莎夏連忙說：「這是我的一種病。」

女人打開皮夾。如釋重負的表情像股暖流，急速衝過莎夏的身體，兩人彷彿合爲一體。「一樣都沒少，我發誓，」她說：「我根本沒打開。這是我的毛病，我有在看醫生。我只是──拜託別說出去。我這是繫於妳的一念之間。」

女人抬頭，溫柔的棕色雙眼端詳莎夏的臉龐。她看到什麼？莎夏真希望能夠轉身，再次瞧瞧鏡中的自己，或許，某個她已經失去的東西終將顯露。但是她沒轉身。她靜止不動，讓那女人看。莎夏驚訝發現那女人跟她年紀差不多，搞不好已經有小孩了。

「好吧，」那女人低垂雙眼：「這事就妳我知道。」

「謝謝妳，」莎夏說：「謝謝妳，謝謝妳。」如釋重負加上贊安諾帶來的第一波暖流讓她爲之暈眩，她靠著牆壁。查覺那女子急著離開。她也只想軟癱到地板上。

敲門聲傳來，一個男人說：「找到了嗎？」

莎夏與艾列克斯離開飯店，踏入荒涼又風大的翠貝佳三角區。她提議在拉西摩飯店碰面，純粹出於習慣；它靠近廢材唱片公司，莎夏在那裡工作了十二年，擔任班尼的助理。她討厭少了世貿中心的翠貝佳夜晚，以往它總是燈火閃亮如高速公路，讓她充滿希望。她厭倦艾列克斯了。僅僅二十分鐘，他們便由共同經歷某事—建立起—有意義連結的—渴欲狀態，墜入彼此—知之甚深—而導致的—魅力盡失狀態。艾列克斯戴著一頂蓋住額頭的針織帽子，睫毛長而黑。他終於開口：「眞是怪事。」

「對啊，」莎夏停頓了一下，說：「你是說找到皮夾的事？」

「整件事。但是呢，」他轉身問莎夏：「皮夾是掉在瞧不見的地方嗎？」

「躺在角落的地板上，有點被盆栽遮住。」這番謊話讓莎夏原本已被贊安諾安撫的額頭冒出了小汗珠。她有點想說，**其實，廁所沒盆栽**，不過忍住了。

「簡直就像是故意的，」艾列克斯說：「想要引人注目之類的。」

「她看起來不像。」

「很難說。我在紐約市學會一件事：他媽的，你永遠看不清人們。他們還不只是兩面人，是多重人格。」

雖然莎夏努力制止自己，還是被他的健忘激得脫口說：「她不是紐約人。你記得嗎？她要去搭飛機。」

「說的也是，」艾列克斯說。他停下腳步，在昏暗的人行道上歪著頭瞧莎夏。他說：「但是妳知道我的意思吧？關於人？」

「我知道，」莎夏小心翼翼回答：「我還以爲你已經習慣了。」

「我眞希望到別處去。」

好一會兒，莎夏才明白他的意思。她說：「除此，別無他處。」

艾列克斯轉頭看她，表情驚愕。然後他微笑了。莎夏回以笑臉，不是那種「要／不要」的微笑，而是心有靈犀一點通的那種微笑。

艾列克斯說：「胡扯。」

他們搭計程車，然後爬四層樓進入莎夏位於下東城區的無電梯公寓。她住這兒六年了。屋裡有芳香蠟燭的味道，沙發床套著絲絨罩單，一大堆枕頭，彩色電視機雖老舊，畫質卻不錯，窗台擺著她旅行帶回來的紀念品：一個白色貝殼、一對紅色骰子、一小罐中國的虎標萬金油（早就乾得有如橡膠），還有一盆她定時澆水的小盆景。

「瞧瞧這個，」艾列克斯說：「廚房裡有浴缸耶！我聽說過——我的意思是我讀過，但是不確定現在還有這種東西。淋浴設備是最近才裝的吧？這就是廚房有浴缸的那種公寓，對不對？」

「沒錯，」莎夏說：「但是我幾乎沒用過。我都在健身房淋浴。」

浴缸上面覆蓋著大小剛好的木板，莎夏用來放碗盤的。艾列克斯摸著浴缸邊緣，檢查爪子模樣的浴缸腳。莎夏點起蠟燭，從廚櫃拿出一瓶格拉巴酒，倒滿兩個小酒杯。

「我喜歡這個地方，」艾列克斯說：「感覺像老紐約。大家都聽說過這樣的公寓，但妳是怎麼找到的？」

莎夏靠著浴缸，與他並肩，小啜一口格拉巴酒。味道像贊安諾。她回想艾列克斯的網頁個資，他到底幾歲？應該是二十八，不過他看起來不到二十八，搞不好還年輕許多。她用艾列克斯必定會有的眼光環顧自己的公寓——淡淡的在地色彩，但是這個印象馬上就會褪色，跟初抵紐約的其他冒險混成一團。一年或兩年後，當艾列克斯努力整理模糊的回憶，她只會倏地閃現其中：**那棟有浴缸的房子是在哪裡啊？那女人又是誰啊？**想到這裡，莎夏不免心頭一緊。

他丟下浴缸去探索公寓其他地方。廚房的這邊通往莎夏的臥房。另一頭是面街的起居室兼書房與辦公空間，有兩張套了布墊的椅子跟一張書桌，這是她做兼差事務的地方，譬如替她欣賞的團做宣傳，或者替《*Vibe*》、《*Spin*》雜誌寫短樂評，不過，近年這類工作已經大減。其實，六年前，這間公寓看起來是她往上爬的過站，現在則顯得根深柢固，累積東西與重量，讓她深陷其中，慶幸自己能住在這裡——好像不是她沒能力搬離這兒，而是不願意。

艾列克斯傾身觀察她的窗台小收藏。他注視羅勃（莎夏的朋友，大學時溺水死了）的照片，沒說什麼。他沒注意莎夏堆滿贓物的桌子：鋼筆、望遠鏡、鑰匙、小孩的圍巾——那是在星巴克，一個媽媽牽著小女兒的手，小女孩脖子上的圍巾掉到地上，莎夏撿起，沒歸還。那時，莎夏已經在看柯茲，所以她知道衝上腦海的各式理由都是藉口：冬天快過去了；小孩一下子就大了；小孩討厭圍巾；她們已經走出店門，來不及還了；我不好意思還；我大可以說我並沒瞧見它是從誰身上掉下來的——真的，我剛剛才瞧見：**你看，圍巾耶！鮮黃色配粉紅條紋的小朋友圍巾——眞是的，誰的啊？讓我撿起來，暫時保管一下下……**回家後，她手洗這條圍巾，整齊摺好。這是她最喜歡的東西之一。

「這些是什麼？」艾列克斯問。

現在他看見那張桌子了，瞪著那堆東西。它簡直像小河狸的傑作：看似無可辨認，卻絕非胡亂堆砌。對莎夏而言，這堆東西因爲承載了太多的羞恥、僥倖、小勝利，以及純粹亢奮狂喜的片刻，幾乎顫巍巍了。這是她壓縮過的數年生命。螺絲起子放在最外邊。看到艾列克斯仔細端詳每樣東西，莎夏忍不住靠過去。

「妳跟艾列克斯並肩站在偷來的東西前，有什麼感覺？」柯茲問。

莎夏轉頭面向藍色沙發，因爲雙頰發紅，她討厭這樣。她不想跟柯茲解釋她與艾列克斯並肩站在那裡的複雜感受：注視這些東西，她極爲驕傲，不告而取的羞愧更襯托了這股感覺的溫柔。她冒了極大風險，這些是成果：這就是她粗鄙又扭曲的生活核心。看著艾列克斯的眼神上下端詳，莎夏的內心一陣激動。她從後面抱住他，艾列克斯轉身，吃驚卻很配合。她深吻他，拉開他的褲拉鍊，踢掉自己的靴子。艾列克斯想帶領她到另一個房間，可以躺在沙發床上，但是莎夏跪倒桌旁，拉他趴下，波斯地毯搔刺她的背部，街燈灑進窗戶，照亮他充滿飢渴與希望的臉龐，還有赤裸雪白的大腿。

之後，他們在地毯上躺了許久。蠟燭開始濺油。莎夏瞧見枝梗伸張的盆景剪影投射在她頭頂上方的窗戶。她的興奮已經退去，只留下可厭的哀傷，以及近乎粗暴的空洞感，彷彿被掏空了。她蹣跚起身，希望艾列克斯早早閃人。他還穿著襯衫。

「妳知道我想做什麼嗎？」他站起身說：「在妳的浴缸洗個澡。」

莎夏悶悶地回答：「可以。那浴缸可以用。水電工剛弄過。」

她拉起牛仔褲，頹倒在椅子上。艾列克斯走向浴缸，小心翼翼拿起木板上的碗盤，掀起木板。水龍頭隆隆注水，莎夏用過幾次這個浴缸，總是吃驚它水量好猛。

艾列克斯的黑色長褲皺皺地堆在莎夏腳邊的地板。四方形的皮夾磨破燈芯絨褲子的後口袋，大概常穿這條褲子，而皮夾總放在那個位置。莎夏回頭瞧，他正彎身試水溫，水氣蒸騰。然後他轉身回到桌前，靠近端詳那堆東西，好像尋找某個特定之物。莎夏望著他，盼望再度感受先前的那種興奮顫抖，但是它一去不回。

「我能拿這個放水裡嗎？」他拿起一排浴鹽，那是莎夏從最要好的朋友麗姿那兒摸來的，幾年前的事，那時她們還沒絕交。浴鹽仍裹在圓點包裝紙裡，深埋在贓物最中間，抽拿出來後，整堆東西微微塌陷了。艾列克斯是怎麼瞧見它的？

莎夏有點遲疑。她跟柯茲曾長篇討論她如何截然二分贓物與自己的生活：使用它們，代表了貪婪或者純粹私利；放著不碰，代表有一天她還是可能物歸原主；堆成一疊，是防止它們魅力流失。

「我想，」莎夏說：「應該可以。」她自覺在她與柯茲共同撰寫的故事裡，她踏出了一步，還是象徵性的一步。只是步向快樂結局，還是正好相反？

她感覺艾列克斯的手在她的後腦撫摸她的頭髮。他問：「妳喜歡洗澡水很熱，還是溫溫就好。」

「燙，」她說：「我喜歡很燙，很燙。」

「我也是。」他回到浴缸旁，扭轉龍頭，灑點浴鹽，屋裡馬上水氣蒸騰，瀰漫莎夏非常熟悉的木頭味：那是麗姿的浴室味道，當年，她跟麗姿去中央公園跑步後，常在她的浴室沖澡。

「毛巾放哪？」艾列克斯問。

莎夏的毛巾放在浴室的籃子裡。艾列克斯拿了毛巾，關上浴室門。莎夏聽見他開始尿尿。她跪在地板，抽出他褲袋裡的皮夾，打開，突來的緊張壓力讓她的胸口有如火灼。那只是一般的黑皮夾，老舊到邊緣都磨成灰色。她迅速翻看裡面的東西：一張現金卡、工作識別證、健身房會員證。側袋裡有一張褪色照片，兩個男孩跟一個戴牙齒矯正器的女孩在海灘上瞇著眼看鏡頭。一張球隊照片，鮮黃色球衣，每顆腦袋都很小，無法分辨艾列克斯是否在其中。從這些有褶痕的照片裡，掉出一小張活頁紙，落在莎夏的膝蓋上。它看起來非常老舊，邊緣破裂了，褪色的淡藍行線。莎夏打開它，上面以粗鉛筆寫著我信仰你。莎夏僵住了，呆呆看著這四個字。它們似乎從這張破爛小紙片直衝她而來，她為艾列克斯感到難堪，因為他將這麼一片破爛獻詞放在這麼破爛的皮夾裡，接著，她為自己羞愧，因為她窺探了紙條的內容。她微微聽見水龍頭轉開的聲響，動作得快點。她以急促的機械化動作把皮夾內的東西歸位，留下那張小字條。她把皮夾塞回艾列克斯的褲袋時，彷彿還聽見自己說，我只是保留一下，我會還的，搞不好，他自己都不記得皮夾裡有這個字條。其實，我是為他好，省得別人瞧見。我會說，**嗨，這東西掉在地毯上，你的嗎？他會說，那個？從沒見過，應該是妳的，莎夏**。或許沒錯。或許好多年前人家給我的，我全忘了。

「妳呢？有放回去嗎？」柯茲問。

「沒機會。他已經從浴室出來了。」

「之後呢？他洗完澡，妳有還他嗎？或者第二次見面時？」

「他洗完澡，穿上褲子就走人了。到現在，我們都沒說上話。」

一陣沉寂，莎夏清楚感覺柯茲在她的背後，等待。她很想讓他開心，講些諸如這真是**轉捩點**；之後，凡事都不一樣了，或者，我打電話給麗姿，我們終於和好了，或者，我又開始練豎琴了，或者，我**正在改變、我正在改變、我正在改變，我已經改變了！懺悔，蛻變**——天啊，她真的想改變。每一天，每一分鐘都想。人人皆如此，不是嗎？

「拜託你，」她對柯茲說：「不要問我感想如何。」

他平靜回答：「好的。」

他們沉默而坐，這是他們最長的一次無言。莎夏瞧著窗櫺，雨滴繼續刷洗，模糊了外面的暮色燈光。她全身綳緊躺在沙發上，佔領屬於她的位置、她的窗景與牆壁，以及她每次專注時都能聽見的細微鳴響，還有屬於柯茲的看病時間：一分鐘，一分鐘，又一分鐘。

①一種混合伏特加、鳳梨汁、哈密瓜甜酒的雞尾酒。

②一種抗焦慮藥。

第二章 黃金療藥

令班尼感到丟臉的回憶那天一早便湧現了，始於晨間會議，他的資深執行製作提議砍掉「斷續」樂團（Stop / Go），這是班尼好幾年前簽的一對姊妹檔，三張片約。當時，「斷續」看起來很值得一搏；她們年輕可愛，音樂樸素生猛，朗朗上口（當時班尼形容她們是辛蒂．露波加上克莉絲．韓德①），令人喘不過氣的大貝斯聲，搭配有趣的打擊樂器（印象中好像是牛鈴）。此外，她們自己寫歌，作品不俗；幹，班尼還沒看過她們表演之前，她們在演唱會就可以賣掉一萬兩千張自製CD。只要花點時間發展出幾首有潛力的單曲，幾個聰明的市場策略，搭配一支像樣的音樂錄影帶，就可以把她們推向高峰。

但是執行製作柯蕾特現在告訴他，這對姊妹已經年近三十，稱不上剛剛踏出高中校門，尤其是其中一人已經有個九歲女兒，而且當初搭團的人都上法學院去了。她們開除了兩任製作人，第三位也遞了辭呈。專輯還是連影子都沒。

「經紀人是誰？」班尼問。

「她們的老頭。我拿到她們最新的初步混音，」柯蕾特說：「唱腔被七層堆疊的吉他蓋住了。」

就在這時，那個記憶淹沒了班尼（是「姊妹」兩字召喚出來的？②）。當時的他通宵趴踢後，晨曦中，蹲在威徹斯特的一個修道院後面。這事有二十年了吧？還是不止？他聽到一陣陣純淨，銀鈴般異樣甜蜜的歌聲飄向蒼白的天空：那是守了沉默戒律，除了彼此，不跟外人通話的修女們正在唱彌撒。班尼跪在濕草地上，草葉上的虹彩在他疲憊的眼球上跳動。直到今日，班尼仍可聽到那群修女的超凡甜蜜歌聲在他朵內深處迴盪。

他安排了跟修道院長會面——整個修道院，你只准跟她說話——帶了幾個辦公室女職員做掩護，在類似一個候見室的房間等候，院長從牆上一個方形的洞現身（它看起來就像一扇沒有玻璃的窗子），一身雪白，一塊布圈住她的臉。班尼記得她很愛笑，紅色兩頰一上揚，便牽起兩坨下垂的肉，或許是想到能將上帝唱進數百萬人家，很開心，也可能是唱片公司的藝人版權部（A and R）頭兒穿著一身紫色燈芯絨，在那裡用力推銷，很新奇。幾分鐘內，他們便敲定合作。

他都已經走到牆上的那個方洞，準備告別（回想至此，班尼忍不住往會議室的椅子一倒，知道一步接一步，結局必將到來）。院長微傾身體，歪著頭，那模樣鐵定激發了班尼的什麼東西，因爲他居然傾身越過窗台，朝院長的嘴親下去：那半秒鐘內，他感覺到院長柔軟的皮膚與纖毛，貼身才可聞到的嬰兒爽身粉味，接著，院長驚叫出聲，立即閃開。班尼連忙朝後傾，因恐懼而齜牙咧嘴，瞧見院長驚駭又受傷的臉龐。

「班尼？」柯蕾特站在錄音控制台（console）前，拿著「斷續」樂團的CD。似乎大家都在等待。「你要聽嗎？」

但是班尼正陷在二十年前的無限迴圈裡：傾身越過窗台，像那種時鐘門一打開就冒出來的瘋狂人偶，不斷、不斷、不斷朝院長啄過去。

「不要，」他呻吟道。汗濕的臉轉向河面微風不斷吹入的窗戶。六年前，廢材唱片搬進這棟翠貝佳三角區的老舊咖啡工廠，現在佔據了兩層。他沒錄成那些修女的歌聲。他從修道院返回公司，就接到留言。

「我不想，」他對柯蕾特說：「我不想聽這個混音。」他感覺自己冷顫，髒汗了。班尼一天到晚跟歌手解約，有時一星期就炒掉三個，現在，他個人的恥辱與「斷續」樂團的失敗渲染在一起，彷彿這個也該由他負責。緊跟於後的是完全相反的躁動需求，必須重訪當初這對姊妹令他興奮的地方——再次感受。他突然說：「要不，我去拜訪她們一趟吧？」

柯蕾特先是吃驚，而後懷疑，接著擔憂，要不是班尼過於慌亂，應該會覺得她的連串表情很有趣。她說：「眞的？」

「當然。就今天，等我跟孩子碰完面後。」

班尼的助理莎夏幫他端來咖啡：配奶精跟兩粒方糖。他從口袋摸索出一個紅釉小盒子，彈開巧妙的扣環，顫抖的手指捏出幾片金箔，丟入咖啡內。他讀了一本有關阿茲特克印地安人醫學的書，兩個月前開始這種養生法，據信咖啡加金箔可以確保房事方面活龍一條。班尼的目標比較基本：性衝動，因爲它似乎神奇消失了。他不確定這是何時或如何發生的：跟史蒂芬妮的離婚？爭奪克里斯朵夫的撫養權？剛剛邁入四十四歲？還是左前臂一碰就痛的圓形燒傷疤痕——拜不久前的那次災難派對之賜，派對主辦人恰恰好就是史蒂芬妮的前任老闆，現正在蹲牢房？

金箔掉在奶色咖啡的表面，瘋狂打漩渦。班尼看得入迷，認定這是金箔加咖啡具有爆炸性化合作用的明證。金箔的激烈動作常讓班尼暈頭轉向：這難道不是性慾的精確描述？有時，班尼根本不在乎沒有性慾；不會一天到晚「想幹」，其實是解脫。少了他十三歲以來就經常碰到的「舉而不堅」，這個世界無疑會更平和，但是班尼想活在這樣的世界嗎？他啜飲金箔已經彎曲沉沒的咖啡，一面瞄莎夏的胸部，那已經成爲他的試金石，測量自己的進步程度。從莎夏做實習生開始，到成爲接待，再到擔任他的助理（奇怪的，她有資格勝任主管，卻不願意，一直待在助理職位），這些年來，他一直垂涎她，她卻總有辦法不明白拒絕、不傷感情，也不惹他生氣，巧妙閃躲。現在：莎夏的乳房躲在薄薄的黃色運動衫下，班尼卻一點感覺都沒。連一丁點無害的興奮都沒。就算他想，他還舉得起來嗎？

開車去接兒子時，班尼輪流聽沉睡者樂團與死甘乃迪樂團③，這是伴隨他成長的舊金山樂團。他要聽渾渾的音色，眞正的樂手在眞正的房間彈奏眞正樂器的感覺。現在，這種音色感覺（如果還有人在玩的話）多半是透過類比訊號做出來的效果，而不是眞正錄音帶的感覺。班尼與他的同行炮製的都是這種無血無肉的效果。他孜孜不倦、狂熱工作，搞出「對」的玩意兒，不讓自己從頂峰跌落，炮製人們會喜歡、會購買、會下載成手機鈴聲（自然還有盜版）的東西，最重要的，要能取悅五年前買下他廠牌的跨國原油探勘公司。但是班尼心知肚明，他丟到市場上的東西根本就是狗屁。音色太犀利、太乾淨。問題出在精確與完美；問題出在**數位化**；細之又細的篩選，吸乾了所有渾濁音色應有的生命力。電影、攝影、音樂：全掛了。根本就是**美學大浩劫**！但是班尼知道這些話不能說。

但是對班尼來說，這些老歌的深層刺激是能引發一種迷醉狂潮，讓他回到十六歲；史考提、艾莉絲、嘉絲琳、蕾雅這些高中死黨，雖然幾十年沒見過面（除了幾年前，史考提出現在他辦公室的那一次，讓他頗感困擾），不過心裡，他多少相信如果哪個星期六他出現在馬布海花園④（現已廢棄），還是會看到他們頂著一頭綠髮，身上別著安全別針，站在排隊人群裡。

現在傑羅．畢亞法⑤的歌〈醉到無法打炮〉（Too Drunk to Fuck）狂暴推進，班尼神遊到幾年前的一次頒獎典禮，他想用「無與倫比」（incomparable）介紹某個爵士鋼琴手，卻當著兩千五百名來賓面前把她講成「無能勝任」（incompetent）。他不該用「無與倫比」——這不是他的用語，太華麗了。他跟史蒂芬妮每次練習，講到這個詞就卡住。不過「無與倫比」完全適用這位爵士鋼琴手，她不但有一頭超長的金色頭髮，還是哈佛畢業（故意說漏嘴）。班尼對她有股急切且熱愛的幻想，把她弄上床，讓她的長髮覆蓋他的肩膀與胸口。

他停在克里斯朵夫的校門口，沒切掉引擎，靜等回憶狂潮退去。開進學校，他瞧見兒子跟幾個朋友橫越操場。克里斯邊走邊跳（眞的跳），把籃球拋上半空，一跌進班尼的黃色保時捷，輕鬆表情就一絲不剩。爲什麼？難道克里斯得知那次遜斃的頒獎典禮？班尼罵自己神經病，卻超想跟還在讀小四的兒子坦白那次都是「無」字開頭的口誤。畢特醫師稱這個爲「傾吐的意圖」，勸班尼把他想告白的事全部寫下來，而不是變成兒子的負擔。班尼現在就遵旨照辦，在他前一天收到的違規停車罰單背面塗寫**無能勝任**。然後，他想起稍早的恥辱，又補上**親吻修道院院長**。

「喏，老大，」他說：「想幹點什麼？」

「不知道。」

「有特別想幹什麼嗎？」

「並沒。」

班尼無助地看窗外。幾個月以前，克里斯問他們可否蹺頭，不要每周見一次畢特醫師，那個下午改爲跟老爸「隨便幹點什麼」。此後，他們就沒再見過畢特醫師，這個決定現在讓班尼後悔萬分；「隨便幹點什麼」往往變成一下午的「散漫鬼混」，然後克里斯會宣布他要做功課，提早結束。

「去喝咖啡吧？」班尼建議。

克里斯露出一絲笑意：「我可以點星冰樂（Frappuccino）嗎？」

「別告訴你媽。」

史蒂芬妮不贊成克里斯喝咖啡——完全合理，這孩子才九歲——但是班尼無法抗拒父子聯手對抗前妻的微妙聯繫感。對此，畢特醫師有個名詞叫「背叛的連結」，跟「傾吐的意圖」一樣，都在「千萬不可」的名單上。

他們買了咖啡，回到保時捷上喝。克里斯飢渴呑飲星冰樂。班尼拿出紅釉盒子，揑起幾片金箔，從塑膠杯蓋下丟進去。

「那是什麼？」克里斯問。

班尼嚇一跳。咖啡加金箔已經變成習慣，讓他忘了要偷偷摸摸。他楞了一下子後說：「藥。」

「治什麼的？」

「我的一些症狀。」心頭卻自言自語「還是該有卻沒有之症」？

「什麼樣的症狀？」

星冰樂讓他興奮了嗎？克里斯原本癱在椅上，現在坐直身體，一雙坦誠的黑色漂亮大眼睛凝視他。

班尼說：「頭痛。」

「我可以看看嗎？」克里斯說：「那個藥？紅色東西裡的？」

班尼遞出小盒子。不到幾秒鐘，這孩子就破解了難纏的扣環，啪地掀開。「哇，爹地，」他說：「這玩意兒是什麼？」

「跟你說過了。」

「看起來像金子，金箔片。」

「它的確是一片一片的。」

「我可以吃一片嗎？」

「孩子，你不——」

「一片就好？」

班尼嘆氣：「就一片。」

這孩子小心翼翼拿出一片，放到舌頭上。班尼忍不住問：「吃起來什麼味道？」他只搭配咖啡吃，感覺不出特殊味道。

「像金屬，」克里斯說：「棒極了。可以再來一片嗎？」

班尼發動車子，「藥」這個說詞有點蠢嗎？克里斯顯然不買單。「再一片，」他說：「到此爲止。」

他的兒子捏起一大撮金箔片，放到舌頭上。班尼盡量不去想他的慘重損失。事實是，兩個月來，他已經花了八千元買金箔。古柯鹼成癮都不要花這麼多錢。

克里斯吸舔金箔，閉上雙眼。「爸，」他說：「我好像從身體深處被喚醒了。」

「有意思，」班尼說：「它的作用應該就是這樣。」

「有用嗎？」

「聽起來是。」

「對你有沒用呢？」克里斯說。

班尼跟史蒂芬妮離婚一年半來，克里斯前前後後的發問加起來都沒剛剛十分鐘那麼多。會是金箔的副作用嗎：讓人產生好奇心？

「我還是會頭痛，」班尼說。

他在克藍戴爾豪宅區轉來轉去（「隨便幹些什麼」有一大部分是開車亂逛），每戶豪宅前幾乎都有四、五個穿著勞夫羅蘭（**Ralph Lauren**）品牌的金髮孩子在玩耍。看到這些孩子，班尼就比以前更加明白他在這區根本撐不下去。他就算剛剛洗完澡，刮了鬍子，還是個膚色淡黑的邋遢鬼。但是史蒂芬妮就有本事爬升，已經成爲此地俱樂部的首席雙打成員。

「克里斯，」班尼說：「我得去看一支樂團，一對年輕姊妹花。哦，還算年輕的姊妹花。本來打算晚點再去，不過如果你有興趣，我們可以——」

「好啊。」

「眞的？」

「是啦。」

「好啊」與「是啦」這種語氣是否代表克里斯試圖取悅他，就畢特醫師的觀察，他經常如此。還是金箔導出的好奇心讓他對老爸的工作有了全新的興趣？克里斯當然是在搖滾圈中長大，不過，他是所謂的後盜版世代，對他們來說，根本沒有「版權」與「智慧財產權」這回事。當然，班尼不能怪罪兒子，那些拆解並謀殺了音樂工業的人比他的兒子足足大了一個世代，已經成人。不過，他還是記取畢特醫師的勸告，不要恫嚇（這是畢特的用語）克里斯音樂產業要崩頹了，應該專注於他與克里斯共同喜歡的音樂——譬如珍珠果醬樂團⑥，這是他們去佛農山（Mount Vernon）一路上大聲放送的音樂。

「斷續」姊妹花還是跟父母住在被濃密樹木遮掩、破舊、不規則延伸的郊區房子。二、三年前，班尼剛發掘她們時來過一次，之後，他將這對姊妹花交給第一個執行製作，後來又換了幾個製作人，都沒能開花結果。當他跟克里斯下車，上次來訪的回憶讓班尼怒氣狂湧，熱血直衝腦門——都這麼久了，爲什麼沒弄出個屁玩意兒？

莎夏已經等在門口；她接到班尼的電話就從中央車站搭火車來，居然比班尼還早到。

「哈囉，克里斯可。」⑦，莎夏說，摸摸他的頭髮。克里斯出生，莎夏就認識他了；還曾經去杜恩雷德藥妝店幫他買奶嘴跟尿片。班尼偷瞄她的乳房；什麼感覺也沒有。或者該說與性無關——相較於他氣得想殺掉其他同事，這位助理實在值得欣賞與感激。

短暫靜默。黃色陽光穿過樹葉灑下。班尼的眼光從莎夏的胸部移往臉蛋。她的顴骨很高，狹長綠色雙眼，鬈髮有時紅有時紫，視月分而定。今天是紅色。她對克里斯展開笑顏，班尼卻覺得那笑容裡隱藏一絲憂慮。班尼很少想到工作之外，莎夏也是個獨立個體，只隱約知道她的男友一個換過一個（初時，是尊重她的隱私，後來，是漠不關心），她的生活，班尼只知一二。但是看到莎夏站在尋常人家門口，班尼突然好奇心大作：他是在金字塔俱樂部看「導電樂團」（The Conduits）表演時認識她的，她還在紐約大學念書；因此，她現在快三十了吧。她幹嘛不結婚？她想要小孩嗎？莎夏突然看起來老了些，還是班尼以前都很少直視她的臉？

「怎麼？」莎夏察覺他的注視。

「沒事。」

「你還好吧？」

「比還好還好，」班尼回答，然後用力敲門。

姊妹花模樣很好——說高中剛畢業太勉強，剛踏出大學校門絕對說得過去，尤其是中間還轉校幾次，或者休學了一、二年。她們的黑髮朝後梳，眼兒晶亮，還寫了很多新歌，媽的，整整一大本——你瞧瞧！班尼對同事的怒氣更盛了，不過是讓人充滿動力的那種愉悅怒氣。姊妹花的緊張興奮攪動了整個房子；她們深知班尼的這次探訪是她們的最後也是最好的機會。香卓拉是姊姊，露易莎是妹妹，上次班尼來訪時，露易莎的女兒奧莉薇亞還在車道上騎三輪腳踏車，現在呢，穿了緊身牛仔褲，珠光寶氣的頭飾應該是趕流行，不是表演道具。班尼感覺奧莉薇亞一走進房間，克里斯的注意力全給吸了過去，宛如體內的響尾蛇被催眠，從籃子裡探頭。

他們縱列魚貫爬下狹窄的樓梯，到姊妹花的地下錄音室。這是好幾年前她們的老爸蓋的。地方很小，牆壁、地板、天花板全鋪上橘色粗毛絨呢。班尼一屁股坐到房內唯一的椅子，深表贊許地望著鍵盤樂器上的牛鈴⑧。

莎夏問他：「咖啡？」香卓拉領她上樓弄咖啡。露易莎坐到鍵盤前玩音符，彈出旋律。奧莉薇亞拿起一組邦加鼓，開始隨意搭配母親。她遞了手鈴鼓給克里斯，出乎班尼意料，他兒子居然有板有眼合拍起來。很好，他想，非常好。今天就突然如此大轉彎，意外變成美好的一日。班尼想，即將邁入青春期的女兒不成問題；她可以是最年幼的妹妹，或者表親，加入樂團，強化「小蘿莉」（tween）的角度。或許克里斯也能成為一員，雖然他跟奧莉薇亞應該交換樂器。男生搖手鈴鼓總是……。

莎夏端來他的咖啡，班尼拿出紅釉小盒子，丟進一小撮金箔。啜飲後，一股愉悅的感覺瀰漫整個軀幹，就像雪花飄滿空中。天，他感覺棒透了。他太常把幹音樂的事交給屬下。親耳聽見「做」音樂，這才是重點：人、樂器、破爛的配備，加乘起來，突然變成一個有結構的聲音，既有彈性又富生氣。姊妹花站在樂器前編排音樂，班尼突然湧上期待之情；某個好東西即將在此誕生。他確知。那感覺正撩撥他的手臂與胸膛。

「那是Pro Tools⑨，是吧？」他指著擺在樂器中的一張桌子，上面放著筆電。他問：「麥克風都接了吧？能否弄幾首來聽聽？」

姊妹花點點頭，檢查筆電；可以錄音了。香卓拉問：「要搭唱腔嗎？」

「當然。」班尼說：「統統來。轟掉媽的你們家的屋頂。」

莎夏站在班尼的右邊。這麼多人的體熱讓小房間蒸騰，她使用多年的香水（還是乳液？）從皮膚蒸散到空氣裡，聞起來像酪梨；不只是甜味，還混合了腋窩的淡淡酸味。班尼嗅著莎夏的乳液味道，突然間，他的雞雞就像被踢了一腳的老獵犬，翹了起來。他差點沒驚喜得從椅上彈起，但是他力持冷靜。別操之過急，讓它自然發生。別嚇跑了它。

姊妹花開始唱歌。哇，歌聲粗糙生猛，幾乎只剩主幹，加上樂器的互相碰撞——它超越所謂的評價或者愉悅感，扣合他體內更深層的一種感受，直接與他的身體對話，震顫與爆衝的身體反應讓他為之昏眩。這是他好幾個月來第一次勃起——因莎夏而起。這些年來，這女人一直靠得太近，以致他無法真正瞧見她，就像那些十九世紀小說，他只能偷偷讀，因為理論上，它們是女孩才喜歡的讀物。他抓起牛鈴與搥棒，開始狂熱敲擊。音樂灌注他的嘴、耳朵與肋骨——還是他自己的脈動？他覺得整個人燃燒了起來！

在強烈到幾乎要吞噬他的快樂頂點上，他憶起兩個同事不小心把他列為電郵副本收件人，他打開那封信，發現他們在背後叫他「毛球」。天啊，閱讀那封信時，羞恥感像大水淹沒他。他不確定毛球代表什麼？他毛髮旺盛？（對。）他不乾淨？（錯！）或者就是字面的意思，他就像毛球卡在同仁的喉嚨，跟史蒂芬妮的貓氣精（Sylph）一樣，偶爾會把毛球吐在地毯上？當天，班尼就跑去理髮，甚至想給背部與上手臂除毛，還是史蒂芬妮勸他不要的，那晚在床上，她的冰涼手指撫摸班尼的肩頭，說她就喜歡他毛茸茸——這個世界最不需要的就是多一個除毛男子。

音樂。班尼正在聽音樂。姊妹花全力吶喊，她們的聲音讓這個小房間險些內爆，班尼試圖找回一分鐘前的深刻滿足，「毛球」兩字卻讓他坐立難安。房間侷促到令人難過。班尼放下牛鈴，摸出口袋裡的罰單，在背面寫上「毛球」，希望滌淨這個回憶。他深呼吸，眼神飄向克里斯，他正在猛搖手鈴鼓，企圖跟上姊妹花的狂亂拍子，馬上，回憶又來了：好幾年前，他帶克里斯去理頭髮，為他剪頭多年的理髮師史都放下剪刀，拉他到一邊說：「你兒子的頭髮有問題。」

「問題！」

史都跟班尼走到克里斯的椅子旁，分開他的頭髮，瞧見小小如罌粟子的棕色東西在他的頭皮上爬來爬去。班尼快昏過去了。理髮師小聲說：「頭蝨，在學校染上的。」

「他上的可是私立小學耶，」班尼脫口說：「紐約市克藍戴爾區耶！」

克里斯因恐懼而雙眼睜得老大。「爹地，發生什麼事？」其他人在瞪視，班尼認爲這是自己的錯，都因爲他自己就有一頭狂亂的頭髮，直到今天，他每天早晨都還朝腋下噴OFF！驅蟲劑，辦公室也擺了一罐——太瘋狂！他知道！父子倆在眾人注視之下，拿著外套朝外走，滿臉通紅；天啊，到今日，他還是一想到此事就痛苦萬分，那是一種扎實的切膚之痛，回憶耙過他的身體，讓他皮開肉綻。他把頭埋進手裡，想要遮住耳朵，擋開「斷續」姊妹花的不和諧音，集中注意力在右邊的莎夏身上，那股酸甜的味道卻又勾起他另一段回憶，那時他剛到紐約，在下東城區賣唱片，幾百年前的事了，在派對上勾搭一個漂亮的金髮妞愛比，應該是叫愛比吧？勾搭過程時，他吸了好幾條古柯鹼，突然間非得出清體內的米田共不可。他在廁所撇條（懷想起來，腦袋就陣陣發疼）時，那股沖天臭氣只有「致命」可以形容，當無法上鎖的門突然打開，愛比站在門口，朝下看他。四眼交接的那一剎那，恐怖至極，又似毫無止盡；然後愛比關上門。

那晚，班尼是跟另一個女孩離開派對。天涯總是何處無芳草。他們過了很棒的一夜，讓班尼得以輕鬆假設與愛比尷尬面對面的記憶已經抹去。可是它回來了——噢，再度回來，恥辱如大浪席捲，吞噬了班尼的全部生活，捲得遠遠，包括他的功成名就與光耀時刻，全被夷爲無物——他什麼也不是——只是一個如廁男子，抬頭瞧見了他想打動的女子，而她卻一臉噁心欲吐。

班尼從椅子上起身，一腳踩到牛鈴。汗水刺痛他的眼睛。他的頭髮銁到粗毛絨呢的天花板。

莎夏吃驚問：「你還好吧？」

「抱歉，」班尼喘氣，擦掉額頭上的汗：「對不起。對不起。對不起。」

回到樓上，他站在前門，大口呼吸新鮮空氣。「斷續」姊妹花跟女兒包圍他，為錄音室通風不良頻頻道歉，她們的老爸一直沒能搞定這件事。她們故作活潑地說，好多次在錄音室工作，差點沒昏倒。

「我們可以哼給你聽，」然後齊聲哼唱，包括奧莉薇亞。她們站得離班尼不遠，臉上掛著顫巍巍的絕望笑容。一隻灰色貓呈大八字盤住班尼的腳脛，瘦巴巴的腦袋癡迷磨蹭。回到車上，班尼還真是如釋重負。

他開車載莎夏回城，當然得先送克里斯回家。他的兒子在後座弓著身體，面對著敞開的車窗。看來，班尼設想的歡樂下午全盤砸鍋了。他努力控制自己不去瞧莎夏的胸部，讓自己冷靜，恢復平衡，才能面對這個考驗。終於，等紅燈時，他以不經意的態度朝莎夏的方向打量，一開始，並未聚焦乳房，然後刻意凝視。什麼也沒發生。失落感痛擊他，嚴重到他必須全力壓制自己的身體，才不至於哀號出聲。他得而復失，得而復失！去哪裡了？

「爹地，綠燈了。」克里斯說。

班尼繼續開車，勉強問兒子：「喏，老大，你覺得如何？」

克里斯沒回答。可能假裝沒聽見，也可能是撲到他臉上的風太大聲。班尼轉頭問莎夏：「妳的看法呢？」

「噢，」莎夏說：「爛透了。」

班尼吃驚眨眼。怒氣突生，幾秒鐘後就消失了，只剩下詭異的輕鬆感。一點沒錯。她們爛斃了。這正是問題所在。

莎夏繼續說：「聽不下去。難怪你心臟病要發作了。」

班尼說：「我不明白。」

「哪一點？」

「兩年前，她們聽起來……不一樣。」

莎夏狐疑地看他。「不是兩年，」她說：「五年了。」

「妳這麼有把握？」

「因爲上一次我來她們家，還是在『世界之窗』⑩開完會後。」

班尼好一會兒才想明白。「噢，」他終於說：「差幾天？」

「四天。」

「哦。我不知道。」他停頓一會，以示尊重，然後說：「儘管如此，兩年，五年——」

莎夏轉過頭瞪他，生氣了。「我這是在跟誰說話？」她問：「你是班尼．薩拉查！這是唱片界。你自己說過——這一行，五年等於五百年。」

班尼沒回答。快到他以前的住處了。他不會說這是他的「舊家」，連「住處」兩字都說不出口，雖然是他付錢買的沒錯。他以前的住處遠離街弄，位於草坡上，亮眼的白色殖民時代風格建築，漂亮到每次他掏出鑰匙打開前門都覺得敬畏。班尼把車子停在路邊，關掉引擎。他沒勇氣開上車道。

克里斯從後座探頭，插在班尼與莎夏之間。班尼不確定克里斯的腦袋在那裡多久了。克里斯說：「爹地，我想你需要吃點那個藥。」

「好主意，」班尼說。他開始摸索口袋，但是紅釉小盒子不見了。

「喏，我幫你拿了，」莎夏說：「你從錄音室出來時掉了。」

莎夏幫忙的範圍越來越大，尋找他找四處亂放的東西——有時，班尼都還沒發現它們不見了。他對莎夏的依賴本來就近乎「入魔」，現在更厲害。他說：「謝謝妳，莎夏。」

他打開盒子。天啊，金箔多麼閃亮。簡單一句，金子不會失去光澤。五年後，這些金箔依然會像現在熠熠生輝。

他問兒子：「該學你一樣擺幾片在舌頭上嗎？」

「對啊。我也要幾片。」

「莎夏，你要試一點這個藥嗎？」班尼問。

「哦，好啊，」她說：「效用是什麼？」

「解決妳的問題，」班尼說：「我是說頭痛。這不代表妳會頭痛。」

「從來不會，」莎夏說，依然掛著那個謹慎笑容。

他們各拿一小撮金箔，放在舌頭上。班尼盡量不去想他們嘴巴裡的玩意兒共值多少錢。他專注於滋味：是金屬味？還只是他認爲應該如此？咖啡味？還是方才的殘餘味道？他緊緊捲起舌頭，慢慢吸吮其中的汁液；應該是酸味。苦。甜？這些味道都對，但都只維持了一、二秒，最後，班尼判定它的味道像某種礦物，石頭。甚至泥土。接著，金箔融化了。

「爹地，我該閃了，」克里斯說。班尼讓他下車，緊緊擁抱。跟往常一樣，克里斯在他的懷抱裡僵直直的，是享受還是忍受，班尼始終搞不清楚。

他往後退，凝視兒子。他跟史蒂芬妮一度喜愛磨蹭親吻的小貝貝，現在變成如此神祕痛苦的人物。班尼差點要說，別跟你老媽提那個藥，渴望在克里斯進屋前，還能迅速再建立一次親密的聯結。他遲疑了，在腦海裡精算畢特醫師教他的事情：他眞的認爲克里斯會跟史蒂芬妮說金箔的事？不會。警報響起：那麼，這是背叛的連結。班尼閉上嘴。

他回到車上，並未發動車子。他看著克里斯爬上起伏的草坪，朝他以前的房子前進。草地亮綠。巨大的背包幾乎壓垮了克里斯。裡面都裝些什麼鬼啊？專業攝影師的背包都還沒他的大。克里斯越靠近房子，形影就越模糊，還是班尼的眼睛有了淚水？目睹兒子進入家門，對班尼來說，是折磨人的漫長旅程。他很擔心莎夏會開口說些他是個好孩子，今天玩得很愉快之類的話，迫使他必須回頭看她。但是莎夏太懂事；她知道一切。她跟班尼一起默默坐在車上，注視克里斯爬上鮮亮茂盛的草坪，打開前門，沒回頭，直接進去。

一直到穿過亨利．赫德遜公路，進入西城高速公路，直駛下曼哈頓區前，他們都沒講話。班尼播放一些何許人樂團、丑角樂團⑪的早年作品，都是他還不足齡參加演唱會前常聽的東西。他又放了佛利伯樂團、變種樂團、護眼樂團⑫，全是七〇年代灣區的樂團，當年，他們如果沒在練自己的爛團「燃燒的假陽具」（Flaming Dildos），就會跑去馬布海花園，隨著上述團體的歌聲大跳碰撞舞⑬。他感覺莎夏在注意他，思索要不要跟她表白自己的迷惑——他痛恨自己奉獻了一輩子的音樂行業。他開始就歌論歌，辯證自己的音樂選擇——從派蒂·史密斯不合規則的詩詞寫作（她爲什麼放棄了？）到黑旗樂團、馬戲團小丑這類金剛硬蕊龐克，再到對另類音樂豎白旗⑭，做出巨大的折衷讓步，而後便一直沉淪、沉淪、沉淪，淪落到製作那些他還得去拜託電台加入輪播單的爛單曲，都是一些徒有空殼、沒有生命的東西，冰冷如切過微藍暮色的辦公大樓方形霓虹燈。

「不可思議，」莎夏說：「就是這麼空空如也。」

班尼大驚，回頭看她。她有可能聽見他那番針對音樂的怒吼與慘澹結論嗎？但是莎夏在眺望鬧區，班尼順著她的眼神看，瞧見原先世貿雙子星大樓所在的空地。「你知道，那裡應該放點東西，」莎夏沒看班尼，繼續說：「讓它成爲一種迴響，或者勾勒當年的輪廓。」

班尼嘆氣：「他們會的，」他說：「等他們吵完後。」

「我知道，」莎夏繼續朝南望，彷彿心中有件事無法解決。班尼大大鬆了一口氣，因爲莎夏並不明白他剛剛的思緒。他還記得九〇年代時，他的入門導師盧·克林曾說，搖滾在蒙特婁流行音樂祭⑮已達顚峰。盧說這句話時，人在自家的洛杉磯豪宅，庭園裡有噴泉瀑布，還有一向環繞他的美眉，以及停在豪宅前庭的汽車收藏。班尼注視偶像那張知名的臉，心想，你沒搞頭了。人人皆知緬懷就是死路。盧在三個月前病逝了，之前，他已經中風癱瘓。

等紅燈時，班尼想起那張字條。他拿出罰單，繼續完成。

莎夏問：「你幹嘛一直塗寫那張罰單啊？」班尼遞給她。半秒鐘後，才驚覺自己非常、非常不想讓別人看到這張東西。令他大驚的是莎夏開始大聲朗誦：

「親吻修道院院長，無能勝任，毛球，罌粟子，馬桶上。」

班尼痛苦聆聽，好像這些字眼可能啓動災難。但是一聽到莎夏沙啞的聲音，痛苦的感覺馬上中和了。

「不賴，」她說：「這些是歌名吧？」

「當然，」班尼說：「妳能再念一次嗎？」莎夏照辦，現在，聽起來果然像歌名。他感覺自己滌清了，平靜了。

「我最喜歡『親吻修道院院長』，」莎夏說：「一定得想辦法用上。」

他們停在莎夏位於佛賽夫街的公寓外。街頭昏暗又荒涼。班尼眞希望她能住到較好的地方。莎夏拿起她隨身必帶的黑皮包，它就像個形狀無以名之的許願池，過去十二年來，她總能從中抓出班尼所需要的檔案夾、電話號碼、小紙條。班尼抓住她纖細蒼白的手。「我說啊，」班尼說：「莎夏，妳聽我說啊。」

莎夏抬起頭。班尼其實一點色慾都沒——根本沒勃起。他對莎夏的感情是愛，是安全感，是親近。就像當年他對史蒂芬妮的感情一樣，直到他令她一次又一次失望，她再也控制不住憤怒。「我爲妳癡狂，莎夏，」他說：「癡狂。」

莎夏溫和斥責：「別這樣，班尼，別來這個。」

他緊握住莎夏的一隻手。她的手指微顫又冰涼。她的另一隻手已經在開車門。

「等一下，」班尼說：「拜託。」

莎夏轉身，臉色轉爲陰沉。「不可能的，」她說：「我們彼此需要。」

黯淡光線下，他們四目凝視。莎夏骨架纖細的臉龐有著淡淡的雀斑——那還是一張女孩的臉，雖然不知何時，在他毫不注意下，莎夏早就不是女孩了。

莎夏傾過身，親吻班尼的臉頰：這是貞潔的吻，兄妹的吻，母子的吻，但是班尼能感覺她的柔軟肌膚，呼吸的溫暖起伏。然後她跨出車子。隔著車窗朝他揮手，喃喃了幾句，班尼沒聽見。他側身橫過旁座，臉蛋緊貼車窗，緊瞪她，她再說一遍。班尼還是沒聽見。當他忙著開車門，莎夏又說了一次，這次用特別慢的速度默聲說出：

「明，天，見。」

---

①辛蒂．露波（Cyndi Lauper）：美國MTV時代初期的暢銷流行歌手，當時，與瑪丹娜齊名。克莉絲．韓德（Chrissie Hynde），美國搖滾＋龐克＋新浪潮樂團「僞裝者」（The Pretenders）的團長，兼主唱、主吉他、詞曲創作。

②姊妹（sister）也做修女解，這個回憶跟某個修道院有關。

③沉睡者（Sleepers），舊金山最早的龐克樂團，被視爲最早推進「後龐克」（pos-punk）樂風的先鋒之一。死甘乃迪（Dead Kennedys），美國著名的政治基進硬蕊龐克（hardcore Punk）樂團。

④馬布海花園（Mabuhay Gardens）是舊金山著名表演的表演場，七〇與八〇年代初期，是當地的龐克樂團與新浪潮（new wave）樂團的聖地，也是龐克樂團全國巡演時的重要一站。

⑤ 傑羅・畢亞法（Jello Biafra），死甘乃迪樂團主唱。
⑥ 珍珠果醬（Pearl Jam），九〇年代美國最紅的搖滾樂團之一。
⑦ 此處原用西班牙文Hiya, Crisco。
⑧ 這是作者的行內諷刺，七〇年代的搖滾樂團大量使用牛鈴這項打擊樂器，幾近氾濫。
⑨ 一種數位聲音處理平台，常用在音樂剪接與製作上。
⑩ 「世界之窗」（Window on the World）是世貿大樓北塔頂層（１０６與１０７樓）的一個複合式中心，包括餐廳、酒吧，以及供私人使用的小房間。
⑪ 何許人樂團（The Who），成立於一九六四年的英國搖滾團體，屬於六〇年代英倫侵襲運動（British Invasion）的一支，以破壞性極強的舞台表演聞名，影響了無數後進團體，在一九九〇年奉入搖滾名人堂。丑角樂團（The Iggy & the Stooges, 1967-1974）有時又名Stooges，美國密西根州合唱團，雖然崛起於龐克時代，卻被視爲有眞正樂器演奏能力的團體，對後來的另類搖滾、重金屬搖滾都有極大影響力，二〇一〇年奉入搖滾名人堂。
⑫ 佛利伯（Flipper）是成立於一九七九年的舊金山灣區龐克樂團，由早期的沉睡者（Sleepers）跟逆潮（Negative Trends）團員組成，分分合合，九〇年代中期解散，二〇〇五年復合。變種樂團（The Mutants）是舊金山龐克與新浪潮樂圈的重要團體，表演極富戲劇性，使用各式道具、投影，甚至喜劇材料，七〇與八〇年代間是舊金山最受歡迎的龐克樂團，也被視爲是「藝術龐克」（Art Punk）的先鋒。護眼（Eye Protection）是七〇年代的灣區龐克樂隊十新浪潮樂團，後來部分成員改組爲較具知名度的巫毒音牆（Wall of Voodoo）。
⑬ 碰撞舞（slam-dance）興起於七〇年代的龐克浪潮，搖滾區（pit或者mosh pit）區的觀眾上下跳動（pogo），互相撞擊身體，較爲激烈的表現有時會包括雙手甩風車、從台上跳入觀眾群（stage dive），是mosh碰撞舞的前身。
⑭ 派蒂・史密斯（Patti Smith）是美國女詩人、詞曲創作者、歌手，作品以融合詩作與音樂聞名，一九七五年的首張專輯《群馬》（Horses）對龐克運動影響甚深，被譽爲「龐克教母」，二〇〇一年奉入搖滾名人堂。黑旗樂團（Black Flag）成立於一九七六年，美國加州的硬蕊龐克樂團，率先將重金屬元素融入硬蕊龐克樂裡，後期還擁抱自由爵士（free jazz）、碎拍舞曲（breakbeat）與當代古典樂，但是他們堅守龐克的ＤＩＹ精神還是頗受後

輩推崇。馬戲團小丑（Circle Jerks）是最早的黑旗樂團成員基斯・莫里斯（Keith Morris）脫團後，在一九八〇年另組的硬蕊龐克團，數度解散、復合，歷經團員變更。

此處，班尼是在回顧自己的音樂歷程，從最早崇拜龐克先鋒派蒂・史密斯，再到浸淫硬蕊龐克，而後轉向另類音樂，到最後炮製毫無情感與內涵的歌曲。

龐克搖滾是在一九七四年崛起於美國、英國、澳洲的音樂運動，它反對過度強調技術、大排場的藝術搖滾，主張只要學會基本三和弦就可以組團，並以ＤＩＹ精神對抗音樂工業的商業建制，許多團體自己錄音、壓片，在演唱會現場販售。音樂表現上其實是回歸搖滾的基本面——基礎三和弦、簡單的旋律；有異於傳統搖滾的是它速度快、音色剛硬、主題經常爲反建制。

龐克搖滾的全盛時期只維持三年，承續此一精神的是八〇年代初期演化出來的硬蕊龐克，它非常類似龐克搖滾，只是速度更快、分貝更大，音色更剛硬、反覆樂句（riff）部分簡單不複雜、曲子更短、唱腔經常是吶喊。主要分佈在美國洛杉磯、舊金山、華盛頓等地區。班尼所謂的「金剛硬蕊」（jock hardcore）並不是音樂分類，而是指黑旗、馬戲團小丑這類硬蕊龐克團，團員都非常魁梧，像沉迷重量訓練的運動員。

另類音樂（alternative）則是一個廣泛的標籤，用來形容八〇年代中期到九〇年代中期、後龐克時代各類有異於主流音樂美學品味的樂風，通常是在獨立唱片公司旗下，透過獨立發行網運作。樂風則各種形態都有可能。

⑮ Monterey Pop是蒙特婁國際流行音樂祭（Monterey International Pop Music Festival）的簡稱，一九六七年六月十六日起連續舉行三天，估計約有九萬觀眾，許多大歌手都是在那次音樂祭初次登上全國性大舞台，包括吉米・漢醉克斯（Jimi Hendrix），何許人樂團、珍妮絲・賈普林（Janis Joplin）與奧提斯・瑞汀（Otis Redding）等，也標示出加州是當時反文化（counter-culture）的重鎮，萌發了所謂一九六七年的「愛之夏」（summer of love），並爲後來的大型音樂祭如胡士托（Woodstock）設下範例。

第三章　妳以爲我在乎啊

深夜，沒地方可混時，我們就去艾莉絲家。史考提開敞篷小貨車，我們兩個跟他擠前座，大聲播放盜版的行刑者、修女與逆潮樂團①，另外兩個坐在一年到頭都冷得要命的敞篷貨車廂，攀到山丘頂時，就整個被拋入眞正的空氣裡。儘管如此，如果是班尼跟我，我就希望能坐到後面，在冷風中緊靠他的肩膀，顛簸時，還能抱住他一、二秒。

第一次去艾莉絲位於海崖的家，她指著隱藏在大霧裡的尤加利樹叢後面的山丘，說她以前就在那裡念書：一個純女校，她的妹妹們也在那兒上學。從幼稚園到小六，制服是綠色格子無袖罩裙，棕色鞋子，之後換藍色裙子搭白色水手服，鞋子顏色隨意。史考提說，我們能瞧瞧嗎？艾莉絲說，我的制服？史考提就說啦，不，是妳提到的妹妹們。

她帶我們上樓，史考提、班尼跟在她後面。他們都對艾莉絲著迷，班尼是愛到入骨。艾莉絲呢，愛的當然是史考提。

班尼脫掉鞋子，我瞧見他的棕色腳後跟陷入白棉花糖色的地毯，超厚的地毯遮蓋了每一個腳步聲。我跟嘉絲琳走在最後面。她緊靠我，在她的低語裡，我聞到櫻桃口香糖的味道，用來掩蓋我們抽過的幾萬根臭菸，倒是沒聞到稍早我們偷喝的琴酒，那是我老爸的祕藏，我們把它倒在可樂罐，就可以當街喝。

嘉絲琳說啦，蕾雅，你等著瞧。她們一定是金髮，她的妹妹。

我就說啦，根據什麼？

嘉絲琳說啦，有錢人家的小孩都是金髮。跟維他命有關。

相信我，我不會把嘉絲琳的話奉爲課本。她認識的人，我都認識。

臥房只點了一盞粉紅色夜燈，十分黑暗。我站在門口，班尼也沒進去，那三個人在兩張床之間擠來擠去。艾莉絲的兩個小妹妹側身而睡，被子緊緊塞在肩頭下。其中一個像艾莉絲，淡金色鬈髮，另外一個跟嘉絲琳一樣，黑髮。我很擔心她們會醒來，突然看見我們這群脖子上掛了狗鍊、穿著撕爛的T恤、衣服還夾了安全別針的人，會嚇壞了。我們不該在這裡，史考提不該要求，艾莉絲也不該答應，問題是，她對史考提有求必應。我心裡想：我要躺上其中一張床，睡上一場。

離開房間前，我對嘉絲琳低語，哼哼，黑髮。

她低聲回應，異類唄。

謝謝天，一九八〇年就快降臨。嬉皮老了，嗑了太多迷幻藥，腦袋爆漿，現在只能在舊金山各個街角乞討。他們長髮糾結，腳底板活像皮鞋底，又厚又灰。看了就噁心。

上學時，只要有空，我們都在搖滾區會合②。其實它稱不上搖滾區；只是操場上方一小條鋪過的路。我們從去年已畢業的「搖滾區幫」繼承了這個地盤，不過如果有其他混這區的人已經在那裡，我就會緊張，譬如每天換一件不同顏色Danskin上衣的泰坦，或者眞的在房間衣櫥種植精育無籽大麻的韋恩，還有自從全家去上埃哈德課程③後見人就擁抱的大聲公。我如果沒瞧見嘉絲琳，就會有點忐忑該不該一個人進去，嘉絲琳也一樣。我們是彼此的替身。

天氣暖和時，史考提會在那兒彈吉他。不是「燃燒的假陽具」表演時的那把電吉他，而是放在膝蓋上彈的鋼弦吉他，握法不同。那把吉他幾乎全部自製：他自己曲木、裝合、上蟲膠漆。每當史考提彈吉他，人人圍觀，無法抗拒。有一次，學校的足球二軍整隊人馬從操場爬上來，聽史考提彈吉他，運動衫配紅色長筒襪，臉上一副搞不清楚自己爲何在此的模樣。史考提就像磁鐵。這是我對他的評語，而我還一點都不愛他。

「燃燒的假陽具」換過許多團名：螃蟹（Crabs）、大屌（Croks）、束縛（Crimps）、吱嘎（Crunch）、嘎吱（Scrunch）、笨貨（Gwaks）、唾沫（Gobs）、燃燒的蜘蛛（Flaming Spiders）、黑寡婦（Black Widows）。史考提與班尼每換一次團名，史考提就在他的吉他盒與班尼的貝斯盒上噴黑漆，再爲新團名做模版，噴上去。我們不知道團名的決定過程如何，因爲這兩人幾乎不講話，卻凡事都是相同立場，或許透過心電感應。嘉絲琳跟我撰寫所有歌詞，跟他們一起寫曲。練團時一起合唱，但是我們不喜歡登台。艾莉絲也一樣，這是我們跟她的唯一共同點。

班尼去年才從達利市的高中轉校過來。我們不知道他住哪裡，有時就去克萊蒙特街，到他打工的左輪槍唱片行找他。如果艾莉絲跟著來，班尼就會休息，一起到隔壁的中國麵包店分享一個豬堡包，瞧著霧氣從窗戶滾過。班尼膚色淡棕，眼睛漂亮，硬梆梆的衝天龐克頭，黑亮如處女膠唱片④。通常他的眼光停駐在艾莉絲身上，因此我可以盡情瞧他。

從搖滾區往下走，就是西班牙裔幫鬼混的地方，黑色皮夾克、喀喀響的皮鞋，以及用幾近隱形的髮網壓住的黑色頭髮。有時，他們會跟班尼說西班牙語，班尼笑而不答。我就問嘉絲琳說啦，他們為什麼總是跟他說西班牙語？她瞪我瞧說啦，蕾雅，班尼是個拉美佬啊。不是很明顯嗎？

我脹紅臉，說啦，胡扯，他梳龐克頭，而且他們根本不是朋友。

嘉絲琳說啦，不是西班牙裔的就得做朋友。然後她說，好消息是有錢女孩不會跟西班牙裔男孩出去。一句——話，他永遠追不上艾莉絲。

嘉絲琳知道我在等班尼。班尼等的是艾莉絲，而艾莉絲在等史考提，史考提等的則是嘉絲琳，大約是他們認識最久，她讓史考提很有安全感。因為史考提雖然像磁鐵一般吸引人，一頭染成金色的頭髮，以及每逢太陽露臉就喜歡拿出來秀的六塊肌，母親卻在三年前服安眠藥自殺。從此，史考提變得沉默，冷天時哆嗦不停，好像有人猛力搖他。

嘉絲琳接受史考提的愛，但是並未愛上他。她等的是盧，一個她攔搭便車時遇上的熟男。盧住在洛杉磯，他說下次到舊金山會打電話給她。已經幾星期過去了。

沒人等我。在這則故事裡，我是沒人等待的女孩。通常這種女孩很胖，我的問題比較罕見，是雀斑：我看起來像被人扔了滿臉泥巴。小時，媽媽說我的雀斑很特別。感謝老天，我長大存夠錢就可以除斑。在這之前，我會繼續戴狗鍊、染綠色頭髮，因為當我一頭綠髮，誰會叫我「那個滿臉雀斑的女孩」？

嘉絲琳留黑色薄髮，看起來永遠溼漉漉，那十二個耳洞是我用耳環尖勾替她扎的，沒用冰敷。她有一張混血中國人的漂亮臉蛋。哦，天壤之別。

嘉絲琳跟我四年級起就形影不離：跳房子、跳繩、避邪手鍊、尋寶、玩超級大間諜（Harriet the Spying）、歃血爲盟、打惡作劇電話、吸大麻、嗑古柯鹼、吃安眠酮。她看過我老爸在我家屋外的樹籬大吐特吐的模樣，而我們一起逛波克街時，我也看到那個在白燕子酒吧外面跟男孩擁抱的皮衣男子就是號稱「出差去了」的嘉絲琳老爸，當時，他還沒搬離家。直到現在。我都不敢相信我錯過她認識盧的那一天。她正準備攔便車從鬧區回家，他的紅色賓士車靠邊停下，載她去他在舊金山的公寓。每次出差，他就住這裡。他旋開正衛（Right Guard）體香劑瓶底，掉出一包古柯鹼，把古柯鹼放在嘉絲琳光溜溜的屁股上，切成幾條來吸，然後他們全套幹了兩次，還不包括嘉絲琳給他口交的次數。我逼嘉絲琳一遍又一遍交代所有細節，直到我知道的跟她一樣多，這樣，算扯平了。

盧是音樂製作人，眞的認識比爾·葛罕姆⑤。他家的牆上掛滿金唱片與白金唱片，還有上千把電吉他。

「燃燒的假陽具」每周六在史考提家的車庫練團。當我跟嘉絲琳抵達時，艾莉絲已經搞定繼父買給她的錄音機，還配了麥克風。她是那種喜歡搞機器的女孩，班尼又多了一項愛她的理由。接著我們固定搭配的鼓手喬伊也到了，他老爸開客貨兩用車載他來，然後在車上閱讀二次大戰的書，等他練團結束。喬伊幾乎每個科目都在上大學預修課，已經向哈佛大學遞出申請，他老爸大概不想冒險。

我們住在日落大道區，轉頭就能瞧見海，住家色彩繽紛如復活節彩蛋。但是只要史考提拉下車庫門，我們就突然集體變成憤青。班尼的貝斯對生命發出揶揄，緊接著，我們齊聲吶喊，唱〈寵物搖滾〉、〈你自己想吧〉、〈把酷愛遞給我〉這些歌曲，但是當我們在車庫吶喊，你大可說我們唱的歌詞是：**幹幹幹幹幹幹幹**。偶爾學校樂隊或管樂團小鬼會來拍打車庫門，想來搭團試試（都是班尼邀來的），而當史考提一拉開車庫門，我們就怒目注視彷彿正在對我們搖頭的爆亮白日。

今天共有一個薩克斯風手、一個班鳩琴手，跟一個低音號手來面試。但是薩克斯風手與班鳩手一上台，就活像亂流，低音號手呢，一聽到我們演奏，就遮住她的雙耳。練團快結束時，有人來敲門，史考提拉起車庫門，是一個身穿AC／DC樂團⑥T恤、滿臉青春痘、塊頭超大的男孩，拿著小提琴盒。他說要找班尼·薩拉查。

嘉絲琳、艾莉絲跟我錯愕互視，那瞬間，好像我們三人是朋友，艾莉絲也算一份。

「嘿，老兄，」班尼說：「來得正好。各位，這是馬帝。」

儘管滿面笑容，馬帝那張臉就是無藥可救。不過我擔心他對我有相同看法，所以我沒有回報笑容。馬帝給小提琴插電，我們開始練我們最好的一首作品〈搞啥屁？〉

妳說妳是仙女般的公主，
妳說妳是顆流星，
妳說我們要去波拉波拉島，
瞧瞧我們現在在什麼鳥地方……

波拉波拉島是艾莉絲的點子——我們連聽都沒聽過。當大家一起大聲合唱（什麼鳥？什麼鳥？什麼鳥？什麼鳥？），我注意到班尼閉目聆聽，龐克頭髮像頭上長出百萬根天線。歌曲結束時，他睜開眼睛，微笑說啦：「我希望妳有錄到，小艾。」艾莉絲馬上倒帶播放，確定錄進去了。

艾莉絲把所有帶子剪輯成一卷精華輯，班尼跟史考提就一家家拜訪夜店，希望有人給我們表演機會。我們最想去的當然是馬布，就是百老匯街的馬布海花園，龐克樂團都在那裡表演。史考提在卡車裡等，班尼去對付夜店的粗魯混蛋。我們對史考提得特別小心。五年級時，他老媽第一次跑掉，他在家門口的草地坐了一整天，瞪著太陽看。拒絕上學，也不進屋內。他老爸陪他一起坐，想法遮住他的眼睛。放學後，嘉絲琳也來陪他坐。現在，史考提的眼睛看東西永遠有灰點。他說他喜歡——確切說法是：「我認為它改進了我的視力。」我們認為這讓他聯想到他母親。

每周六晚練完團後，我們就去馬布。在那裡聽過罪行、復仇者、細菌⑦，以及上兆個其他樂團表演。那裡的酒吧貴死了，大家先偷喝我老爸的私藏酒才去。嘉絲琳酒量比我好，得多喝幾杯才會醺醺然，酒精的刺激上來後，她會大口深呼吸，好像她的本色終於顯現了。

在畫滿塗鴉的馬布廁所裡，我們偷聽談話：雷基．史利普⑧表演時從台上摔下來，目標影像公司（Target Video）的喬．李思⑨打算拍一部以龐克搖滾為主題的電影，常在馬布看到的那對姊妹因為海洛因癮，開始賣肉了。諸此種種，讓我們覺得似乎更靠近了這個圈子一步，又不完全是。何時，純粹搞帥的龐克會被認可是真正的龐克？誰來決定？怎樣才知道？

表演時，我們就擠在台前跳碰撞舞，又推又打，倒在地上，再被人拉起來。一直跳到我們的汗珠和真正龐克的汗水混合，我們的肌膚貼上他們的肌膚。班尼比較不會這樣。我想他真的是去聽音樂。

我注意到一件事：龐克樂手沒人滿臉雀斑。沒有雀斑龐克這回事。

一晚嘉絲琳接到電話，是盧，他說啦：哈囉，美女。他連著好幾個白天打電話找她，都是鈴鈴鈴沒人接。嘉絲琳跟我複述這件事時，我就問說啦，他幹嘛不晚上打？

那個周六練團結束後，她去找盧，沒跟我們一起。我們混完馬布，回去艾莉絲家。現在，我們已經把它當做自己的家：坐在暖氣管上吃她老媽用玻璃杯裝的自製優格，躺在起居室的沙發，襪子都沒脫就翹在扶手上。一晚，她老媽還做熱巧克力，放在金托盤上端到起居室請我們喝。她的眼睛大而疲憊，脖上青筋暴現。嘉絲琳在我耳邊說，有錢人喜歡招待客人，才有機會炫耀他們的好東西。

今晚，嘉絲琳不在，我問艾莉絲是否還保留她許久以前提過的那些制服。她面露驚奇，說，哦，有啊。

我跟在她身後，踩著毛茸茸的樓梯上去她的房間，之前，我都沒見過這房間，比她雙胞胎妹妹的房間小一點，藍色粗毛地毯，藍白斜線交錯的壁紙。她的床堆滿絨毛玩具，全是青蛙：鮮綠、淡綠、螢光綠，有的舌頭上還黏了蒼蠅。床頭燈是青蛙造型，枕頭也是。

我就說啦，我都不知道妳迷青蛙。艾莉絲回說啦，妳怎麼可能知道？

我從未跟艾莉絲單獨相處。少了嘉絲琳，她顯得比較不和善。

她打開櫥櫃，站上椅子，拿下一個盒子，裡面裝了制服：低年級時穿的綠色格子連身裙，稍大後穿的兩件式水手服。我就說啦，妳比較喜歡哪一件？

她回說啦，都不喜歡。誰想穿制服？

我說啦，我就會。

妳是開玩笑吧？

這算什麼笑話？

就是我聽不懂，然後妳跟嘉絲琳就會嘲笑我的那一類笑話。

我突然喉嚨發乾。我說啦，我不會這樣，跟嘉絲琳一起嘲笑別人。

艾莉絲聳聳肩說啦，妳以為我在乎啊。

我們坐在地毯，制服橫在腿上。艾莉絲穿破爛的牛仔褲，臉上是快要滴下來的黑眼影，頭髮又長又金。她也不是一個眞龐克。

過一會兒，我問啦，妳父母為什麼肯讓我們進門？

他們不是我的父母，他們是我的生母與繼父。

好吧。

我猜，這樣才能盯住你們。

海崖這裡的霧號特別響亮，好像我們兩個單獨坐船穿越濃到不行的霧。我抱住膝頭，眞希望嘉絲琳也在。

我低聲說啦，他們現在就是這樣？盯著我們？

艾莉絲深吸一口氣，又吐出來。她說啦，不，他們在睡覺。

小提琴手馬帝早就高中畢業了，是舊金山州立大學二年級生，也是我、嘉絲琳、史考提（假設他的代數2能過關）明年要去上的學校。嘉絲琳跟班尼說啦，你如果把那個書獃子弄上台，麻煩就大了。班尼回說啦，到時就知道了，然後他注視手表，彷彿陷入深思，足足兩星期又四天又六小時跟他媽的不知道幾分鐘。

我們瞪著他，摸不著頭腦。然後他告訴我們：馬布的德克．德克森⑩打電話來了。嘉絲琳跟我尖叫擁抱他，這經驗對我而言有如觸電。每次擁抱，我都有新體驗：知道他的肌膚多溫暖，知道他雖然從來不脫下上衣，肌肉卻和史考提一樣結實。這一次我感覺他的心跳，透過後背，直壓我的掌心。

嘉絲琳說，還有誰知道？

史考提，當然。艾莉絲也知道。事後，我們才覺得這有點令人不爽。

我有表親住洛杉磯，所以嘉絲琳用我家的電話打給盧，帳單才不會很凸顯。她的黑色長指甲在撥號，我就離她不到兩吋遠，坐在我爸媽臥房的花色罩單上。我聽到男人的聲音回答，這才震驚發現他是眞的，不是嘉絲琳在胡掰，雖然我從未這麼想過。不過，他的回應不是哈囉，大美女，而是「我說過由我打電話給妳。」

嘉絲琳用空洞的嗓音細聲說啦，對不起。我一把搶過電話，就說啦，這算哪門子的打招呼？盧說啦，天，我這是在跟誰說話？我說蕾雅。盧用比較平靜的聲音說啦，有幸認識妳，蕾雅。現在，可以把電話交還給嘉絲琳嗎？

這一次她連電話線一起拉走。感覺都是盧在講話。一、二分鐘後，嘉絲琳對我噓說，妳得走開。走啊！

我離開爸媽的臥房，去廚房。廚房裡有一盆從天花板用鐵鍊垂掛下來的羊齒植物，它的棕色小落葉掉入水槽。窗簾是鳳梨圖案。我兩個哥哥在露台幫忙我小弟的科學作業做豆苗嫁接。我出去加入他們，陽光直戳我的眼睛。我想強迫自己直視太陽，跟史考提一樣。

過一會兒，嘉絲琳也出來了。頭髮肌膚浮散幸福的光彩。我心想，妳以爲我在乎啊。

稍後，她告訴我盧答應到馬布看「燃燒的假陽具」表演，或許還會給我們一紙合約。他說，我醜話說在前，不打包票哦。不過，我們還是會好好樂一番，妳說對不對，大美人？我們不是一向如此？

開唱那晚，我與嘉絲琳去百老匯區的梵納希餐廳跟盧碰頭，就在恩瑞可餐廳旁，有錢的觀光客坐在人行道上喝愛爾蘭咖啡，睁大眼睛對我們行注目禮。我們可以邀請艾莉絲一道的，嘉絲琳卻說啦，她父母搞不好一天到晚帶她吃梵納希。我回說啦，妳是指她的生母與繼父。

一個男人坐在角落的圓形卡座，對我們露齒而笑，那是盧。他看起來跟我爸一樣老，四十三歲。一頭茂盛金髮，還算英俊，就是偶爾某些老爸會有的那種帥氣。

這次盧可是說了，大美女，過來，伸手攬住嘉絲琳。他穿淡藍色牛仔布上衣，手環可能是銅製的。嘉絲琳繞到桌子那一頭，窩在他的手臂下。盧說，蕾雅，然後伸出另一隻手，我原本要坐到嘉絲琳旁邊，現在卻變成讓他左擁右抱。他攬著我的肩膀，就這樣，我們成了盧的妞兒們。

一星期前，我站在梵納希餐館外面看菜牌，看到蛤蜊扁麵。一整個星期我都在盤算點這道。嘉絲琳跟我選同樣的。點完菜後，盧在桌子下偷偷遞東西給她，我們溜出卡座，去女廁。那是裝滿古柯鹼的棕色小瓶、一支繫在鏈子上的迷你湯匙。嘉絲琳挖了兩匙，一鼻孔一匙。她用力吸，發出細聲，閉上雙眼。然後她又倒滿湯匙，拿給我吸。回到座位時，我的腦袋好像全是眼睛在眨啊眨，一眼就能瞧盡餐館裡的一切。看來，我們以前吸的古柯鹼不是真貨。我們坐下來，講我們聽到的新樂團佛利伯，盧則聊他曾搭過非洲火車，不會靠站停，只會緩緩駛過，讓乘客用跳的上下車。我說啦，好想去看看非洲！盧回說啦，或許我們可以一起去，我們三個，聽起來頗可行。盧又說啦，那兒山丘邊的土壤非常肥沃，是紅色的。我則說啦，我兩個哥哥在給豆苗嫁接，使用普通的棕色土。然後，嘉絲琳說啦，那裡的蚊子呢？盧說啦，我從未見過更黑的天空、更亮的月亮。然後我突然明白我邁入成年了，就在這一刻，這個晚上。

當侍者端來蛤蜊扁麵，我一口也沒吃。我們三個，只有盧在吃：一塊幾乎全生的牛排，一份凱撒沙拉，配紅酒。他是那種停不下來的人。前後共有三掛人跑來跟他打招呼，他沒介紹我們是誰。我們講講講，講到食物都涼了，盧吃飽後，我們就離開梵納希。

走在百老匯街，他一手摟一個。沿途是平日常見景象：一個戴土耳其氈帽的骯髒男子，給「卡斯巴俱樂部」拉客，脫衣舞孃懶洋洋靠在「兀鷹」跟「大艾爾」門前。搞龐克搖滾的樂手成群你推我擠，嘩笑。百老匯街上車流緩慢，乘客從車裡跟我們揮手，好似我們統統參與了一個巨大的派對。透過我的千隻眼睛，一切都不同了，我變成另一個人在觀看這一切。我暗想，等我臉上的雀斑都消失了，我未來的人生一整個就會是這樣。

馬布的門口保鏢認識盧，揮手叫我們快步穿過蛇般蜿蜒、排隊等著進場的人，他們都是來看晚點才要登場的痙攣樂團⑪與變種樂團。馬布裡面，班尼、史考提、艾莉絲正在架設器材。我跟嘉絲琳到廁所戴上狗鍊，給衣服扎上安全別針。出來時，盧已經跟團員介紹自己。班尼跟盧握手，說啦，先生，眞是榮幸。

在德克．德克森標準的嘲弄開場後，「燃燒的假陽具」上場，演唱〈草地裡的蛇〉，不但沒人跳舞，還根本沒人在聽；觀眾陸續進來，純粹是殺時間，直到他們要看的團上場爲止。以前，我跟嘉絲琳會湊在台前，今晚我們卻站在場子後方，跟盧一起背靠著牆。他點了琴通寧酒給我們。我沒法判斷「燃燒的假陽具」究竟是好還是爛，根本就聽不見，我的心臟怦得太大聲，我的千隻眼環顧場內一切。從盧的臉側肌肉判斷，他應該在咬牙。

第二首歌曲，馬帝上場了，但是他一陣緊張失控，提琴掉到地上。當他彎腰重新給提琴插電，露出股溝，原本漠不關心的觀眾現在至少有了笑罵侮辱的興趣。我根本不敢看班尼，這場演出太重要了。

當他們開始演奏〈你自己想吧〉。盧對著我耳朵大聲問，小提琴是誰的點子？

我說啦，班尼。

彈貝斯的那個？

我點點頭，盧瞪著班尼好一會兒，我則瞪著盧。盧說啦，彈得不怎麼樣。

但是他——，我企圖解釋。這全是他——

某個東西砸向舞台，好像是玻璃，它正中史考提的臉，幸好只是飲料裡的冰塊。史考提縮了一下，繼續演奏，接著，一個百威啤酒罐飛上台，正中馬帝的額頭。我跟嘉絲琳驚恐對望，正想往前走，盧拉住我們。「燃燒的假陽具」繼續演奏〈搞啥屁啊？〉，現在是垃圾飛上台，扔東西的是四個男生，戴安全別針串起的鏈子，從鼻孔連到耳垂。每隔幾秒鐘，就有飲料飛到史考提的臉上。最後他只好閉著眼睛演奏。我不知道他還能看見灰點嗎？艾莉絲企圖壓過那幾個丟垃圾的人，突然間，人們開始猛力跳碰撞舞，基本上是在幹架的那種舞。喬伊用力搥鼓，史考提扯下汗濕的T恤，朝某個丟垃圾的人揮過去，啪的一聲打到他臉上，然後再揮向另一個人的臉——啪——就像我家那些男生拿濕毛巾對打，只是用力更猛。人們瞧見他赤裸的肌肉閃亮著汗珠與啤酒，史考提磁鐵開始發揮作用。一個丟垃圾的衝上台，史考提抬起腿，靴子底紮實踢在那人胸口，那傢伙呼地飛回台下，你可以聽見觀眾的抽氣聲。史考提笑了，那是我從未見過的笑容，狼牙閃亮，現在我才發現我們當中，史考提才是最憤怒的一個。

我轉頭看嘉絲琳，她不見了。或許是我的千隻眼叫我往下看。我看見盧的手指像叉子伸入嘉絲琳的黑髮，她正跪在地上給盧口交，好像音樂是她的掩飾，沒人能看見他們。或許眞的沒人瞧見。盧的一隻手攬著我，可能因爲如此，我沒有轉身逃開，重點是，我能逃的。但是我就站在那兒，瞧盧猛壓著嘉絲琳的頭朝他那裡貼過去，一次，一次又一次，我簡直不知道她要如何呼吸，她甚至不是嘉絲琳了，像一隻動物或者不會故障的機器。我強迫自己瞪著舞台上的表演，史考提用濕T恤拍擊觀眾的眼睛，抬腿踢翻他們，盧抓緊我的肩膀，越抓越緊，轉頭對著我的脖子吐出火熱且斷續的呻吟，連音樂都遮蓋不住。他靠得如此之近。我的身體迸出一聲啜泣。眼淚奔流而下，但只是臉上的那雙眼，我另外的千隻眼睛是閉上的。

盧的公寓果眞如嘉絲琳說的，牆壁掛滿電吉他、金唱片與銀唱片。她卻忘了說公寓是在三十五樓，離馬布只有六條街，電梯牆上貼了綠色大理石片。她忘了說的東西可多了。

到了廚房，嘉絲琳把飛特斯薯片（Fritos）倒進盤裡，從冰箱拿出裝滿青蘋果的水果盆。她開始分發安眠酮，人人都有，我除外。我猜她是不敢看我。我只想問，現在又是誰在扮演女主人招待客人啊？起居室裡，艾莉絲坐在史考提旁，他穿了從盧的衣櫥撈出來的潘德頓牌（Pendleton）襯衫，蒼白顫抖，或許是被觀眾扔東西，或許是眞正明白嘉絲琳有男友了，男友不是他，永遠不會是。馬帝也來了；臉頰有割傷，眼窩一圈黑，不斷說場面夠緊張，夠緊張，也不知道是在對誰說。喬伊當然早被載回家。大家公認這次表演很成功。

盧帶著班尼，爬上螺旋狀樓梯去錄音間，我也跟著去。盧稱呼班尼爲「小鬼」，跟他解釋各種器材。房間很小，暖和，四壁都貼上尖禿狀的泡綿。盧的腿抖動不停，大聲嚼咬青蘋果，像在啃石頭。班尼探出頭，偷瞄可以俯瞰整個起居室的欄杆，想看艾莉絲一眼。我一直想哭，很擔心馬布裡的那一幕構成性交，而我摻了一角。

最後我下樓。看見起居室旁的門半掩，裡面有一張大床。我進去臉朝下趴在天鵝絨罩單上。一股辛辣的薰香味撩撥我全身。房間陰暗涼爽，兩邊床頭櫃都放了相框。我渾身發疼。幾分鐘後，有人走進來躺在我身旁，我知道是嘉絲琳。我們沒開口，只是並排躺在黑暗裡。終於我說啦，妳該告訴我的。

告訴妳什麼？我自己都不知道。接著她又說啦，要講的可多了。那一剎那，我覺得某個東西斷了。過一會兒，嘉絲琳扭開床頭燈，然後說啦，妳瞧。她手上拿著相框，照片裡，盧站在游泳池邊，被小孩團團圍住，兩個小的根本還是嬰兒。我算一算，共六個。嘉絲琳說啦，他們是盧的孩子，這個金髮女孩，大家叫她查莉，二十歲。這個跟我們同年的男孩叫羅夫。他們跟盧一起去非洲。

我貼近看。盧似乎很快樂，孩子圍繞身旁，像個尋常老爸，不敢相信現在跟我們在一起的就是這個盧。然後我注意到他的兒子羅夫。藍眼黑髮，甜蜜的燦爛笑容。我感覺肚子一陣騷動。我說啦，羅夫還蠻正點，嘉絲琳笑著回說啦，我也覺得，妳可別跟盧說。

一分鐘後，盧進了房間，繼續大聲啃另一顆蘋果。我現在明白那整盆蘋果都是爲他準備的，因爲他不停吃蘋果。我溜下床，沒跟他眼神接觸，我一踏出房間，他便關上了門。

大約花了一秒鐘，我才搞清楚起居室是個什麼狀態。史考提盤坐，正在撥彈一把狀似火焰的金色吉他。艾莉絲站在他背後，摟著他的脖子，臉蛋貼近他，頭髮垂到他的大腿上，雙眼緊閉，一臉開心。那一剎那，我忘了我是誰——只擔心班尼看到這一幕會有什麼感受。我看不到班尼的人影，只瞧見馬帝猛盯牆上的唱片，想讓自己不那麼礙眼。然後我注意到音樂聲從公寓的每一個角落流瀉出來——沙發、牆壁、甚至地板——我知道那是班尼，一個人待在錄音間裡，放音樂包圍我們。上一分鐘是〈別讓我失望〉（Don't Let Me Down），下一分鐘就是「金髮美女」的〈玻璃心〉（Heart of Glass），現在是伊吉·帕普的〈過客〉（Passenger）⑫。

我是個過客
馳啊馳
穿過城市的那一頭

我邊聽邊想，你永遠不會知道我有多了解你。

我發現馬帝遲疑地看著我，我明白其中的算盤：我是醜女孩，所以我配到馬帝。我拉開玻璃門到露台。我從未在這麼高的地方俯瞰舊金山：夜是溫和的藍黑色，彩色燈光，霧氣有如灰色煙霾。長長的碼頭深入平坦的黑色海灣。一陣冷冽大風，我跑進去拿夾克，回到露台，窩在一張白色塑膠椅上。我緊瞪眼前的景色，直到平靜下來。我想著這個世界眞的很大。大到沒有人可以解釋。

過一會兒，有人拉開門。我沒抬頭，認定是馬帝，誰知是盧。他赤腳只穿內褲。即使黑暗夜色，仍看得出他雙腿曬成古銅色。我說啦，嘉絲琳呢？

盧說，在睡覺。他倚著欄杆眺望。我總算第一次看到他靜了下來。

我說啦，你還記得你在我們這個年紀是什麼樣嗎？

盧對著椅子上的我微笑；那是拷貝自晚餐的笑容。他說啦，我跟你們同年紀啊。

我則說啦，呃嗯！你有六個小孩。

他說啦，的確是。他轉身背對我，等我自動消失。我則思索，我可沒跟這個男人打炮。我根本不認識他。這時他說啦，我永遠不會老。

我告訴他，你已經老了。

他忽地轉身，凝視窩在椅子上的我，說，妳很恐怖。妳知道吧？

我說啦，是因爲我的雀斑。

不是雀斑，是妳這個人。他繼續凝視我，然後表情變了，說啦，我喜歡。

才沒。

眞的。蕾雅，妳要時刻警惕我保持誠實。

我很訝異他記得我的名字。我說啦，來不及了，盧。

這下他笑了，是眞正的笑，就算我討厭他（我是眞的討厭他），盧跟我現在是朋友了。我從椅子上起身，走到他站的欄杆旁。

盧說啦，人們會想改變妳，蕾雅，別讓他們得逞。

但是我想改變。

他說啦，不，說眞的，妳是個美人。就保持這個樣子。

我回說啦，可是我的雀斑。喉頭一陣發疼。

盧說，雀斑是妳最棒的地方。將來，某個男人會爲它們抓狂，吻遍每一顆。

我開始啜泣。不加掩飾。

盧說啦，別這樣。他彎腰，我們臉兒相碰，他直視我的眼睛。他看起來很疲倦，很像有人踩上他的皮囊，留下腳印。他說啦，蕾雅，這世界到處是混蛋。妳別聽他們——妳聽我的。

因此我知道盧也是混蛋之一。不過，我還是聆聽。

兩星期後，嘉絲琳離家出走了。我是跟其他人同一時間知道的。

她老媽直奔我們的公寓。她、我老爸、老媽、哥哥們要我坐下：這事妳知道多少？誰是她的新男友？我說盧。他住在洛杉磯，有六個小孩。他認識比爾・葛罕姆。盧的眞正來頭，我想班尼知道。嘉絲琳的老媽跑到學校找班尼問話。但是他很難找。現在艾莉絲跟史考提成一對，班尼不再現身搖滾區。他跟史考提還是不說話，不過之前，他們有如一體，現在卻像互不相識。

我忍不住想：那天，如果我掙脫盧，去海扁那幾個扔垃圾的，班尼會不會退而求其次，跟我湊一對呢？就像史考提跟艾莉絲那樣？有可能一件事就造成大不同嗎？

他們幾天內就找到盧。他跟嘉絲琳的老媽說，嘉絲琳一路搭便車到他家，事前並未告知。他說嘉絲琳很安全，他會照顧她，總比讓她混街頭好。盧保證下周他來舊金山就把她帶回來。我心想，爲什麼不是這星期？

等待嘉絲琳回來期間，艾莉絲邀我去她家玩。我們從學校搭巴士去，海崖離這兒超遠。白天時，她家看起來顯得較小。我們到廚房拿她老媽做的奶酪拌蜂蜜吃，各吃了兩杯。接著上樓到她的臥房，就是擺滿青蛙玩具的那間，坐在沿著窗台搭建的椅子。艾莉絲告訴我，她打算養眞青蛙，放在玻璃養殖箱裡。她現在幸福又沉靜，因爲史考提愛她。我沒法辨別這是她的眞我嗎？還是她根本不再在乎自己是眞是假？又或者不在乎哪些東西構成一個人的眞我？

不知道盧的房子靠不靠海？嘉絲琳會看浪嗎？還是他們一直窩在臥房？羅夫也在嗎？我想到出神了。然後我聽見嬉笑聲與碰撞聲。我說啦，誰啊？

艾莉絲說啦，我妹妹。她們在玩繩球。

我們下樓去後院。以前我只摸黑看過這裡，現在陽光耀眼，瞧見院子裡的花朵依圖案種植，還有一顆結了檸檬的樹。後院邊角，兩個女孩圍著銀色柱子拍擊鮮黃色的球。她們穿綠色制服，轉身對我們笑。

---

① 行刑者（Stranglers），成立於一九七四年的英國龐克團，非常受歡迎，後來樂風轉向流行樂、新浪潮，甚至搖滾舞曲，擁有許多暢銷單曲，至今仍未解散。修女樂團（Nuns）成立於一九七五年，是加州最早的龐克樂團之一，歷經數度解散又重組，風格橫跨龐克、新浪潮、另類與流行。逆潮樂團（Negative Trend）是舊金山早期龐克樂團，成立於一九七七年，一九七九年解散。部分團員後來組成佛伯利樂團（Flipper）。

② 此處原文用pit，就是mosh pit的簡稱，請見注釋本書第二章⑬。

③ 埃哈德課程（Erhard Seminars Training）簡稱EST，七〇年代大受歡迎的心靈成長課程。

④ 處女膠唱片（virgin record）是指以百分百原塑料，未添增任何回收再製膠的唱片。

⑤ 比爾・葛罕姆（Bill Graham, 1931-1991），美國著名樂團經紀人與演唱會籌辦人。

⑥ AC／DC，澳洲重金屬與硬搖滾樂團。

⑦ 罪行樂團（Crime），雖然他們討厭龐克這個標籤，自稱是舊金山第一支眞正的搖滾樂隊，卻是扎扎實實的西岸龐克先鋒，一九七六年成立，一九八二年解散，二〇〇六年重組。復仇者樂團（Avengers），成立於一九七七年，舊金山龐克先鋒之一。細菌樂團（Germs），一九七七到一九八〇年間活躍於洛杉磯的龐克樂團，二〇〇五年重組。

⑧ 雷基・史利普（Ricky Sleeper）是舊金山龐克樂團沉睡者（The Sleepers）的一員。

⑨喬·李思（Joe Rees）是影像藝術家與老師，他很早便預見音樂與影像結合的必然性，遂成立目標影像（Target Video）公司，廣邀表演藝術家到他佔地一萬兩千平方英呎的攝影棚拍攝錄影帶，特別側重龐克樂團與富有DIY精神的藝人，不僅棚內攝影，他也出機到表演場、派對、街頭記錄樂手表演，整體概念遠遠領先八〇年代才出現的音樂電視台（MTV）。

⑩德克·德克森（Dirk Dirksen, 1937-2006）有「龐克教宗」之稱，是龐克搖滾俱樂部馬布海花園的主持人，也是演唱會籌辦人。

⑪痙攣樂團（The Cramps）是一九七六年成立的美國東岸龐克樂團，一直維持到二〇〇九年，是紐約CBGB龐克浪潮的重要一員，極具影響力，不僅是第一個將搖滾山歌（rockabilly）類型與龐克結合的樂團，也公認是迷幻搖滾山歌（psychobilly）與哥德搖滾（Goth Rock）的啓蒙者。

⑫金髮美女（Blondie）是由女主唱黛比·哈瑞（Debbie Harry）領軍的美國搖滾團體，七〇年代中期是美國龐克與新浪潮場景的先鋒，連續擁有好幾首暢銷單曲，折衷主義風格深具影響力。伊吉·帕普（Iggy Pop）是美國搖滾歌手，組過丑角樂團（Iggy Pop and the Stoogies），在龐克搖滾、硬式搖滾均極具影響力，也以生猛詭異的舞台表演聞名。

第四章　狩獵觀光行

1. 綠草

「查莉，妳記得嗎？在夏威夷的那次？晚上我們去海灘，然後就下雨了？」

羅夫在跟老姊「查莉」講話，叫「查莉」是因為她鄙視自己的眞名查琳。雖然這只是他們的私人話題，但是身邊人都注意傾聽羅夫要說些什麼，因為這對姊弟此刻是在篝火前拿樹枝做沙畫，而篝火旁還有其他狩獵觀光之旅的團員；也因為羅夫平日不愛說話；更因為坐在他們背後露營椅上的老爸是著名的唱片製作人，他的私生活總會引起眾人興趣。

「記得嗎？老媽跟老爹坐在那張桌子，還想再喝一杯——」

「不可能，」老爸插話了，朝左邊正在賞鳥的女士們眨眨眼。大黑夜裡，這兩個女人脖子上也掛著望遠鏡，好像期待篝火照亮的枝頭有鳥可看。

「查莉，妳記得嗎？沙灘還很暖和，風吹得好大？」

但是查莉專心注意老爸的腿，正在她的背後跟女友明蒂的腿交纏。再一會兒，他們就會跟大家道晚安，回去帳篷，在窄窄的行軍床或者地上做愛。查莉與羅夫的帳篷就在旁邊，她能聽見——不是做愛的聲音，而是震動。羅夫還小，不會注意。

查莉的頭往後一仰，嚇了她老爸一跳。盧年近四十，國字臉蛋像衝浪客，不敵歲月，已有小小眼袋。她說：「那次旅行，你跟老媽還沒離婚。」她的聲音因仰頭而扭曲，脖上圈著普卡海灘的項鍊。

「是的，查莉，」盧說：「我清楚得很。」

賞鳥老太太交換憐憫的笑容。盧那種靜不下來的魅力，牽引出風波迭起的生活，簡直像飛機在高空時的凝結尾，清晰可見：兩次失敗的婚姻，兩個待在洛杉磯家中沒跟來的孩子，太小了，不宜參加三星期的狩獵觀光之旅。這碼子狩獵觀光是盧昔日同袍雷姆西的新事業，他們是酒肉之友，二十年前差點沒熬過韓戰。

羅夫拉扯老姊的肩膀。他要她回憶當年，重新感受一切：狂風、瞧不見盡頭的黑色大海，還有他們眺望黑色大海，似乎在等待遙遠未來的成人生活跟他們打信號。「妳記得嗎，查莉？」

「有啦，」查莉瞇著眼說：「我記得。」

桑布魯①戰士已經抵達——共四個，兩個拿鼓，還有一個小孩在暗處照顧一頭黃色長角牛。昨天上午他們觀賞完動物後，這批戰士也來了，那時盧與明蒂正在「小寐」，查莉則與最英俊的那個戰士害羞交換眼神，他肌肉架構結實完美的前胸、肩膀、背部都有漂亮的留疤設計②，圖案蜷曲如鐵軌。

查莉站起身，朝戰士走去：她還是個小女孩，身材瘦削，身著短褲，以及有圓形木質小鈕扣的粗棉襯衫，牙齒略微不齊。鼓手開始擊鼓，查莉的戰士跟另一個戰士開始唱歌：那是由腹部發聲的濃重喉聲。她在戰士面前搖擺身體。來非洲十天，她變成另一個女孩——那種她在美國時會備覺受到恫嚇的少女。幾天前，他們走訪一個煤渣磚蓋成的小村，她在酒吧喝了顏色混濁的調酒，結果到了某個年輕婦女的小茅屋，她居然把銀製蝴蝶耳環（老爸給她的生日禮物）送給這個乳房還在滴奶的女人。她錯過了回吉普車的時間，雷姆西的助手艾柏特必須四處找她。他警告說：「小心點。妳爸抓狂了。」查莉當時毫不在乎，現在也是；站在火邊——獨自——跳舞，用這個方法主宰她老爸異變無常的注意力，感覺他的不安，就讓她的身體彷彿注入電流。

盧放開明蒂的手，坐直身體。他想抓住女兒瘦巴巴的手，拉她遠離那些黑人，當然不會這麼做。這代表她贏了。

戰士對查莉微笑。他十九歲，只比她大五歲，十歲起就遠離自己出生的村落。不過，他給美國觀光客唱歌的經驗豐富，知道在查莉所屬的世界裡，她還只是個孩子。三十五年後，他將死於奇枯優族（Kikuyu）與魯歐族（Luo）二〇〇八年那次暴力衝突引發的大火。那時，他有四個老婆，六十三個孫兒女，其中一個叫喬伊的男孫將繼承此刻放在他腰間皮鞘裡的鐵製狩獵短匕首（lalema）。喬伊將到哥倫比亞大學攻讀工程，成爲視覺機器人技術的頂尖專家。這個技術可以偵測極微小的異常動作，喬伊的稟賦必須歸功小時候觀測草叢裡的獅子。他將娶美國妻子露露，留在紐約，發明一種掃偵儀器，成爲大型集會群眾保安的標準配備。他跟露露將在崔貝佳三角區買下一個閣樓，祖父的狩獵匕首將放在樹脂玻璃做成的盒子裡，在天窗撒落的陽光下展示。

「兒啊，」盧在羅夫耳邊說：「咱們去逛逛。」

羅夫從沙地起身，跟老爸離開營火去散步。十二個帳篷圍著營火繞成一圈，每個帳篷睡兩名狩獵觀光客，還有三間戶外廁所與淋浴間，營火燒熱的水，只要用繩一拉，就可從儲水袋嘩啦而下。遠處靠近廚房，還有幾個小帳篷是給員工住的，但是在營火區看不見。再過去就是墨黑又充滿細鳴聲的廣袤叢林，他們已被警告不要去。

「你老姊在發瘋，」盧大步走入黑處，跟羅夫說。

「爲什麼？」羅夫問。他並未注意到姊姊有何調皮舉動。聽在盧的耳裡，卻不是這麼一回事。

「因爲女人本來就是瘋子，」他說：「你一輩子都搞不清楚原因。」

「媽媽不瘋。」

「沒錯，」盧回想。現在他平靜多了：「其實你老媽只是不夠瘋。」

歌聲與鼓拍突然顯得很遠，只留盧與羅夫孤獨佇立於明亮月光下。

「明蒂呢？」羅夫問：「她也瘋嗎？」

「好問題，」盧說：「你認爲呢？」

「她喜歡閱讀。帶了很多書。」

「沒錯。」

「我喜歡她，」羅夫說：「但是我不知道她瘋不瘋。或者瘋到哪個程度才叫瘋。」

盧摟著羅夫的肩頭。如果他是個懂得內省的人，幾年前就該明白羅夫是世上唯一能讓他平靜的人。雖然他期待羅夫應該像他，但是他最喜歡羅夫的卻是跟他完全相反的特質：安靜、沉思，能夠與自然合拍，體會他人的痛苦。

「誰在乎？」盧說：「對吧？」

「對，」羅夫同意，然後，那些女人也跟鼓拍一樣遠颺了，只剩他與老爸這對無可匹敵的搭檔。羅夫十一歲，對他而言，兩件事很清楚：他屬於父親，父親屬於他。

他們靜靜站著，被低語的叢林包圍。天上擠滿星星，羅夫閉上眼，再睜開，心想，我將永遠記住這個夜晚。後來的確如此。

當他們終於回到營地，戰士已經走了。只有幾個死忠的鳳凰城教派（這是盧給幾位狩獵觀光團員的封號，因爲他們來自那個鳥地方）還死守營火邊，在那兒比較今日觀測動物的心得。羅夫鑽進帳篷，脫掉褲子，只穿T恤與內褲爬上帆布床。他還以爲查莉已經睡了。查莉開口，他才聽出她哭過。

「你們去哪裡了？」她問。

2. 山丘

「妳背包裡都裝了什麼鬼啊？」

說話的是柯蘿，專門替盧安排長程旅行的員工。她討厭明蒂，明蒂不認爲這是針對她，而是「結構性仇恨」。這是她的自創詞彙，赫然發現超極適用此行。一個年逾四十依然小姑獨處、用高領襯衫遮掩脖子青筋的女人，對她這種年僅二十三、男友是大人物的女孩，當然會有結構性的蔑視，尤其這位大人物不僅是柯蘿的雇主，還支付她此行的費用。

「人類學的書，」她跟柯蘿說：「我在柏克萊修人類學博士。」

「妳幹嘛帶來不讀？」

「暈車，」明蒂回答。此話不實，但是上天爲證，車子眞的顛簸得要人命，聽起來算合理。她不確定爲什麼不打開鮑亞士、馬凌諾斯基、穆拉的書③，卻假設自己應該能從其他途徑學習，收穫一樣豐碩。每天早上，她在帳篷餐廳喝了黑咖啡「加油」後，難免狂妄起來，甚至揣想自己對社會結構與情緒反應相關性的洞見，應該不只是將李維史陀的理論「修繕完美」，而是能實際運用於現代社會。她還只是個博士班二年級生而已。

他們是五輛吉普車隊的最後一輛，沿著泥巴路穿越乍看是一大片棕黃的草原，其實掩蓋在下的是一整個色譜的繽紛多彩——紫色、綠色、紅色。他們的司機是雷姆西的左右手、臭脾氣的英國人艾柏特。明蒂已經好幾天閃著不坐艾柏特的吉普車，但是幾天下來，眾人皆知跟著他，最容易觀測到最棒的動物。今天不去看動物，是要撤營到山丘，晚上，大家去住旅館，這是此行的第一次，儘管如此，兩個小鬼還是哀求要跟艾柏特同車。讓盧的小孩快樂開心是明蒂的責任，至少，要接近「結構性快樂」。

結構性恨意：兩度離婚男子的青春期女兒自然無法容忍父親的新女友，會使盡自己有限的力量來轉移父親對上述女友的注意力，主要武器爲她剛剛萌發的性特質。

結構性好感：兩度離婚男子的前青春期兒子（也是最受寵愛的孩子）會擁抱接納父親的新女友，因爲他尚未學會區分父親的愛與慾望並不是他自己的愛與慾望。某個程度來說，他也會愛上且渴欲父親的女友，她對他也會有母愛之情，雖然她尚年輕，不配做他媽媽。

盧打開一個大鋁箱，裡面有他新買的相機，用泡綿分格放好，很像拆成組件的來福槍。盧買相機純粹爲了萬一沒得趴趴走，至少可以擋無聊。他還配備了一個小卡帶機，用套了海綿套的耳機聽試聽帶或者初步混音帶④。偶爾他會把耳機遞給明蒂，想知道她的意見，毫無例外，每次樂聲灌進她的耳膜，只有她一個人聽見，這種經驗總讓她震撼，那種私密感，那種周遭環境瞬間轉爲金色蒙太奇的方式，讓她幾乎盈淚；她彷彿是跟盧一起站在遙遠的未來，回首眺望此次的非洲嬉遊。

結構性不和：一個兩度離婚有權有勢的男子無法體會更不會嘉許比他年輕許多的伴侶懷抱野心。遵此定義，他們的關係將會是短暫的。

結構性慾望：一個權勢男子的露水姻緣年輕女伴將不可避免受到下列男子的吸引：近在眼前、單身、瞧不起她的大人物男友的有權有勢。

艾柏特開車，一隻手肘橫到車窗外。此次觀光行，他多數時間都很沉默，在帳篷餐廳總是快速扒飯，碰到問題，只有簡潔答案。（「你住哪裡？」「蒙巴薩。」「你在非洲多久了？」「八年。」「爲什麼會來？」「由於這，由於那。」）晚飯後，他很少參與眾人的營火集會。有一次夜裡上廁所，明蒂瞧見艾柏特在靠近工作人員帳篷的營火旁喝啤酒，跟奇枯優族司機談笑。帶隊時，他很少笑。每當他的眼神掠過明蒂身上，她就自慚形穢：因爲她長得漂亮；因爲她跟盧睡覺；因爲她不斷告訴自己此行夠得上是人類學研究，算是團體動力學與人種誌學的飛地研究⑤。事實她只是追求奢華、冒險，以及短暫逃脫她四個永遠不睡覺的室友。

坐在艾柏特駕駛座旁的康諾斯正在亂扯動物的事，他是「瘋狂帽子先生」（Mad Hatters）樂團的貝斯手，這次與該團吉他手各攜女伴，接受盧的招待。這四人狂熱比賽誰看到最多動物。（**結構性執迷**：一種因情境脈絡而引發的短暫性集體執迷，是貪婪、競爭、羨妒之淵藪。）每天晚上，他們比較誰看到最多動物，距離有多近，要同車乘客作證，誓言回到家就會沖洗照片爲證。

艾柏特後方坐的是的柯蘿，坐在她身旁朝窗外望的是金髮演員狄恩，擅長講顯而易見的廢話——

「天氣好熱啊」，「太陽下山了」，「這裡樹木不多」。他是明蒂的樂趣泉源。狄恩正在演一部電影，盧幫忙做電影原聲帶；眾人似乎認定電影一上市，狄恩就會暴得盛名，紅到爆炸。羅夫跟查莉坐在狄恩的後面，正在秀《瘋狂》⑥雜誌給蜜卓看，她跟另一個賞鳥女士費歐娜經常圍在盧的身邊，因爲他總是跟她們打情罵俏，挑逗她們帶他去賞鳥。他對這兩位年逾七十、此行之前素未謀面的阿嬤如此溺寵，總是讓明蒂很好奇：她找不到任何結構性的原因。

明蒂跟盧坐在最後一排，盧不理會行車時應坐下的警告，上半身伸到車頂外。艾柏特突然大轉彎，盧猛地摔回座位，相機砸中額頭。他咒罵艾柏特，但是被車子穿梭高草的聲音淹沒了。他們已經偏離道路。康諾斯探出車窗外，明蒂明白艾柏特一定是故意繞道，讓康諾斯有機會超越對手。還是把盧撞回座位的誘惑實在甜蜜得難以抗拒？

經過一、二分鐘的瘋狂疾駛，吉普車突然離一群獅子不到數呎。鴉雀無聲中，眾人瞠目結舌——這是他們此行最接近動物的一次。引擎仍在動，艾柏特的手不敢輕離駕駛盤，但是那群獅子看來如此愜意、淡漠，他就切掉引擎。除了引擎的滴滴殘響，一片安靜，獅子呼吸聲可聞：一公、兩母、三幼獅。一頭母獅帶著幼獅正在呑啃血跡斑斑的斑馬屍骨。其他獅子在打瞌睡。

「牠們在吃耶，」狄恩說。

康諾斯捲底片的手發抖，不斷低聲咒罵：「幹！幹！」

艾柏特燃起香菸，等待，其實叢林是禁止抽菸的。他對眼前的場面十分漠然，好像是停車讓大家上廁所。

「我們可以站起來看嗎？」小鬼問：「安全嗎？」

「管他的，我可是要站起來，」盧說。

盧、查莉、羅夫、康諾斯、狄恩全站到座位上，上半身探出車頂外。基本上，明蒂現在是孤獨一人，跟艾柏特、柯蘿、蜜卓在車內相處，後者正拿著賞鳥望遠鏡看獅子。

沉默一會兒後，明蒂問：「你怎麼知道？」

艾柏特轉身，隔著一整個車身距離看著明蒂。他有一頭棕色亂髮與細柔鬍髭，露出幽默神情說：「我猜的。」

「半哩外就知道？」

「他搞不好有第六感，」柯蘿說：「畢竟在這裡待了那麼多年。」

艾柏特轉回身，朝車外噴菸。

「你是瞧見什麼嗎？」明蒂不死心。

她沒預期艾柏特會再轉身，但是他轉身趴到椅背上，眼神越過小鬼們的腿，跟她交會。一股強大的吸引力衝擊而至，好像有人抓住明蒂的內臟，扭轉。現在她明白這感覺是互相的；從艾柏特的神色即可判斷。

「斷草，」艾柏特瞪緊明蒂說：「看起來是追逐的痕跡。也可能什麼都不是。」

柯蘿感覺被排除在外，疲倦嘆氣，朝車頂方向說：「哪個人坐下來，換我看啊？」

「馬上，」盧說。但是康諾斯動作更快，彎身回前座，探出車窗看。穿著大印花裙的柯蘿站起身。

明蒂臉蛋通紅。她跟艾柏特的窗子都在左邊，看不到獅群。明蒂看見他舔濕手指，捻熄香菸。兩人沉默靜坐，各自的手臂在窗外晃盪，溫暖的風吹動手毛，完全忽視此行最壯觀的賞獸一景。

「妳讓我瘋狂，」艾柏特說，非常輕聲。聲音彷彿由他的窗戶飄到車外，再飄進明蒂的車窗，像那種用來低語傳聲的管狀玩具。「妳應該知道。」

「我不知道，」明蒂低語回答。

「噢，妳知道的。」

「我並非自由身。」

「永遠？」

她微笑：「拜託。當然是插曲。」

「之後呢？」

「念研究所。柏克萊大學。」

艾柏特輕笑。明蒂不確定那聲輕笑代表什麼——她念研究所很可笑嗎？還是柏克萊與他住的蒙巴薩，兩者之間毫無折衷？

「康諾斯，你這個混蛋瘋子，給我回來。」

盧的聲音從車頂傳來。明蒂卻像被下了藥般遲鈍，直到聽見艾柏特聲音有異，才反應過來。他噓聲說：「不可以，不可以，回來車上。」

明蒂連忙轉到面對獅子的車窗。康諾斯正在獅群間潛行，相機對準正在睡覺的母獅與雄獅，拍照。

「倒退走，」艾柏特的聲音雖小，卻很急迫：「倒退走，康諾斯，腳步輕一點。」

行動來自大家想像不到的地方：正在啃斑馬的母獅撲向康諾斯，挑戰地心引力的矯捷跳躍動作，養過家貓的人都認得。母獅壓在康諾斯頭上，他瞬間被撲倒。眾人驚叫，一聲槍響傳來，本來探身車頂外的乘客全部跌回座位，動作之猛，明蒂還以為是他們中槍了，結果是母獅；艾柏特用不知藏在哪裡（或許座位下）的來福槍射殺了牠。其他獅子竄逃；只剩下斑馬的屍骨，母獅的屍體，還有被母獅壓住身體，雙腿朝外伸的康諾斯。

艾柏特、盧、狄恩、柯蘿奔出吉普車外。明蒂本想跟隨，盧一把將她推回去，她明白盧要她陪著小孩。她彎身到他們的椅背，一手抱住一個。當他們朝窗外瞪視，一股暈眩衝過明蒂的身體；她快昏過去了。因為蜜卓仍坐在小鬼旁，這時明蒂才隱隱想起，她跟艾柏特的整個對話期間，這位賞鳥阿嬤都待在吉普車裡。

「康諾斯死了嗎？」羅夫坦率質問。

「我確信他沒死，」明蒂說。

「那他為什麼不動？」

「母獅躺在他身上。你瞧，他們正合力把母獅拉開。他躺在下面，可能一點傷都沒。」

「母獅嘴巴有血，」查莉說。

「那是斑馬的血。當時牠正在啃斑馬，妳記得吧？」明蒂努力不讓牙齒打顫，她明白不能在孩子面前暴露自己的恐懼——那就是不管剛剛發生何事，都是她的錯。

炙熱白日籠罩，他們雖是孤坐於車內，卻是心臟狂跳。蜜卓靜脈暴凸的手放在明蒂的肩頭，明蒂感覺熱淚湧上來。

「他沒事的，」老太婆說：「妳等著看吧。」

等到整團人吃過晚飯蜂擁回山區旅館酒吧，人人似乎都有收穫。康諾斯贏得悲慘勝利，壓過他同團樂手以及兩人的女友，代價是左臉頰縫了三十二針，這也算是收穫，畢竟他是個搖滾明星。眼皮下垂、滿嘴啤酒味的英國醫師開了一大堆抗生素給他服用。這醫師是艾柏特的老朋友，他到煤磚屋鎮上把他挖來，離意外地點約莫一小時車程。

艾柏特贏得英雄地位，但是看他的臉，絲毫沒有這種感覺。他大口喝下波本威士忌，喃喃回答「鳳凰城教派」的昏亂提問。還沒有人質問他以下基本問題：爲什麼你們會在叢林？爲什麼你們那麼接近獅子？爲什麼不阻止康諾斯離開車子？但是艾柏特知道他的老闆雷姆西會問，很有可能炒他魷魚，讓他的連串失敗添上最新一筆，這些失敗，照他仍住在英國麥海德的母親的說法是「導因於自我毀滅的傾向」。

雷姆西狩獵觀光之旅的成員得到一則可以講上一輩子的故事。還促使某些團員在許多年後利用臉書跟Google來尋找其他成員。無法抗拒那些入口網站所標榜的心願成眞：你想知道他們現在在幹嘛……？某些人甚至相約見面、緬懷，並吃驚彼此外表有了偌大改變，但是幾分鐘後就不在意了。狄恩是直到中年，在一個頗受歡迎的情境喜劇扮演大腹便便、講話直率的水電工，這才成名了。現在才十二歲的露易絲是個胖女孩，鳳凰城那夥的。長大、離婚後，她將會上Google尋找狄恩，他們將相約出來喝杯義大利濃縮咖啡。喝完咖啡後，他們會去聖文森的戴斯汽車旅館（Days Inn）翻雲覆雨，性事意外感人，之後他們又去棕櫚灘度周末打高爾夫，再之後，他們在狄恩的四個成人孩子、露易絲的三個青春期小孩見證下，踏上禮堂。不過這是顯著特例，多數團員重逢，只會發現三十五年前的一趟非洲狩獵觀光行，不代表他們有許多共同點。分手後，不禁懷疑自己到底期望此次見面能有什麼。

艾柏特那輛吉普車的乘客榮登「目擊證人」寶座，不斷被問瞧見什麼、聽見什麼、感覺如何。羅夫、查莉、鳳凰城教派的八歲雙胞胎，加上十二歲胖妞露易絲，一群小孩沿著石板路奔跑，到水坑附近的獵人埋伏地，那裡有一棟木屋，裡面有長板凳，還有一條狹槽，看得見外面，動物卻瞧不見你。木屋裡黑漆漆，他們全擠到狹槽，但是此刻沒有動物過來喝水。

「你們眞的看到獅子？」露易絲驚嘆問。

「母獅，」羅夫說：「兩隻母獅、一隻公獅，加三隻幼獸。」

「她是在問被槍殺的那隻啦，」查莉不耐煩地說：「我們當然瞧見了。幾吋遠而已！」

「呎，」羅夫糾正。

「呎是由吋構成的，」查莉說：「我們什麼都看見了。」

羅夫已經開始厭惡這種對話——詢問者喘不氣的興奮，以及查莉的陶醉其中。一件事讓他煩惱：「不知道那些幼獸怎麼樣了，那隻母獅一定是牠們的媽媽——牠跟兩隻小獅一起吃。」

「不一定，」查莉說。

「可是，要是牠是……」

「或許牠們的爸爸會照顧牠們，」查莉猶豫地說。其他小孩也安靜了，思索這個問題。

「獅群是一起扶養幼獸的，」——聲音從獵人埋伏地的那頭傳來。蜜卓與費歐娜可能早就躲在那裡，或者剛溜進來，她們經常被忽略。「獅群會照顧牠們，」費歐娜說：「就算死掉的那隻母獅是牠們的媽媽。」

「有可能不是，」查莉說。

「有可能不是，」蜜卓同意。

小鬼們卻沒想到要問同車的蜜卓當時看見什麼。

「我要回去了，」羅夫跟姊姊說。

他沿著石板路回去旅館。老爸跟明蒂還在煙霧瀰漫的酒吧；奇異的歡慶氣氛讓羅夫很喪氣。他的思緒不斷跳回吉普車，回憶卻模糊了：母獅彈身躍起；槍枝擊發的震動；去找醫師時，康諾斯沿路呻吟，腦袋上的血還真在吉普車的地板集成一窪，跟漫畫一樣。回憶還充滿明蒂從後面抱住他的感受，她的臉頰貼著他的頭，她散發的氣味，不是他老媽的那種麵包味，而是鹹鹹的，近乎苦味，幾乎像獅子的味道。

他站在老爸身旁，他正跟雷姆西聊軍中故事到一半。「兒子，你累了嗎？」

明蒂問：「要我陪你上樓嗎？」羅夫點點頭；他真的想要。

蚊子肆虐的藍色夜晚從旅館窗外往內推進。一踏出酒吧，羅夫突然不那麼累了。明蒂到櫃檯拿他房間的鑰匙，然後說：「我們上露台去吧。」

踏出旅館，夜色雖黑，映著夜空的山影更黑。羅夫隱約還能聽見獵人埋伏地那裡的小孩聲音。能夠脫離他們，真是鬆了一口氣。他跟明蒂站在陽台的邊緣，遠眺群山。她身上的刺鼻鹹味包圍他。羅夫感覺明蒂似乎在等待什麼，所以他也等著不開口，心臟砰砰跳。

陽台下方有人咳嗽。羅夫瞧見橘色菸頭在暗處移動，然後艾柏特皮靴喀喀響朝他們走來。「哈囉，」他跟羅夫打招呼，沒跟明蒂說話，因此，羅夫認定這聲招呼是兩人份的。

「哈囉，」他跟艾柏特打招呼。

「你們在幹什麼?」艾柏特問。

羅夫轉身問明蒂：「我們在幹什麼?」

「享受夜晚，」她說，依然面對群山，不過，她的聲音緊繃。「我們該上樓了，」她跟羅夫說，突然轉身回旅館。粗魯的態度讓羅夫困惑，他問艾柏特：「你要一起來嗎?」

「有何不可?」

三人爬樓梯，酒吧傳來觥籌交錯的歡樂聲。羅夫突然有一種必須維持話題的奇怪壓力：「你的房間也在樓上嗎?」

「走道尾，」艾柏特說：「三號。」

明蒂打開羅夫的房間，走進去，把艾柏特扔在走道。羅夫突然很氣明蒂。

「你要看我的房間嗎?」他問艾柏特：「我跟查莉的房間?」

明蒂發出短促的笑聲——羅夫的老媽遇見煩人到近乎荒謬的事，也會這樣笑。艾柏特踏進房間。屋內配備簡單，木頭家具與積灰的大花窗簾，不過睡了十天帳篷，這簡直是豪華。

「很棒啊，」艾柏特說。羅夫認爲他一頭長色棕髮加上鬍髭，看起來像眞的探險者。明蒂雙手交叉抱胸朝窗外望。房裡有一股羅夫無法明確指稱的氣氛。他很氣明蒂，艾柏特想必也一樣。女人都是瘋子。明蒂的身體纖細柔軟；簡直可以穿過門縫或鑰匙孔。她的粉紅色薄運動衫隨著呼吸急速上下浮動。羅夫超訝異自己眞是氣瘋了。

艾柏特從口袋撈出一根菸，沒點燃。那是沒濾嘴的菸，菸絲從兩頭露出來。「那麼，」他說：「兩位晚安。」

羅夫原本想像明蒂會幫他蓋被，攬住他，跟在吉普車時一樣。現在看來根本不可能。明蒂站在那裡，他沒法換睡衣；他不想讓她瞧見印滿藍色小精靈的睡衣。「我沒事，」他聽得見自己聲音裡的冷淡：「妳可以回去了。」

「好的，」明蒂說。她拉下羅夫的床，幫他拍鬆枕頭，調整一下敞開的窗戶。羅夫感覺她在拖延離開房間。

「我跟你爸就在隔壁房，」明蒂說：「你知道吧？」

「嗯，」他喃喃，然後簡短回答：「我知道。」

3. 砂

五天後，他們搭了一輛非常老舊的夜車，開了許久才進入蒙巴薩。每隔幾分鐘，火車就減速，讓乘客可以抱著包袱跳車，也讓另一批乘客可以連滾帶爬上火車。盧這夥人跟鳳凰城教派的都選擇塞在擁擠的酒吧車廂，跟一群穿西裝、戴圓頂禮帽的非洲男士共處。盧允許查莉喝一杯啤酒，不過靠著英俊的狄恩幫忙偷渡，她又喝了兩杯。狄恩站在查莉所坐的狹窄酒吧凳旁，說：「妳曬傷了，」邊說手指邊按上查莉的臉頰：「非洲太陽很強。」

「沒錯，」查莉牛飲啤酒，笑著說。自從明蒂指出狄恩專愛說廢話，查莉覺得滑稽極了。

「妳得擦防曬油。」他說。

「我知道，我有擦。」

「一次不夠。妳得不時補充。」

查莉與明蒂眼神交會，忍不住咯咯笑。她的老爸靠過來問：「什麼事那麼好笑？」

查莉緊靠父親，說：「人生。」

「人生！」盧嗤鼻：「妳才幾歲？」

他把查莉攬進懷。查莉小時，盧常常這樣抱她，日漸長大後，次數就減少了。她老爸身體溫暖，幾乎是熱，心跳聲大得像有人在捶一扇厚門。

「噢，」盧說：「妳的尾巴刺痛我了。」那是查莉在山丘撿到的黑白混雜的刺蝟刺，她拿來固定盤上去的長髮。盧把刺拿開，一頭糾纏的金色長髮就像碎裂的窗子，垂落查莉的肩頭。她注意到狄恩在看她。

「我喜歡這樣，」盧瞇著眼瞧半透明的刺蝟刺尖：「這可是危險武器。」

狄恩說：「武器是必要的。」

第二天下午，狩獵觀光團員住進距離蒙巴薩三十分鐘車程的濱海旅館。胸口滿是瘤節的男人穿梭白色沙灘，販賣串珠與葫蘆。蜜卓跟費歐娜穿了花朵圖案的泳裝，開心現身海灘，望遠鏡仍掛在脖上。康諾斯胸膛上的青紫色梅杜莎刺青，還不及他的微凸小腹來得震撼——不少男人都有此令人幻滅的特徵，尤其是已爲人父者。盧不一樣；他雖嫌瘦削，卻很結實，他偶爾會去衝浪，因此擁有古銅色膚色。他摟著明蒂踏入奶油色的大海，後者穿了閃亮的藍色比基尼，眾人對她的身材預期十分高，她卻比預期還要高。

查莉與羅夫躺在棕櫚樹下。查莉很討厭此行前老媽幫她挑的紅色連身Danskin泳衣，跟櫃檯借了一把銳利的剪刀，把它剪成比基尼。

「我永遠不想回家了，」查莉愛睏地說。

「我想念老媽，」羅夫說。老爸跟明蒂在游泳，他能瞧見透明海水下她的閃亮泳衣。

「要是老媽也能來，就好了。」

「老爸不愛她了，」羅夫說：「她不夠瘋狂。」

「什麼意思？」

羅夫聳聳肩。「妳認爲他愛明蒂？」

「不可能。他早膩了。」

「要是明蒂愛他呢？」

「誰在乎啊？」查莉說：「老爸人人愛。」

游完泳後，雖然明蒂很想跟他回房間，盧努力抗拒這個念頭，跑去找魚叉與浮潛工具。自從他們不住帳篷後（女人常覺得帳篷怪怪的），明蒂在床上簡直瘋了，極度飢渴，有時不管時機，就想扒下盧的衣服，或者才剛做完愛又要來一次。他對明蒂頗心軟，尤其是這趟旅行快接近尾聲了。她好像在柏克萊讀什麼東西來著的，而他不是那種會爲女人長途奔波的人。以後應該不會再見面吧。

盧拿了浮潛用具來到沙灘，羅夫正在看書，一句都沒抗議，扔掉《哈比人歷險記》，馬上起身。查莉沒理他們，盧想過要不要叫查莉一起來，不過，念頭一閃而過。他跟羅夫走到海邊，戴上潛水鏡，套上蛙鞋，魚叉放在腰帶裡。羅夫看起來很瘦；他需要運動，又怕水。他老媽愛看書愛園藝，盧得不斷祛除她的影響力。他眞希望羅夫能跟他住，但是只要跟律師提起這件事，他們就搖頭。

這兒的魚華麗肥美，在珊瑚礁啄食，簡直是甕中捉鱉。盧刺中了七尾，才發現羅夫一尾都沒刺。浮出水面後，盧問：「兒，怎麼啦？」

羅夫說：「我只喜歡看魚。」

他們順流漂至有一小撮岩石深入海裡的地方，小心舉步離開大海。這是擠滿海星、海膽與海參的蓄潮塘；羅夫彎腰細瞧，盧的魚則放在掛在腰間的網裡。明蒂在海灘上拿著費歐娜的望遠鏡觀察他們，揮手致意，盧與羅夫也對她揮手。

「爸，」羅夫從蓄潮塘抓起一隻綠色小螃蟹，說：「你覺得明蒂怎樣？」

「明蒂很棒，怎麼？」

螃蟹奮力伸張小螯爪；看見羅夫懂得安全抓螃蟹，盧露出贊許的表情。羅夫瞇著眼對他說：「你知道的。就是她夠不夠瘋啊？」

盧發出輕蔑的笑聲。他早忘記先前的談話，但是羅夫什麼都不會忘記——盧很喜歡他這一點。「她夠瘋。但是，瘋不是唯一條件。」

羅夫說：「我覺得她很粗魯。」

「對你？」

「不是。是對艾柏特。」

盧轉身面對兒子，歪頭問：「艾柏特？」

羅夫放走螃蟹，開始講那晚的事。他記得所有細節——露台，樓梯，三號房——講著講著，才發現自己多想講這件事，只為懲罰明蒂。他老爸專心聽，沒打斷。羅夫繼續講，心頭卻越來越沉重，雖然他不明白為什麼。

當他講完，他老爸深呼吸了一口。他回頭看海灘。此時已近黃昏，大家開始拿起浴巾抖落白砂，準備結束，旅館有舞廳，飯後大家打算去跳舞。

「這事什麼時候發生的？」盧問。

「就是射殺獅子的那天——那個晚上。」羅夫遲疑了一下，然後問：「你知道她為什麼那麼粗魯嗎？」

「因為啊，」他老爸說：「女人都是賤屄。」

羅夫大為吃驚。他老爸生氣了，下顎肌肉搏動，毫無徵兆，羅夫也開始生氣了：深沉的怒氣直衝上來，幾乎令他作嘔——他偶爾就會有這種怒氣，通常是他跟查莉去老爸家度周末時，那裡，游泳池旁永遠騷鬧，屋頂上擠滿搖滾明星，大盆的酪梨沙拉配大盆的墨西哥辣菜，返家後，看見老媽獨自坐在前陽台喝薄荷茶，這股憤怒就會湧上來。氣憤這個男人對人總是「用過即丟」。

「她們才不是——」他連那兩個字都無法出口。

「她們是的，」盧肯定地說：「你很快就會知道。」

羅夫轉身背對老爸。無處可去，只好跳進海水，慢慢划向海灘。陽光黯淡，海水起伏，處處陰影。

羅夫幻想腳下就是鯊魚，但是他沒回頭也沒轉身。他拚命往白色沙灘划，直覺知道自己努力掙扎不被滅頂，是他能夠炮製出來，最能折磨他老爸的精心處罰，他也直覺知道，如果他沉了，父親一定會馬上跳入海裡拯救他。

那天晚上，盧允許羅夫跟查莉喝葡萄酒。羅夫不喜歡那股酸味，卻喜歡喝酒後周遭一切看起來都糊了：餐廳裡到處是花，朵朵像張大嘴的喙；老爸刺到的魚交給廚師，成為搭配了橄欖與番茄的料理；明蒂身著閃亮綠洋裝。老爸摟著她。他不生氣了，羅夫也是。

剛剛的一小時，盧都待在床上，狠狠地「幹了」明蒂一頓。現在他一隻手擱在明蒂苗條的大腿上，在裙襬下摸索，等著看她雙眼迷濛。盧不能忍受挫敗——應該說他看不到失敗，只會視它為必定獲得勝利的「激勵」。他非贏不可。艾柏特是個什麼屁——艾柏特是隱形人，艾柏特算哪根蔥（事實上，艾柏特已經離團，回去蒙巴薩的公寓）。此刻的重點是明蒂必須明白。

他不斷為蜜卓與費歐娜添酒，直到她們臉上紅斑一塊塊。他責備說：「到現在妳們都沒帶我去賞鳥。我一直求妳們，妳們卻一直沒實現。」

「明天可以去，」蜜卓說：「我們想去瞧瞧某些海岸鳥。」

「說定囉？」

「鄭重許諾。」

「來吧，」查莉對羅夫低語：「咱們出去。」

他們溜出擁擠的餐廳，飛奔到銀色海灘。棕櫚樹葉的拍擊聲像下雨，但是空氣很乾燥。

「眞像夏威夷那一次，」羅夫說，盼望它成眞。所有要素都在：暗夜、海灘、老姊。但是感覺不一樣。

「少了雨，」查莉說。

「少了老媽，」羅夫說。

「我想他會娶明蒂，」查莉說。

「不可能！妳說過他不愛她的。」

「那又怎樣？還是可以結婚。」

他們一屁股坐下，沙灘仍有微溫，反射出暈暈的月光。鬼魅一樣的大海不斷拍擊。

「她不是那麼差，」查莉說。

「我不喜歡她。幹嘛？妳又變成世界級專家？」

查莉聳聳肩說：「我了解老爸。」

但是查莉不了解自己。四年後，她十八歲，將加入墨西哥邊界再過去的一個祕密教派，頗具魅力的領袖鼓吹吃生雞蛋；她染上沙門氏桿菌差點掛掉，還好盧救了她。嚴重的古柯鹼癮讓她得美容重建部分鼻子，改變了相貌，一個又一個主宰欲強烈又不負責任的男人讓她快三十歲時還是孤獨一人，並且企圖爲已經不說話的盧與羅夫當和事佬。

不過查莉的確了解她老爸。他會娶明蒂，因爲這代表「贏」，也因爲明蒂急著結束此段奇怪的插曲，回去念書的念頭只維持到她回到柏克萊，打開住處門，踏入滿屋熟悉的小火熬滷豆氣味爲止：那是她與室友賴以爲生的便宜燉菜之一。她一屁股倒在她們從人行道撿來、靠背搖搖晃晃的沙發上，打開她的書，發現連續數星期扛著這堆書遊走非洲，她幾乎一字未讀。電話響時，她一陣猛烈心跳。

結構性不滿：經過一段較爲刺激與豐饒的生活，回到一度曾經讓你愉悅的環境，卻發現再也不能忍受了。

不過，我們離題了。

羅夫與查莉從海灘起身，被露天迪斯可舞廳的燈光與律動音樂吸引，小跑步回去，赤腳衝入人群，細如粉的沙子抖落鋪滿豔色菱形塊狀的透明舞池。

「來吧，」查莉說：「我們去跳舞。」

她開始在羅夫面前放蕩扭動——「新」查莉決定返家後跳舞都要這樣。羅夫覺得難堪；他沒法這樣跳。其他團員簇擁於他們身旁，比他大一歲的胖妞露易絲跟演員狄恩跳舞，雷姆西雙手擁抱鳳凰城派的某個媽媽，盧跟明蒂跳著三貼舞，明蒂想的卻是艾柏特，後來與盧的短暫的婚姻裡（她火速連生兩個女孩，盧的老五與老六），她偶爾會想起艾柏特，似乎用此猛力對抗盧那種不可避免的疏離。理論上，艾柏特當然是會窮無分文，而她得做導遊來養活女兒。有段時間，她活得了無生趣：兩個女孩太愛哭，她會不斷懷想那次非洲行，她的最後一段快意生活，那時她還有選擇，那時她還自由，那時她還沒有拖油瓶。她會做無用愚蠢的白日夢，想像艾柏特在某個特定時間裡幹些什麼事，那天她跟著艾柏特到三號房，他半開玩笑說「跟我走吧」，她如果真的跟他跑了，人生又會如何？後來，她當然領悟「艾柏特」代表的是悔恨，後悔她年輕時不成熟又悲慘的選擇。當她兩個女兒進了高中，她終於重拾課本，在洛杉磯加州大學完成博士學位，四十五歲才開始教書，後三十年的大部分時間在巴西雨林做社會結構的田野研究。她的小女兒會替盧做事，跟他學習，最後繼承了他的音樂事業。

「你瞧，」隔著音樂聲，查莉對羅夫說：「賞鳥女士在看我們。」

蜜卓跟費歐娜坐在舞池旁的椅子上，穿著長長的印花洋裝，對羅夫跟查莉揮手。這是第一次她們沒掛著望遠鏡。

「她們大概跳不動，太老了，」羅夫說。

「或許我們讓她們聯想到鳥，」查莉說。

「或許沒鳥的時候，她們就看人，」羅夫說。

「來吧，羅夫斯⑦，」查莉說：「跟我跳舞。」

她抓住羅夫的手。當他們一起舞動，羅夫突然發現自己的扭捏神奇消失了，就在那個舞池，那個當下，他長大了，成為一個可以跟他老姊那種女孩跳舞的男孩。查莉也感覺到了。事實上，當羅夫二十八歲那年在老爸的房子舉槍射頭身亡後，終其一生，此情此景仍是她最常想起的回憶：那時，她的弟弟還是個孩子，頭髮服貼平順、雙眼晶亮，害羞地學跳舞。但是那個追憶羅夫的女人不再是「查莉」；羅夫死後，她會恢復本名查琳，永遠切割那個曾和弟弟在非洲跳舞的女孩。查琳會剪短頭髮，上法學院。然後她會生個兒子，她想取名羅夫，但是擔心父母仍未自心碎中恢復，所以，她只會在心中默默叫他羅夫，幾年後，她會跟母親一起站在操場旁，跟群眾一起大聲喝采，看他打球，凝視他遙望天空時的夢幻眼神。

「查莉，」羅夫說：「妳猜我發現什麼。」

查莉靠近弟弟，他因為新發現而滿面笑容，兩手摀嘴，隔絕砰砰響的節拍，對著查莉的耳朵低語，溫暖甜蜜的氣息注滿她的耳膜。

羅夫說：「我想啊，從頭到尾，她們都沒在賞鳥。」

①桑布魯（Samburu），肯亞中北部地區的半遊牧民族。

②作者原文用 scar tissue design，是指在皮膚上切割所留下的疤痕，可作爲身分的證明，也用來修飾身體。部分民族因爲膚色較黑，刺青著色不明顯，也缺少白色塗料，就割裂肌膚，在傷口搽上刺激物，讓傷口長出一連串的小突起，構成圖案。人類學上，這叫「裝飾性留疤」。

③鮑亞士（Franz Boaz, 1838-1942），德裔美國人類學者，人稱人類學之父。馬凌諾斯基（Bronistaw Kasper Malinowski, 1884-1942）波蘭裔人類學者，功能學派之父。穆拉（John Victor Murra, 1916-2006），原籍烏克蘭，後移民美國，專研印加帝國的人類學者。

④試聽帶（demo）是指樂手或樂團用來投石問路的錄音帶，通常是在自家錄，或者是到小錄音室用簡單的配器與機器錄的。初步混音（rough mix），唱片收音完成後，要將各軌的收音以及 midi programming 的部分混在一起，這叫混音，混音是精細工程，通常是混音師來操盤，製作人在後面監督，可能會不斷混、不斷混，直到出現製作人、唱片公司都覺得最好的版本爲止。

⑤飛地（enclave）本國境內隸屬另一國的土地。放在都市人類學裡，有時是指新移民形成的聚落。此處是指一群西方人跑到非洲，自成「飛地」，明蒂認爲在這個「飛地」裡的人與人互動狀態構成人類學裡的動力學研究。

⑥《瘋狂》（*Madness*），著名的漫畫雜誌。

⑦此處用 Rolphus，是羅夫（Rolph）原名的變體。

第五章 你們

一切依舊：鋪了葡萄牙進口藍、黃磁磚的游泳池，沿著黑色石牆輕聲歡欣淌流的水。房子也沒變，只是安靜了。我們隨著女傭穿過一間間鋪了地毯、圓弧環繞泳池的房間，泳池在每一扇窗外對我們眨眼。這股安靜沒道理，是被施放了神經毒氣？服藥過量？還是大規模逮捕？否則，什麼能阻止這個永遠停不下來的派對？

以上皆非。是二十年歲月已過。

他在臥房，躺在一張醫院病床上，鼻子插管。第一次中風並不嚴重，只是讓他一隻腿微微顫抖。第二次中風徹底擊垮他。這是班尼在電話裡說的。我的高中同學班尼，我們的老友，盧的愛徒。他一路追蹤到我老媽家，雖然我老媽早就搬離舊金山，跟我一起住到洛杉磯。班尼負責籌畫，召集昔日朋友來見盧最後一面。透過電腦，好像什麼人都找得到。就連搬到西雅圖、冠上夫姓的蕾雅，他都有辦法找到。

老班底中只有史考提失蹤了。沒有電腦能找到他。

蕾雅跟我站在盧的床邊，不知道該做什麼。在我們認識他的那個年紀，還沒見過正常人死亡的例子。

不過，當年的某些跡象隱約顯示，人除了「活著」，還有其他爛選擇。（這是我跟蕾雅來見盧之前，一起喝咖啡時想到的事。我們隔著塑膠桌子瞪視彼此的新面貌，在那張詭異的成人臉孔下，有昔日熟悉的五官，只是被歲月沖刷過。）譬如史考提的媽媽在我們讀高中時，就服藥過量自殺，不過，她不算正常人。譬如我老爸死於愛滋病，不過那時，我已經很少看到他。總之，那種死亡是大慘劇。不像這樣：床頭擺著處方藥，吸塵過的地毯配上藥味，散發陰鬱氣息。很像置身醫院。不是氣味（醫院不鋪地毯），而是死沉沉、遠離一切的那種氛圍。

我們站在那裡，無語。我想問的問題似乎都不對：你怎麼變得這麼老？是一下子老的，一天之內，還是一點一滴變老的？你何時不再辦派對的？其他人也老了嗎？還是只有你？他們是否還在這兒，躲在棕櫚樹後面，或者屏著呼吸潛在泳池底？你最後一次游泳是什麼時候？你的骨頭會痛嗎？你是否早知道會有這麼一天，故意隱瞞，還是「老」突襲而至？

我沒問，反而說：「嗨，盧，」幾乎同一時間，蕾雅說：「哇，什麼都沒變耶！」我們兩個都笑了。

盧也笑了，雖然牙齒是嚇死人的斑黃，笑容的形狀卻很熟悉，我的內臟像被溫熱的手指戳了一下。在這麼奇怪的地方，他綻放了笑容。

「妞兒們，還是很漂亮啊，」他喘氣說。

他在說謊。我已經四十三歲，蕾雅也是，她結婚了，有三個孩子，住在西雅圖。這點，我眞沒辦法服氣：三個孩子。我呢，再度搬回去跟老媽住，我的人生經過漫長困惑的繞道，現在還在洛杉磯加州大學推廣教育部修文學士課程。老媽稱我失去的那些歲月爲「混亂的二十到三十歲」，讓它聽起來合理，甚至有趣，但是我的混亂在二十歲以前就開始，延續到三十歲以後許久。我祈求上天，混亂到此為止吧。有些早晨，窗外的太陽顯得異樣。我坐在廚房餐桌，朝我的手毛倒鹽巴，某種感覺在我體內直衝：結束了。世界從我身邊走過，我錯過一切。想當年，我知道不能闔眼太久，否則樂子開始，你卻沒份。

「噢，盧，你老實說吧——我們是兩個老太婆了，」蕾雅說，用力拍他脆弱的肩膀。

她讓盧看孩子的照片，靠近他的臉。

「她很可愛，」盧說的是老大娜汀，十六歲。盧好像眨了眨眼，還是眼皮抽搐？

「你啊，少來了，」蕾雅說。

我什麼都沒說。我又感覺到胃裡的那根手指。

「你的孩子呢？」蕾雅問盧：「常見面嗎？」

「有幾個是，」盧的新嗓門活像被勒喉。

他共有六個小孩，來自他忍耐過後一腳踢開的三次婚姻。第二個小孩羅夫是他的最愛。羅夫也住在這屋子，溫柔的男孩，藍色眼珠每次凝視父親，就微露心碎。羅夫和我年紀一樣，還同年同月同日生。我以前常想像我們是兩個小貝比，在不同醫院，同時啼哭。有一次，我們裸身並肩站在鏡子前，想看看同年同月同日生，會不會在我們身上留下什麼線索。試圖找到某些印記。

到後來，羅夫不肯跟我說話，只要我一踏進房間，他轉身就走。

盧那張鋪了葡萄紫罩單的大床已經移走，謝天謝地。長長的平面電視倒是新的，螢幕上的籃球比賽顏色鮮亮刺眼，顯得整個房間甚至我們都臉面模糊。一個穿了一身黑、戴了一顆鑽石耳環的男子走進來，弄弄盧的管子，量他的血壓。被單下還有其他管子從盧的身體彎曲伸入透明塑膠袋。我盡力避開不看。

狗兒吠叫。盧雙眼緊閉，發出鼾聲。時髦的護士兼管家看看腕表，走人了。

就是這樣——我就是為它們枉耗了歲月——一個後來變得老朽的男人，一棟後來變得空蕩蕩的房子。我忍不住啜泣。蕾雅抱住我的肩頭。儘管多年不見，她仍毫不猶豫。她的肌膚鬆垮。盧曾跟我說，有雀斑的皮膚容易老，蕾雅全是雀斑。盧說：「我們的朋友蕾雅啊，沒救了。」

「妳有三個小孩，」我的淚水流進她的頭髮。

「噓噓。」

「我有什麼？」

我高中時代認識的孩子，有人在拍電影，做電腦。或者用電腦做電影。我總聽人說電腦是革命。我呢，開始學西班牙文。每天晚上，老媽幫我做字卡測驗。

三個孩子。老大娜汀的年紀跟我當年認識盧時差不多。那年我十七歲，在路上攔便車。他開了一輛紅色賓士。一九七九年，該是一則令人興奮的故事開端，一則什麼都可能發生的故事。現在關鍵句來了，我說：「這一切毫無意義。」

「這話不對，」蕾雅說：「妳只是還沒找到而已。」

蕾雅一直都知道自己在幹嘛。不管是跳舞、哭泣，或者在手臂注射毒品，她都是半真半假。我可不是。

「我迷失了，」我說。

今天變成爆爛的一天，那種陽光銳如牙齒的日子。今晚，當我媽下班回家，看到我，她會說「甭管西班牙文」了，調兩杯血腥瑪麗，上面放了小雨傘。伴隨戴夫．布魯貝克的樂音①，我們會玩骨牌或者金羅美②。當我瞧我媽，她每次都會露出笑容。但是倦意深深蝕刻她整張臉。

這股靜默有股心照不宣的味道，盧在注視我們。他的眼神是如此空洞，幾乎算是死人了。「好幾個星期，都沒，出去了，」盧咳兩下說：「也不想出去。」

蕾雅推病床，我在後面一步，拔起輪架上的點滴瓶。穿過房間時，我突然害怕了，好像陽光加上醫院病床會立刻引爆什麼。我擔心眞正的盧其實就在游泳池畔，因爲他等於是住在那裡，只要有一支線很長的紅色電話跟一盆青蘋果。然後，眞正的盧會跟這個老朽的盧吵架。**好大膽啊？我這個屋裡從來沒有老人，也不會從現在開例**。老年與醜陋——在這裡均無立足之地。沒機會進門。

「那兒，」他的意思是到游泳池畔，跟以前一樣。

電話還在，換成黑色無線，擱在小玻璃桌上，旁邊一杯水果冰沙。不知道是那位護士兼管家，還是其他幫手，呈大字型趴在空地上。

或者是羅夫？羅夫有可能還在這裡嗎？照顧老爸？羅夫在屋內？我開始用感覺摸索他的蹤跡，就像以前，我不必抬頭，光憑空氣的流動，就知道是他進了房間。有一次演唱會結束，我跟他躲在游泳池旁的小屋，盧大聲呼叫找我「嘉—絲琳，嘉—絲琳！」我跟羅夫咯咯笑，發電機的聲音在我們的胸膛裡迴盪。事後我想：這才是我的初吻。瘋了。這領域該經歷的事，在那之前，我全經歷過了。

鏡子裡，羅夫的胸膛平滑。沒有印記，卻處處是青春的痕跡。

事情發生在羅夫的小臥房，陽光透過百葉窗一條條溜進來，我假裝性事於我是新鮮的。他深深望著我的雙眼，我明白我也可以成爲「正常人」。那是柔和的性愛。我跟他都是。

「在哪裡?那玩意兒。」盧是在問把床搖起來的按鈕。他想跟以前一樣坐起身，穿紅色泳褲，曬成古銅色的雙腿飄散氯的味道，而我埋在他的雙腿間，他一手拿電話，另一隻手掌壓住我的腦袋。那時顯然也有鳥聲，被音樂淹沒了，我們沒聽見。還是現在鳥變多了?

床搖起來吱嘎作響。盧朝遠處望，眼神好像在搜索什麼。他說：「我老了。」

狗又叫了。池水搖晃，好像有人剛進去，還是剛爬出來。

「羅夫呢?」我問。這是我開口說「嗨」之後的第一句話。

「羅夫，」盧眨眨眼說。

「你兒子啊?羅夫?」

蕾雅對我搖搖頭——我嗓門太大了。有時一股怒氣會直衝我的腦門，像粉筆塗掉我的思想。我面前這個垂死老者是誰?我要另一個盧，那個自私的貪婪吞噬者，那個在大庭廣眾之下，要我在他兩腿間磨轉的男人，邊講電話邊笑邊把我的腦袋壓下去的男人，毫不在乎這裡每個房間都面向泳池，他兒子的房間就是。針對這件事，我有話要說。

盧有話要說。我們傾身向前，聆聽。習慣使然。

「羅夫沒能活下去，」他說。

「你說什麼?」我說。

現在這老頭哭了。眼淚滑下臉龐。

「妳這是在幹嘛，嘉絲琳?」蕾雅問我，那瞬間，我的左右腦連結了，明白我早知道羅夫的結局。蕾雅也知道——大家都知道。陳年悲劇了。

「那年，他二十八歲。」盧說。

我閉上眼睛。

「不過，」氣喘吁吁的胸膛讓話語撕裂，他說：「那是很久以前的事了。」

是的。沒錯。二十八歲。那是上輩子的事了。太陽刺痛我的眼睛，所以我繼續閉眼。

「失去孩子，」蕾雅喃喃說：「我無法想像。」

怒氣擠壓我，由內碾碎我。我兩臂發疼。我伸手到盧的病床下，用力抬起它，盧整個人滑進青綠色的泳池，點滴針頭扯破手臂，血液在水裡急旋，微波般散開，變成黃色。即便經歷過那麼多事情，我還是強健無比，我尾隨他跳進泳池，蕾雅尖叫，我把他壓到水裡，用膝蓋緊緊鎖住他的頭，直到他的身體變軟，然後我們等待，盧跟我都在等待，他顫抖了幾下，在我兩腿間掙扎，抽搐，彷彿生命在流逝。然後他完全靜下來，我讓他漂浮到池水上。

我張開眼。沒人動。盧還在哭，空洞的眼神來回看著池水。蕾雅隔著被單撫摸他的胸膛。

爛爆的一天。太陽讓我腦袋發疼。

我直視盧的眼睛說：「我真該殺了你，你活該死掉。」

「夠了，」蕾雅用那種母親的尖銳語氣說。

突然，盧看著我的眼睛。好像是今天的第一次。終於我瞧見了昔日那個男人，那個人對我說：妳是我生命裡最美好的東西，我們將一起踏遍這個他媽的世界，爲什麼我這麼需要妳？小女孩，妳要搭便車嗎？他在豔陽下微笑，部分笑容映照在閃亮的紅色車身上。告訴我妳要去哪裡。

他面露恐懼，還是笑了。昔日的笑容重回臉上。他說：「妳晚了一步了。」

爲時已晚。我仰頭看屋頂。羅夫跟我有一次在上面坐了一整晚，窺視盧爲他旗下樂團舉行的派對。熱鬧結束後，我們仍待在屋頂，背靠著冰涼的磁磚，等待日出。它蹦地跳出，小而圓，亮眼。羅夫說：「眞像個小貝比。」我哭了起來。脆弱的新日就在我們的臂彎裡。

每天晚上，我媽就會註記我又戒毒了一天。這是我戒毒最久的一次，超過一年。我媽說：「嘉絲琳，妳還有很豐富的人生在等著妳。」當我相信她的話時，有那麼短短的刹那，我的眼睛清明了，好像剛剛走出黑暗的房間。

盧又說話了。他掙扎說道：「妳們各站一邊。站在我旁邊。好嗎？妞兒們？」

蕾雅握住他的手，我握住另一隻。他的手跟以前不一樣，又乾又重，像球根。蕾雅與我隔著他的身體互相看著。彷彿回到昔日，我跟她還有他，我們三人。回到一切的開始。

盧停止哭泣，環顧他的世界，他的游泳池與磁磚。我們終究沒去非洲，哪兒都沒去。根本就很少離開這房子。

盧掙扎著呼吸，說：「能跟妳們，在一起，眞是好。」

他緊緊抓住我們的手，生怕我們溜走。但是我們不會。我們看著泳池，聆聽鳥鳴。

「再一分鐘，」盧說：「謝謝妳們，妞兒。像這樣，再一分鐘就好。」

---

① 戴夫·布魯貝克（Dave Brubeck），美國爵士鋼琴演奏家。

② 金羅美（gin rummy），一種兩人牌戲。

第六章　基本要素

事情是這樣開始的：我坐在湯普金斯廣場公園的長椅上，閱讀我從賀得遜連鎖報攤幹來的《*Spin*》雜誌①，一邊觀察下班回家的東村女性穿越公園，一邊猜想（我經常如此）我的前妻爲什麼能跟成千上萬與她沒有一絲絲相似點的女性共居紐約，而且她們還拿她當一回事，就在那時，我發現了：我的老友班尼·薩拉查是唱片製作人！喏，就登在《*Spin*》雜誌上，一整篇文章描述他如何靠著「導電樂團」成名，在三、四年前創造了超白金的銷售量。文內附了一張班尼領獎的照片，開心得喘不過氣，微微有點鬥雞眼——就是那種在興奮凍結的瞬間，你直覺知道美好的一生即將尾隨而至。我瞄那張照片不到一秒；就闔上雜誌。我決定不去想班尼。在「想某人」與「想著自己不要再想某人」之間只有細細的界線，但是我有耐心也有自制力，可以在這條細線上走個數小時，如有必要，數天都可以。

經過一星期的「不去想班尼」——花那麼大的力氣去想「不去想班尼」，讓我的腦袋幾乎沒有空間容納別的思想——我決定給他寫封信。送去他的唱片公司。原來他的公司位於公園大道與五十二街交口的一棟綠色玻璃大樓。我搭地鐵到那兒，站在大樓外，仰頭，朝上看，再往上，不知道班尼的辦公室在多高的樓層。我把信丟進大樓前的郵筒時，眼睛還一直看著大樓。我在信上寫，**嗨，班鳩**（以前我都是這樣叫他），好久不見。**我聽說你現在，發達了，賀。再也沒有人比你更幸運。祝福。史考提・郝思曼。**

他居然回信了！約莫五天後寄達我在東六街的那個破爛信箱，打字的，這代表是祕書幫他打的，不過確確實實是班尼的話。

史考提寶貝——謝謝你的短箋。你到底都躲到哪兒去了？我有時還會想起「假陽具」那段日子。希望你還在彈滑音吉他。你的班尼。打字的名字上方是他扭曲的小小簽名。

班尼的信帶來很大感觸。最近我的狀況——怎麼說呢？乏味。對，有點乏味。我替市府工作，在鄰近的一所小學做清潔工，夏天，我就在東河靠近威廉斯堡大橋的公園撿垃圾。幹這種活，我並不覺得丟臉，因爲我知道別人都無法理解的事實：那就是在公園大道的綠色玻璃大樓上班，跟在公園撿垃圾，其實只有極微小的差異，微小到幾乎不存在，只存在人們的想像臆測裡。事實上，很有可能兩者根本沒差異。

第二天我正好休假——就是收到班尼來信的隔天——所以一大早我就去東河釣魚。我常去東河釣魚，也吃釣來的魚。水裡有汙染，當然，不過，這也正是美妙之處，因爲你我都知道那裡的水被汙染了，總勝過你每日在毫不知情下把各式毒素吞下肚。我開始釣魚，上帝今天一定跟我同在，也可能是我沾到班尼的好運，因爲我從河裡拉出這輩子釣到最棒的魚：一條巨大的銀花鱸！釣友山米跟戴夫看到我釣到一條超屌的魚，嚇呆了。我弄昏牠，用報紙包起來，裝袋，夾在臂膀下回家去。換上一套最接近西裝的衣服，卡其褲搭配我經常送去乾洗的夾克。上星期，我才把這件夾克拿去送洗，它根本還原封不動放在洗衣店套袋裡。櫃檯小姐崩潰了——「你幹嘛送來洗？已經洗過了，袋子都沒打開，你這是浪費錢。」我知道我離題了，不過讓我說完，我用力把夾克從塑膠套袋抽出來，小姐安靜了，我把夾克小心翼翼放在乾洗店櫃檯上，說：「女士，感激您的關心。」②她默默收下衣服，沒再說話。因此我敢說啊，今早我穿去見班尼的夾克是乾淨衣裳。

班尼上班的地方是那種如果有需要，安全措施可以很嚴格的大樓，不過我猜今天不需要。班尼的好運簡直像蜂蜜淋遍我全身。並不是說我平日運氣很爛——該說是不好也不爛，偶爾偏爛。譬如，我明明釣魚次數比山米多，魚竿也比較好，釣到的魚就是比他少。如果說今天的好運是班尼帶給我的，是不是代表我的好運也會傳給班尼？我這樣出其不意來見他是他的好運？還是我不知怎麼搞的扭轉他的好運，一口氣被我吸光，今天，他就一點好運也不剩了？還有，如果真是這樣，我是怎麼辦到的，最最重要的，要怎樣才能永遠如此？

我查了一下大樓住戶圖，廢材唱片公司在四十五樓，搭電梯上去，輕鬆通過兩扇米色玻璃門，進入等候室，好一番氣派豪華。整體裝潢讓我聯想到七〇年代的男子單身公寓：黑色皮沙發，厚厚的粗毛地毯，鉻黃金邊的厚玻璃茶几，上面擺滿《*Vibe*》、《滾石》之類的雜誌。細心調整過的昏黃照明。我知道這是出於必要，坐在這裡等候的樂手才不會暴露充血的雙眼跟施打過毒品的針孔。

我把那條魚甩在大理石的接待櫃檯。啪地一聲，沉重又潮溼——我對天發誓，聽起來沒一丁點像魚。她（紅髮、碧眼、花瓣般的嘴唇，是那種妞兒，讓你想傾身甜蜜地跟她說，妳一定很聰明哦，否則怎能搞到這個位置？）抬頭，說：「嗨，嗨。」

「我來見班尼，」我說：「班尼．薩拉查。」

「你有約嗎？」

「現在沒有。」

「你的大名是？」

「史考提。」

她戴的耳機有一個小配備延伸到她的嘴巴前，我這才發現那是電話。她報了我的名之後，我瞧見她嘴角微微上揚，似乎在掩藏笑意。「他在開會，」她跟我說：「你可以留言——」

「我等。」

我把魚放到玻璃茶几上的雜誌旁，一屁股坐到黑色皮椅。座墊散發出最最細膩的皮味。深深的舒適感滲透我的身體。我開始昏昏欲睡。眞希望永遠坐在這裡，拋開我在東六街的公寓，後半生都活在班尼的等候室裡。

沒錯：我已經有段時間沒在公共場所待這麼久。不過這個事實在這個「資訊時代」有什麼重大意義？這個時代，你不用離開位於東六街公寓裡那張從垃圾場撈回來、目前成爲屋內視覺焦點的綠色絲絨沙發，就能穿梭地球這顆行星與整個宇宙。我的每一個夜晚都從叫外賣的乾煸四季豆開始，搭配德國鹿伯利口酒吞下肚。我吃起乾煸四季豆眞是嚇死人：四份、五份，有時更多。依附送的醬油包與衛生筷數量，我猜豐裕餐廳以爲我在辦晚宴，請八、九個吃素的人吃飯。鹿伯利口酒的化學成分會讓你渴望四季豆？還是四季豆有什麼成分，當它很罕見地跟鹿伯利口酒一起下肚，就會造成上癮？我一邊用叉子撈起滿滿的四季豆塞進嘴裡，一邊思索這些問題，同時看電視——各式詭異的有線電視秀，多數節目我無法認同，也不是很常看。你可以說，我從這些電視節目裡創造了我自己的節目，甚至猜想我的節目是不是比它們好。事實上，我很確定是的。

基本上，我要說的是：如果我們人類是資訊處理器，能夠透過閱讀各種基本要素，將這些資訊轉譯成人們敬稱爲「經驗」的東西，而如果我有管道從有線電視，或者從休假日我就跑去賀得遜連鎖報攤免費一看就是四、五小時的書報雜誌裡取得相同的資訊，又或者我不僅能取得訊息，還有才氣能用腦袋裡的電腦，（我怕眞的電腦，你能找到他們，他們就能找到你，而我不想被找到。）將它們整理成形，那麼，技術上來說，我是不是就擁有了跟這些人一模一樣的經驗？（講到免費看書報雜誌，我的最高紀錄是八小時，包括午餐時，一個年輕的工作人員以爲我是同事，請我代爲看守收銀機的半小時）。

我將這套理論付諸實驗，站在第五大道與四十二街口的圖書館外觀察「心臟病慈善晚會」。這個實驗對象是隨機選取的：當天圖書館快關門時，我正打算離開期刊室，突然瞧見不少衣冠楚楚的人在大樓門廳鋪桌巾，擺置大盆蘭花，我問一個拿著拍紙簿的金髮女孩這是幹什麼，她說是爲心臟病慈善募款的晚宴。我回家，吃我的四季豆，不過我沒打開電視，而是搭地鐵回圖書館，慈善晚宴正熱鬧。我聽到裡面在演奏〈絲緞娃娃〉（Satin Doll），我聽到咯咯笑聲、歡呼聲、喝采聲與大笑聲，至少有一百輛黑色加長型禮車與短一點的黑色大型房車在路邊沒熄火，而我思索，圖書館內那群伴隨管樂（次中音薩克斯風超爛）跳舞的人，跟我之間所隔的那堵石牆，不過是連串的原子與分子依某種特定方式組合而成罷了。但是聽著聽著居然發生了怪事：我感覺痛。不是腦袋，不是手臂，不是雙腿，而是渾身一起發疼。我告訴自己「在裡面」與「在外面」並無不同，剖析開來都是一些基本要素，你可以透過許多管道取得它們，但是痛感不斷增加，我覺得自己快昏倒了，便拖著腳離去。

跟所有的失敗實驗一樣，它也帶來料想不到的教訓：所謂的經驗有一個關鍵要素，那就是人們對它有種錯覺信心，認定它是獨一無二、特別的，能享有此一經驗是幸運者，排除在外者就是失之交臂。

而我就像個科學家，不小心吸進我的實驗室燒杯冒出的有毒氣體，純粹因為位置的接近而感染上此一錯覺，我當時的狀態有如被下藥，認定自己是被「排除在外」：命中註定只能站在第五大道與四十二街口的圖書館外顫抖，揣想裡面的諸種美妙。

我走向那位赤褐色頭髮的接待，站在她的桌前，捧著魚，盡力讓它維持平衡，水已經滲透紙滴了下來。我說：「這是魚。」

她微微歪著頭，露出那種「哦，是你啊」的表情，說：「啊。」

「跟班尼說，這魚很快要發臭了。」

我坐回沙發椅。我的「鄰座」是一男一女，一看就是公司派出來做簡報那類的人。我感覺他們移動身體，離我遠一點。我自我介紹說：「我是樂手，滑音吉他。」

他們沒回話。

好不容易，班尼現身了。他看起來保養得宜，狀態良好。黑長褲配全扣式白襯衫，沒打領帶。我瞧見這襯衫，這才明白一件事（生平第一次）：我明白名貴襯衫勝過便宜貨。它的質地並不閃亮，不——閃亮就顯得廉價了。但是它有一股光華，彷彿來自內裡。我的意思是說，這眞是一件他媽的漂亮襯衫。

「史考提，老兄，怎麼樣啊？」班尼跟我握手，熱情地拍我的背。「很抱歉讓你久等。希望莎夏有好好招呼你。」他指指我剛剛交涉的那個女孩，她的自在笑容可以粗略解釋為：**現在正式宣告他不再是我的燙手山芋**。我眨眨眼回應她，正確解釋為：**親愛的，別那麼有把握**。

「來吧，到我的辦公室，」班尼說。他抱著我的肩頭，推我走向走道。

「等等，我忘了，」我大聲說，奔回去拿魚。當我從茶几上一把撈起那包東西，小小的水滴從紙包的角落飛濺出來，那兩個大公司型的人物立馬跳了起來，好像那是核廢料。我瞧瞧莎夏，以爲她也會畏縮，沒想到她居然冷靜旁觀，表情只能稱之爲「興味盎然」。

班尼在走道等我。我欣慰發現他的肌膚比高中時代更棕了。我讀過：經年累月的日曬會讓你的肌膚逐漸變黑，班尼的肌膚已經黑到不再適用「白人」一詞。

「逛街？」他瞧見我的包裹。

「釣魚。」我告訴他。

班尼的辦公室眞是「超棒」，這不是滑板男孩所使用的讚美語——而是老派用法，就是字面的意思。巨大的橢圓形辦公桌像噴射墨水那麼黑，桌面還有一種暈潤的感覺，就像最貴的那種鋼琴。它讓我想起黑色的滑冰場。辦公桌後面什麼都沒，就是一片美景——就像街頭小販抖開包袱，一堆便宜又金閃閃的手表與腰帶就躍入眼簾，整個紐約市此刻也坦現於窗外。原來這就是紐約的模樣：美好，易得，就連我也唾手可得。我站在辦公室門邊，拎著魚。班尼繞到黑色溫潤橢圓形辦公桌的另一頭。它看起來毫無縫隙，銅板可以輕鬆飄滑過整個桌面，再從邊緣落到地板上。他說：「史考提，來，坐下。」

「等等，」我說：「這是送你的。」我走向前，輕輕把魚放在他的辦公桌上，好像是在日本最高山的神道殿堂恭放供品。美景讓我恍惚。

「你送我魚？」班尼說：「這是魚？」

「銀花鱸魚。我今早在東河抓到的。」

班尼看著我，似乎在等待笑話的梗。

「東河汙染沒有大家想像的那麼嚴重，」我說。班尼辦公桌對面只有兩張黑色小椅子，我坐上其中一張。

他站起身，拿起魚，繞過辦公桌，還給我。「謝謝，史考提，」他說：「感激你的心意，眞的。但是魚放在我的辦公室，鐵定要壞掉的。」

「拿回家，吃掉啊！」我說。

班尼掛上他那種平和的笑容，卻沒一絲要拿回魚的意思。我心想，算了，我自己吃。

我的黑色椅子看起來很不舒服——當我一屁股坐下時，還想這鬼玩意兒待會鐵定就會讓我屁股發疼，然後發麻。誰知，毫無疑問，這是我坐過最舒服的椅子，還勝過等候室的沙發。沙發讓我瞌睡，這張椅子卻讓我浮升。

「告訴我，史考提，」班尼說：「你有試聽帶要給我聽？你做了一張專輯，你組了新團？還是有曲子等著找製作公司？是哪一種？」

他靠近黑色辦公桌的菱形凹處，腳踝交叉——那種乍看非常輕鬆，其實非常緊張的姿勢。我抬頭看他，連串頓悟如瀑布沖刷而至：⑴班尼跟我不再是朋友，以後也不會。⑵他希望能用最不麻煩的方式儘速打發我。⑶我早就知道結果會是如此。來之前就知道了。⑷這正是我來見他的原因。

「史考提？你還在聽嗎？」

「所以，」我說：「你是大人物了，人人都有求於你。」

班尼往後靠回他的椅子，兩手交叉胸前望著我，這個姿勢乍看比上一個姿勢緊張，其實比較放鬆。

「少來，史考提，」他說：「你沒來由地寫了一封信給我，現在又出現在我的辦公室——我猜你不是專程拿魚來給我的。」

「不是，那是禮物，」我說：「我來的理由是：我想知道A到B之間發生了什麼事？」

班尼等著更進一步解釋。

「A是我們都還在同一個樂團，追同一個女孩。B是現在。」

我馬上知道提及艾莉絲是正確的一步棋。表面上是這樣說，隱藏在下的卻是另一番意思：我們原本是兩個大糗蛋，現在卻只剩我一枚；爲什麼？更往下一層的意思是：一日是糗蛋，終生是糗蛋。最深一層的意思是：你才是那個追艾莉絲的人。但是她選了我。

「我死幹活幹啊，」班尼：「就是這樣。」

「我也是。」

我們隔著象徵班尼權力寶座的黑色辦公桌對看。我們的對話出現了奇怪的停頓，在那個頗長的暫停裡，我似乎將班尼拉回了（還是他拉我回去）舊金山，我們是四人團「燃燒的假陽具」中的兩名，班尼比你常聽見的貝斯手要爛一些，膚色棕黑，手臂有毛，我最要好的朋友。我感覺一股怒氣衝來，力道之猛，讓我一陣暈眩。我閉上眼睛，想像自己繞過辦公室，掐住班尼的脖子，扭斷他的腦袋，一把將它從那件漂亮的襯衫領子裡扯出來，像疙疙瘩瘩的草還帶著長長糾結的根。我想像自己抓住他茂盛的頭髮，拎著他的腦袋穿過氣派的等候室，扔在莎夏的接待櫃檯上。

我從椅子上起身，班尼幾乎在同一時間起身——應該說彈起來，因爲我瞧見他時，他已經站著了。

「我可以站在窗邊瞧瞧嗎？」我問。

「當然可以。」他的聲音聽起來並不害怕，但是我能聞到恐懼。恐懼的味道像醋。

我走向窗戶，假裝欣賞景色，眼睛卻是閉的。

過了一會兒，我感覺班尼靠近我。「你還在搞音樂嗎，史考提？」他的語氣輕柔。

「試過，」我說：「自己搞，純粹為了放鬆心情。」我現在終於能夠睜開眼睛，但是沒看他。

「你的吉他眞屌，」他說，接著問：「結婚沒？」

「離婚了，跟艾莉絲。」

「我知道，」他說：「我是問有沒再婚？」

「維持了四年。」

「老兄，我很遺憾。」

「這樣比較好。」我說，然後轉身看班尼。他背對窗戶，我懷疑他有沒有好好看過窗外景色，這麼近距離坐擁美景，對他有任何意義嗎？我問：「你呢？」

「結婚了。有個三個月大的兒子。」他微笑，然後笑容變得猶疑尷尬，好像想到寶貝娃兒就覺得自己不配。笑容後面的恐懼並未消失：他害怕我追蹤到他，是想搶走生命塞給他的種種福氣，短短幾秒內就把它們抹消。我眞想狂笑尖叫說：**嗨，老兄，你想不透啊？你有的一切，我都有！它們不過是些基本要素，我可以透過一百萬種不同方法得到**。我站在那兒嘲笑班尼的恐懼，卻有兩件事讓我分心：⑴班尼有的一切，我並沒擁有。⑵他是對的。

因此我沒對他尖聲吶喊，反而想起艾莉絲。這是我幾乎從來不准自己幹的事——我只容許自己想著不去想艾莉絲，後者是我經常幹的事。一想到艾莉絲，我整個人好像被敲開了，我允許她的模樣在我腦海慢慢散開，直到我瞧見陽光下她的金髮——是的，她有一頭金髮——然後我聞到她常用滴管滴在手腕上的香油味道。廣藿香？麝香？我不記得名字。我瞧見她的臉蛋仍然充滿愛意，沒有憤怒，沒有恐懼——沒有那些我學會讓她哀傷的事。她的臉在說，請進來，我照辦。那一分鐘，我進入艾莉絲裡面。

我低頭瞧這個城市。它的奢侈華美像是一種浪費，就像不斷噴湧的油，或者其他被班尼悄悄窖藏、獨自享用、別人一滴也分不到的好東西。我在想：如果我每天都能俯瞰這樣的美景，我就有精力與靈感，可以征服全世界。問題是，當你最需要的是美景，沒有人會給你。

我深深吸口氣，轉身面對班尼：「老兄，祝你身體健康，快樂。」我首度對他微笑，也是唯一一次：我張開嘴，扯出笑臉。我很少這樣，因爲我兩邊內側的牙都沒了。我的牙齒又大又白，缺牙的黑洞就顯得眞正令人吃驚。我瞧見班尼臉上的驚色。瞬間，我覺得自己強大，彷彿房間裡的氣氛突然失衡了，班尼所擁有的權力——辦公桌、窗外美景、讓人有浮升感的椅子——瞬間全部移轉給我。班尼也感覺到了。這就是權力；人人都能立刻感知。

我轉身朝門走，仍帶著笑容。我覺得渾身輕鬆，好像穿了班尼的白襯衫，身體湧出了光華。

「哎，史考提，等等，」班尼語氣顫抖地說。他轉身回到辦公桌，但是我繼續走，笑容帶領我穿過走道，回到莎夏坐的接待區，每踏出緩慢又有尊嚴的一步，我的鞋子便在地毯上踩出輕輕的聲音。班尼趕上來，遞了名片給我：是紙張昂貴，還有浮雕印刷的那種。看起來很珍貴。我小心翼翼接過來。上面寫著「總裁」。

「常聯絡，史考提，」班尼說。他的聲音有點困惑，好像忘記我爲何置身於此；好像我是他邀請來的，卻要提早離開。「你如果有任何作品想讓我聽，就送過來。」

我忍不住要瞧莎夏最後一眼。她的眼神嚴肅，近乎哀傷，依然端出那種漂亮笑容。她說：「保重啊，史考提。」

步出大樓，我直接走向前幾天丟信給班尼的那個信箱。我朝後仰，瞇眼瞧這棟綠色玻璃高塔，想要數到第四十五層。這時我才發現我雙手空空——我把魚留在班尼的辦公室了！我頓時覺得荒謬，大聲笑了出來，想像那兩個大公司模樣的傢伙坐到班尼辦公桌面前那兩張會讓人浮升的椅子上，其中一人從地上撿起潮溼沉重的包裹，發現——**天啊，這是那傢伙的魚**——連忙扔下，一陣噁心。我朝地鐵走去，一邊想班尼會怎麼做？他會當場就把魚給扔了，還是他會放進辦公室的冰箱，晚上拿回老婆與小貝比兒子正在等候他的家，跟他們說我的到訪？如果他眞的如此，會不會把紙包打開看看究竟是個啥玩意呢？

我希望如此。他一定會吃驚。那是一條閃亮又漂亮的魚。

接下來的一天，我整個人廢了。頭痛到要命，來自小時受傷的眼睛，劇痛到閃亮又折磨人的畫面在我眼前爆開。那天下午，我躺在床上，閉上雙眼，瞧見半空中有一顆燃燒的心，朝四面八方射出光芒。那不是個夢，因爲啥事也沒發生。那顆心就是懸在那兒。

因爲近黃昏時我就上床，所以第二天太陽尚未露臉，我就已經起床，離開公寓，坐在威廉斯堡大橋下，釣竿線伸入東河水。稍後，山米跟戴夫也來了。戴夫不在乎釣魚——他是來看東村女孩晨跑。跑完後，她們有的去紐約大學上課，有的去精品店上班，或者到其他東村女孩打發白天的地方去。戴夫對運動胸罩很有意見，抱怨晃動幅度不如他的意。我跟山米懶得聽他說話。

這個上午戴夫又老調重彈，我突然想置評了。我說：「戴夫，你知道的，這就是運動胸罩的目的。」

「什麼目的？」

「不讓乳房跳動，」我說：「乳房晃動會痛，所以她們慢跑時才會穿上運動胸罩。」

他愼重瞧著我說：「你何時開始變成專家啊？」

「我老婆以前也慢跑，」我說。

「以前？你是說她放棄慢跑呢？」

「她放棄做我老婆。可能還持續慢跑。」

這個早晨很安靜。我聽見大橋後方網球場傳來的啵啵聲。除了晨跑者、打網球的，一大早，河邊通常還會有幾個毒蟲。我總是特別注意一對情侶，他們穿長及膝的皮衣，腿兒瘦削，毒品摧毀臉龐。他們鐵定是樂手，我雖然離開這個圈子已久，依然可以一眼就認出樂手。

太陽升起，又亮又圓，就像天使抬頭。我從未見過太陽這麼美。它爲河水灑滿銀光。我眞想跳下去游泳。我心想，汙染？多一點更好。然後我注意到那女孩。是不小心瞥見，因爲她身材瘦小，用一種奇特的跳躍式步伐跑步，跟旁人都不一樣，淡棕色的頭髮，一接觸到陽光就產生一種你無法忽視的變化。我想，她就像侏儒妖（Rumpelstiltskin）。戴夫張大嘴瞧她，就連山米都轉頭看，但是我緊盯河水，看釣魚線有無動靜，不用瞧，我就能看見那女孩。

「哎，史考提，」戴夫說：「我想剛剛跑過去那個是你老婆。」

「我離婚了，」我說。

「沒錯，就是她。」

「不是，」我說：「她住在舊金山。」

「說不定是你下一任老婆，」山米說。

「她才是我的下一任老婆啦，」戴夫說：「你知道我要教她的第一件事是什麼嗎？別壓抑它們，讓它們跳動。」

我看見釣魚線在陽光下閃爍。我的運氣跑光了；我知道今天啥也釣不到。待會我就得上班。因此我收起釣魚線，沿著河岸朝北走。那女孩已經離我有一段距離，頭髮隨著步伐跳動。我跟在她後面，保持足夠的距離，稱不上跟蹤，眞的，只是同一個方向。我的眼睛緊盯著她，沒注意到那對毒蟲情侶跟我同路線，直到他們幾乎超越我，我才瞧見。他們緊緊相擁，模樣憔悴卻性感，你知道的，年輕人有段時期就是這模樣，直到他們只剩憔悴爲止。我擋住他們的路，說：「嗨。」

我們在這河邊不只二十次照過面，那男的在墨鏡底下瞧我，彷彿我們素未謀面，女孩則根本不瞧我。我說：「你們是搞音樂的嗎？」

那男人轉過身，想擺脫我。女孩卻抬頭望。她的眼睛看起來紅腫，被剝過皮似的，不知道是不是被太陽曬傷，她的那個男友，或者老公，還是不知道什麼身分的男子，幹嘛不把墨鏡讓給她戴。那女孩說：「他超棒。」是滑板男孩的那種慣用語。也可能不是。有可能她眞的覺得他超棒。

我從襯衫口袋撈出班尼的名片。我用面紙將它從昨日的夾克移到今天這件襯衫的口袋，確保它不會被拗到、折到或者汙損。它的浮雕印刷讓我連想起羅馬錢幣。「打電話給這個人，」我說：「他是唱片公司負責人，跟他說史考提介紹的。」

在斜斜灑落的陽光下，這兩人瞇著眼瞧名片。

「打電話給他，」我說：「他是我哥兒們。」

男的說：「當然。」語氣毫不信服。

我說：「希望你眞的會打。」我覺得無力可施，這只有一次機會；名片出手就不會再回來。那男的研究名片，女孩看著我說：「他會打。」然後她笑了：整齊的小貝齒，是那種戴過矯正器才有的牙齒。「我會叫他打。」

我點點頭，轉身，離開這對毒蟲。朝北走，猛往前望。在我沒注意時，那個慢跑女孩已經不見人影了。

「嗨，」我聽到背後兩個沙啞的聲音。轉身，他們對我大叫：「謝謝。」兩人異口同聲。許久沒有人對我說謝謝。我對自己說：「謝謝。」一次又一次，希望牢記他們的確切聲音，能再次感受胸膛裡的那股驚喜刺激。

當我踏上橫越羅斯福大道的天橋，前往東六街時，我問自己是春日的暖和空氣裡有某種東西讓鳥兒叫得更大聲嗎？樹梢的花朵正綻放。我在樹下小跑步，嗅聞花粉的味道，匆匆趕回公寓。我想上班時順路把夾克送去乾洗，我從昨天起就盼望著這件事。我讓夾克皺巴巴躺在床邊的地板，我就要照這個樣子——穿過用過——把它拎去洗衣店，隨手扔在櫃檯上，等著那女孩挑戰我。但是，她怎麼能呢？

我會跟其他人一樣，說，這夾克我穿出門過了，要洗一洗。她會讓它煥然一新。

①創刊於一九八五年的音樂雜誌，早期側重於另類搖滾的報導。

②此處作者用法文Merci por vous consideración , madame。

B

第七章　從Ａ到Ｂ

一

史蒂芬妮與班尼在克藍戴爾住了一整年，才有人邀請他們參加派對。這可不是很容易就對陌生人親熱的地方。他們搬進來前就知道如此，並不在乎，他們有自己的朋友。史蒂芬妮卻沒想到打擊遠比想像的大，送克里斯去幼稚園，對著剛從悍馬轎車或者休旅車釋放出一堆金髮後代的金髮媽媽們揮手或微笑，對方卻是掛著一臉困惑與苦惱，似乎應翻譯為：**妳是哪位啊？**數個月來，她們天天這樣打照面，她們怎麼可能不知道？史蒂芬妮對自己說，她們不是勢利眼就是白癡，或者兩者兼是，她們的冷漠卻讓她莫名痛苦。

第一年冬天，班尼旗下某位藝人的姊姊做保證人，讓他們加入克藍戴爾鄉村俱樂部。經過只比移民入籍更痛苦一點的程序，他們在六月底成為會員。第一次去，他們拎著泳衣、毛巾，到了才知道ＣＣＣ（這是俱樂部的簡稱）提供單色毛巾，免得池畔五顏六色。在女更衣室，史蒂芬妮跟某個金髮女士擦身而過，她的小孩跟克里斯同校，這一次，史蒂芬妮得到一聲扎扎實實的「哈囉」。史蒂芬妮能夠出現在學校與俱樂部兩地，顯然符合凱西的人格測量標準。那是她的名字：凱西。史蒂芬妮搬來第一天就知道了。

凱西拎著網球拍，小小的白洋裝，只比內褲稍大一點的白色網球短褲若隱若現。連生好幾個孩子並沒未在她的纖腰與古銅色二頭肌留下痕跡。閃亮的頭髮綁成緊緊的馬尾，散落的瀏海則用金色髮夾固定。

史蒂芬妮換上泳裝，在零嘴吧那兒跟班尼、克里斯會合。當他們拎著彩色毛巾，有點不知所措時，史蒂芬妮聽到遠處砰砰的網球聲，讓她一陣緬懷。她跟班尼都出身鳥不拉屎的地方，但是型態不一樣——他是加州達利市區裡的鳥地方，父母賣命工作到沒機會跟他打照面，他跟四個姊妹由疲憊的祖母帶大。史蒂芬妮則來自鳥不拉屎的中西部郊區，那兒也有鄉村俱樂部，零食吧提供油膩的薄片漢堡，不像這裡提供拌了新鮮燒烤鮪魚的**尼斯沙拉**。她家鄉俱樂部的網球場是被太陽曬得龜裂的場地，史蒂芬妮的球技大約在十三歲時攀抵顛峰。後來就沒再打了。

混了一天後，他們被太陽曬得暈暈然，沖完澡，換上衣裳，坐在鋪石板的露台，鋼琴師正在一台閃亮的直立式鋼琴彈奏些不痛不癢的歌曲。太陽快下山了。克里斯和兩個幼稚園班上的女孩在草坪處打鬧。班尼與史蒂芬妮啜飲琴通寧，瞧著螢火蟲。班尼說：「原來就是這種滋味。」

對此，史蒂芬妮的腦海冒出幾個可能的回應：暗示班尼他們至今一個人都不認識；她還懷疑一個都不值得認識。不過，她讓念頭閃過，沒提。是班尼選擇搬來克藍戴爾的，內心深處，史蒂芬妮明白爲什麼：他們曾搭私人客機，拜訪某些搖滾巨星擁有的小島，但是對班尼來說，這個鄉村俱樂部才是他跟住在達利市、擁有一雙疲憊黑眼的祖母，兩者之間最遠的距離。他去年賣掉了唱片公司；還有什麼比躋身你原先不配去的地方更能標示成功？

史蒂芬妮抓起班尼的手，親吻指節。她說：「或許我會買把網球拍。」

三星期後，他們收到派對邀請。主人是避險基金經理人達格，他聽說是班尼發掘了「導電」，替他們發行唱片，那是他最愛的搖滾樂團。史蒂芬妮第一次上完網球課回來，看見班尼與達格在池畔熱切討論。「我希望他們能復合，」達格若有所思地說：「那個瘋狂吉他手後來怎麼了？」

「波斯可？他還在灌錄唱片，」班尼圓滑地回答：「新專輯再過幾個月就要上市，叫《從A到B》。他的個人專輯比較內省。」班尼省略了波斯可現在酗酒、罹患癌症，還是個超級大胖子。這是他們相交最久的朋友。

史蒂芬妮坐在班尼陽台椅的邊邊上，滿面紅光，因爲她打得不錯，上旋球的功夫沒荒廢，發球切削漂亮。她注意到一、二個金髮女士停在場邊觀戰，自豪自己跟她們沒一點相似：她留黑色短髮，米諾文明的章魚①刺青盤繞一隻小腿肚，還戴了幾只大戒指。不過她也的確爲了這個場合穿了緊身白色網球裝，裡面是白色短褲：這是她成年以來第一套白色衣服。

雞尾酒會上，她瞧見凱西——還有誰？——在寬大擁擠的露台那一頭。史蒂芬妮懷疑她有幸再得到一聲「哈囉」，還是貶抑人的那種「你是誰啊？」的狗屎笑容。凱西瞧見她，走向她。雙方自我介紹。凱西的老公克萊穿泡泡紗質地的短褲跟粉紅色牛津布料襯衫，這種搭配如果出現在別人身上，鐵定頗具諷刺效果。凱西穿經典海軍藍的衣服，襯托她晶亮的藍眼珠。史蒂芬妮感覺班尼的眼神在凱西身上遊走，緊張起來——不過，就如同班尼注意力的短暫（他轉爲跟克萊說話了），史蒂芬妮的殘餘不安感也迅速消失。凱西金髮垂肩，依然用髮夾固定兩邊。史蒂芬妮閒閒猜想這女人一星期要用掉多少髮夾啊。

凱西說：「我在網球場見過妳。」

「許久沒打了，」史蒂芬妮說：「剛剛重拾球拍。」

「哪天我們搭檔一次。」

「好啊，」史蒂芬妮口氣隨意，卻覺得心臟都要跳到嘴邊，克萊與凱西走遠了，她還在陶然，眞是丟臉。這是她這生中最愚蠢的勝利。

II

不到幾個月，每個人都說史蒂芬妮與凱西是朋友。她們每周固定兩個早上打球，成爲跨俱樂部聯盟的雙打拍檔，出戰鄰近城鎭那些同樣穿迷你網球裝的金髮女士。她跟凱西的生活有許多共同點，連名字都能對應——凱芙（Kath）與史黛芙（Steph）②。她們的兒子同是一年級又同班。克里斯與克林，克林與克里斯；懷孕時，她跟班尼想過仙那度、皮可波、羅納多、克西特等一大堆名字，爲什麼就選了唯一能無間融入克藍戴爾姓名光譜的克里斯呢？

凱西在本地金髮婆娘中位階甚高，讓史蒂芬妮得以灰色姿態輕易融入，因爲受到保護，她的黑色短髮與刺青也一併被接受了；她跟眾人不一樣，但是還可以，倖免某些人所承受的兇猛撕抓。史蒂芬妮絕對不會說她喜歡凱西；凱西是共和黨員，是那類喜歡把「註定如此」（不可饒恕的字眼）掛在嘴邊的人，用來形容自己的好運，或者厄運臨頭的人。她對史蒂芬妮所知無幾——譬如，她要是知道史蒂芬妮的老哥朱爾斯是專門採訪名流的記者，就是那個幾年前替《細節》雜誌採訪年輕電影明星姬蒂·傑克森時，突然攻擊她，因而登上媒體頭條的人，她可能會嚇呆了吧。偶爾史蒂芬妮也會狐疑她小瞧了這位朋友對她的理解；她揣想凱西心裡頭可能想：我知道妳恨我們，我們也討厭妳，這事已經解決了，現在讓咱們去痛宰史高斯戴爾社區那些賤貨。史蒂芬妮熱愛網球的程度凶猛到自己都有點不好意思；做夢都會夢見線審的判球還有反手拍。凱西還是打得比她好，但是差距越來越小，這個事實讓她們都又驚又喜。史黛芙與凱芙既是網球拍檔又是對手，同為人母又是鄰居，配合得天衣無縫。唯一的問題是班尼。

911之後的那個夏天（是他們在克藍戴爾的第二個），班尼說他覺得泳池畔的人看他的眼神怪怪的，史蒂芬妮不相信，認為班尼是在說那些女人用仰慕的眼神望著他泳褲上方的結實棕色胸膛，還有深色眼睛，所以她簡短回應：「什麼時候開始，你不習慣被人看了？」

班尼講的不是這個，沒多久，史蒂芬妮也感覺到了：眾人對她的丈夫有點猶豫質疑。班尼不會覺得很困擾；這輩子他被問過不知道多少次「薩拉查是什麼姓」，人們對他的出身與種族背景的質疑，他早已免疫，還練就一身魅力，可以抹掉眾人的懷疑，尤其是女性。

第二個夏天過了一半，避險基金經理人又辦了一次雞尾酒會。班尼、史蒂芬妮、凱西、克萊（人們背後叫他膚淺萊），還有幾個人，正在跟比爾．達夫聊天，他是本地選出的國會議員，剛剛跟外交委員會開完會。議題是紐約地區有沒有蓋達組織成員。達夫承認的確有蓋達情報員出沒，尤其是紐約郊區，此刻搞不好就正在彼此聯絡（史蒂芬妮發現克萊蒼白的眉毛突然往上一挑，腦袋奇怪地扭了一下，好像要甩出耳朵內的積水），重點是：他們跟基地之間的聯繫有多強。講到此處，達夫笑了，說，任何皮膚較黑的人都可自稱是蓋達成員，但是他如果沒金援、沒訓練、沒支援的人手，政府就犯不著把資源浪費在他身上……。克萊的腦袋又搖了一下，眼神轉往右邊的班尼。

達夫講到一半就停了，顯然越講越迷糊。另一對夫妻插了進來，班尼抓住史蒂芬妮的手離開。他的眼神看似寧靜甚至昏昏欲睡，卻抓痛了她的手腕。

沒多久，他們便離開派對。班尼付錢給綽號速可達的十六歲保母，開車送她回家。史蒂芬妮都還沒瞄時鐘，回想速可達有多漂亮，班尼就已經返家。她聽見班尼設定防盜系統；重步上樓，聲音大到家貓精靈嚇得一溜煙躲到床下。史蒂芬妮奔出臥室，站在樓梯口迎接班尼。他大叫：「我在這個鬼地方幹嘛？」

「噓。你會吵醒克里斯。」

「那是恐怖秀！」

「很難看，沒錯，」她說：「雖然克萊是個——」

「妳替他們說好話？」

「當然不是。他只算個例。」

「妳以爲那圈人不知道這場面是幹嘛？」

史蒂芬妮也擔心如此——他們都知道嗎？她不希望班尼這麼想。「你這是偏執。就連凱西都說——」

「又來了。瞧瞧妳！」

他緊握雙拳，站在樓梯頂。史蒂芬妮走過去抱住他，班尼整個人一鬆，往她身上一靠，她差點被撞翻在地。他們緊緊相擁，直到班尼呼吸緩慢下來。史蒂芬妮柔聲說：「我們搬家吧。」

班尼吃驚挺直身體。

「我說眞的，」她說：「我根本不在乎這些人個屁。本來搬到這種地方來，就只是個實驗，對不對？」

班尼沒回答。他瞧瞧身旁的玫瑰拼花地板，他不信任花錢請來的人能夠勝任這麼細的活，是他自己趴在地上完成的。他又瞧瞧臥房門上方的窗子，那是他花了好幾個星期，用剃刀挖穿層層油漆做出來的。還有樓梯轉角凹處的照明，他自己擺放一個個飾品，再一一調整燈光。他老爸是電氣工；班尼什麼照明都能做。

「讓他們搬好了，」他說：「這是他媽的我的家。」

「好！但是如果走到那一步，我還是說我們可以搬家。不管是明天。下個月。或者一年後。」

「我要死在這裡，」班尼說。

「天，」史蒂芬妮說，突然間，笑意突襲，瞬間轉爲歇斯底里，讓他們倒在拼花地板上，抱住肚皮猛笑，還要對方噓，噓，噓小聲點。

因此，他們繼續住下來。只是現在班尼瞧見史蒂芬妮清晨穿上網球裝，就會說：「去跟法西斯分子打球？」她知道班尼不要她再打了，不要跟凱西搭檔，以此抗議膚淺克萊的白癡與種族偏見。史蒂芬妮不想停止。如果他們要住在一個社交生活全繞著鄉村俱樂部打轉的地方，她當然得跟那個能保證她輕鬆融入的女人維持良好關係。她可不想跟右邊鄰居諾琳一樣，因爲講話像罹患了聲音聯想症③、愛戴超大的太陽眼鏡、雙手劇烈顫抖（史蒂芬妮猜想是服藥的緣故），而成爲放逐者，她有三個可愛又焦慮的小孩，但是社區的女人都不跟她說話。她就像幽靈。史蒂芬妮心想：不，敬謝不敏。

秋天，天氣轉涼，她把球敘安排到下午，那時班尼不在家，不會看到她換裝。現在她在拉杜兒公關公司做自由接案，她可以隨意安排到曼哈頓開會，簡單得很。當然，這算是小欺騙，省略不說是爲了保護班尼，不讓他沮喪。如果他問，史蒂芬妮絕對不會隱瞞。更何況，這些年來他的欺騙也夠多了吧？是否也欠她一點呢？

III

春天時，史蒂芬妮的哥哥朱爾斯獲得假釋，離開阿提加監獄，搬來跟他們住。他蹲了五年，先是在雷克斯島感化監獄待了一年，等待強暴姬蒂．傑克森未遂案開審，後來，姬蒂．傑克森主動撤銷強暴控訴，他卻被判綁架與重傷害，又坐了四年牢——簡直荒謬，這女明星可是自願跟朱爾斯走入中央公園，渾身上下沒一處傷。她後來反而爲辯方作證。但是檢察官說服陪審團——姬蒂支持朱爾斯的行爲是一種斯德哥爾摩症候群的表現。「她堅持保護這個男人，正足以證明她受傷有多深以……」史蒂芬妮仍記得他宛如吟誦的聲音，那場審判，她足足在法庭待了痛苦無比的十天，試圖表現得積極樂觀。

監獄歲月似乎讓朱爾斯重拾攻擊事件前幾個月大幅痛失的鎭靜。他繼續服用躁鬱症藥物，也能平靜接受婚約解除。他編輯監獄周報，一篇針對911事件對獄友衝擊的報導，讓他得到筆會監獄寫作計畫的特別表揚。獄方甚至允許他到紐約領獎，結結巴巴的得獎感言讓史蒂芬妮、班尼和她的爸媽都哭了。他迷上籃球、滌清五臟六腑，連濕疹都神奇好了。終於，他看起來可以重拾二十年前初到紐約時所追求的「嚴肅新聞寫作」。假釋委員會核准他提早出獄，班尼與史蒂芬妮興高采烈把他迎回家，讓他有重新站起的立足之地。

現在，朱爾斯來了兩個月，不祥的滯怠感掩至。他有過幾次工作面談，恐懼得渾身大汗去應徵，都沒下文。朱爾斯溺愛克里斯，克里斯上學後，他會花好幾個小時用小小的樂高搭建大城市，放學後給他一個驚喜。但是朱爾斯對史蒂芬妮始終保持譏諷的距離，似乎冷眼笑看她的瞎忙（譬如今天早上，三人都得急匆匆出門上班上學）。他的頭髮散亂，臉蛋乾枯喪氣，讓史蒂芬妮心痛。

「妳今天要進城？」班尼問。她正忙著把早餐碗碟丟進水槽。

還沒。天氣暖了，她又恢復上午跟凱西打球。但是她找到聰明方法不讓班尼瞧見；她把白色網球裝放在俱樂部，早上穿上班的衣服，跟他吻別，然後到俱樂部換衣服打球。史蒂芬妮減低謊言的程度，只是調整時間順序。如果班尼問她要去那兒，她就說要去開會，而那個會議其實安排在下午，如此，晚上班尼問起開會狀況，她便可如實報告。

「我跟波斯可約了十點，」她說。她現在還幫忙做公關的搖滾歌手僅剩波斯可一人。實際約會時間是下午三點。

「波斯可，中午以前？」班尼問：「是他提議的嗎？」

史蒂芬妮馬上發現錯了；波斯可的夜晚都是沉迷於酒池，上午十點已經清醒的機率等於零。「好像是，」她說。當面跟班尼說謊讓她一陣暈眩。「不過你講的沒錯。真的很奇怪。」

「是恐怖，」班尼跟史蒂芬妮吻別，跟克里斯忙著出門。「見了面之後，打電話給我吧。」

就在那刻，史蒂芬妮知道她得取消跟凱西的球敘，也就是說放她鴿子，然後開車到曼哈頓，跟波斯可十點見面。沒別的法子。

他們出門後，史蒂芬妮再次感受到與朱爾斯獨處時就會興起的緊張感。她對朱爾斯的未來計畫以及時間表充滿無法出口的疑問，朱爾斯對這兩個問題卻是高舉盾牌，兩者只能沉默碰撞。除了搞樂高，很難揣想朱爾斯整天都在幹什麼？兩次，史蒂芬妮發現主臥室的電視被放到A片頻道上，讓她很困擾，只好請班尼多弄一台電視到朱爾斯睡覺的客房。

她上樓，給凱西的手機留言取消球敘。當她回到廚房，朱爾斯正在早餐桌旁朝窗戶外窺視。他問：「妳這位鄰居是怎麼回事？」

「諾琳？」她說：「我們認爲她是瘋子。」

「她在靠近我們的籬笆那兒不知搞什麼鬼。」

史蒂芬妮走向窗戶。沒錯；她瞧見諾琳漂染過度的馬尾在籬笆那一邊跳上跳下（相較於旁人較爲細膩的挑染，她的頭髮簡直像諷刺漫畫）。巨大的太陽眼鏡讓她的卡通臉像蒼蠅，或者外星人。史蒂芬妮聳聳肩，不耐煩朱爾斯居然浪費時間在諾琳身上。她說：「我得出門了。」

「我可以搭便車進城嗎？」

史蒂芬妮胸口一跳。「當然，」她說：「你跟人有約？」

「不是。我只是想出去。」

他們走向車子，朱爾斯回頭望，說：「我認爲那個諾琳，透過籬笆偷看我們。」

「不意外。」

「妳就容忍她這麼幹？」

「你能怎麼樣？她又沒傷害我們。她甚至不是站在我們家的土地上。」

「她可能很危險。」

「同類相知啊。」

「妳很過分哦，」朱爾斯說。

坐進富豪轎車後，史蒂芬妮把波斯可的新專輯《從A到B》的樣片CD放進音響，彷彿此舉可以強化她的謊言。波斯可的新專輯全是粗糙的小調，搭配夏威夷四弦琴。班尼純是看在老朋友份上幫他發行。

「可以關掉嗎？」朱爾斯聽了兩首後說，沒等史蒂芬妮的回應，就關掉音響。「這就是我們要去見的傢伙？」

「我們？我以為你只是要搭便車。」

「我可以跟著去嗎？拜託。」

他語氣謙卑傷感：一個無處可去、無事可幹的男人。史蒂芬妮只想尖叫；這是跟班尼說謊的懲罰嗎？過去半小時裡，她被迫取消一場想打得要命的球敘，惹毛凱西，踏上一個虛構的任務，去拜訪一個現在鐵定還昏迷不醒的人，還得夾帶她這個沒有方向又吹毛求疵的老哥來見證她的謊言崩頹。她說：「我不確定這能有多好玩。」

「沒關係，」朱爾斯說：「我早就習慣乏味無趣。」

他緊張瞧著史蒂芬妮從賀金森河快速道路切入跨布朗士高速公路；坐車似乎讓他很緊張。當他們完全切入車流後，他問：「妳是不是有外遇了？」

史蒂芬妮瞪大眼：「你瘋了啊？」

「妳開車看路啊！」

「你幹嘛這麼問？」

「你們有點焦躁。妳跟班尼。不像我記憶中的你們。」

史蒂芬妮嚇壞了。「班尼顯得焦躁？」昔日的恐懼瞬間湧上，直掐她的喉嚨，儘管班尼兩年前（四十歲時）就發誓不再拈花惹草，況且，她也沒有理由懷疑他。

「我不知道該怎麼說，你們顯得相敬如賓。」

「跟監獄裡的人比？」

朱爾斯笑了。「好吧，」他說：「或許是你們這個社區的關係，紐約克藍戴爾。」故意拉長音：「打賭爬滿了共和黨員。」

「一半一半。」

朱爾斯轉頭看她，不敢置信：「你們跟共和黨員往來？」

「難免。」

「妳跟班尼？跟共和黨員交朋友？」

「你知不知道你在大吼大叫啊？」

「開車看路啦！」朱爾斯咆哮。

史蒂芬妮照辦，方向盤上的雙手顫抖。她眞想掉頭，把老哥送回家，如此一來，卻會錯過不存在的約會。

「我才離開幾年，世界就顚倒了，」朱爾斯憤怒地說：「建築不見了。要進入人家的辦公室就要被搜身。人們一邊跟你講話一邊發電郵，一整個像嗑藥茫了。湯姆跟妮可分別有了新對象——現在，我搞搖滾樂的妹妹與妹婿居然跟共和黨人來往。搞啥屁！」

史蒂芬妮深呼吸，平靜自己：「你有什麼計畫，朱爾斯。」

「都跟妳說了，要跟妳去見這個……」

「我是說你打算做些什麼？」

長長的沉默，朱爾斯終於說：「我不知道。」

史蒂芬妮瞧著他。車子現在轉入亨利．賀得森快速路，朱爾斯瞪著河水，面容既無生氣也無希望。她感覺心臟一緊，充滿恐懼。「你好多年前來到紐約時，」她說：「充滿想法。」

朱爾斯哼了一聲：「二十四歲時，誰不是充滿想法啊？」

「我是說當時你有方向。」

在那之前，朱爾斯已經從密西根大學畢業了幾年。史蒂芬妮在紐約大學讀一年級，室友輟學住院治療厭食症，朱爾斯就住她的房間，三個月，帶著拍紙簿到處亂逛，闖進《巴黎評論》的派對。厭食症女孩回來時，他已經在《哈潑雜誌》找到工作，跟三個室友合住在八十一街與約克街轉角的公寓——現在其中兩人已經榮升雜誌總編輯，另一個得了普立茲獎。

「我不明白，朱爾斯，」史蒂芬妮說：「我不明白你是怎麼了？」

朱爾斯望著下曼哈頓區的閃亮天際線，一臉茫然說：「我變得跟美國一樣。」

史蒂芬妮轉過身來看他，氣餒萬分。「你說什麼？」她說：「你瘋了嗎？」

朱爾斯：「我們都雙手沾滿血腥。」

IV

史蒂芬妮停在第六大道的停車場，跟朱爾斯往蘇活區走去，路上人群擁擠，許多人提著大如房間的「板箱與木桶家具店」（Crate and Barrel）的紙袋。朱爾斯說：「所以，這個波斯可傢伙是誰？」

「還記得『導電樂團』嗎？他是吉他手。」

朱爾斯停下腳步說：「我們要去見的人就是他？『導電樂團』的波斯可？那個紅頭髮的瘦小子？」

「沒錯。呃。他的模樣變了一點。」

他們朝南步入沃斯特街，往運河街方向走去。陽光在鵝卵石上跳躍，記憶彷如白色氣球在史蒂芬妮的腦海升起：「導電樂團」的首張專輯封面就是在這條街拍的，攝影師忙東忙西，波斯可緊張得發笑，朝臉上撲粉遮雀斑。記憶讓她出神，她伸手按電鈴，內心默禱：**拜託，別讓他在家，別讓他應門**。這麼，這一天的鬼打牆部分就可以結束。

對講機沒人應話，卻「唧」的一聲開門了。史蒂芬妮推開門，一陣暈亂，她搞不好真是約了十點跟波斯可見面。還是她按錯電鈴？

他們按電梯。久久才嘎嘎嘎下來。朱爾斯問：「這玩意兒還『健全』嗎？」

「你大可以在樓下等我。」

「別老想擺脫我。」

波斯可早已不是那個骨瘦如柴、穿窄筒褲、玩八〇年代尾那種介於龐克與史卡④的樂風、頂著紅色蜂窩頭、在舞台上能讓伊吉·帕普都變得不算什麼咖的瘋子。當年，「導電」表演，場子老闆不止一次打電話叫119，以爲波斯可癲癇發作了。

現在的波斯可胖大無朋，據他的說法是癌症藥物與抗憂鬱藥物造成的結果，但是瞧瞧他的垃圾桶，幾乎每次都能看到一加崙的醉爾思巧克力脆片冰淇淋空筒。他的紅髮已經「退化」，變成黏瘩瘩的一束灰白馬尾。一次失敗的髖骨置換手術讓他走路傾斜，挺著個大肚皮，好像放在手拉車上的電冰箱。儘管如此，他不但已經起床，梳洗完畢，還刮了鬍子。屋內的百葉窗已拉起，沐浴的濕氣懸浮於空氣中，夾雜了一股愉快的滴泡咖啡香味。

「我以爲妳三點才來，」波斯可說。

「我以爲我們約了十點，」史蒂芬妮說，避開他的眼神瞧著自己的皮包：「我搞錯了嗎？」

波斯可不是笨蛋；他知道史蒂芬妮說謊。他很好奇，好奇心自然落在朱爾斯身上。史蒂芬妮連忙介紹。

朱爾斯嚴肅地說：「榮幸！」

波斯可仔細檢查他的表情是不是在諷刺，之後才握手。

史蒂芬妮窩在摺疊椅上，旁邊是波斯可消耗大部分時間的黑色皮製大躺椅，就放在積灰的窗戶下，從那兒可以眺望赫德遜河與一小部分的哈潑肯。波斯可爲她端來咖啡，然後沉重搖晃地跌入躺椅，整個人好像被凝膠包覆。此次碰頭是爲了討論《從A到B》專輯的宣傳。現在班尼得向公司老闆負責，除了錄音製作費用與發行費用，多一毛錢都沒有。因此波斯可按時薪聘請史蒂芬妮，當他的公關與演出經紀。這兩個頭銜象徵意味居多，他病得厲害，上兩張專輯根本沒做什麼宣傳，他的困乏無力與世界對他的漠不關心正好旗鼓相當。

「這次完全不一樣，」波斯可說：「我會讓妳忙死，史蒂芬寶貝。這將是我的東山再起之作。」

史蒂芬妮以為他在說笑。但是波斯可雖陷入沙發的包覆，還是直視史蒂芬妮的雙眼。

「東山再起？」她說。

朱爾斯在閣樓內閒盪，觀賞一整個牆壁鑲框的導電樂團金唱片與白金唱片，還有幾把波斯可沒賣掉的吉他，以及他收藏的前哥倫布時代文物，放在嶄新的玻璃盒裡，捨不得賣。聽到「東山再起」，史蒂芬妮發現他老哥突然感興趣了。

「這張專輯叫《從A到B》，對吧？」波斯可說：「正是我想主打的重點：我如何從一個搖滾巨星變成一個沒人鳥的胖屎蛋？別假裝這不是事實。」

史蒂芬妮吃驚到沒法回話。

「我要專訪、特寫，什麼都做，」波斯可繼續說：「讓我的日子排滿這些狗屎，記錄下所有的混帳羞辱。這是現實，是吧？二十年過去，誰都會變老醜，更何況我大半內臟都切除了。不是有這麼一個說法：歲月是個惡棍，對吧？」

朱爾斯從房間那頭飄過來。「我從未聽過這個說法，」他說：「歲月是個惡棍？」

「不同意嗎？」波斯可問，微帶挑戰口吻。

朱爾斯沉默了一下，回答：「同意。」

「我說啊，」史蒂芬妮說：「波斯可，我欣賞你的誠實——」

「少來這一套『波斯可，我欣賞你的誠實』，」波斯可說：「別來公關這一套。」

「我的確是你的公關啊，」史蒂芬妮提醒他。

「沒錯，但是妳別對這一套信以為眞，」波斯可說：「妳也老大不小了。」

「我只是想圓滑點，」史蒂芬妮說：「重點是，沒有人在乎你的人生墜入地獄，波斯可。如果你認為這個點有趣，那是笑話。如果你還是個搖滾巨星，或許還可以，你不是——你是前朝遺老。」

「這太尖刻了，」朱爾斯說。

波斯可笑了：「因為我說她老大不小，她生氣了。」

「沒錯，」史蒂芬妮承認。

朱爾斯瞧瞧這個，又瞧瞧那個。只要一絲絲衝突似乎都讓他心驚。

「我說，」史蒂芬妮說：「我可以跟你說這點子多棒，多有創意，然後讓它自生自滅，我也可以老實說。這點子蠢透了。沒有人在乎的。」

「妳還沒聽我的點子呢，」波斯可說。

朱爾斯拉了一張摺疊椅坐過來。「我要巡迴演出，」波斯可說：「就像以前一樣，表演我以前那些活兒。我的動作都還在，搞不好還更多。」

史蒂芬妮放下杯子。眞希望班尼在這兒；只有班尼能夠體會她目睹的這種深度妄想。「我整理一下，」她說：「你要我幫你排一堆採訪與媒體曝光，告訴大家你病得多厲害，只是昔日的衰老陰影。然後你要開演唱會——」

「全國巡演。」

「全國巡演，像昔日的你一樣表演。」

「賓果。」

史蒂芬妮深呼吸：「波斯可，有幾個困難。」

「我就知道，」他對朱爾斯眨眨眼。「講吧。」

「首先，很難找到寫手對這個題材感興趣。」

「我有興趣，」朱爾斯說：「我是寫手。」

史蒂芬妮幾乎脫口說，**老天救救我啊**，不過她忍住了。好多年沒聽過她老哥自稱寫手。

「好啦，你找到一個寫手對你有興趣——」

「我什麼都配合，」波斯可說。他轉頭對朱爾斯說：「什麼都配合。完全不設限。如果你願意，還可以看我痾大便。」

朱爾斯嚥口水說：「這我要想一想。」

「只是打比方，完全不設限。」

「好，」史蒂芬妮繼續說：「所以，你——」

「你還可以拍我，」波斯可對朱爾斯說：「如果你想，還可以拍成紀錄片。」

朱爾斯開始怕了。

「媽的，你們能讓我說完嗎？」史蒂芬妮問：「你雖然有寫手，但不會有人想看——」

「你相信這是我的公關嗎？」波斯可問朱爾斯：「是不是該開除她？」

「祝你早日找到別人，」史蒂芬妮說：「現在，有關巡迴演出。」

波斯可坐在那張大到稱得上沙發的躺椅裡，整個人似乎被黏封在裡面，露出笑容。史蒂芬妮突然覺得他很可憐。「要安排演出並不容易，」她溫柔地說：「我的意思是你已經很久沒開演唱會了，你不……你說你要跟以前一樣表演，但是……」波斯可當著她的面就笑了，史蒂芬妮勇敢說下去：「體能上，你沒法──我的意思是，你的健康狀況……」她繞圈子想點出波斯可根本不可能跟以前一樣表演，這會讓他翹辮子──只會提早上西天。

「妳不明白嗎，史黛芙？」波斯可連珠炮地說：「這就是重點。我們都知道結局，只是不知道何時、何地，發生時會有誰在場。這是一場自殺巡迴演出。」

史蒂芬妮笑了。這念頭簡直是荒謬好笑。但是波斯可顯得斷然嚴肅。「我已經沒救，」他說：「我又老又悲哀，這還是狀況好的時候。我要掙脫這團爛泥。我不想默默死去，我要燃燒而盡──我要我的死亡成爲吸引人的事件，一個奇觀，一個謎題。一個藝術作品。現在，公關女士，」他撐起鬆垮的身體，傾身向前，龐然大臉上的眼睛晶亮，跟她說：「妳敢說沒人對這個感興趣。眞人實境秀，媽的──也不可能比這個更眞實。自殺是武器；我們都知道。它可以是藝術嗎？」

他焦急地望著史蒂芬妮；一個胖大垂死的男人，滿懷燃燒渴望，希望史蒂芬妮會喜歡他僅剩的最後一個狂想點子。長長的沉默，史蒂芬妮正在整理想法。

朱爾斯先開口：「天才。」

波斯可溫柔看著他，對自己的演講感動，也感動於朱爾斯的感動。

「我說，兩位，」史蒂芬妮能夠感覺腦海掠過一絲變態想法：如果這點子有搞頭（她確信應該沒有──這點子很瘋狂，搞不好還違法，品味惡劣到近乎醜惡荒誕），那她可要找個眞正的寫手。

「哦，不不不，」波斯可朝她搖搖手指，彷彿她剛剛大聲說出了自己的強烈質疑。波斯可拒絕他們的協助，喘氣、呻吟，硬把自己從躺椅上拉起來，椅子隨即發出卸下重擔的幽咽聲。他蹣跚穿過房間，走向凌亂的書桌，靠著它，大聲喘氣。然後開始翻找紙筆。

「你說你叫什麼？」波斯可大聲問。

「朱爾斯，朱爾斯．瓊斯。」

波斯可寫了幾分鐘。

然後他辛苦走回來，把紙條遞給朱爾斯說：「就這樣。」朱爾斯大聲朗誦字條：「我，波斯可，在身體健全、神志清醒的狀態下，授權朱爾斯．瓊斯獨家採訪我的自殺與衰亡巡迴演出。」

這番費力讓波斯可筋疲力盡。他倒回躺椅，喘個不停，雙眼閉上。史蒂芬妮的腦海不受管束，當年那個瘦巴巴如稻草人的瘋狂樂手鬼魅浮起，掩蓋了眼前這個陰鬱的龐然怪物。哀傷之感油然升起。

波斯可睜開眼，瞧著朱爾斯說：「喏，就這樣，全給你了。」

在紐約現代美術館中庭的雕塑花園吃中飯時，朱爾斯如獲新生：在剛剛重新裝潢過的美術館裡興奮雀躍，思緒奔騰。他直奔美術館禮品店，買了一本行事曆與一支鋼筆（上面都有馬格里特繪製的雲彩⑤，記錄下他明日上午十點與波斯可的會面。

史蒂芬妮吃火雞肉捲，凝視畢卡索的〈母山羊〉雕像，眞希望能分享老哥的狂喜，卻覺得不可能，朱爾斯的興奮似乎汲取自她的體內，分量恰好足以讓他生氣勃勃，而她爲之乾涸。她愚蠢地希望上午沒錯過球敘該多好！

「怎麼啦？」朱爾斯終於問，咕嚕嚕大灌他的第三杯小紅莓蘇打，「妳看起來有點沮喪。」

「不知道，」史蒂芬妮說。

他傾身靠近她。這是她的大哥哥。史蒂芬妮突然回想起童年，那是近乎生理性的反應，朱爾斯是她的保護者與看守人，來看她網球比賽，她如果小腿肚抽筋，就幫她按摩。過去那麼多年，因爲朱爾斯的混亂人生，這些記憶被深埋了，現在它又湧上來，溫暖有生氣，史蒂芬妮淚眼盈眶。

她老哥呆住了。「史黛芙，」抓起她的手說：「怎麼啦？」

「我覺得一切都結束了，」她說。

她說的是班尼跟她口中的「昔日」——不是搬來克藍戴爾之前，而是尚未結婚、尚未爲人父母、尚未發財、尚未棄絕硬性毒品、尚未有責任感的時代，那時他們還會跟波斯可在下東城區鬼混，天亮才上床，闖進陌生人的公寓，幾近大庭廣眾下做愛，不只一次大膽冒險（包括她注射海洛因）。他們不把這些當一回事，他們還年輕，身體健壯，幸運女神眷顧，有什麼好擔心的？如果他們不喜歡結局，大可回頭，重新來過。現在波斯可重病，行動都有困難，狂熱策畫自己的死亡。這種結局是瘋狂脫離常軌，還是正常——一種他們早該預知的結果？這一切是不是他們自找的？

朱爾斯攬住她。「如果妳今天早晨問我，我會說我們完蛋了，」他說：「我們全部，包括這個國家，整個狗屁世界。現在我的感覺正好相反。」

史蒂芬妮知道，她幾乎可以聽見希望在她老哥體內奔竄。她問：「答案呢？」

「當然，一切終將完蛋，」朱爾斯：「但是尚未。」

V

史蒂芬妮去開第二個會，跟一個專門設計漆皮小皮包的設計師碰頭；之後，她漠視自己的直覺，回家前先到辦公室轉一下。她的老闆拉杜兒跟平常一樣，正在講電話，但是她按住話筒，在辦公室大吼：「怎麼啦？」

「沒事，」史蒂芬妮嚇了一跳，她人還在走道呢。

「妳跟那個做皮包的還順利嗎？」拉杜兒毫不費力就可以掌握所有員工的行蹤，就連史蒂芬妮這種接案的也一樣。

「還好。」

拉杜兒講完電話，用克拉普咖啡機煮了一點義大利濃縮咖啡，倒到沒有杯座、小如頂針的杯子裡，大聲叫：「史蒂芬妮，妳來一下。」

史蒂芬妮進入老闆的邊間挑高辦公室。拉杜兒是那種連熟人都會覺得她是電腦修圖過的女人：亮金色的鮑伯頭；血紅如獵食動物的嘴唇；時刻都在流轉且算計的眼睛。「下一次，」她的眼神短短戳刺了史蒂芬妮一下後說：「取消約會。」

「妳說什麼？」

「妳還在走道，我就能感覺妳的沮喪，」拉杜兒說：「好像流行性感冒一樣。可別感染了我們的客戶。」

史蒂芬妮笑了。她認識拉杜兒太久太久，知道她是認眞的。她說：「天，妳眞是個狠貨！」

拉杜兒咯咯笑，已經開始撥電話了，說：「這是一種負擔。」

史蒂芬妮開車回克藍戴爾（朱爾斯搭地鐵回去了），順道去接練足球的克里斯。她的兒子才七歲，還願意在一整天沒看到老媽後，一把摟著她的脖子。她抱抱克里斯，嗅聞他頭髮裡的麥草味道。「朱爾斯舅舅在家嗎？」克里斯問：「他有在蓋什麼東西嗎？」

「其實哦，朱爾斯舅舅今天有工作，」她說。一股驕傲的感覺油然而生。她說：「他今天進城工作。」

一整天的變化無常，最後化爲單純欲望，就是跟班尼說話。史蒂芬妮跟他的助理莎夏通了電話，以前她不信任莎夏，認爲她是守門人，幫忙掩飾班尼的不軌行爲，自從班尼改了性子後，她開始慢慢喜歡莎夏了。班尼在回家路上回電話給她，說他堵車，史蒂芬妮這時卻變成想跟他面對面講波斯可的事。她能想像跟班尼一起嘲笑波斯可，解脫她這股莫名其妙的不快樂感。她只知道一件事：以後她不再遮掩打網球的事了。

她跟克里斯到家時，班尼還沒回來。朱爾斯抱著籃球現身，挑戰克里斯鬥牛，跑到車道上，投籃聲讓車庫門陣陣搖晃。太陽快下山了。

班尼終於回來，直接上樓洗澡。史蒂芬妮拿出冷凍雞大腿放到溫水裡解凍，跟著班尼上樓。水氣從敞開的浴室門滲入臥房，攪動最後一抹陽光。史蒂芬妮也想淋浴——他們的澡間有雙淋浴設備，龍頭等等都是手工製作，史蒂芬妮嫌它們貴到離譜，班尼卻非要不可。

她踢掉鞋子，解開襯衫扭扣，扔到床上那堆班尼脫下的衣物裡。班尼口袋裡的東西散放在一張小古董桌上，他一向如此。史蒂芬妮瞄一眼看有些什麼，出自那些年活在猜忌陰影下的老習慣。銅板、口香糖包裝紙、停車票。她轉身離開，有個東西黏住她赤裸的腳底板。她扯下來，是一根髮夾，她走向垃圾桶。還沒扔進去前，她瞧見那根髮夾閃現普通的淡金色，就跟這社區每個女主人家中角落都能找到的髮夾一樣。只有她們家沒有。

史蒂芬妮握著髮夾，停住了。它可能有千百種理由出現在這裡——他們舉辦派對，朋友上來用浴室，或者是那個清潔婦的——不過，史蒂芬妮心知肚明那是誰的，好像她一直都知道，她不是發現事實，而是憶起。她只著裙子與胸罩，跌坐床上，渾身發燙又顫抖，震驚地不停眨眼。當然是這樣。無需太多想像力便知道他們是怎麼湊在一塊：痛苦；報復；權力；慾望。他跟凱西有一腿。當然是這樣。

史蒂芬妮穿回襯衫，細心扣回鈕扣，仍拿著那根髮夾。她進入浴室，眼神穿過霧氣與嘩嘩流水，搜索班尼瘦削的棕色身體。他沒瞧見她。史蒂芬妮突然停了，一種恐怖的熟悉感阻止了她，她知道接下來的每一句對白：班尼從矢口否認到撕裂自我的道歉，她呢，會從盛怒到飽受傷害的接受，這是一條彎曲的路。她以為他們永遠不會再踏上。真的相信。

她離開浴室，把髮夾丟進垃圾桶。赤腳無聲走下前廳的樓梯。朱爾斯跟克里斯在廚房，咕嚕咕嚕狂灌布立塔（Brita）濾水壺裡的水。她只想跑開，彷彿她從屋內抱著一顆手榴彈跑出來，一旦爆炸，也只會殺了她自己。

樹梢上的天空是晶亮的藍，但是院子有點暗。史蒂芬妮走向草坪的邊陲坐下，頭埋在膝蓋裡。綠草與泥土依然保有白天的熱氣。她想哭，卻無淚。這感覺太深了。

她躺下來，在草地上側窩著身體，好像在保護自己已損毀的部分，或者隱忍損毀帶來的痛楚。思緒的每個轉彎都讓她恐懼更深，她相信自己不會復原了，因爲她已失去所有力量來源。爲什麼這一次比以往都痛苦？它確實如此。

她聽到班尼的聲音從廚房傳來：「史黛芙？」

她站起來，蹣跚走入花圃。這是她跟班尼共同種植的：劍蘭、玉簪花、多毛金光菊。她聽到自己踩扁花梗的聲音，她沒朝下看。她一路走到籬笆那兒，跪在泥土上。

「媽？」克里斯的聲音從樓上傳來。史蒂芬妮摀住耳朵。

接著她聽到另一個聲音，很近，近到從她的指縫溜進來。它呢喃說：「嗨，哈囉。」

好一會兒，她才將這個靠近她的新聲音與跟屋裡傳來的聲音分開來。她並不害怕，只是麻木好奇。

「是誰？」

「我啦。」

史蒂芬妮這才注意到自己緊閉著眼。她睜開眼，透過籬笆縫隙看。陰影裡，她瞧見諾琳的白色臉龐從籬笆另一頭往這邊看。她脫掉了太陽眼鏡；史蒂芬妮看到一雙怯生生的眼睛。她說：「嗨，諾琳。」

「我喜歡坐在這個角落，」諾琳說。

「我知道。」

史蒂芬妮想離開，卻好像沒法挪動。她再度閉上眼。諾琳沒說話，隨著時間過去，她似乎消失於微風翻滾與昆蟲鳴叫聲中，好像夜晚是活的。史蒂芬妮在泥地跪了許久，或者只是感覺很久，其實只是一會兒。她跪著，直到聽見家人又在叫她，包括朱爾斯的驚恐聲音斜斜穿過夜色。最後她蹣跚起身。伸直身體時，她感覺痛苦在體內往下沉。這個嶄新的奇怪重量讓她雙膝直發抖。

「晚安，諾琳，」她說，舉步穿過花圃與灌木叢，往屋子走。
她隱約聽到回應：「晚安。」

①米諾文明晚期的花瓶經常以八爪章魚爲圖飾。
②此處應爲兩人的暱稱。
③一種神經疾病，講話時不依意義連字，而依聲韻連字。
④史卡（ska）是五〇年代末興起於牙買加的樂風，融合加勒比海地區的mento、calypso、美國爵士、節奏與藍調，是rocksteady與雷鬼（reggae）音樂的前身。
⑤馬格里特（René François Ghislain Magritte），比利時超現實畫家。

第八章 推銷將軍

杜麗第一個大創意是帽子。一頂藍綠色毛帽，兩片耳蓋正好遮住將軍狀似枯乾酪梨的大耳朵。杜麗認爲那對耳朵不上相到極點，遮起來最好。

幾天後，當她瞧見《時代雜誌》裡的將軍照片，差點沒被水煮蛋噎著了：他看起來像小貝比，病懨懨的巨大嬰兒，濃密的鬍子加上雙下巴。標題更是慘不忍睹：

B將軍的奇怪帽子引發癌症揣測
地方不安漸增

杜麗立馬彈起，在寒酸的廚房瘋狂打轉，茶水潑上浴袍。她猛瞧將軍的照片。明白了：是蝴蝶結。他們沒照她的指示剪掉，將軍的雙下巴下面是個毛茸茸的蝴蝶結，慘斃了。杜麗赤腳衝進臥室兼辦公室，開始翻找傳眞，要找出她與亞克聯絡的最新一組號碼，亞克是將軍的宣傳頭子。爲了躲避暗殺，將軍經常變換住處，但是細心的亞克一定記得傳眞最新聯絡方法給杜麗。這些傳眞通常半夜三點進來，吵醒杜麗，有時還吵醒她的女兒露露。杜麗從未提及這是干擾；將軍跟他的人馬可能以爲她還是紐約首屈一指的公關宣傳，傳眞機一定放在可以俯瞰紐約全景的辦公室一角（許多年前，的確如此），而不是放在離摺疊式沙發床不到十吋處。這種「錯愛」，杜麗只能想像是某篇《浮華世界》、《潮流》（*InSytle*）或者《時人》（*People*）雜誌的報導不小心飄洋過海到將軍那兒，在那些有關杜麗的特寫文章裡，記者親暱稱呼她的綽號「拉杜兒」。

將軍陣營的第一通來電正是時候；杜麗剛剛典當了最後一件珠寶。她編審教科書到深夜兩點，睡到五點，然後跟東京那頭想要學英文的人電話聊天，直到該叫露露起床，替她準備早餐爲止。這些都不夠支付露露在羅格斯小姐女校的學費。許多時候，想到下一期恐怖驚人的學費帳單，杜麗配額的三小時睡眠就全耗在驚恐無度中。

這時她接到亞克的電話。將軍想要聘請專用家臣，他想要汙名昭雪，他想要美國的同情，他想要中情局停止暗殺行動。如果格達費可以，爲什麼他不行？杜麗大爲懷疑她是不是操勞過度加上睡眠不足，起幻想了，但她還是報了一個價。亞克抄下她的銀行帳號，說：「這價錢比將軍想像的低很多。」如果杜麗當時講得出話，她會說，**先生，這是我這位家臣的周薪，不是月薪，或者，嗨，我還沒給你計算確切價碼的公式，或者，這只是兩星期的試用價，之後我才會決定要不要跟你們合作**。但是杜麗沒法說話。她在啜泣。

第一筆款項出現在她的戶頭後，杜麗如釋重負，幾乎淹沒了她心頭的小小焦慮呢喃：**妳的客戶是個種族大屠殺的獨裁者**。老天爲證，她跟不少王八蛋合作過；如果她不接這個案子，別人馬上搶著接；身爲公關，就是不批判客戶——上述藉口列隊而站，蓄勢待發，就等著她心中的異議突然鼓勇放大音量。

但是近來，她連這聲音都聽不見了。

現在她匆匆跑過破爛的波斯地毯，去翻尋將軍的最新聯絡號碼，電話響了。早上六點。杜麗撲向前接電話。希望露露別被吵到。

「哈囉？」她已經知道是誰。

「我們很不高興，」亞克說。

「我也是，」杜麗說：「你沒剪掉——」

「將軍不高興了。」

「亞克，你聽我說。你必須剪掉——」

「將軍不高興，皮爾小姐。」

「你聽我說，亞克。」

「他不高興了。」

「那是因爲——聽著，拿把剪刀——」

「他不高興，皮爾小姐。」

杜麗無言。好多次，她聆聽亞克那種單調又柔滑的聲音，宣布將軍給他的指示，她幾乎可以確定那個音調裡有股嘲諷，好像亞克是用密碼跟她說話。沉默時間拖長了。杜麗細聲說：「亞克，拿把剪刀，剪掉帽繩。將軍的下巴也不該有他媽的蝴蝶結。」

「他不會再戴那頂帽子。」

「他一定得戴。」

「他不會戴。他拒絕。」

「亞克，剪掉帽繩。」

「皮爾小姐，我們聽到傳言。」

她的胃緊縮。「傳言？」

「說妳已經不如從前，不再首屈一指。帽子這一招也不成功。」

杜麗感覺負面能量緊緊包圍她。第八大道的車流燈光在她窗戶底下輪轉而過，她站在房內，手指插進她已不再漂染、任其變灰變長的頭髮，一股危急感直刺過來。

「亞克，我跟將軍一樣，」她說：「我也有敵人。」

他沒回話。

「如果你聽信我的敵人，我便無法做事。現在拿出我每次在報章照片上都會看到的那支豪華鋼筆，插在你上衣口袋的那一支，寫下：**剪掉帽繩。不要蝴蝶結。帽簷往後推一點，將軍的頭髮才能鬆鬆地露一點出來**。亞克，你照辦，我們看看結果如何。」

穿著粉紅色睡衣的露露走進房間，揉著雙眼。杜麗看看表，她的寶貝女兒損失了半小時睡眠，想到她在課堂上疲累的模樣，杜麗的心就微微崩潰了。她摟住女兒肩頭，露露回以尊貴的儀態，那是她的慣常風格。

杜麗忘了亞克的存在，這時他的聲音從她架在肩頭的電話傳來：「皮爾小姐，我會照辦。」

數星期後，將軍的照片才又出現媒體。帽簷往後推，蝴蝶結不見了。標題寫著：

新證據顯示
B將軍的戰爭罪行被誇大了

要歸功那頂帽子，襯托他面容甜蜜。戴了這麼一頂毛茸茸帽子的人怎麼可能幹出用死人骨頭爲自己鋪路的事？

兩年前的除夕，拉杜兒與敗亡面對面，那場派對不僅受到瘋狂期待，在有幸納入拉杜兒邀請名單而且深具文化史觀的「博學者」眼中，它還是足以和卡波提的「黑白舞會」①相提並論的盛宴。人們稱拉杜兒的盛會爲「那個派對」或者「名單」。亦即你有在邀請名單上嗎？回想起來，拉杜兒甚至不記得那個派對的名目；慶祝當時的美國空前富有，而世界紛擾痛苦不堪嗎？派對有幾個名譽主持人，都是名流，但是大家都知道實際主持人是拉杜兒，她手上的人脈、關係，以及她所能施展的魔力，比上述名譽主持人加起來都多。每逢記憶在夜裡湧上心頭，她的敗亡有如撥火棍耙過她的身體，讓她在沙發床上輾轉難安，大口吞嚥白蘭地，她就這樣安慰自己——我只是個凡人，犯了錯誤，以爲自己在某方面非常、非常在行（基本上，就是有本事讓最棒的人齊聚一堂），在其他方面也該非常拿手才對。譬如設計裝潢。拉杜兒有個想法：透明的巨大托盤上面注入油與水，懸吊在小小的彩色探照燈下，探照燈的熱氣會讓不相容的兩種液體起泡、旋轉、翻滾。她想像與會人士歪著脖子看這些托盤，沉迷於不斷變化形狀的液體。他們的確如此。拉杜兒特地在場邊搭建了一個小包廂，得以從高處俯瞰她的勝利全景。午夜逼近，拉杜兒在包廂裡率先看到承載油與水的透明托盤有點不對勁：似乎稍稍傾斜了——有嗎？它們像掛在鍊子上的麻袋，歪向一邊，換言之，就是開始融化了。接著它們整個崩垮，翻轉，往下垂，掉落，滾燙的油傾倒在每一個國內名流以及部分國外名流身上。他們遭到燙傷，留下疤痕，某個程度而言，稱得上傷殘。譬如某個電影明星的額頭留下了淚狀燒傷疤，另一個藝術經紀人的腦袋禿了一塊，對模特兒與其他美好人物而言，這已經構成「傷殘」。拉杜兒雖遠離燙油，身體卻彷彿斷電，呆呆站在那裡，沒叫119。她僵直身體張大嘴，不敢置信地瞧著賓客尖叫、蹣跚、用手遮住頭臉，撕扯被熱油浸燙的衣服，像中古世紀聖壇畫像裡的人物一樣滿地爬走，因塵世間的奢華享受而墜入地獄。

老實講，事後她所承受的指控（譬如她是故意的，她是個虐待狂，站在那裡冷觀，以眾人的痛苦爲樂），比目睹熱油無情潑上五百名賓客身上，還更恐怖。當時，驚嚇像個繭裹住她，保護她。之後的一切，她卻必須神志清明以對：這些人恨她。他們恨不得剷除她。好像她不是人，而是蟲或者鼠輩。他們成功了。在她尚未因過失犯罪服刑六個月，在她尚未因集體訴訟散盡家產（她沒有人們想像的那麼富有），讓每個受害者都分到小額補償前，她已自人間消失，被剷除。出獄後，她足足胖了三十磅，老了五十歲，白髮蓬亂。沒有人認識她，她以前蓬勃發展的那個世界已經瞬間蒸發——現在，即使富人也覺得自己很窮。除了幾篇幸災樂禍的報導，幾張見證她衰敗現狀的照片外，人們忘了她。

現在只剩拉杜兒自己一人深思錯誤——不只是誤算塑膠容器燃點以及鍊子的載重這類明顯過失。她其實早在派對之前就犯了更深錯誤——她忽略了巨大的改變——她設計了一個大型活動，卻在彰顯已經過去的時代。身爲公關，這是最大的失誤。她被世人遺忘，活該。有時，拉杜兒會想哪種活動與聚會，可以像卡波提的派對，或者胡士托音樂節、富比士七十歲生日宴②，以及替《*Talk*》③雜誌辦的派對，精準定義她現在所處的新世界。她毫無概念。她已經失去判斷能力；該交棒給露露這一代人來決定了。

當有關B將軍的報導漸趨緩和，數個不利他的證人被揭露收受對手賄賂時，亞克打電話來了：「將軍每個月付錢給妳，不是只要一個點子。」

他說：「將軍不耐煩了，皮爾小姐。帽子已經不新鮮了。」杜麗在腦海想像他的笑容。

「你不能否認那是個很棒的點子。」

那晚，杜麗夢見將軍，帽子已經不見，他在旋轉門外與某個漂亮金髮女郎碰面。金髮女郎挽住他的手，兩人身軀緊貼，步入旋轉門內。這時，杜麗知道這是夢，夢裡她坐在椅子上，瞧著將軍與他的愛人，心想這兩人角色扮演眞成功啊。她突然驚醒，好像有人搖她。那夢差點溜走，她努力抓住它，深印心中。她頓悟：將軍的名字應該跟電影女星連在一起。

杜麗連忙翻滾下沙發床，街燈從破裂的百葉窗照進來，在她蒼白的雙腿上閃閃發光。電影明星。家喻戶曉，具吸引力——還有什麼方法更好？更能讓一個「非人」顯得「有人性」？最簡單的思維邏輯如下——如果他配得上她……。另一個想法會是：他跟我品味相同：都喜歡她。或者：她鐵定認爲將軍那顆三角形腦袋很性感。甚至：不知道將軍跳起舞來是什麼模樣？如果杜麗能激發人們這些揣測，將軍的形象問題就解決了。眾人對他的集體印象如果包含了「舞池」，那麼他到底屠殺了幾千人，就不重要了，一切都可拋諸於後。

可資差遣的過氣女星一大堆，杜麗卻已有人選：姬蒂．傑克森，她十年前曾擔綱演出《噢，寶貝，噢》，飾演身手矯捷、鬥志旺盛的打擊犯罪者。但是一年後，她的名氣才到達頂點，因為《細節》雜誌的朱爾斯．瓊斯訪問她時攻擊了她，朱爾斯是杜麗旗下子弟兵的哥哥。那次攻擊與審判為姬蒂鍍上一層朦朧的烈女光采。因此當那層迷霧蒸發光了，人們發現這位女星形象大變，也就更加吃驚了，她不再是毫無頭緒的純真女角，而是「一絲絲氣都不能受」的那種類型。八卦小報毫不容情記錄她的點滴惡行與墮落過程：她在某個西部片的片場朝偶像級男演員的腦袋傾倒一大袋的馬糞；拍攝迪士尼的電影時，釋放了數千隻狐猴。當某個權勢薰天的製作人企圖把她弄上床，她就打電話給他太太。現在已經沒人要找她拍片，但是人們並未忘記她——對杜麗來說，這才是重點。何況，她才二十八歲。

姬蒂不難找；沒人浪費精力隱匿她。中午，杜麗便聯絡上她：瞌睡的聲音，聽得出在抽菸。姬蒂聽完杜麗的說詞，要她重複一次慷慨的報酬，然後靜默。那段沉默裡，杜麗能夠察覺姬蒂的走投無路與審慎，那是她再熟悉不過的感覺。她對這位女星興起不安的憐憫之情，因為她的選擇僅剩下這個。姬蒂說，好的。

杜麗用那台舊克拉普咖啡機煮濃縮咖啡，一邊唱歌，補足了氣，打電話給亞克說明她的計畫。

「將軍不喜歡美國電影，」這是亞克的回答。

「誰管啊？美國人都知道她是誰。」

「將軍的品味很特殊，」亞克說：「不輕易折衷。」

「他不需要碰她，亞克。甚至不需要跟她說話。只要站在她旁邊，拍照。還必須笑。」

「……笑？」

「他必須看起來很快樂。」

「將軍很少笑，皮爾小姐。」

「他戴了那頂帽子，不是嗎？」

長長的靜默。亞克終於說：「妳得陪這位女星前來。然後我們再看看。」

「陪她去哪裡？」

「到這裡。找我們。」

「拜託，亞克。」

「這是必要條件，」他說。

進入露露的臥房，杜麗覺得像是《綠野仙蹤》裡的桃樂絲一覺醒來，置身歐茲國：樣樣東西都色彩繽紛。粉紅色的遮簾罩住頭頂的燈。粉紅色薄紗從天花板垂下。牆壁上有粉紅色長了翅膀的公主鏤花圖案，那是杜麗在監獄裡的藝術班學來的印模技術，她趁露露上課時，花了好幾天爲她佈置臥房。長長的粉紅色珠串從天花板垂下。露露在家時，只有吃飯才會走出臥房。

她在羅格斯小姐女校有自己的一掛朋友，都是經過細密篩選，關係親密到嚇人，就連老媽失勢與坐監都無法瓦解她們的友情。（那段時間，露露的外婆從明尼蘇達州來照顧她。）聯繫這些女孩的不是

「線」，而是「鐵絲」，露露就是盤捲鐵絲的那根軸。杜麗有時聽見露露跟朋友講電話，總是吃驚於她的威權：她該硬的時候就硬，卻又不失溫柔與善良。她才九歲。

露露坐在一張粉紅色懶人沙發，打筆電做功課，跟朋友即時通（接了將軍的案子後，杜麗裝了無線網路）。露露說：「嗨，杜麗。」杜麗出獄後，露露就不肯再叫她媽。她瞇眼瞧老媽，彷彿看不清她的模樣。杜麗也的確覺得自己像一片黑白陰影闖進這個彩色繽紛的閨房，外面一片寒酸，而她就是來自這片寒酸的難民。

「我得出差，」她跟露露說：「拜訪客戶。或許妳想去待在朋友家，以免錯過上課。」

學校才是露露的人生。杜麗雖曾是羅格斯小姐女校的常客，但是露露非常堅持老媽的「丟臉新身分」不可以破壞她在學校的地位。現在，杜麗送露露上學，得遠在街角就放下她，站在上東城區潮溼的石牆，遠遠窺視女兒是否安全抵達校門。放學時，杜麗得待在同一個地點，等候露露跟朋友閒閒走出校園，邊走邊踢修剪整齊的灌木叢，或者鬱金香圃（春天時），完成她跟朋友的重要交流，鞏固她的權力。每逢小朋友相約去玩的日子，她只准媽媽到大廳接她，她會臉紅紅地從電梯出來，飄散香水味或者烤布朗尼蛋糕的香味，握住媽媽的手，經過門房，踏入夜色。並非表示歉意——露露沒什麼好抱歉的——而是同情她倆處境如此難過。

露露歪頭，好奇問道：「出差。好事，對不對？」

「好事，當然，」杜麗微微緊張。她沒讓露露知道將軍的事。

「妳要去多久？」

「幾天，或許四天。」

停頓許久。露露終於開口：「我可以去嗎？」

「跟我去？」杜麗嚇了一大跳：「這樣，妳就會缺課。」

再次停頓。露露正在腦海盤算，缺課會不會讓她在同儕間影響力降低？去他人家作客，相比之下，哪個好？還是她在考慮借住同學家太多天，她們的爸媽會不會想跟她老媽聯絡？杜麗沒法判斷她在想什麼？或許露露自己也不知道。

「去哪裡？」露露問。

杜麗慌了；她一向不善拒絕露露。但是想到女兒與將軍同在一個場合，她的喉嚨就緊縮起來。

「我──不能告訴妳地點。」

露露沒抗議，只說：「不過杜麗啊……」

「什麼事，甜心？」

「妳可以把頭髮染回金色嗎？」

她們在甘乃迪機場私人跑道的貴賓室等候姬蒂．傑克森。當這位女星終於露面，身著牛仔褲與褪色的黃色長袖運動衫，杜麗馬上懊惱攻心──她應該先跟姬蒂見個面的！這女孩整個走樣了；搞不好大眾還認不出她。頭髮還是金色（不過，蓬亂未梳，故意很叛逆，看起來，還根本沒洗頭），眼睛仍然大而藍。但是嘲諷的神色佔據臉龐，讓那雙藍眼就算瞪著你瞧，也像是鼻孔朝天。比起她眼角與嘴角的小皺紋，是那股神情讓她看起來真正不再年輕，差得遠。她根本不再是姬蒂．傑克森。

露露去上廁所時，杜麗連忙告知姬蒂她的計畫：妳要盡量看起來光彩亮麗（杜麗憂慮地望望姬蒂的小皮箱）；妳要跟將軍拉近乎，努力表演當眾親熱的鏡頭，杜麗會用隱藏的照相機偷拍。她有真正的相機，不過，那只是道具。姬蒂點點頭，嘴角扭出嘲諷的陰影。

「妳帶女兒來？」這是她的唯一反應：「去見將軍？」

杜麗連忙噓聲說：「她不會見到將軍的，」轉頭看露露是不是已經出了廁所。「她根本不知道將軍！拜託，不要在她面前提到將軍的名字。」

姬蒂狐疑地望望杜麗，說：「好命女孩。」

黃昏時，她們登上將軍的飛機。起飛後，姬蒂跟將軍的空中小姐點了一杯馬丁尼，一口吞下，就把座椅搖成平躺，拿出眼罩（她身上看起來唯一的新東西），蓋住眼睛，開始打呼。露露傾身研究這位女星，姬蒂睡眠狀態中的臉看起來年輕，不受摧殘。

「她病了嗎？」

「沒，」杜麗嘆氣。「也有可能。我不知道。」

露露說：「我覺得她需要休假。」

進入將軍的大院前，他們大約經過二十個檢查哨。每個檢查哨都有兩個手持衝鋒槍的士兵朝黑色賓士轎車探頭查看，杜麗、露露、姬蒂坐在後座。其中四次，她們被迫下車，走入亮眼的陽光，在槍桿子底下接受搜身。每一次，杜麗都仔細研究女兒那張故做鎮定的臉龐，尋找心靈受創的痕跡。露露在車裡坐得挺直，粉紅色的凱特．絲蓓（Kate Spade）品牌書包放在大腿上。她平靜直視手持衝鋒槍的士兵，過去幾年，她想必也以同樣的眼神震懾那些妄想奪位的女孩。

路兩旁是高大的白牆。牆上排排站著數百隻黑色羽毛閃亮蓬鬆的鳥，紫色的長喙彎曲如鐮刀。杜麗從未見過這樣的鳥。看起來像是會尖叫的鳥，但是每次車窗搖下接受另一個揹槍士兵瞇眼檢查，杜麗總是吃驚於鳥兒的寂靜無聲。

終於，一小塊白牆敞開，車子轉彎離開小路，停在一棟豪宅巨院前：裡面有綠色花園，淙淙流水，一棟看不到底的白色大宅。鳥兒盤踞屋頂俯瞰。

司機打開車門，杜麗、露露、姬蒂走入豔陽下，太陽直刺杜麗新近才暴露出來的後頸，她剛剪了一個金色的長及下巴短髮，是昔日註冊商標的廉價複製品。姬蒂熱得脫掉長袖運動衫；感謝上帝，裡面那件白色T恤可是乾淨的。她的雙臂是可愛的古銅色，雖然一隻手腕上方散佈了幾個赤裸粉紅色傷疤。燒傷。杜麗瞪著瞧。「姬蒂，這是……」她結巴了。「妳手臂上的是……？」

「燒傷，」姬蒂說。然後她瞪了杜麗一眼，杜麗胃部爲之一緊，她依稀記起某事，好像濛霧，又似童年往事，有人拜託她——幾近懇求——把姬蒂放入賓客名單，被她否決。絕對不可以，想都別想——姬蒂的檔次太低了。

「我自己弄的，」姬蒂說。

杜麗不解地望著她。姬蒂微笑，那剎那，她看起來淘氣甜美，就像《噢，寶貝，噢》裡的那個女星。「很多人都有，」她說：「妳不知道嗎？」

杜麗猜她是在說笑。她可不想在露露面前上當。

「妳找不到沒參加過那場派對的人，」姬蒂說：「而且他們都有證據。我們都有證據——誰會說我們扯謊啊？」

「我知道誰在場，」杜麗說：「賓客名單還在我腦海裡。」

「但是……妳現在又算哪根蔥呢？」姬蒂依然滿面笑容。

杜麗不說話。她能感覺露露的灰色雙眼盯在她身上。

接著姬蒂幹了不可思議的事：她的手穿過陽光，握住杜麗的手，溫暖又結實，杜麗的眼睛頓時一熱。

「管他們去死，是吧？」姬蒂溫柔地說。

一個穿著剪裁漂亮的西裝、身材結實的小個子從院落走出來迎接她們。那是亞克。

「皮爾斯小姐。終於見面了，」他微笑地說：「還有傑克森小姐」——他轉身對姬蒂說——「眞是太榮幸、太高興了。」然後親吻姬蒂的手，杜麗覺得他的態度微帶嘲諷。「我看過妳的電影，將軍跟我一起看的。」

杜麗全身戒備，不知道姬蒂的回應會是什麼，誰知她卻是以近乎小孩的銀鈴聲混合一點點挑逗的情味回答：「噢，你們鐵定看過更好的電影。」

「將軍印象深刻。」

「哦，備感榮幸。眞榮幸將軍認爲我的電影值得一看。」

杜麗驚恐地注視這位女星，只盼望她慣常的嘲諷面容此刻不是明顯到灼人。但是她大吃一驚，姬蒂的臉上並無嘲諷——一絲都沒。姬蒂看起來很謙虛，萬分誠懇，好像十年歲月瞬間抹消，她又是那個優雅熱切的女星。

「不幸，我有壞消息，」亞克說：「將軍突然得離開。」她們瞪著他。「非常遺憾，」他繼續說：「將軍請我轉上誠摯道歉。」

「但是我們……我們能去他那裡嗎？」杜麗問。

「或許可以，」亞克說：「妳們不在意再多跋涉一下？」

「喔，」她轉頭瞧露露：「這得看——」

「一點都不在意，」姬蒂打斷說：「將軍要我們去哪裡，我們就去。該怎麼做就怎麼做，小鬼，對吧？」

露露一時間無法把「小鬼」這個暱稱跟自己聯想在一起。這是姬蒂首度直接對她說話。露露瞧瞧這位女星，笑著說：「對！」

第二天她們就得出發去另一個地點。那晚，亞克提議開車載她們進城逛逛，姬蒂不想去。她們住的是兩臥室的套房，窗外就是私人游泳池，凱蒂一住來後就說：「我得放棄這場豪華觀光之旅，我寧可享受這個住所。以前啊，他們都招待我住這樣的地方，」她發出一聲苦笑。

「別太過火啊，」杜麗說，注意到姬蒂往小酒吧走去。

姬蒂轉身，瞇著眼說：「喂，我剛剛表現如何？目前為止，妳有何怨言？」

「妳表現得很好，」杜麗說。然後放低音量，不讓露露聽見：「只是妳別忘了我們面對的是何種人物。」

「但是我想忘掉，」姬蒂說，給自己倒了一杯琴通寧。「我努力忘記。我想跟露露一樣——天眞無邪。」她舉杯朝杜麗致意，啜飲了一口。

杜麗跟露露坐上亞克的深灰色捷豹轎車，司機沿著小街急衝下山，行人連忙撲向牆邊，或者衝進屋內，免得被撞死。山下就是微光城市：數百萬棟白色的傾斜建築直插煙靄裡。沒多久，他們就被煙靄包圍。這座城市主要的色彩似乎來自居民曬在陽台上、隨風拍打的衣服。

司機在戶外市集停車：成堆水分飽滿欲滴的水果，香氣四溢的堅果，還有假皮皮包。杜麗與露露跟在亞克身後穿梭攤子，以挑剔的眼光注視蔬果。那眞是她見過最大的香蕉與柳橙，肉類看起來有點危險。從攤販與顧客那種小心翼翼、故做冷淡的表情看來，杜麗知道他們都認得亞克。

「想要什麼嗎？」亞克問。

「是的，拜託，」露露說：「我想要那個。」那是楊桃；她曾在汀恩・德魯卡超市④超市見過。在這裡卻近乎暴殄天物，隨意堆放，蒼蠅亂飛。亞克拿起一顆，對小販簡慢地點個頭，那個瘦骨嶙峋、和善又焦慮的年邁小販馬上對杜麗、露露熱切點頭，雙眼卻免不了洩漏恐懼。

露露拿起那顆灰撲撲、沒洗過的水果，在短袖運動衫上仔細擦拭，一口咬進翠綠色的外皮。汁液噴到她的領口。她忍不住笑了，拿手腕擦嘴。「媽，妳得試試看，」她說，杜麗嚐了一口。她跟露露分享了那顆楊桃，就在亞克的眼皮底下舔手指。杜麗覺得分外開心。之後她發現原因：**媽**。露露已經快一年沒這樣叫她。

亞克帶路，他們進了一家擁擠的茶店。角落那桌的男人們連忙四散讓座，店裡努力營造先前的歡樂氣氛。一名侍者手兒顫抖給他們添薄荷甜茶。杜麗想給他鼓勵的眼神，他卻避開雙眼。

「你經常如此嗎？」她問亞克：「在城裡逛。」

「將軍習慣接近人民，」亞克說：「他希望百姓能感受並目睹他的親民。當然，必須非常小心。」

「因爲他的敵人。」

亞克點頭說：「不幸，將軍有許多仇人。譬如今天便有人威脅要侵入他的住家，所以他必須換地點。經常如此。你知道的。」

杜麗點點頭。住家遭到威脅？

亞克微笑說：「他的敵人以爲他在這兒，其實他遠在別處。」

杜麗瞧瞧露露。她的嘴角有一圈鮮亮的楊桃汁印。「但是……我們在啊，」她說。

「沒錯，」亞克說：「只有我們。」

那晚上，杜麗多數時間清醒，聆聽咕咕、沙沙與嘎嘎各種聲響，那是殺手在草地匍匐前進，刻意模仿的聲音，他們來搜拿將軍跟他的同夥：也就是「她」。因爲這塊土地的恐怖與焦慮來源就是B將軍，她爲虎作倀，所以同列暗殺目標。

事情怎麼會落到這一步？跟以往一樣，杜麗的思緒飄回塑膠托盤傾斜的那一剎那，就在那刻，她多年來珍愛的生活就一起倒出去。無數個夜晚，杜麗被瀑布般的回憶擊倒在地，今晚卻不同，露露就沉睡在這張超大尺寸床鋪的另一頭，身穿鑲邊睡袍，小鹿般的膝蓋窩在她的身體下面。杜麗感覺到女兒的溫暖體溫，杜麗中年得女，是她與某男星客戶的短暫情的意外結晶。杜麗拿前男友的照片給露露看，她以為爸爸已經死了。

她輕輕往床那邊移，親吻露露溫暖的臉頰。杜麗支持婦女墮胎權，全心釘在工作上，根本沒道理生孩子。她的決定一直很清楚，行動卻很遲疑——在害喜嘔吐、情緒動盪、身心疲憊下，一天天拖過去，直到她發現已經過了可以墮胎的月分，如釋重負感讓她大吃一驚，喜悅也讓她害怕。

露露夢裡輾轉，杜麗靠得更近，雙手抱住女兒。跟清醒時不同，睡夢中的露露不抗拒母親的接觸。杜麗突然對將軍大為感激，因為他提供了這麼一張大床——能夠抱住女兒，感覺她的心臟輕輕拍動，是少有的奢侈。

「我會永遠保護妳，甜心，」杜麗對著女兒的耳朵低語：「我不會讓壞事發生在妳身上——妳知道，對不對？」

露露繼續沉睡。

第二天，她們爬進兩輛看起來像吉普車的黑色裝甲車，只是重得多。亞克跟部分士兵上了第一輛，杜麗、露露跟姬蒂坐第二輛的後座，杜麗能感覺車子的重量壓進了路面。她累極了，滿心恐懼。

姬蒂的改變簡直是脫胎換骨。她洗了頭，化了妝，穿了一件皺質絲絨料、鼠尾草色的無袖洋裝。這讓她的藍眼珠妝點了綠色，看起來像綠松石。肩膀曬成運動員的金銅色，嘴唇輕點粉紅唇蜜，鼻子上有淡淡雀斑。她的變化遠超乎杜麗的想像。她覺得姬蒂美得難以直視，盡量不去瞧她。

他們極速穿越檢查哨，沒多久，便到了那條環繞俯瞰蒼白城市的開敞道路。裝甲車經過時，杜麗注意到路邊有小販。只不過這些小販都是小孩，高舉滿手的水果，或者紙箱做成的標誌。車子奔馳而過時，小孩連忙跳回去，背部緊靠堤防，可能被車速嚇到了。杜麗第一次看到時驚叫出聲，探身向前，想告訴司機什麼。但是要說什麼呢？她遲疑了一下，靠回座椅，盡量不朝窗外看。露露則望著那些小孩，數學課本攤在大腿上。

離開城市後，他們如釋重負。車子奔馳於宛如沙漠的空曠大地，羚羊跟牛隻啃食貧瘠的植物。姬蒂沒問大家可不可以，就開始抽起菸，從車窗縫朝外噴菸。杜麗勉強壓下斥責她的衝動，她怎麼可以用二手菸汙染露露的肺。

「我說啊，」姬蒂轉臉對露露說：「妳在醞釀什麼大計畫？」

露露把問題拋回去，說：「妳是說……我的人生？」

「是啊。」

「我還沒決定，」露露深思後說：「我才九歲。」

「嗯，合理。」

杜麗說：「露露腦筋很清楚。」

「我是說妳有沒有想像過，」姬蒂問。她有點不安，不停擺弄她精心修剪過的指甲，好像渴望再抽一根菸，但勉強按捺自己。「還是現今的小孩不再想像了？」

露露以她幼稚的心靈判定姬蒂只是想純聊天，便說：「妳呢，當妳九歲時，幻想做什麼？」

姬蒂想了一下，笑了，點一根菸說：「我想做騎師，或者電影明星。」

「妳達成了其中一個願望。」

「沒錯，」姬蒂閉上雙眼，朝窗外吐菸圈，說：「我的確願望成眞。」

露露轉臉嚴肅看她：「沒像妳想像的好玩？」

姬蒂張開眼。「表演？」她說：「哦，我很愛表演，現在仍是——很懷念。但是這圈子的人都是怪獸。」

「哪一種？」

「騙子，」姬蒂說。「一開始他們看起來都很友善，卻是在演戲。眞正看起來恐怖、很想殺死妳的那一種，至少他們還算誠實。」

露露點點頭，似乎她也有相同困擾。「妳是不是也說謊？」

「是的。經常。但是我沒法忘記自己是在說謊，說眞話，卻又一定被懲罰。這就好像發現聖誕老人是假的——妳眞想回到過去，希望自己能相信一切，但是太晚了。」

她突然露出驚色，轉臉對露露說：「我的意思是——我希望——」

露露笑了：「我從來就不相信有聖誕老人。」

車子一直開啊開。露露做數學，又做社會科作業。寫了一篇有關貓頭鷹的文章。她們好像穿越了數百哩的沙漠，中途只停下來在有士兵巡邏的崗哨上廁所，然後直往山上開。植被越來越密，陽光顯得稀疏。

毫無預警，車子突然轉下道路，停了下來。數十名著迷彩裝的士兵猛地從密林冒了出來。杜麗、露露、姬蒂下車，進入充滿鳥啼的叢林。

亞克走過來，小心踩著高檔皮鞋。「將軍已經在等，」他說：「等不及要見妳們。」

眾人一起穿越叢林。腳下是鮮紅色的柔軟泥地。猴子在樹間嬉鬧。終於她們來到沿著山丘邊搭建的粗石臺階。出現了更多的士兵，他們爬臺階時，皮靴會吱嘎發出摩擦聲。杜麗的手攬住露露的肩頭。她聽見姬蒂在她身後哼唱：不是歌，只是兩個音符重複來，重複去。

相機已經隱藏在杜麗的皮包裡。攀爬臺階時，她悄悄摸出啓動器，握在手掌。

臺階盡頭是一片伐墾過的叢林地，鋪了水泥，應該是直升機停機坪。太陽穿透潮溼的叢林空氣，讓他們腳下的土地冒出小小的蒸汽。將軍站在水泥地的中間，兩旁都是士兵。他看起來有點矮，名流本人總是顯得比較矮。他沒戴那頂藍帽，根本沒戴帽，冷酷的三角形臉蛋頂著一頭奇怪伸張的濃密頭髮。他照例穿軍服配勳章，不過，好像有什麼東西不對勁，還是他該好好梳洗一番？將軍看起來很疲倦——有眼袋。一臉不悅。好像剛剛被人從床上拖下來，告知：她們到了，還得提醒他來的究竟是誰。

一陣靜默，大家都不知道下一步該怎麼做。

然後姬蒂攀上臺階頂。杜麗聽見背後的哼唱，並未轉身看；相反的，她專注瞧將軍，看見他認出了姬蒂，看到慾望與猶豫的神色閃過將軍的臉龐。姬蒂慢慢走過去——根本就像蓮波輕輕潑向將軍，眞的，她在鼠尾草色洋裝下的身體就是如此輕柔滑動，彷彿她從來不像常人走路那樣笨拙震動。她整個人滑向將軍，抓起他的手，似乎要握手致意，滿臉笑意，眼睛朝將軍轉了一圈，害臊到忍不住要笑，好像他們實在熟到不需要握手。這奇怪的場面讓杜麗整個愣住，一開始沒想到要按下快門。直到姬蒂將綠色洋裝下的纖細胴體輕輕壓向將軍軍服下的胸膛，閉上雙眼一會兒，杜麗這才醒過來——**喀嚓**——將軍有點不安，不知道如何舉措，基於禮貌，他輕拍姬蒂的背——**喀嚓**——這時，姬蒂的纖柔雙手握住將軍的雙手（那雙手翹曲而有力，是身材高大者才有的大手），身體朝後微仰，對將軍一笑——**喀嚓**——害羞地笑了一會，頭朝後仰，好像這景象對他們倆都太刻意，太愚蠢了。就在這時，將軍笑了。毫無預警：他的嘴唇朝兩旁一拉，露出兩排小小的黃牙——**喀嚓**——笑容讓他顯露脆弱，想要取悅他人的一面。**喀嚓，喀嚓，喀嚓**——杜麗完全沒移動手，就這樣一張接一張死命拍，她要的就是**這個**——沒人見過的笑容，深埋在將軍靈魂內的人性將讓全世界爲之愕然。

這一切不過一分鐘。兩人沒說話。他們四手相握，都微微臉紅，此刻杜麗只能壓住自己不尖叫，任務達成了！她取得所要的東西，還一個字都不必說。她對姬蒂充滿愛與欽佩——這個奇蹟、這個天才，不僅跟將軍合拍到照片，還根本就馴服了他。這是杜麗的感受——將軍與姬蒂之間好像有一扇只能往一面推開的門，這位女星輕輕帶領他，不知不覺中跨過了這扇門。現在他回不去了！而杜麗是推手——生平第一次，她幹了一件有益他人的事。而露露在旁目睹。

姬蒂的臉上依然掛著針對將軍的迷人笑容。杜麗看到她以興奮的閃亮臉龐、光彩滿溢的雙眼環視群眾，細瞧數十個扛著自動武器的士兵、亞克、露露跟她。姬蒂顯然知道她搞定了，拯救了自己，從無人聞問的荒煙劈出一條道路，困苦爬回去，即將恢復她鍾愛的工作。全歸功站在她左邊這位專制暴君的小小協助。

「所以，」姬蒂問：「這就是你埋葬屍體的地方？」

將軍瞧著她，不明白。亞克迅速向前，杜麗、露露也是。

「你是把他們埋在這裡，這個塚裡面，」姬蒂以最友善的閒聊口氣問將軍：「還是先燒他們的屍體？」

「傑克森小姐，」亞克的眼神緊張且意味深長，他說：「將軍聽不懂妳的話。」

將軍的笑容不見了。他不是那種可以忍受「被蒙在鼓裡」的人。他放開姬蒂的手，跟亞克說話，語氣嚴峻。

露露拉拉老媽的手，細聲說：「媽，妳叫她住嘴啦！」

她的聲音讓杜麗從「暫時性麻痺」中驚醒。她說：「姬蒂，妳馬上給我停止。」

「還是你吃了他們，」姬蒂問將軍：「或者把屍體扔到外面給禿鷹吃。」

杜麗提高音量：「姬蒂，閉嘴。少耍把戲。」

將軍對亞克說話嚴厲，後者轉向杜麗，平滑的額頭湧現汗珠。他說：「皮爾斯小姐，將軍很不高興。」這是暗號；杜麗清楚什麼意思。她走向姬蒂，抓住她曬成古銅色的手臂，靠近她的臉。

「妳再繼續亂來，」杜麗輕聲說：「我們會全部翹辮子。」

但是當她看到姬蒂狂熱且自我毀滅的眼神，她知道完了；姬蒂不會罷手的。姬蒂故作訝異，大聲說：「噢，我不該提起種族屠殺的事嗎？」

這可是將軍聽得懂的英文字，他迅速跳開姬蒂的身邊，好像她身上著火了，用緊繃的聲音命令士兵。他們推開杜麗，她被撞翻在地，轉頭看姬蒂，她已經被士兵包圍，瞧不見人影。

露露尖叫，想要拉起杜麗：「媽咪，妳趕快想辦法，想辦法啊！叫他們不要這樣！」

「亞克，」杜麗大聲叫，他沒理會。他站在憤怒狂叫的將軍身旁。士兵扛起姬蒂，杜麗看到她踢腿掙扎，聽見她還在高聲尖叫：「你喝了他們的血，還是拿來拖地板？」

「你有拿他們的牙齒串成項鍊嗎？」

杜麗聽見拳頭的聲音，然後是尖叫，她連忙彈起身。姬蒂已經不見了；士兵將她抬到隱藏在停機坪樹叢裡的建築。將軍與亞克跟隨而入，關上門。叢林靜寂得恐怖；只有鸚鵡的叫聲與露露的啜泣聲。

將軍發飆時，亞克小聲吩咐了兩名士兵，他們等到將軍不見人影，便連忙領著露露、杜麗衝下山，穿越叢林，上車。司機已經等在那裡，抽菸。車子火速往回奔，經過叢林與沙漠，全程，露露都趴在杜麗的大腿上哭泣。杜麗搓揉女兒的柔髮，木然猜想她們是不是要被送去監獄。一直到太陽跳出地平線時，她們才發現已經置身機場，將軍的私人飛機正在等候。露露也挺直身體，坐回自己的位置。飛行途中，露露睡得很沉，緊抓著凱特．蓓絲牌書包。杜麗沒睡，直直瞪著那個屬於姬蒂的空座位。

大清晨，天色還黑，她們從甘迺迪機場搭計程車回地獄廚房⑤。兩人都沒說話。杜麗很訝異他們那棟樓還完整健在，她的公寓仍在頂樓，鑰匙在她的皮包裡。

露露直接回臥房，關上門。杜麗坐在角落書房，因為缺乏睡眠而腦袋混沌，努力整頓思緒。她該先聯絡大使館，還是國會？得花多少時間才能聯繫上能幫助她的人？她到底該說些什麼？

露露穿著制服從臥房現身，頭髮疏理整齊。杜麗根本沒注意到天亮了。露露斜眼看老媽還穿著昨日的衣裳，說：「該走了。」

「妳要去上學？」

「當然要去。我又能幹嘛？」

她們搭地鐵去學校。兩人間的沉默變成不可侵犯，杜麗擔心它永遠不會結束。望著露露那張蒼白又憔悴的臉，一股冰冷的感覺讓她深信：姬蒂．傑克森如果死了，她也永遠失去女兒。

露露繞過平日那個轉角，沒說再見。

列星頓大道的商家剛剛開始拉鐵門。杜麗買了一杯咖啡來喝。她不想離露露太遠，決定在角落等待女兒下課：還有五個半小時。她可以利用這段時間打手機。但是她的思緒屢屢飄回身穿綠洋裝、手腕上有點點熱油燒燙疤的姬蒂，以及她可憎的傲慢，自以爲已經馴服將軍，可以讓世界變得更美好。

手機躺在掌心。她根本不知道該怎麼打這類電話。

當她背後的鐵門嘎拉拉升起，杜麗發現那是相片沖印店。隱藏式相機仍在皮包裡。這倒是一件可以做的事：進去店裡，交出相機，要求沖印，並請他們把相機裡可下載的東西都燒到CD上。

她在店門外站了一小時，店員拿著她的照片出來。那時她已經打了好幾通電話討論姬蒂的事，似乎沒人在乎。杜麗心想，能怪他們嗎？

「這些照片……妳是用photoshop軟體還是……？」

「這是眞的，」她說：「我拍的。」

那人笑了，說：「少蓋了。」杜麗的腦海深處突然一震。想起露露今早說的：我又能幹嘛？

她衝回家，打電話給《國家詢問報》、《明星報》⑥的舊人脈，好幾個還在那裡。讓這條新聞從小報往上竄。她幹過好幾次，都很成功。

幾分鐘後，她開始電郵那些照片。數小時內，B將軍跟姬蒂・傑克森耳鬢廝磨的影像已在網路發酵轉發。到了傍晚，全世界各大報的記者紛紛打電話來。他們也打電話給B將軍，將軍的公關頭子強烈反駁這些謠言。

那晚，露露在房間做功課，杜麗吃芝麻醬冷麵，開始打電話找亞克。撥了大約十四次才接通。

他說：「我們不能再通話了。皮爾斯小姐。」

「亞克。」

「我們不能通話，將軍很生氣。」

「你聽我說。」

「將軍很生氣。皮爾斯小姐。」

「她還活著嗎？我只想知道這點。」

「還活著。」

「謝謝，」杜麗湧出淚水。「她——他們——有善待她嗎？」

「她毫髮無傷。皮爾斯小姐。」亞克說：「我們以後不能再通話了。」

兩人無言，杜麗聆聽越洋電話的雜聲。亞克說：「真是遺憾。」掛電話。

不過杜麗與亞克還是通話了。那是好幾個月以後的事（幾乎快一年），將軍應聯合國邀請來到紐約，出席說明該國的民主進程。杜麗、露露早就搬離紐約。那晚她們開車到曼哈頓跟亞克在餐廳碰面。

他穿黑色西裝配酒紅色領帶，跟他倒給杜麗跟自己喝的紅葡萄酒相輝映。他似乎很愛講這個故事，特地爲杜麗記下某些細節：她跟露露離開將軍的藏身處，三、四天後，大批攝影師湧現，前幾個躲在叢林被士兵抓到，送進大牢，後來人數越來越多，抓不勝抓，連數都數不清——他們超會藏匿，有的像猴子藏臥樹梢，要不就窩在淺坑裡，利用樹葉掩護。刺客都沒法這麼精準找到將軍的藏身處，攝影師卻輕而易舉辦到：大批攝影師偷渡邊界，連簽證都沒，躲在大木桶與葡萄酒桶內，或者隱在捲起的地毯裡，躲在卡車廂，顛簸穿越沒鋪柏油的路，終於包圍了將軍不敢離開的藏身處。

他花了十天才說服將軍必須面對這些一探究竟的人。將軍著軍服大衣，配上勳章與肩章，戴上那頂藍色帽子，挽著姬蒂的手，走向蔚集的攝影機。杜麗想起那些照片裡，柔軟的藍色帽子下，將軍的面容多麼困惑，像個新生兒，不知所措。姬蒂在他身旁微笑，剪裁合身的黑色洋裝，顯然是亞克費勁找來的，明智極了：隨意又親密，簡單又曲線畢露，正是女人跟情人獨處時會穿的那種衣服。她的眼睛則難以判讀，每次杜麗瞧著這些報導，揉著雙眼瞪著這些照片，耳邊便彷彿傳來姬蒂的笑聲。

「妳看了傑克森小姐的最新電影沒？」亞克說：「應該是她最好的作品了。」

杜麗看了：浪漫喜劇，姬蒂的角色是騎師，她在馬背上毫不吃力。她跟露露已經搬到上州區，是在那兒的小鎮電影院看的。B將軍事件後，許多將軍打電話來：先是G將軍，然後L將軍，還有P將軍跟Y將軍。話已經傳開，這些屠夫都要聘請她，想靠她翻身。她說：「我已經退出這行了。」把這些案子轉給她昔日的對手。

一開始，露露抗拒搬家，但是杜麗很堅定。露露很快就適應了當地的公立小學，加入足球隊，依舊被女孩追隨，成立了另一個小集團。這小鎮沒人聽過拉杜兒，露露不需隱瞞。

將軍跟那些攝影師碰面後，就奉上一大筆錢給杜麗，亞克在電話中說：「這是禮物，表達我們對妳的無價指導的無限感激。皮爾斯小姐。」杜麗電話裡就能感覺他的笑意，明白那是「封口費」。她拿那筆錢在商業大街上開了一家小小的美食店，只賣最好的農產品跟各種特殊乳酪，精心擺設，她自己設計探照燈打光，充滿藝術感。周末，紐約客到他們的鄉間度假屋時，光臨她的店，最常說的讚美就是：「感覺好巴黎啊。」

偶爾杜麗會訂購一批楊桃，總記得留幾顆給露露跟自己，帶回她們位於安靜小街底的小窩。晚餐後，打開收音機與窗戶，迎向昏昏欲睡的夜色，好好享受這種奇異而又甜蜜的果肉。

---

①作家楚門．卡波提（Truman Capote）在一九六六年爲《華盛頓郵報》發行人舉辦一場面具舞會，稱爲「黑與白」，在紐約市廣場飯店的舞會廳舉行，被許多人譽爲當年盛事，黛博拉．戴維斯（Deborah Davis）甚至寫了一本專書讚譽它爲「世紀派對」。

②邁爾康．富比士（Malcolm Forbes），《富比士》雜誌創辦人。胡士托音樂節（Woodstock Music and Art Fair）是美國紐約州鄉下小鎮巴塞爾（Bethel）在一九六九年舉辦的音樂表演活動。巴塞爾距離阿爾斯特縣的胡士托四十三公里。爲期三天的音樂節，共有四十萬名音樂愛好者湧入巴塞爾，使得胡士托音樂節成爲史上最成功的搖滾音樂節之一。三十名當時最著名的音樂人現身胡士托音樂節，被《滾石雜誌》譽爲流行音樂史上「改變搖滾音樂的五十個歷史時刻」之一。

③《*Talk*》是創刊於一九九九年的雜誌，由米拉麥克斯（Miramax）影業公司與赫斯特報業集團合資，由擔任過《紐約客》、《浮華世界》的總編輯蒂娜．布朗（Tina Brown）掌舵，創刊時舉辦了一場號稱「傳奇」的開幕酒會，但是雜誌本身始終沒賺錢，二〇〇二年停刊。

④汀恩．德魯卡超市（Dean & DeLuca），一家號稱是超市界LV的高檔超市。

⑤地獄廚房（Hell's Kitchen）是曼哈頓的一區，位於三十四與五十九街間，從第八大道一直延伸到赫德遜河。

⑥美國兩大著名八卦娛樂週刊。

第九章
四十分鐘的中餐：
姬蒂．傑克森暢談愛情、名氣與尼克森！

記者：朱爾斯．瓊斯

與明星初見面，他們看起來總是比你想像中的小一號，姬蒂．傑克森也不例外，雖然其他方面，她堪稱非凡。

其實，「小」還不是正確形容詞；她是「迷你」——像株小小的人形盆景，穿一件無袖白色洋裝，坐在麥迪遜大道一家餐廳最裡面的桌子，講手機。我坐下時，她朝我一笑，臉蛋貼著手機，翻翻白眼。她的頭髮就是到處可見的那種金髮，我的前未婚妻所謂的「挑染」，只不過姬蒂．傑克森的金、棕兩色雜混，顯得比珍娜．葛林的自然又昂貴。至於她（姬蒂）的五官，你只能說她大概就像高中教室裡的漂亮女生：鼻頭微翹，嘴唇豐滿，藍色大眼睛。但是我說不出爲什麼——就像她的挑染硬是比一般人（珍娜．葛林）來得屌——這張毫不出奇的臉也硬是顯得不凡。

她還在講電話，五分鐘已經過去了。

終於她掛斷電話，摺疊後收入一個小如餐後薄荷糖的圓形碟，塞入白色的漆皮皮包。然後她開始抱歉。瞬間，你就能將姬蒂歸類爲善良型明星（如麥特·戴蒙），而不是難搞類明星（如雷夫·范恩斯）。善良型明星會表現得他們就跟一般人沒兩樣（此處指我），所以你會喜歡他們，寫出吹捧式文章，這是十拿九穩的策略，儘管每個記者都自認是老手，不會誤以爲布萊德·比特想請他去參觀住家，跟他登上《浮華世界》的封面，兩件事純屬巧合。爲了採訪姬蒂，我得跳過十二個火圈，衝刺跑過數哩長的炙燃煤炭，才讓她的公司賞賜我四十分鐘與她獨處的特權，對此，姬蒂深感抱歉。也抱歉四十分鐘裡的頭六分鐘被她講電話講掉了。她的連番致歉讓我想起我爲什麼比較喜歡難搞的明星，那種會拿明星身分當拒馬屛障，從縫隙朝你吐口水的那一型。難搞型明星會控制不住脾氣，採訪對象的自制力崩解恰恰是名流報導的必要條件。

侍者來點菜。由於我與姬蒂的前十分鐘互動純屬打屁，根本不值得跟各位報告，我改爲報導下面這個事實（採用尾註形式，爲流行文化觀察植入一點點古老精裝書的細膩感）：假如妳是個年輕影星，一頭金髮，面容具有高度辨識度，妳最近一部電影的票房，只能解釋爲每個美國人平均看了至少兩次。那麼人們對待妳的態度就會有點不同，跟他們對待一個禿頭、駝背、輕微有濕疹毛病的中年男子的方式——其實是大不相同。表面看起來並無不同——「可以點菜了嗎？」——波濤洶湧於下的是侍者認出我的採訪對象是個名人而引發的歇斯底里。同時間發生的事唯有量子力學的定律能解釋，特別是所謂的粒子糾纏（entangled particles）特性，一股認出名人的震波同時間傳到餐廳的各個角落，甚至傳到離我們超遠、絕無可能看到我們的各桌①。四面八方的用餐客人轉動身體、伸長脖子、緊繃肌肉、扭曲面容，不自主地從椅子上稍稍抬高身體，努力壓制撲向姬蒂，拔下她一撮頭髮、撕下她一片衣裳的欲望。

我問姬蒂，眾人焦點一直在她的身上，滋味如何。

「很怪，」她說：「名氣來得太快了，妳根本覺得自己不配。」

你瞧瞧？善良派。

「哦，少來了，」我說。給她吊一記高球，讚美她在《噢，寶貝，噢》裡的表現。她飾演一個吸毒女孩轉變成揮舞手槍、特技高明的聯邦調查局女探員。諸如此類的不要臉奉承讓我經常思考是不是寧可死於注射毒針的死刑，也不要繼續「名流記者」這個行業。她不感到驕傲嗎？

「當然是，」她說：「不過，某方面來說，我當時根本不知道自己在幹嘛。但是這部新電影，我覺得比較——」

我大聲說：「妳先暫停一下！」雖然侍者還未走到我們的桌子，高舉的托盤裡也可能不是我們點的餐，但是我不想聽姬蒂的新電影；根本不在乎，閣下也是，我知道；我也不想聽她無聊嘮叨這個頗具挑戰性的角色，以及她跟導演彼此多麼信任，能夠與資深的湯姆．克魯斯合作，又是多麼榮幸。這是我跟她都必須吞下的苦藥，才能獲得她所屬公司的恩准，有幸跟她單獨相處。但是，這劑苦藥當然能拖就拖！

僥倖的是，那是我們的托盤（如果你跟明星進餐，上菜總是比較快）：姬蒂的柯布沙拉（Cobb Salad）；我的起司漢堡、薯條，以及凱薩沙拉。

我們開始進餐，跟各位分享一個理論：侍者對待姬蒂的態度算是一種「三明治」，最下面一層的麵包是他對待一般客人的乏味感與些微疲憊，中間那一層是他靠近這位十九歲著名女孩時所感到的狂熱與異常，最上面一層是他企圖以接近底層的那種乏味與疲憊的慣常行爲模式，來控制與隱藏中間層的異常。姬蒂跟他一樣也有底層麵包，那才是眞正的她，或者是她還在第蒙市郊區家鄉時的行爲模式——騎腳踏車、參加畢業舞會、拿下不錯的學業成績。最妙的是，還有馬術障礙賽，爲她贏得不少獎杯與綬帶，讓她曾短暫歡樂幻想做個職業騎師。三明治的中間層是她對暴得盛名的異常反應，甚至帶著些微的精神病態，三明治的表層則是她企圖模擬正常的自己，也就是以前的自己。

十六分鐘過去了。

「傳言，」我滿嘴是咀嚼到一半的漢堡，這是精心企畫的策略，讓採訪對象感到噁心，才能戳破她以「善良」築起的防禦盾，讓她開始跟自我控制痛苦摩擦，「妳跟同劇演員搞曖昧。」

她總算注意了。相較於迂迴貼近隱私問題，我寧可出其不意直撲。過去的痛苦經驗教會我，迂迴手段給難搞類明星太多時間梳理情緒，讓善良型明星有充裕機會溫柔臉紅地閃躲。

「絕對不是事實！」姬蒂大聲說：「湯姆跟我只是相處得很好。我愛妮可。她是我的偶像。我還做保母，幫他們帶過小孩。」

我的「扯嘴大笑」招出鞘了。此招在戰略上沒什麼意義，純粹想讓受訪對象焦躁狼狽。如果我的方法看似毫無必要的殘酷，我懇請各位想想我分配到的四十分鐘，已經去了快一半。容我在此加個關於我自己的尾註——要是這篇文章再度砸鍋，不能揭露姬蒂不爲大眾所知的某些面貌（譬如，我寫過李奧納多．狄卡皮歐獵麋鹿、莎朗．史東讀荷馬、傑若米．艾朗挖蛤蠣，就是所謂的不爲人知的一面）——很可能會被總編輯砍掉，讓我在紐約與洛杉磯更加貶值，繼續延長我「連串的奇怪失敗」（這是我的朋友兼總編輯艾提克斯．李維在上個月的午餐對我說的）。

「你爲什麼這樣笑？」姬蒂帶著敵意問。

你瞧？不再友善？

「我有笑嗎？」

她專心吃她的柯布沙拉。我也專心吃飯。因爲我無以爲繼，可以穿透姬蒂內心密室的通道太少，只好退而求其次，觀察並報告此次午餐內容與過程，她吃掉全部的萵苣、咬了大約兩口半的雞肉、幾片番茄。完全沒碰橄欖、藍紋乳酪、水煮蛋、培根跟酪梨，換言之，就是柯布沙拉之爲柯布沙拉的東西。至於沙拉醬呢，照她吩咐的，放在碟子旁，她只用食指沾了一下，舔掉，就碰也沒碰了②。

「告訴妳我在想什麼，」我終於開口，紓緩我們之間高升的尖銳緊張。「我在想妳才十九歲，就有一部超高票房電影，全世界的人都巴不得在妳的窗外跳祈雨舞，妳的下一步能怎麼走呢？能怎麼做呢？」

我在姬蒂臉上瞧見幾件事：鬆了一口氣，因爲我沒有進一步出難題，因爲我沒再提湯姆．克魯斯，或許因爲如此，她臉上除了如釋重負的表情，還混合了飛閃而過的欲望，希望我跟其他拿著錄音機的王八蛋不一樣，希望我能理解她的世界有多麼詭異。我還眞希望這樣！我眞想了解她的詭異世界，深入其中，不再走出來。但是，我最多只能期望我能隱藏一個赤裸事實，那就是我跟姬蒂不可能有眞正的交流，過去二十分鐘，我能勉強隱瞞，已經是一大勝利。

爲什麼我在這個故事裡不斷提到自己（所謂的「插入」）？因爲我拚死命想從這個非常、非常善良的十九歲女孩身上擠出值得一讀的材料；我想發展出一則故事，不僅打開這位青少女內心的柔軟祕密，也包含動作、進展，還有——老天幫幫忙吧——一絲絲類似「意義」的東西。我的麻煩是：姬蒂根本乏味到爆炸。她最有趣的特質來自她對他人的影響力，而此刻，所謂的「他人」中，最能馬上供大眾集體檢驗其內在的就是「我」，因此，上面指稱的那則報導，必然是在描述午餐過程裡，姬蒂對我造成的無數影響力（這也是高層的要求。在此插入一下，最近，我跟艾提克斯．李維通電話時說，一直寫名流報導讓我沮喪得要命。他說：「我拜託你；這篇報導一定要成功，我把這個任務分配給你，你別讓我看起來像個大笨蛋。」）。要想理解姬蒂爲什麼對我能有這些影響，你必須知道我的前女友珍娜．葛林跟我交往三年，訂婚了一個月又十三天，兩星期前拋棄我，投入一個回憶錄作家的懷抱，他的最新作品描述少年時期打手槍，把精液射入魚缸的諸種細節。最近一次跟珍娜通電話，我想說服她是犯了重大錯誤，她回說：「至少他有在自己身上下工夫。」

「我也常思索——下一步該是什麼，」姬蒂說：「有時我會想像自己回首過往，我對現在的自己會有什麼想法，我的意思是說，這會是我的美妙人生的起點……或者？」

在姬蒂．傑克森的字典裡，「美妙的人生」究竟代表什麼？

「哦，你知道的，」咯咯笑。臉紅。我們回到友善關係，跟一開始不同。這是小爭執之後的言和。

「名氣，財富？」我刺探。

「大約是這樣。不過，當然還包括幸福。我要找到眞愛，不管它聽起來多麼陳腔濫調。我想要小孩。這也是爲什麼在這部新電影裡，我會跟我的代理孕母關係如此密切……」

我就像巴伐洛夫制約反應實驗裡的那隻狗，這頓飯只要出現「公關」元素，我就壓抑它，這招顯然奏效，姬蒂默不作聲了。我才剛開始慶祝自己的勝利，就逮到姬蒂正在偷瞄她的手表（愛馬仕）。這姿態對我產生什麼影響？一種混合了憤怒、恐懼與慾望的爆炸性感覺在我體內迸發：憤怒，因爲這個未經世事的女孩，基於明顯的不公平原因，在這個世界上所擁有的權力遠遠超過我，四十分鐘一結束，除非我採取構成違法的跟蹤手段，否則，她的高貴人生與我的低下人生，不可能再相逢；恐懼來自我瞄瞄自己的手表（天美時），四十分鐘已過了三十分鐘，我還沒找到任何「事件」足以支撐我的人物特寫；慾望來自她的脖子細長，戴了一條非常纖細，幾近透明的金項鍊。她穿了一件背心裙，白色吊帶下露出小小的肩膀，曬成古銅色，細緻異常，好像兩頭小雛鳥。聽起來可能很不吸引人，事實卻是迷人到不可思議的程度。「雛鳥」兩字代表它們（她的肩膀）看起來超棒，我能短暫想像自己扯開它們的細小骨頭，一根根啃舔上面的肉③。

我問姬蒂，性感女神的滋味如何？

「一點感覺也沒有，」她的神色乏味且困擾：「那只是人們對我的感覺。」

「妳是指男人。」

「我想是吧，」她說，一種新表情閃現過她的面容，那表情，我只能稱之爲突來的厭煩。

我也有同感：突來的厭煩。事實是全身倦怠。我說：「天啊，這眞是一場鬧劇。」這種自我表白與放下心防並無任何戰略目的，因此，無疑，數秒內，我就會後悔。「我們何必參與？」

姬蒂微傾著頭看我。我認為她似乎察覺我的倦怠，或許還知道來源為何。換言之，她開始憐憫我了。現在我快要跌入名流報導最危險的處境：那就是容許採訪對象反轉軸線，變成她在審視我，處於這種狀態，我就再也看不清楚她。我頭髮稀疏到恐怖的額頭開始冒汗，為瞬間而至的壓力打前鋒，我拿起一大片麵包抹擦沙拉盆的底部，一口塞進嘴巴，活像牙醫在塡補牙齒。就在那時——噢，沒錯——我突然有麻煩，要打噴嚏了；聖母馬利亞啊，我就要噴了，不管嘴裡有沒有麵包，什麼也擋不住我這張臉上的每一個孔洞同時興奮尖叫噴發。姬蒂恐懼極了；當我清理殘局，她猛個往後退。

災難轉向。或者，至少推延了。

當我終於嚥下麵包，擤完鼻涕，至少花掉寶貴的三分鐘後，我說：「妳猜怎著，我想帶妳去散步。意下如何？」

姬蒂想到可以逃出去放風，立刻從椅子上彈起來。畢竟今天天氣很棒，陽光從餐館窗戶跳進來。但是她的興奮馬上被相同程度的謹愼給中和了。「傑克怎麼辦？」指的是她的宣傳，四十分鐘訪問結束，他就會馬上現身，揮舞魔杖，把我打回南瓜原形。

「不能等他打電話來，叫他來跟我們會合嗎？」我問。

「OK，」她說，努力模仿她一開始感受到的眞實熱情，儘管憂慮已經入侵了她的三明治夾層。「好啊，走吧。」

我匆匆付帳。安排這個「出走」，基於下面幾個理由：首先，我想從姬蒂那兒竊取點時間，挽救這次採訪，放大來說，就是拯救我一度看似頗有前途，現在卻不斷萎縮的文學聲譽（碧翠絲・葛林說：「我想她很失望你在第一本小說失敗後，沒有繼續寫。」這是我跑去她位於史高斯戴爾區的住家門口哭泣，懇求她深入分析女兒背叛我的原因，她邊喝熱茶邊這麼告訴我的）。二，我想看姬蒂站起身，走動。因爲這個目的，我讓她走在前面，我跟在後面，她低頭穿梭桌子間，帶著那種名人或者超級美女才有的態度（不用說，姬蒂當然是兩者兼有）。她的姿態與步伐可以翻譯爲如下：我知道我很有名而且魅力無法擋——兩種特質加起來接近輻射線——我知道這裡所有人都無法抗拒我。如果我們眼神對望，彼此又都明瞭我的魅力如輻射線以及你們的無力擋抗，那會很尷尬，所以我才低下頭，讓你們可以平靜地瞪視我。以上過程裡，我都在注視姬蒂的腿，她身高普通，相形之下，雙腿顯得很長，還是棕色，不是那種在美容沙龍裡照出來的棕色帶橘，而是濃濃的茶褐色加栗色，讓我聯想到——哦，馬腿。

中央公園離這兒只有一條街。四十一分鐘已經過去，時鐘繼續滴答。我們走進公園。滿眼盡綠，陽光與陰影揮灑，好像我們一頭栽進平靜的深潭。「我忘記我們什麼時候開始的，」姬蒂看看手錶：「還有幾分鐘？」

我喃喃說：「哦，還好。」好像置身夢中。沿路，我一直在看姬蒂的腿（努力抑制自己不要趴到她的腳邊——這念頭還眞的閃過我心頭），發現她膝蓋上方點綴著超級漂亮的金色細毛。我一直看她的腿，因爲她是如此年輕，備受滋育與呵護，不會遭他人毫無緣由的殘酷對待，毫不自知她也會變成中年人，終究也會死（還很可能是孤獨死亡），因爲她還未對自己失望，只是跟全世界一樣驚訝自己的盛名來得如此之早，姬蒂的皮膚十分完美，是平滑、豐腴，散發甜蜜香氣的皮囊，生命尚未爬上它，抓耙出失敗與疲憊的痕跡。「完美」在此是指她的皮膚完全沒有鬆弛、下垂、橫紋、皺紋、波紋與小瘤。我的意思是她的皮膚就像樹葉，只差不是綠色。我無法想像這樣的肌膚會有令人不悅的氣味、紋理或者口感。甚至（應該說完全無法想像）微微有點濕疹。

我們坐在一個斜坡綠地。姬蒂繼續盡責地講她的新電影，宣傳人員的幽魂不散，無疑提醒她，這次與我見面唯一的目的就是推銷上述電影。

「噢，姬蒂，」我說：「忘掉電影。天氣這麼好，我們待在公園。我們把那兩個傢伙拋諸腦後。來聊聊……馬吧。」

哇，那個表情！那種凝視！你想像得到的所有陳腐比喻立刻湧現腦海：陽光穿透陰霾，花朵伸展綻放，彩虹神祕突現。達陣。我終於穿過表層、繞過正面，抵達內在——我終於碰觸到眞正的姬蒂。基於我無法理解而且鐵定高居量子力學難解謎題排行榜的某個原因，這個接觸對我來說就像天啓，來得快而急，塡補了我與這位年輕演員之間的裂縫，黑暗雖掩至，但是我被高高提起。

姬蒂打開小小的白色皮包，拿出一張照片。照片裡是一匹馬！鼻頭上有白星。名叫尼克森。「尼克森總統的尼克森？」我問。姬蒂滿臉茫然，不明白我的聯想。「我只是喜歡這個名字的發音，」她開始形容餵尼克森吃蘋果的感覺。——牠怎麼樣用上下顎一口咬碎蘋果，白色果汁如何像瀑布噴出。「我現在都沒什麼機會見到牠，」姬蒂說。哀傷的表情是眞的。「我得僱人騎牠，因爲我都不在家。」

「沒有妳，牠一定很寂寞，」我說。

姬蒂轉頭看我，我猜她已經忘了我是誰。我突然有股慾望，想將她撲倒在草地上，我眞做了。

「喂！」我的採訪對象大叫，聲音悶悶的，吃驚卻不害怕。

「假裝妳是在騎尼克森，」我說。

「喂！」她大叫，我捂住她的嘴。姬蒂在我的身體下面扭動，但是我身高六呎三，體重（兩百六十磅），約莫有三分之一集中於我的「備胎」（這是我跟珍娜．葛林最後一次親熱不舉時，她所用的形容詞），兩者相加，將她牢牢壓制在地，像個沙袋。我一手捂住她的嘴，另一手伸進兩個不停扭動的身體之間，終於——哇啦！——摸到我的褲子拉鍊。這一切，我有什麼感覺？嗯，我們躺在中央公園的草坡，這裡雖隱僻，基本上還是光天化日，人們視線可及。所以我覺得焦慮，隱約知道這個罪行將一舉毀滅我的事業與聲譽。但是另一種感覺更強烈，那就是——什麼？——狂怒，是的；除此；還有什麼能解釋我渴望把姬蒂當成魚，一刀劃開她的身體，讓她的五臟內腑都掉出來，同時間，我還有另一股同樣不得不然，卻又完全不同的慾望，就是將她拗成兩半，雙手伸進裡面，感受在她體內芳香旋轉的純淨液體。然後將它抹到我粗糙、「墮落」（理由如上所述）、處處瘡疤的皮膚，希望它能治癒我。我想要幹她（無庸置疑），然後殺掉她，或許邊幹邊殺（「幹死她」與「幹得她腦袋開花」都是不離主旨、可以接受的變奏）。唯一不感興趣的是殺了她，然後姦屍，因爲我極端想要的是她的生命力——她的內在生命。

結果，我兩者都沒做。

讓我們重回現場：我一隻手捂住姬蒂的嘴，努力壓制她那顆勇猛不馴的腦袋，另一隻手摸索我的拉鍊，拉下有點困難，可能是我的受訪對象不斷在我身體下扭動所致。不幸，我完全沒法控制的是姬蒂的手，其中一隻伸往她的白色皮包，裡面有些東西已經掉落在外面：馬的照片、過去幾分鐘裡響個不停、小如薯片的手機，還有一罐我只能猜想是催淚或者噴霧劑的東西，結論源自它直接噴到我臉上所產生的效應：我的眼睛馬上熱辣，盲目，眼淚不斷湧出，喉頭活像被人掐住，抽筋般猛咳，伴隨嚴重的噁心感，讓我立即彈起身，馬上又因幾近暈厥的痛苦而彎成兩截（一隻腳仍壓住姬蒂），這時她又自皮包撈出另一樣利器：附有小把瑞士刀的鑰匙串，刀刃又小又鈍，她還是設法戳穿了我的卡其褲，刺進我的小腿肚。

此刻，我已經像隻被捕的水牛般哮喘鬼叫，姬蒂拚命逃跑，雖然我已經太痛苦，無法抬頭看，但是無疑陽光會從樹梢斑斑撒落於她的茶棕色四肢上。

我想，午餐應該在此結束了。簡簡單單，我就爭取到配額外的二十分鐘。

是的，午餐的落幕，卻是許多事的序幕：檢方起訴我強暴未遂、綁架與加重恐嚇，提交證據給大陪審團，然後是我目前的收押在監（雖然艾提克斯．李維很「英勇」地幫我籌了五十萬美元保釋金），以及這個月即將開始的審判。有如天助，姬蒂的新電影《三聲夜鶯瀑布》（Whip-poor-will Falls）剛好那天要全國聯映。

姬蒂寄了一封信到監獄給我。「不管你的精神崩潰是因我哪一點而起，我都向你道歉，」她寫道：「也抱歉次（原文如此）了你。」她圈起小寫的i，還在信尾附上一個笑臉圖案。

我不是說過了嗎？善良。

當然，我們的小小「不測」對姬蒂有極大助益。頭版頭條，緊跟著一堆焦慮的搭配報導、社論、讀者投書，論及一大堆相關的議題：「名流越來越容易受傷害」《紐約時報》、「某些男人無法接受拒絕導致暴力相向」《今日美國報》；「雜誌總編輯必須更嚴謹篩選自由撰稿人」《新共和雜誌》，還有探討中央公園白天保全不夠周密的文章④。姬蒂在這一波神像崇拜的潮流裡成為頭牌烈女，已經被吹噓成這一代的瑪麗蓮．夢露，雖然她還沒死呢。不管她的新片主題爲何，看來鐵定大賣。

①作者尾註：此處，我用了點詭辯術，暗示糾纏粒子可以解釋上述一切，其實，糾纏粒子是什麼，本身都沒有得到完美解釋。所謂的糾纏粒子是孿生次原子（subatomic twins）：用晶體分裂一個光子，切成兩粒，這兩個粒子無論相隔多遠，對同樣的刺激都會產生完全一樣的反應。

物理學家困惑地問：怎麼會這樣？一個粒子怎麼可能「知道」另一個粒子發生什麼事？靠近姬蒂．傑克森這桌的客人當然會認出她，爲什麼視線遠遠無法及於姬蒂、理論上完全看不到她的人，也能同時認出她呢？

理論上的解釋：

(1)粒子會互相溝通。

不可能，它們要溝通，除非速度比光速還快，這樣就違反了相對論。換言之，由於遠處桌子的客人完全看不到她，靠近我們這一桌的客人必須透過比光速還快的速度，以語言或者手勢傳達，「姬蒂．傑克森在此」的訊息才能同時間橫掃全餐廳。

(2)這兩粒光子都是針對它們還是同一粒光子時的「局部因素」（local factor）產生反應——這是愛因斯坦對糾纏粒子現象的解釋，他所謂的「隔著遠距離的詭異作用」（spooky action at a distance）。

不是。因爲我們已經確定餐廳客人不是對彼此反應，而是同時間對姬蒂．傑克森有反應，而其中只有少數是真的看見姬蒂！

(3) 這是量子力學的謎題之一。

顯然是。唯一能肯定的是姬蒂的出現讓我們其餘人變成「糾纏粒子」，只因爲我們體認到自己不是姬蒂·傑克森。由於這個事實「統一」到出奇的地步，一時間抹滅了我們眾人之間的差異性——譬如遊行時忍不住要沒頭沒腦地大喊，譬如從未學過法語，譬如要努力不讓女人知道我們極度畏懼昆蟲，譬如小時候愛吃圖畫紙——在姬蒂·傑克森面前，我們不再擁有這些特性；事實是我們與身旁其他「非姬蒂·傑克森者」是如此毫無區別，以致其中一人見到她，我們便同時產生反應。

② 作者尾註：偶爾，生命會提供你一些東西，譬如時間、靜謐，以及閒閒沒事的快樂時光（dolce far niente），讓你有機會提出那些你在匆促的正常人生裡無暇檢視的問題：譬如你還記得光合作用究竟是怎麼作用的？你曾在一般對話裡使用「存在論」這個詞嗎？你一向都很喜歡自己堪稱正常的生活，究竟在哪個確切時刻，你微微偏離了準線，往左邊或右邊傾斜了極小極小的一點，就不幸掉入另一個拋物線，最終掉到你目前的所在——以本人的例子來說，就是雷克斯島感化監獄？

我連續數個月仔細剖析我與姬蒂·傑克森的午餐約會，將它拆解成細線與十億分之一秒，這份分析的精細水準能讓猶太法典的研究者都自嘆不如，認爲他們崇揚安息日的分析實是過於草率。我的結論是就在姬蒂·傑克森將手指伸入她吩咐要擺在盤子邊的沙拉沾醬裡，而後吸吮手指的那一刻，我人生的準線產生了極細微卻具絕對性的偏離。

讓我們依據時間順序仔細耙梳與重建，以下應該是我當日當時腦海所醞釀的思緒與衝動。

思緒1：（看到姬蒂的手指伸入沙拉醬而後吸吮手指）有可能這位迷死人的年輕女孩在挑逗我嗎？

思緒2：不，不可能。

思緒3：爲什麼不可能？

思緒4：因爲她是著名的十九歲電影明星，而你有皮膚問題，還「突然變胖許多」（這是珍娜·葛林最後一次跟你做愛，在你不舉後所說的話——「你是突然變胖許多——還是只有我比較注意到你變胖？」）。你跟姬蒂之間天差地遠。

思緒5：不過她剛剛才把手指伸入沙拉醬碟，當著我的面吸吮手指！怎麼可能有其他意思？

思緒6：這代表你根本不在姬蒂的性對象考慮範圍，遠得很，通常她的內在感應器會阻止過度鼓勵對方、有煽動對方之嫌的舉止，譬如在男性面前把手指伸入沙拉醬，然後吸吮手指，通常會被解讀為對對方有「性」趣，但是她的內在感應器那天沒啓動。

思緒7：為什麼沒有？

思緒8：因為對姬蒂來說，你稱不上「男人」，你就跟德國短腿獵犬沒兩樣，不會讓她過度自覺與在意。

③作者尾註：毫無疑問，我的反覆無常將會被你們解讀為「超級傻鳥」、「鬼祟變態」、「瘋狂好色」的進一步證據（以上形容詞摘自我在獄中收到的陌生人來信），我只能以一例反駁：四年前某個春日，我注意一個女孩雙腿粗短，上身細長，穿粉紅色紮染T恤，拿著杜恩雷德藥妝店的塑膠袋撿狗屎。她是那種肌肉發達的女孩，高中時不是游泳就是跳水選手（後來我才發現都不是），她的小獵犬是那種渾身濕答答的癩皮狗，就算用最中立最客觀的標準，都只能說牠「不可愛」。但是她愛那隻狗，細聲叫著：「來啊，小鬍鬚，來啊，女孩。」我一眼就看穿她的一切：悶熱的公寓小房，球鞋與緊身褲到處亂扔，每兩星期去跟父母吃晚飯，嘴唇上方的細鬍鬚每周得用瀝青味道的漂白膏漂白。我對她的感覺與其說是「要她」，還不如說是被她整個人包圍，一動也不動，便一頭栽入她的人生。

當她跟「小鬍鬚」站在那兒，裝滿大便的杜恩雷德藥妝店塑膠袋滑到地上，我走入陽光裡，跟她說：「要我幫忙嗎？」

珍娜露出微笑。好像有人向她投降。她說：「你瘋了嗎？」

④作者尾註：

總編輯鈞鑒：

在本人「殘酷攻擊」一位「過度信任他人的年輕女星」後，貴報最近刊登了一篇社論〈公共場所的危險性〉（八月九日），鑑於貴報迫不及待要徹底逐出公共場所的「精神狀態不穩定因而危及大眾」的人物，本人足為代表，請容許我本著貴報社論的懇切精神，敬呈一個至少保證使朱利安尼市長龍心大悅的提案：何不乾脆取消中央公園的入口檢查哨，改成要求入園市民提供身分證明？

如此一來，你們可以叫出該市民的紀錄，評估他們的人生成敗——結婚與否，有孩子與否，事業成功與否，銀行往來紀錄良好與否，跟童年朋友往來與否，安穩一覺到天明與否，年輕時漫無邊際的傻氣夢想實現與否，還有，能否擊退不時湧生的恐懼與沮喪感？——有了這些資料，你們可以推算市民「因個人失敗而對功成名就者產生爆炸性嫉妒」的可能性有多高，據此爲他們排列高下。

接下來就簡單多了：市民入園時，把他們的排名轉譯成碼，輸入電子手鍊，要求他們戴上，然後在雷達螢幕上追蹤這些譯碼的閃光，並派員隨時準備介入，以防偵測中的排名低下的無名小輩，突然侵襲「那些跟平凡人一樣有權享受安全與心靈寧靜的名人」。

我只有一個要求：請本著我們神聖文化傳統的精神，對「惡名昭彰者」與「名人」一視同仁，因此，當大眾對我的苛責結束（包括《浮華世界》的記者小姐繼採訪了我的整脊師與大廈管理員後，兩天前又大駕光臨訪問我，然後跟那些所謂的「電視雜誌」報導一起狠狠剝了我的皮之後；也包括我的審判與刑期結束，允許回到外面的世界之後），我也可以站在公共場所的樹下，撫摸粗礪的樹幹——然後，擁有跟姬蒂小姐一樣的安全保護。

誰知道？或許有一天我們在中央公園散步時會不期而遇。應該不會有對話。我寧可遠遠看著她，揮揮手。

朱爾斯．瓊斯　敬上

第十章　靈魂出竅

你的朋友假裝自己是這種或者那種人，你的特殊任務就是提出異議。譬如，朱爾說他要去讀法學院。執業一段時間後就要從政，競選州議員，接著是國會參議員，最後競選總統。他講這話的口氣好像你在說：上完「當代中國繪畫」課，你要去健身房，之後到波斯特圖書館用功，一直到吃晚飯。前提是你還有在計畫事情，前提是你還在就學，兩者皆無，雖然理論上，當初輟學只是暫時性的。

大麻煙霧在陽光下層層堆疊，你透過迷霧看朱爾。他已經靠回沙發床，攬著莎夏。他有那種「歡迎，請進」的大笑臉，一頭黑髮，身材壯碩——不是你這種在健身房舉重練出來的，基本上，比較接近猛獸，應該來自他經常游泳。

我說：「你到時可別說你抽了但是沒吸進去。」①

除了坐在電腦前的畢克思，大家都笑了，有那麼一下子，你認為自己很幽默，直到你想起他們之所以笑，是因爲他們看出來你努力在搞笑，他們擔心你會跳出窗戶，摔在東七十街上，即使是「搞笑」失敗這麼小的事。

朱爾吸了長長一口。你聽見他的胸部傳出吸菸的咯聲。他將水煙壺遞給莎夏，她沒吸，傳給了麗姿。朱爾屏氣不讓煙冒出，啞著嗓門說：「羅勃，我跟你保證，如果有人問起，我會說我跟羅勃．費曼二世一起抽的那管大麻棒透了。」

那個「二世」是嘲諷嗎？大麻並沒發揮你預計中的效果，抽或沒抽，你都一樣偏執。不，朱爾不是個會嘲諷的人，他是個堅持信念者——秋天時，他跟一堆死硬派在華盛頓廣場散發傳單，鼓勵學生登記爲選民。自從他跟莎夏談起戀愛，你也成爲他的幫手——你要說服的對象多數是那種狂熱健身派，因爲你知道怎麼跟他們對話。費曼教練（也就是你爸）說朱爾這類人是「死木頭」，獨行俠，不玩團隊比賽，而是搞滑雪，伐木頭啊。球隊的事啊，你超懂；你可以去說服那些校隊球員（只有莎夏知道你選擇紐約大學，是因爲這學校三十年來都沒有美式足球隊）。業績好的時候，你一天內搞到十二個球隊學生登記爲民主黨選民。你把文件交給朱爾時，他驚喜叫道：「羅勃，你超懂得竅門。」但是，你自己始終沒去登記選民，事情就是這樣，你拖得越久，就越不好意思。一直拖到來不及。就連知道你所有祕密的莎夏也不知道你根本沒去投票給柯林頓。

朱爾靠過來，跟莎夏嘴對嘴親一下，看得出來大麻讓他起色心，因爲你也有同樣感覺——這慾望強大到令你牙齒都疼了，只有別人狠揍你一頓，或者你狠揍別人一頓，才有可能消滅。高中時期，只要陷入這種感覺，你就去找人幹架，現在沒人要跟你打架——阻礙因素應該來自三個月前，你用割紙箱的美工刀劃破自己的手腕，差點流血而死。這件事簡直就像力場，讓籠罩範圍之內的人全癱瘓了，嘴角凝固著鼓勵的微笑。你很想拿起一面鏡子對著他們問：這笑容是要怎樣幫到我啊？

「沒有人抽大麻還能當上總統的，朱爾，」你說：「永遠不可能。」

「現在是我的年少實驗階段，」他說，那種真誠的笑容只有擺在威斯康辛州人的臉上，才不會顯得荒謬。他說：「何況，誰會去公諸於眾？」

「我會，」你說。

「我也愛你，羅勃，」朱爾笑著說。

你差點脫口問，**誰說我愛你？**

朱爾拉起莎夏的頭髮，綁成繩子模樣。他親吻莎夏下顎的肌膚。你站起身，內心沸騰。畢克思與麗姿的公寓很小，就像娃娃屋，到處是盆栽，以及植物的味道（潮溼的植物味），因為麗姿很愛植物。牆壁貼滿畢克思收集的末日審判海報——赤裸如嬰兒的人類分成好人壞人兩堆，好人往上升，進入綠色田野或者金色光芒裡，壞人消失於怪獸的嘴巴內。窗戶大開，你可以爬出去到防火梯上，三月的冷空氣簡直要凍裂你的鼻竇。

一秒後，莎夏跑到防火梯陪你，她問：「你在幹嘛？」

「不知道，」你說。「空氣新鮮。」你懷疑這種簡約式回答能維持多久。「天氣不錯。」東七街的對面，兩個老太太正站在窗台摺毛巾，手肘靠在窗台朝下望。你說：「瞧瞧，兩個間諜。」

「巴比，你這樣跑到外面，我會很緊張，」只有莎夏能這樣叫你；十歲以前，大家都叫你「巴比」，之後，你老爸說這是個女孩名。

「怎麼會？」你說：「才三樓，最多斷手，或斷腿。」

「拜託，你進來吧。」

「放輕鬆點，莎夏。」你停在爬往四樓窗戶的鐵格狀梯子上。

「派對轉到這兒了？」朱爾彎折身體，擠出起居室的窗子，也到防火梯來，靠著欄杆瞧下看街底。你能聽見麗姿在屋內接電話：「嗨，媽咪！」——企圖沖淡聲音裡的大麻味。她的爸媽從德州來訪，這代表畢克思（黑人）必須住到電機系的實驗室去，他正在攻讀電機博士。麗姿的爸媽根本不住這裡——而是住在旅館！但是如果麗姿在她父母所在的城市跟黑人睡覺，他們就是會知道。

麗姿上半身探出窗戶。她穿小小的藍色短裙，棕色漆皮及膝長筒靴。她自認已是夠格的服裝造型設計師。

「那個有種族偏見的傢伙可好？」你問，當場便懊惱自己使用了長句。

麗姿轉身看你，臉兒脹紅：「你是說我媽嗎？」

「不是指我自己。」

「羅勃，不准你在我的公寓裡這樣講話，」她用冷靜的口吻說，你從佛州回來後，他們都用這種語氣跟你說話，讓你毫無選擇，只能測試他們的底線。

「我不在你的公寓裡，」我指著防火梯。

「防火梯也不可以。」

「防火梯不是你的，」我糾正她：「是你跟畢克思的。不，嚴格說，市政府的。」

「幹，羅勃，」麗姿說。

「彼此彼此，」你露出滿意笑容，因為你好久沒看見眞正憤怒的臉孔了。

「冷靜點，」莎夏跟麗姿說。

「妳說什麼？我該冷靜？」麗姿說：「他從回來以後，表現得就像個大混蛋。」

「才兩個星期而已，」莎夏說。

「我真喜歡她們討論我時，完全當我不在場，」我告訴朱爾我的觀察。「她們以為我死了嗎？」

「她們認為你嗑茫了。」

「沒錯。」

「我也是。」朱爾繼續爬防火梯，爬到比你高幾階，窩在那裡。他深呼吸，享受滋味，你也深呼吸了一口。朱爾在威斯康辛州時曾用弓箭射死一頭麋鹿，剝皮，把肉切成塊狀，裝在背包帶回家，全程穿雪鞋。或許他是開玩笑的。他們家兄弟也曾赤手搭建木屋。他在湖邊長大，每天清晨（即使冬天）都到湖裡游泳。現在他在紐約大學游泳池游，但是氯讓他眼睛痛，他說，在屋內游泳就是不一樣。儘管如此，他還是常去游，尤其是沮喪、緊張，或者跟莎夏鬧彆扭時。當他第一次聽說你在佛州長大，他說：「你一定是從小游泳到大。」你說，**當然**。事實是你向來討厭水——只有莎夏知道。

你從階梯轉往防火梯平台的那一頭，那裡的窗戶望進去，就是一個小小的凹室，畢克思放電腦的地方。他正頂著粗如雪茄的牙買加髮綹，在電腦前打字，跟其他研究生即時通，他的訊息會出現在對方的電腦上，對方的回信也會出現在他的電腦上。根據畢克思的說法，這種透過電腦即時傳訊將來會大大流行，比電話還普遍。他很敢預測未來，你沒挑戰他——或許是他年紀比你大，或許因為他是黑人。

畢克思一瞧見你穿著鬆垮牛仔褲與長袖美足運動衫（因為某種原因，你又重拾這種穿著風）的身影閃現窗口，嚇得跳起來。「媽的，羅勃，」他說：「你在那兒幹嘛？」

「看你。」

「你給麗姿太大的壓力。」

「對不起。」

「那你就進來，自己去跟她說。」

你爬進畢克思的窗子。電腦桌上方掛著一幅末日審判圖，法國阿爾比教堂的。去年的「藝術史入門」課教過，你還記得。你超愛那門課，所以把藝術史加入你的企管主修裡。你懷疑畢克思眞的信教嗎？

莎夏跟麗姿坐在客廳的沙發床上，臉色低沉。朱爾還待在防火梯。

「對不起，」你跟麗姿說。

「沒關係，」她說。你知道自己該就此打住——沒事了，甭再提，但是你體內似乎有一個瘋狂引擎不肯打住：「我很遺憾妳媽有種族偏見，我很遺憾畢克思交了德州女友。我很抱歉我是個大混蛋。我很抱歉因爲我搞自殺，讓妳壓力很大。我很抱歉毀了妳的美好下午……」你的喉嚨發緊，眼睛濕了，她們的臉孔從漠然轉爲哀傷，此景很感人很甜蜜，只是你的魂兒不在那兒——一部分的你在數呎之外，或者飄在半空，正在想，很好，她們會原諒你，不會拋棄你了，問題是，哪個才是眞正的「你」，在說話在動作的那個，還是在旁冷觀的這一個？

你離開畢克思與麗姿的公寓，跟莎夏、朱爾往西到華盛頓廣場。寒氣讓你手腕的疤痕發疼。莎夏、朱爾的手肘、肩膀、口袋像兩根麻花捲在一起，看起來，應該比你暖和許多。你回佛州坦帕灣家中療養時，他們搭灰狗到華盛頓特區參加就職典禮，徹夜沒睡，看著太陽從國家廣場升起，他們都說那個時刻，他們覺得世界就從他們腳下的土地開始改變。你對莎夏的說法嗤之以鼻，可是自此，你在街上會研究陌生人的臉，不知道他們是否也感覺到這個跟柯林頓有關、甚或更大的改變，正飄散在地鐵與空氣裡，無處不在——人人都感覺到，只有你例外。

你與莎夏在華盛頓廣場跟朱爾告別，他要去游泳，洗掉頭上的大麻味。莎夏揹著背包，要去圖書館。

「謝天謝地，」你說：「他終於走了。」你好像無法停止使用簡單的句子，想要，也沒辦法。

「你講話很客氣呀！」莎夏批評。

「我開玩笑的。他很棒。」

「我知道。」

藥效逐漸退去，原本該是你腦袋的地方現在是一團爛棉亂絮。嗑藥是新鮮經驗。不嗑藥正是莎夏去年挑上你的原因，那是新生訓練第一天，地點在華盛頓廣場。她的紅褐色頭髮遮住了陽光，靈活的眼睛從旁觀察，而非直視你。她說：「我需要一個假男友，你有意願嗎？」

「眞男友，如何？」你說。

她坐到你身旁，開誠布公：她在洛杉磯讀高中時，跟一個你沒聽過的樂團鼓手私奔，離開美國，獨自到歐洲、亞洲旅行——根本沒讀完高中。二十一歲才成爲大學新鮮人。她的繼父使盡各種關係才把她弄進這個學校。上周，他跟莎夏說他雇了一名私家偵探，確保她在紐約獨自生活也可以循規蹈矩。「現在可能就有人在偷看我，」她說，左看右瞧廣場上熙來攘往、似乎彼此都很熟悉的年輕人。「我覺得有人在看我。」

「我要攬著妳嗎？」

「拜託。」

你聽說過展開笑顏會讓人快樂，攬住莎夏則讓你想保護她。「為什麼是我？」你問：「純屬好奇問一問。」

「你很可愛，」她說：「而且看起來不嗑藥。」

「我是美式足球員，」你說：「曾經是。」

你跟莎夏都得買書；就一起去買了。你造訪她寢室，偷偷瞧見她的室友麗姿趁你轉身，對她打出「讚」的手勢。五點三十分，你們的自助餐盆堆得老高，你大吃菠菜，因為大家都說足球員的肌肉一旦缺乏練習，就會變成果凍般軟綿綿。你們一起去申請圖書館證，回去你的宿舍，約了八點在「蘋果」喝一杯。那裡擠滿學生，莎夏不斷張望，你認為她在想私家偵探那碼子事，因此你攬住她的肩頭，親吻她的臉頰邊緣與頭髮，她的頭髮有股燒焦的味道，這種不真實的感覺讓你異常放鬆，你跟家鄉的其他女孩都沒法這樣。這時莎夏跟你解釋第二步：你們得彼此告白一件事，讓自己無法從這個關係脫身。

「妳以前幹過？」你不可置信地問。

她喝了兩杯白酒（你則兩杯啤酒對她一杯白酒），正開始喝第三杯，她說：「當然沒有。」

「所以……如果我說我以前虐待小貓，會讓妳不想『上』我嗎？」

「你有嗎？」

「幹。沒有。」

「我先講，」莎夏說。

她十三歲起就跟女友開始偷東西，偷偷把鑲了珠子的梳子或者閃亮的耳環藏到袖子裡，比賽誰偷得多，不過，莎夏不同——偷竊讓她整個人亮了起來。之後，她會在學校回味偷竊脫軌行爲的每一個細節，暗數還有幾天才能再去偷。偷東西對其他女孩來說，緊張刺激，充滿競爭，莎夏盡力表現出偷竊對她而言也僅只是如此。

在拿坡里時，她錢花光了，就到店家偷東西，賣給瑞典佬拉爾斯，跟其他拿著觀光客皮夾、人造珠寶、美國護照的飢餓小孩排排坐在拉爾斯廚房的地板上，依序等候。他們喃喃抱怨拉爾斯總是開價不合理。據說，他以前在瑞典是演奏級的長笛手，不過此說的源頭也可能來自他。他們不准踏進廚房以外的地方，不過有人趁關門時偷瞥了一眼，裡面有鋼琴，莎夏則常聽見娃兒的哭聲。她第一次來報到時，手上拎著剛從高級服裝店偷來的鑲珠片麵包鞋，拉爾斯讓她等候得比任何人都久。其他人都拿錢走人後，拉爾斯走過來坐在地板上，靠近莎夏，拉下褲子拉鍊。

她跟拉爾斯做了好幾個月的生意，有時兩手空空也來，因爲她需要錢。「我認爲他算是我的男友，」她說：「不過，我那時並沒在思考。」她現在好多了，已經兩年沒偷東西。「拿坡里的那個我不是我，」她眺望擁擠的酒吧，這樣跟你說：「我不知道她是誰。我替她難過。」

或許是她挑戰你吐實，或許是這個你與莎夏共同創造、無話不可說的告解室使然，也可能是她吹出了一條「眞空」地帶，依據物理定律，你得塡滿它。你跟她說了隊友詹姆斯的事：一天晚上，你們帶了兩個女孩開你老爸的車出去兜風，送她們回家後（算很早——那晚應該是獵艷夜），你跟詹姆斯開車到偏僻的所在，在車裡單獨相處了約莫一小時。就這麼一次，沒有討論，也無協定；之後，你跟他就很少說話。有時你甚至懷疑那是自己的幻想。

「我不是同性戀，」你告訴莎夏。

跟詹姆斯在車上的不是你。你置於身體之外，往下望，思考，這個「相公」在跟男人鬼混。他怎能如此？他怎麼可能想要？他還怎麼活得下去？

莎夏在圖書館，花兩小時打一份有關莫札特早年生活的報告，一邊偷偷啜飲健怡可樂。因爲年紀較大，她自覺落後同學——她一個學期修六門課，外加暑期班，這樣才能三年就畢業。她跟你一樣是商業與藝術雙主修，不過，她第二個主修是音樂。你靠著手臂趴在桌上睡覺，直到她打完報告。然後你們在黑夜裡一起步行到你位於第三大道的宿舍。才到電梯就聞到爆米花的香味——果然沒錯，三個室友都在，還有琵拉，莎夏跟朱爾配對後，你爲了轉移注意力，秋天時，跟琵拉約會過一陣子。你一走進房間，超脫樂團②的音樂馬上轉爲小聲，窗戶大開。你現在的地位跟教授或者警察同等級：你讓人們馬上緊張。針對這狀況，你絕對可以得到樂子的。

你跟著莎夏到她的寢室。多數學生的房間都像鼠窩，堆滿從家裡帶來的瑣碎物品——枕頭，塡充狗娃娃，電插壺，毛茸茸的脫鞋——但是莎夏的房間幾近空蕩蕩；去年，她只帶一只手提箱就來了。房間一角是她租來的豎琴，正在學。你仰躺於她的床上，她拿著綠色日式浴衣與盥洗袋，開門出去。她很快就回來（你覺得似乎是不想丟下你一個人），穿著浴衣，頭上包著毛巾。你躺在床上瞧她抖落一頭長髮，用寬齒大梳梳開糾結的頭髮。然後她脫下浴衣，穿衣：黑色蕾絲胸罩與內褲，破牛仔褲，褪色的黑T恤，馬汀大夫鞋。自從畢克思與麗姿去年開始來往後，你也開始在莎夏的房間過夜，睡麗姿的空床，離莎夏只有三呎遠。你知道她左腳踝上的傷疤來自骨折，手術後癒合不良；你知道她的肚臍附近有幾顆連起來像北斗七星的淡紅色小痣，還有她早晨起床時，口氣像樟腦丸。大家都以爲你們是一對——你們之間的連結就有這麼深。她有時會在睡夢裡哭泣，你爬上她的床，抱住她，直到她呼吸和緩平順。抱在懷裡，她好輕。有時你抱著她睡著，醒來時勃起，只好躺在那裡，感覺那個你已熟悉無比的身體，她的肌膚，她的氣味，以及你的打砲需要，等待這兩股感覺合流，變成一股單純的衝動。**快點吧，加把勁，你偶爾像個正常人，拜託一下**，但是你太害怕，不敢讓你的慾望接受考驗，怕萬一搞砸會毀了跟莎夏的關係。沒跟莎夏發生性關係是你這生中最大的錯誤——當她愛上朱爾，你才明白這個殘忍卻清晰的事實，悔恨狂擊你，慘烈到你以爲自己活不下去。你還是有機會拉住莎夏，變成正常人，但是你根本沒試——你放棄上帝丟給你的唯一機會，現在悔之已晚。

你們一起公開現身時，莎夏會抓住你的手，抱住你，親吻你——做給私家偵探看。他可能置身任何地方，在華盛頓廣場看你與莎夏扔雪球，看莎夏跳到你的背上，毛茸茸的手套在你嘴裡留下線頭。你和莎夏在道場餐館就著水煮蔬菜舉杯慶祝時，他是隱形的第三者（「我要他看到我飲食健康，」莎夏說。）。有時你會問些關於這位偵探的實際問題——她的繼父有再提起這個人嗎？她確定這偵探是男的？她認爲監看會維持多久？——不過此類思索似乎會激怒莎夏，所以你放棄了。她說：「我要他知道我很快樂。我要他看到我已經好了——雖然經過了那麼多事，我畢竟還是正常的。」你也希望如此。

當她遇見朱爾，就完全忘了私家偵探那回事。朱爾對私家偵探免疫，就連她的繼父都喜歡朱爾。

你與莎夏跟朱爾在第三大道與聖馬可街轉角碰頭時，已經晚上十點。他剛游完泳，一頭濕髮，雙眼充血，親吻莎夏的模樣好像他們已經一星期沒見面。他有時會稱呼莎夏為「我的熟女」，喜歡她已經獨自闖蕩過世面。當然，朱爾不知道莎夏在拿坡里的狀況有多糟，近來，你覺得似乎連莎夏自己都忘了，為朱爾變成另一個人。這讓你吃味不已；為什麼你無法讓莎夏如此？誰又能讓你變成另一個人呢？

走在東七街時，你們經過畢克思與麗姿的公寓，但是屋內漆黑——麗姿跟她爸媽出去了。街頭擠滿人，多數人似乎都在笑，你又開始揣想莎夏在華盛頓特區廣場看到旭日上升時所感到的改變——這些人是不是也感覺到了，所以他們才會笑。

到了A大道，你們三個站在金字塔俱樂部前，聆聽。莎夏說：「還只是第二支團在熱場。」所以你們往前走到俄羅斯人開的報攤買了蛋奶（egg cream），到湯普金斯廣場公園的長椅上喝，這公園今年夏天才又重新開放。

「瞧，」你伸開手掌。三顆黃色藥丸。莎夏嘆氣；她快沒耐性了。

「是什麼？」朱爾問。

「快樂丸。」

朱爾是個對任何新事物都懷抱樂觀期待的人——深信這些經驗只會豐富他的人生，不會有害。近來，你發現自己開始利用朱爾這個特質，用一片片麵包屑來引誘他。「我想跟妳一起嘗試這個藥，」他跟莎夏說，不過莎夏搖搖頭。他用渴望的聲音說：「可是我錯過妳的嗑藥階段。」

「感謝老天，」莎夏說。

你吞下一顆，剩下兩顆收到口袋。一踏進俱樂部，你馬上感覺到快樂丸的作用。金字塔今天擠滿人。「導電樂團」在大學校園已經紅了好幾年，莎夏認為他們的新專輯是「天才之作」，鐵定可以數白金。

她喜歡直奔舞台前，看樂團在她面前表演，你則需要保持一點距離。朱爾跟緊莎夏，但是當「導電樂團」的瘋狂主吉他手波斯可開始像個抓狂的稻草人，在台上摔打，你注意到朱爾稍稍往後退了。

你進入一種狀態，胃裡興起刺激的快樂感，正是你小時候期待長大後會有的狀態：一種模糊的無羈感，從吃飯、做功課、上教堂，以及**「羅勃二世，你不可以這樣跟你妹妹說話」**的沉滯感解放開來。你想要一個兄弟，你希望朱爾是你的兄弟。你們應該一起蓋木屋，一起睡在裡面，讓雪堆在窗櫺上。你們可以聯手殺了那隻麋鹿，之後，渾身沾滿毛血，一起在壁爐前脫掉衣裳。如果你能看到朱爾裸體，即使僅有一次，也能緩和你現有的深層又恐怖的內在壓力。

觀眾正抬起波斯可傳送，經過你的頭頂，他的襯衫不見了，瘦削的軀體上啤酒與汗水淋漓。你的手滑過他堅硬的背部肌肉。他還在彈吉他，沒有麥克風卻依然大聲嘶吼。朱爾瞧見你，走過來，猛搖頭。認識莎夏之前，他從未參加過演唱會。你從口袋掏出一顆剩下的黃色藥丸，塞到他的手裡。

剛剛發生了好玩的事，但是你想不起來是什麼。朱爾也一樣，雖然你們都禁不住歇斯底里笑到抽筋。莎夏還以爲表演結束，你們會在裡面等她，好一會兒才在人行道找到你們。她的眼睛在冰冷的街燈下來回梭巡。「噢，」她說：「我明白了。」

「別生氣，」朱爾說。他努力不看你——要是你們互視，你就完了。但是你就是沒法不瞧朱爾。

「我沒生氣，」莎夏說：「我是覺得乏味。」有人介紹她認識「導電樂團」的製作人班尼．薩拉查，他邀請她參加派對。「我以爲我們可以一起去，」莎夏跟朱爾說：「不過，你太茫了。」

「他不想跟妳去，」你低吼，從鼻子噴出冷笑與鼻涕。「他想跟我走。」

「這話不假，」朱爾說。

「隨便，」莎夏生氣了：「這樣大家都高興。」

你們轉身離開莎夏。連走了好幾條街，狂喜而亢奮，但這裡面有種病態，就像你身體某處發癢，猛搔猛搔，它就開始鑽進你的皮膚、肌肉與骨頭，撕扯你的心。一度你們得停下腳步，在人家門口的台階上休息，兩人身體緊挨，笑到幾乎啜泣。你們買了半加侖的柳橙汁，在街角牛飲，果汁淌流至下巴，浸濕蓬鬆的夾克。你抱住果汁盒仰天朝嘴裡直灌，直到最後一滴滾進喉嚨深處。你拋掉果汁盒，整個城市自黑暗處升起，包圍你。你站在二街與B大道的交接口，瞧人們藉握手傳遞毒品管劑。但是朱爾張開雙臂，連指尖都能感受到快樂丸的作用。朱爾從來不害怕；他只有好奇。

「我覺得有點對不起莎夏，」我說。

「別擔心，」朱爾說：「她會原諒我們的。」

他們縫合並包紮你的手腕，別人的血開始在你的體內奔流後，你的父母還在坦帕灣機場等候第一班飛機，莎夏推開了點滴管，爬上聖文森醫院的病床，與你共臥。雖然用了止痛藥，你的手腕還是勃勃地發痛。

「巴比？」她低聲說。她的臉兒幾乎貼上你的臉。你們呼吸的是彼此吐出來的空氣，而她的呼吸因爲恐懼與無眠而略帶酒味。是莎夏發現你的。他們說，要是晚十分鐘，你就死定了。

「巴比，你聽我說。」

莎夏的綠色雙眸就在你的眼睛上方，睫毛交纏。「在拿坡里時，」她說：「有些小孩眞的迷失了。

你知道他們永遠不可能回到舊時，或者擁有正常生活。然後有些小孩，你想他們大概可以。」

你想問那個瑞典人拉爾斯是哪一種，話出口，卻支離破碎。

「我跟你說，」莎夏說：「巴比，再過一分鐘，他們就要把我趕出去。」

你張開眼睛，此刻才發現自己原來是閉眼的。莎夏說：「我想說的是，你我都是經歷創傷還能活下來的人。」

她的說法撥開了原本在你腦袋翻滾的雲霧：好像她拆開信封，讀出你迫切需要的答案。好像你踏入了岔路，現在需要撥正。

「不是人人都可以。但是我們可以。知道嗎？」

「知道。」

她躺在你身邊，身體緊貼著身體，就跟她尚未認識朱爾之前的 無數夜晚一樣。你感覺莎夏的力量滲透到你的肌膚裡。你想抱住她，但是你的手像塡充娃娃的殘肢，動也無法動。

「這代表你不會再幹這種事，」她說：「永遠，永遠，永永遠遠。能答應我嗎，巴比？」

「我答應。」你認眞的。你不會撕毀對莎夏的承諾。

「畢克思！」朱爾大叫。他從B大道衝上來，靴子敲擊人行道。畢克思一個人，雙手插在綠色軍用夾克的口袋裡。

「哇，」當他瞧見朱爾的眼睛，知道他茫到最高點，便笑了出來。你的藥效已經開始退了。原本你打算吃掉最後一顆，現在決定送給畢克思。

「我現在不用藥了，」畢克思說：「不過，規矩就是用來打破的，對不對？」管理員把他趕出實驗室，他已經在街上晃了兩小時。

你說：「而麗姿在你的公寓睡覺？」

畢克思賞你一個冷眼，你的好情緒被一掃而空。他說：「別開始扯這個。」

你們一起漫步，等著畢克思的快樂丸藥效上來。已經深夜兩點，正是一般人上床睡覺，而醉酒的、瘋狂的、混吃等死的人還在外遊蕩。你不想跟這等人爲伍。你想回宿舍，敲莎夏的門，朱爾不在那邊過夜時，她就不鎖門。

「地球呼叫羅勃，」畢克思說。他的臉柔和，雙眼發亮，一臉陶醉。

「我想我還是回家好了，」你說。

「你不可以！」畢克思大叫。他全身散發一種「吾愛吾類」的光環③；你的肌膚都能感受到它的光芒。「你是我們的行動中樞。」

「好吧，」你喃喃回答。

朱爾攬著你。他的笑容就是威斯康辛——森林，營火與池塘——雖然你從未去過威斯康辛。「這是事實，羅勃，」他說：「你是我們那顆痛苦躍動的心。」

你們跑去路德盧街上一家過了營業時段還開著的俱樂部，那是畢克思熟識的店，裡面塞滿嗑藥茫到不宜回家的人。你們一起跳舞，你們切割又細分此刻到明日的距離，直到時間幾乎往後倒流。你跟一個瀏海短到幾乎整個額頭裸露的女孩合抽一根效力很強的大麻。她緊貼著你跳舞，雙手繞住你的脖子，朱爾大聲壓過音樂，在你耳邊說：「羅勃，她想跟你回家。」那女孩最後放棄了，或者忘記了——還是你忘記了——總之，她消失無蹤。

離開夜店時，天色已漸亮。你們往北到A大道上的拉許科餐廳吃炒蛋，還有堆得高高的薯條，之後腆著撐飽飽的肚子，蹣跚踏上酒後的街頭。畢克思走在你跟朱爾的中間，一手攬住一個。防火梯懸吊於樓房外側。教堂鐘聲哮吼，你想起今天是星期日。

乍看，你們像是有人帶領前往六街的天橋，往東河去，實際呢，你們只是形成縱隊，像在通靈板上面移動一樣。太陽亮晃晃浮現地表，耀眼如金屬，在你的眼球上跳躍旋轉，讓河面離子化，你一絲絲也瞧不見河水的汙染與沉渣。它看起來神祕，古老如聖經，你喉頭爲之緊縮。

畢克思捏捏你的肩膀。「各位先生，」他說：「早安。」

你們並肩站在河岸邊，眺望，腳邊是殘存的最後一堆雪。「瞧瞧那河水，」朱爾說：「眞希望能在裡面游泳。」一分鐘後，他說：「讓我們牢記這一天，就算我們將來變成陌生人。」

你轉過臉瞧朱爾，陽光讓你瞇眼，那個刹那，未來就像個隧道，未來的「你」站在隧道盡頭，回首張望。那一瞬間，你終於感覺到了——就是你之前在來往行人臉上看到的東西——一股力量突然湧生，像股暗流，把你推向某個看不太清楚的東西。

「哦，我們永遠不會忘記彼此，」畢克思說：「失聯的時代即將結束。」

朱爾問：「什麼意思？」

「我們將在另一個地方聚首，」畢克思說：「我們曾經失去的人，必將尋獲。或者他們會找到我們。」

「哪裡？如何？」朱爾問。

畢克思遲疑了一會兒，好像一個祕密隱瞞已久，一旦公開，他不知道會有什麼災難。「那是我想像中的最後審判日，」他注視河水，終於說：「我們將脫離自己的身體，以靈魂的形式再度聚首。那會是一個新的地方，我們都在那裡，一開始我們可能覺得奇怪，不久後，就明白『失去對方』或者『迷失自我』才是奇怪的想法。」

你認爲畢克思一向知道眞理，就算是成日坐在電腦前，他也是個明白人。現在，他正在傳遞知識。不過，你開口說的卻是：「所以，你終於能拜見麗姿的爸媽囉。」

出其不意的一招正中畢克思的臉面，他發出響亮的隆隆笑聲。「我不知道，羅勃，」他搖搖頭說：「或許不會——或許這個部分永遠不會改變。不過，我希望能在那裡跟他們相逢。」他揉揉突然變得很疲倦的眼睛，說：「講到這裡。我該回家了。」

畢克思雙手插進夾克口袋，走人了，好一會兒，你才感覺他眞正離開了。你掏出口袋裡最後一根大麻，跟朱爾分著抽。河水靜謐，看不到船隻，幾個缺牙怪老頭在威廉斯堡橋下釣魚。

「朱爾，」你說。

他正在看河水，這是藥後的副作用，覺得任何東西都有趣，都值得細細觀察。你緊張地笑了。他轉頭說：「什麼？」

「希望我們能住在那個木屋。你跟我。」

「什麼木屋？」

「就是你在威斯康辛州蓋的那個木屋。」瞧見朱爾臉色茫然，你加上一句：「要是眞的有那個木屋的話。」

「當然有那個木屋。」

你的亢奮散成粒子，飄散空氣中，然後朱爾的表情重組，跑出令你害怕的憂懼神色。他慢慢說：「那我會想念莎夏，你不會嗎？」

「你並不眞正瞭解莎夏，」你喘氣說，微帶絕望。「你根本不知道你思念的是誰。」

一個機棚式的大倉庫擋在馬路與東河間，你們繞道而行。「我哪裡不瞭解莎夏？」朱爾的語氣跟往常一樣友善，卻不同——你感覺他已經開始排拒你，於是你驚恐了。

「她幹過妓女，」你說：「妓女兼小偷——這就是她在拿坡里的生存方法。」

你說這些話的同時，耳裡響起咆哮聲。朱爾停下腳步。你很確定他要揍你。你已有心理準備。

「這是瘋話，」他說：「幹，你竟然說這種話。」

「你問她呀，」你大聲喊，壓過咆哮。「問她那個以前當過長笛手的瑞典人拉爾斯。」

朱爾繼續走，頭低低。你走在他身旁，你的腳步聲傳達出內心的慌亂：你幹了什麼好事？你幹了什麼好事？你幹了什麼好事？你幹了什麼好事。羅斯福東河快速道在你的上方，車子隆隆駛過，你的肺裡都是汽油味。

朱爾又停步。他透過陰暗且油氣濃稠的空氣看著你，你從未見過他這種眼神。「哇，羅勃，」他說：「你還眞是徹徹底底的混球。」

「眾人皆知，你算最後一個。」

「我不是。莎夏才是。」

他轉身，快速走開，拋下你一人。你急步追趕，一股瘋狂的信念抓住你——只要能攔著朱爾，你就能封住自己闖下的大禍。你告訴自己，她不知道，她還不知道。只要朱爾還在你的視線裡，她就不知道。

你沿著東河邊緣，步步緊跟，你們之間約莫相距二十呎，你必須小跑步才能跟上。他一度轉身說：「走開！我不要你靠近我！」不過你感覺他似乎思緒混亂，不知該往哪兒走，該做什麼，而這讓你更加肯定——**慘劇還沒發生！**

在曼哈頓與布魯克林橋之間，朱爾在一個大約可以稱之爲沙灘的地方止步，全是由垃圾組成：舊輪胎、垃圾、碎木頭、玻璃、骯髒的紙屑、舊塑膠袋，而後沙灘逐漸縮減，伸入東河。朱爾站在這堆破玩意兒上，朝前看，你站在他身後數呎等待。然後他開始脫衣。一開始，你不敢置信；先是夾克，接著毛衣，兩件T恤，內衣。朱爾的赤裸上身顯現你眼前，一如你想像的強壯緊實，只是比較瘦，胸前的黑毛形成一個黑桃形狀。

身上只剩牛仔褲與靴子，朱爾細心選路，走到垃圾與河水交接處。一塊多角形水泥地，應該某個東西的基石，早被人遺忘，他攀爬上去，解開鞋帶，脫掉鞋子，踢掉牛仔褲與四角褲。你雖然處於驚恐的狀態，看到男性寬衣解帶，還是能微微感受其中的美麗與粗野。

他回頭看你，然後你瞧見他赤裸的正面，黑色陰毛與強健的雙腿。他語氣平淡地說：「我總想這麼幹一次。」然後長長地縱身淺跳，撞擊東河水面，發出介乎尖叫與驚呼的聲音。他浮出水面，你聽見他努力換氣的聲音。水溫最多只有華氏四十五度。

你也爬上那塊水泥地，開始脫衣服，恐慌淹沒你，卻又恍惚感覺如果你能控制這個恐慌，它必定有它的意義，必定能證明你的某些東西。冷冽的空氣讓手腕上的傷疤劇痛。你的陰莖冷縮成胡桃大小，練過足球的身材已經開始走樣，但是朱爾根本沒在看你。他在游泳：游泳選手的那種強勁俐落划水姿勢。

你拙劣地跳水，整個身體撞擊水面，膝蓋撞上水底的硬東西。冰冷整個裹住你，讓你窒息。你拚命往前划，要划離那堆垃圾，你想像下面應該遍佈生鏽的鉤子與爪子，朝上伸展，正準備撕裂你的生殖器與腳丫。你的膝蓋因剛剛撞到不明物而劇痛。

你抬起頭，看起朱爾在仰泳。你大聲叫：「我們可以游出這裡，對吧？」

「是的，羅勃，」他以那種新的平淡口吻說：「怎麼來，怎麼出去。」

你沒再說話。因爲你全身的力量都用來踩水與呼吸。最後，冰冷的河水貼在你身上幾乎有種熱帶的溫暖感覺。你耳內的尖聲嚎叫慢慢安靜下來，你又能呼吸了。你張望，驚訝你周遭的景色有種神祕的美麗：河水包圍島嶼。遠處的拖船伸出橡皮製的尖板。自由女神像。布魯克林橋上轟然駛過的車陣，而橋本身又多麼像豎琴的內部。教堂鐘聲蜿蜒又走調，就像你母親掛在前廊的風鈴。你划得很快，抬頭尋找朱爾，卻看不見他的蹤影。岸邊似乎很遠。有一個人在那裡游泳，但是距離太遠，因此當他停下來瘋狂朝你揮舞雙手，你看不清他是誰。你隱約聽到叫聲——羅勃！——這才發現這個叫聲其實已經持續了一段時間。驚恐像剪刀劃開你的身體，讓你與外界的現實面對面，清晰無比：你被暗流捲走了，你知道這河有暗流——不知在哪兒聽說過，卻忘了——你大聲叫喊，卻感覺聲音很小，周遭只有河水的漠然震盪。這一切不過是轉眼的事。

「救命啊！朱爾！」

你大力划水，知道你不該慌張——慌張只會讓你力竭——跟以往一樣，你的靈魂在你毫無意識的情況下，輕易就飄離了，拋下羅勃．費曼二世獨自與水流奮鬥，而你退入寬廣的地景裡，河水、建築、街道，大馬路就像沒有盡頭的長廊，宿舍裡學生熟睡，濃濁的呼吸散佈於空氣裡。你飄入莎夏敞開的窗戶，飄浮於她擺滿旅遊紀念品的窗台：一個白色的貝殼，一個金色小寶塔，一對紅色骰子。她的豎琴擺在角落，還有小木頭矮凳。她睡在窄床上，床單襯托著她的焦紅色頭髮近乎黑色。你跪在她身旁，呼吸莎夏睡覺時的那股熟悉氣味，對著她的耳朵顛倒呢喃著這幾句話：**我很抱歉，我相信妳，我會永遠在妳身邊，保護妳，永遠不會離開妳，只要妳活著，我就永遠纏繞在妳的心房**，直到河水壓迫我的肩頭，有人猛壓我的胸膛，讓我驚醒，然後我聽到莎夏對著我的臉大喊：**你拚命啊！你拚命啊！拚命啊。**

①此處是在諷刺柯林頓總統，因為他承認抽過大麻，卻強調沒吸進去。朱爾的未來志向是當美國總統，又是柯林頓的堅定支持者。

②超脫合唱團（Nirvana）是於八〇年代尾崛起於美國西雅圖的油漬搖滾（grunge rock）天團。此處描寫室友一看到羅勃進來，就切掉超脫的音樂，因為此團的團長Kurt Cobain在一九九四年自殺而亡，擔心他聯想，或者覺得室友故意影射。

③快樂丸的一大作用是讓人敞開心房，覺得身邊所有人都美好。因此早年使用快樂丸的銳舞場景（rave party）才會有PLUR這個口號——Peace, Love, Unity and Respect。

第十一章　再見，我的愛

泰德．賀蘭德同意到拿坡里尋找失蹤的外甥女，他跟出錢的姊夫解釋他的計畫，包括到漫無目標、嗑藥酗酒年輕人經常聚集之處——譬如車站——打探外甥女的下落。他打算問：「莎夏，美國人。卡陪里．羅西（Capelli rossi）」，意思是紅頭髮。他甚至還勤練發音，直到他能把rossi的捲舌r念得很標準爲止。但是，他來拿坡里已經一星期了，還沒機會說上一次。

今天，尋找莎夏的決心再度被忽略，他跑去參觀龐貝遺址，觀察早期的羅馬壁畫，注視高柱聳立的中庭，四散的人群有如復活節彩蛋。他坐在橄欖樹下吃掉一罐鮪魚，聆聽驚人的空曠肅靜。黃昏時他回到旅館，痠疼的身體頹倒於超大號雙人床，打電話給姊姊貝芙，也就是莎夏的媽媽，跟她報告一日辛苦又是一事無成。

「好吧，」貝芙在洛杉磯那頭嘆氣，一如過去的每一天。她的失望力道如此之大，賦予它一種類似良心的面貌，讓泰德覺得他們的電話對談有第三者在場。

「很抱歉，」他說。一滴毒藥掉落他的心房。明天，他一定會去找莎夏。他一邊發誓，心裡卻更加確定另一個完全相反的計畫，他要去國家博物館，那裡典藏了他仰慕多年的作品，拷貝自希臘原版的奧菲斯與尤麗狄絲浮雕像。他一直想去看。

幸好啊，貝芙的第二任丈夫漢默今天不在電話旁，有可能是選擇了不參與，平日他的問題一大堆，全部指向「我花這個錢值得嗎？」讓泰德因殆忽職守而產生的焦慮感更重。掛掉電話後，他到房間的小冰箱拿出冰塊，倒進伏特加裡。拿著酒跟電話到陽台，坐在白色塑膠椅上，俯瞰派特諾普街跟拿坡里灣。海岸崎嶇，海水純淨度頗值得懷疑，但是驚人湛藍，雀躍的拿坡里人（多數頗肥胖）站在岩石上，在行人、觀光旅館與車陣前坦蕩蕩寬衣，躍入海水。他撥電話給老婆。

「哦，嗨，親愛的，」蘇珊很訝異這麼早就接到他的電話。通常，泰德在上床前才打電話給她，比較接近美國東岸的晚餐時分。「你都沒事吧？」

「很好。」

蘇珊的快樂爽朗語氣讓他沮喪。在拿坡里這段期間，蘇珊經常縈繞他的心頭，不過是一個版本略微不同的蘇珊：體貼又會意，無需言語就能溝通的蘇珊。是這個版本的蘇珊陪伴他在龐貝城聆聽寂靜，她能敏銳查知伴隨寂靜的是迴盪不絕的尖聲吶喊與煙灰。這麼大規模的毀滅怎麼可能寂靜無聲？最近一星期的獨處，此類問題不斷盤據泰德的腦海，而這個星期感覺像一年，又像僅僅一分鐘。

「那棟沙思肯的房子，有人感興趣了，」蘇珊顯然希望這則房地產的即時消息能鼓舞老公的士氣。

但是泰德對妻子的點滴失望，以及逐漸累積的喪氣，都伴隨著揪心狂湧的內疚；許多年前，他就開始把他對蘇珊的熱情對摺成半，因此當他瞥見妻子躺在身旁，看到她的健壯雙臂與柔軟寬大的屁股，就不會再湧起近乎滅頂的無助感。然後他把熱情繼續對摺，此後只要他對蘇珊產生慾望，害怕失望的尖銳恐懼就不會隨之而至。然後，他繼續對摺，立即行動的需求不再伴隨慾望而生。再對摺，他幾乎不再對蘇珊有任何慾望。他的慾望小到他可以扔進抽屜或口袋，完全遺忘，這給他一種安全感與成就感，彷彿他拆解了一個有可能壓碎他倆的危險裝置。蘇珊初時不解，繼而煩惱；她曾兩度甩他耳光；也曾一陣狂風般離家，住進汽車旅館；還曾僅著黑色性感內褲與泰德在臥房地板廝打。最後，遺忘佔據了蘇珊；她的反抗與傷痛融解，轉化成一種甜蜜且永不消退的開朗，簡直像沒有死亡的人生一樣恐怖，泰德認爲有了死亡，人生才得以塑型，賦予莊嚴。一開始，泰德認爲蘇珊那種源源不絕的快樂是故意嘲諷，另一種階段的反抗，後來他才明白蘇珊早就忘記以前的事，不記得在泰德封存慾望之前，他們的生活是什麼模樣。她很快樂，根本就沒有不快樂過，這一切讓泰德更加吃驚於人類心靈的曲折適應力，簡直跟體操選手的身體一樣，不過也讓他覺得蘇珊好像被洗腦了。被他洗腦。

「甜心，」蘇珊說：「艾佛德要跟你說話。」

泰德上緊發條，面對這個陰晴難測的憂鬱兒子。「哇嗨，艾佛！」

「爹地，不要用這種口氣說話。」

「什麼口氣？」

「假惺惺的老爹口氣。」

「你究竟要我怎麼做呢？艾佛德？我們就不能好好說話嗎？」

「我們輸了。」

「哦，這樣啊，五比八？」

「四比九。」

「沒關係，還有時間。」

「沒時間了，」艾佛德說：「來不及了。」

「你老媽還在嗎？」泰德感覺有點沮喪：「可以叫她聽電話嗎？」

「邁爾斯要跟你說話。」

泰德跟另外兩個兒子說話，他們有更多比數要報告。泰德覺得自己像個組頭。他的兒子們什麼運動都參與，還包括泰德認為稱不上運動的活動：足球、曲棍球、棒球、長曲棍球、籃球、美式足球、擊劍、摔角、網球、滑板（這稱不上運動吧！）、高爾夫、乒乓、巫毒電玩（絕對不算，泰德絕不同意這是一種運動）、攀岩、滑輪、高空彈跳（這是老大邁爾斯在玩的，泰德察覺他在其中得到自我毀滅的快樂）、雙陸棋（不算運動！）、排球、威浮球①、橄欖球、板球（哪個國家的運動？）、壁球、水球、芭蕾舞（還用說嗎？當然是艾佛德），最近還加上跆拳道。有時泰德覺得他的兒子們參與那麼多種運動，目的就在讓他現身於各地練習場，越多越好，他也盡責蒞臨，踩著上紐約州的秋日落葉堆、嗅著木頭燃燒味，或者春日裡站在亮晶晶的苜蓿草地上，夏日時忍受悶熱與蚊蟲亂飛，盡力嘶吼加油。

跟老婆和兒子說完話後，泰德覺得醉了，急著想離開旅館。他很少喝酒：酒精讓疲憊覆蓋他的腦袋，剝奪他每晚兩小時——如果從他與蘇珊、孩子吃完晚飯算起，還可能是三小時——思索藝術與寫作藝術有關主題的珍貴時光。理想上，他應該時時刻刻都在思索藝術與寫作，但是幾個因素的匯流，讓思索與寫作變成多此一舉（他在三流大學任教，已取得終身教職，發表論文的壓力很小），而且不可能（他每學期教三門藝術史課，還兼了一大堆行政工作——他需要錢）。他用來思索與寫作的地方是雜亂住家的一個小角落，一間小小的書房，他加了鎖，不讓兒子闖進來。他們圍在門口，渴望祈求，一臉心碎表情。他甚至不准他們敲門，但是他無法阻止他的兒子在門外流連，他們就像月光下到水塘飲水的鬼魅野獸，赤裸的雙足抓爬地毯，汗濕的手指在牆上留下油漬痕跡，泰德每星期都得指給清潔婦伊萊莎去清除。他坐在書房裡，聆聽兒子們的舉動，幻想自己聞到他們溫熱而且好奇的呼吸。他跟自己說，我不會讓他們進來，我要坐在這裡思索藝術。但是他沮喪發現多數時候，他無法思索藝術。根本什麼也沒想。

黃昏時，泰德從派特諾普街漫步至勝利廣場。廣場擠滿闔家出遊者，到處可看到小孩踢足球，不時爆發音量刺耳的義大利文，互相叫喊。黯淡天光下，廣場上還出現另一類人：漫無目標、髒亂不潔、微微令人感到威脅的年輕族群，他們是被剝奪的一代，在這個失業率高達百分之三十三的城市遊蕩，十五世紀時，他們的祖先曾在此奢華度日，而今廣場破敗，成爲他們鬼祟徘徊的所在，他們在教堂前的臺階注射毒品，教堂下的地窖就躺著他們的祖先，小小的棺木如柴火堆疊。泰德有點畏懼這些年輕人，雖然他身高六呎四，體重兩百三十磅，一張臉在浴室鏡中看來無害，卻常讓同事忍不住問他爲什麼不高興。他擔心莎夏混跡於這些孩子中——是她在天黑後便滲透整個拿坡里街頭、色如黃疸的街燈下偷瞄他。他早就清空皮夾，裡面只有一張信用卡與少數現金。他快步離開廣場，去找餐廳。

莎夏是在兩年前十七歲時失蹤的。跟她老爸安迪．葛帝一樣不告而別。安迪從事金融業，一雙紫羅蘭色眼睛，性格狂烈。他跟貝芙離婚後一年，一樁生意失敗了，他就此人間蒸發。莎夏則偶爾會浮現人海，要求老媽匯錢到遙遠的地方給她，貝芙與漢默曾兩次飛到女兒落腳處，卻沒能攔截到她。莎夏是在逃離慘澹的青春期，輝煌紀錄包括：吸毒、無數次偷竊被捕、跟搖滾樂手鬼混（她老媽無助地說），換過四個心理諮商師、多次家庭協商、團體治療，還有三次自殺未遂。泰德遠觀莎夏的這些經歷，深感恐怖，漸漸的，恐怖與莎夏合爲一體。泰德還記得莎夏小時是個可愛的小女孩，甚至稱得上迷人，記憶來自某一年夏天，他跟安迪、貝芙一起住在密西根湖邊的房子。但是莎夏慢慢變成怒火四射的人，偶爾他在聖誕節、感恩節聚會瞧見她，便忙不迭把兒子帶開，生怕她那種自殘傾向會汙染他的孩子。他不想跟莎夏有任何關係。她整個迷失了。

第二天，泰德起個大早，搭計程車去國家博物館，裡面涼爽，聲音迴盪，儘管是春天，卻門可羅雀。他穿梭於積灰的凱撒與哈德里安的半身雕像間，被那麼多幾近情色的大理石雕像包圍，血脈因而加快。還沒看到奧菲斯與尤麗狄絲之前，他就能感覺它在附近，隔著房間，都能感受它的重量，他刻意延遲面對它，回憶哪些事件造成這個浮雕所描述的場景：奧菲斯與尤麗狄絲相愛，新婚不久；尤麗狄絲在逃避牧羊人性騷擾的路上遭蛇吻而亡；奧菲斯遁入地府，彈著里拉琴，吟唱他對妻子的思念，歌聲迴盪於潮溼陰冷的廊道；冥王答應讓尤麗狄絲重返陽世，條件是途中奧菲斯不能回頭看她。當尤麗狄絲在走道摔了一跤，奧菲斯忘記了諾言，因恐懼而轉頭，造就了那個倒楣的時刻。

泰德走向浮雕。他覺得自己彷彿是步入浮雕裡，徹底被包圍，徹底被感動。這是尤麗狄絲得返回地府的前一刻，正與奧菲斯告別。他們互動時的那種默然無語讓泰德特別感動，覺得自己的一顆心好像精緻的玻璃碎裂了。尤麗狄絲與奧菲斯彼此凝視，沒有眼淚，也無激動演出，只是溫柔碰觸。泰德能感覺他們彼此了解之深，非言語能描述：無需言語，他們了然一切都沒了。

泰德呆呆注視浮雕，足足半小時。他走開，又回來。走出房間，又再步回。每一次，激動依舊：那是心室纖維顫動，面對藝術作品，他已經多年沒有這種反應，一想到他還能如此，就更加興奮了。

接下來，他都在樓上欣賞龐貝馬賽克鑲嵌，但是他的心從未遠離奧菲斯與尤麗狄絲。離開博物館前，他又去看了一次。

此刻已經下午。泰德依舊處於迷醉狀態，開始漫步，直到他發現自己身處擁簇的後街小巷，狹窄到顯得陰暗。他經過滿佈塵埃的教堂，腐朽寒酸的宮廷式建築，裡面傳來貓與小孩的叫聲。巨大的門楣上刻著家徽，汙穢，早被人遺忘，這種種景象令泰德心驚：這麼具有定義性而且全球普遍的象徵物，居然也會因爲時間而失去它的意義。他想像另一個稍微不同的蘇珊就站在他身旁，分享他的驚訝。

奧菲斯與尤麗狄絲不再那麼纏繞他後，泰德開始意識周遭有點祕密騷動，從站在教堂門口渾身黑袍的老太婆，到穿綠色T恤、騎著偉士牌機車不斷貼著泰德身旁穿過的男孩，好像每個人都在眼神交會，吹口哨，打暗號，步步進逼。一個老太婆從窗戶用繩子垂下裝滿萬寶路香菸的籃子。泰德心想，黑市買賣。他不安地看著某個滿頭亂髮、手臂曬傷的女孩從籃子裡拿走菸，丟了幾個銅板進去。籃子慢慢往上升到窗戶，泰德突然認出買菸女孩正是他的外甥女。

他對這個相逢懼之甚深，以致，如此驚人偶遇發生，他反而感覺不到驚奇。莎夏皺起眉頭，點起萬寶路，泰德放慢腳步，假裝在欣賞油漬漬的宮廷式建築牆壁。當莎夏離開，泰德尾隨於後。她穿褪色的黑牛仔褲，髒灰色的T恤。她腳步搖晃，微跛，有時步伐很慢，忽而又加快，泰德得專心跟蹤，才不至於超前或者跟丟人。

他這是滑入羅馬城盤根錯節的內臟地區，貧困，沒有觀光客。曬衣繩上的衣服啪啪翻飛，混合著鴿子的振翅聲。出其不意，莎夏轉身面對他。她滿臉迷惑地瞪著他的臉，結巴說：「這是？舅舅——」

「我的天！莎夏！」泰德大叫，裝出瘋狂驚喜模樣，演技很差。

「你嚇我一跳，」莎夏依舊不敢置信。「我感覺有人——」

「妳也嚇了我一跳，」泰德回應，然後他們都笑了，有點緊張。他應該馬上擁抱她才對。現在太晚了。

爲了擋掉免不了的問題（他在拿坡里幹什麼？），泰德繼續說：她要去哪裡啊？

「去——拜訪朋友，」莎夏說：「你呢？」

「就是……走走逛逛！」他們的對話開始步調一致了。「妳跛了？」

「我在丹吉爾時，摔斷腳踝，」她說：「很長的臺階。」

「我希望妳有去看醫生。」

莎夏用憐憫的表情望著他：「我打了三個半月的石膏。」

「那爲什麼跛了？」

「不知道。」

莎夏長大了。成人體態毫不含糊，胸部與屁股兩樣配備慷慨飽滿，腰窩處凹陷，彈掉菸屁股的姿態很老練。這諸種改變，泰德能夠一次看足，還眞是奇蹟。她的頭髮不像以前那麼紅。臉蛋細緻脆弱，一絲淘氣表情，皮膚白到似乎可以吸收周遭的色彩——紫色、綠色、粉紅色——盧西安．佛洛依德②筆下的臉蛋。她是那種如果活在上一個世紀，就註定不長命的女孩，會死於難產。一個女孩如果骨頭輕如羽毛，碎了就難癒合。

「妳住這裡？」他問：「拿坡里？」

「比較高尚的區域，」一絲絲勢利的口吻：「你呢，泰德舅舅？還住在紐約葛雷山那兒？」

「是啊，」泰德被莎夏的記性嚇一跳。

「你的房子很大，對吧？有很多樹？還有一個輪胎做成的鞦韆？」

「是樹的裝飾啦。一個沒人用的吊床。」

莎夏停了一下，閉上眼想像：「你有三個男孩，邁爾斯、艾米斯跟艾佛德。」

沒錯；甚至連出生順序都對。泰德說：「我真訝異妳都記得。」

「我什麼都記得，」莎夏說。

她佇步於一棟破爛的宮廷式建築前，原本的家徽被塗上黃色的笑臉，泰德覺得恐怖極了。「我的朋友住這裡，」她說：「拜拜，泰德舅舅。真高興碰到你。」她汗濕黏滑的手指握住他的手。

突來的告別，泰德措不及防，結巴了：「等等，但是——我可以請妳吃頓晚餐嗎？」

莎夏歪歪頭，探索他的眼睛，抱歉地說：「我超級忙的。」接著，禮貌像一股深不可移的意志，軟化了她，她說：「好吧。我今晚有空。」

推開旅館門，迎接他的是五〇年代風格的各種淺褐色澤，這是過去幾天他假裝出門找莎夏，回來後，天天都看到的景象，直到此時，剛才的事才排山倒海而來，讓他震撼不已。該打電話給貝芙了，他想像姊姊聽到昨日至今所發生的連串好消息，一定狂喜到說不出話來：他不僅找到她的女兒，莎夏看起來似乎也沒沾毒品，算是身體健康，神志清晰，還交了朋友；簡言之，遠比他們想像中的好。但是泰德卻快樂不起來。爲什麼？他躺在床上，雙手抱胸，閉上雙眼。爲什麼他懷念起昨日，甚至今早——渴望那種他應該去找莎夏卻沒去找的平靜？他不知道。他不知道。

泰德與貝芙、安迪住在密西根湖的那年夏天，他們婚姻破裂，過程驚人。當時，泰德在密西根湖再往北一點的工地做包工。夏日結束時，除了破裂的婚姻，連帶的碎裂品包括泰德送給貝芙的生日禮物馬略卡爾陶盤、各式損毀的家具、貝芙脫臼了兩次的左肩膀，以及被安迪打裂的鎖骨。他們吵架時，泰德會帶莎夏出去，穿過尖刺的草叢，去海灘。莎夏留紅色長髮，皮膚蒼白到泛青，貝芙想盡辦法不讓她曬傷。泰德很重視姊姊的關切，每次帶貝芙去海灘，一定攜帶防曬油。黃昏時候沙灘很燙，莎夏每次走每次叫。泰德會抱起莎夏，輕如小貓。她穿紅白兩截泳衣，坐在大浴巾上，泰德幫她的肩膀、背後、臉蛋、小小的鼻尖抹上防曬油。那時，莎夏差不多五歲吧，泰德總想她在這樣暴力的環境長大，不知會變成什麼樣。他堅持莎夏在太陽底下必須戴上白色水手帽，雖然她很不想戴。泰德當時還是藝術史研究生，做包工付學費。

「包——工，」莎夏以講究的語氣重複念道：「那是什麼？」

「哦，就是他要負責找不同的工人，一起來蓋房子。」

「有地面打磨工人嗎？」

「當然有。你認識地面打磨工？」

「一個，」她說：「他替我們的房子打磨地板。名字叫馬克．艾摩里。」

泰德馬上懷疑起這個馬克·艾摩里。

「他送我一條魚，」莎夏繼續說。

「金魚？」

「不，」她笑著拍打泰德的手臂說：「放在浴缸的那種魚。」

「它會叫嗎？」

「會啊，不過我不喜歡它的叫聲。」

這樣的閒聊有時長達數小時。泰德感覺莎夏拋出話題，主要是爲了打發時間，讓兩人都無暇注意屋子裡發生的事。這讓莎夏遠比她的年紀老成，她是個厭世的小女人，對生命的負擔極端認命，覺得連提都不必提。她一次都未提及父母，或者她跟泰德跑到沙灘是爲了躲避什麼。

「你要陪我去游泳嗎？」

「當然，」他總是如此回答。

只有此刻，泰德才肯讓她丟掉保護性的帽子。她的長頭髮如絲柔軟；當他遵照莎夏的意願，抱著她步入密西根湖時，長髮就會飄散他的臉面。她會用瘦瘦的腿，以及被太陽曬得熱呼呼的雙臂環繞著泰德，腦袋靠在他的肩頭。他們越深入湖水，泰德就越能感覺莎夏的恐懼感，但是她不允許泰德轉身回去。「不，沒關係，我們走吧，」她會對著泰德的脖子幽幽低語，好像浸入密西根湖水是她爲了完成偉大善行必須忍受的酷刑。泰德試過各種方法減輕她的不適——緩緩沉入水裡，或者一口氣躍進——無論何種方法，莎夏總是會用手腿夾緊他，痛苦吸氣。一旦進入水裡，過程結束，她馬上恢復正常，用狗爬式划水，儘管他努力教她自由式。（「我會游泳啦！」她會不耐煩地說：「我只是不想這樣游。」）她搞笑地牙齒打顫，朝他潑水。不過這整個過程讓泰德非常不安，好像他強迫外甥女入水是在傷害她，其實他想做的是拯救她，幻想用毛毯裹住她，在天亮前，祕密逃離那棟房子；坐在他找到的老舊小船，划得遠遠的；帶她到沙灘，永遠不回頭。那年他二十五歲，他誰也不信任。但是他真的無力保護外甥女，日子就這麼一周周過去，他開始想像暑期的尾聲鐵定不祥且黑暗。但是時候到了，卻遠超過他想像的輕鬆簡單。當泰德把行李弄上車，跟大家告別，莎夏緊緊抓住媽媽，連看都沒看他一眼。泰德在極端憤怒的狀態下離開，他知道這種受傷害的感覺很幼稚，但是他忍不住，好不容易情緒過去了，他已經累到沒法開車。他把車子停在冰雪皇后連鎖餐廳（Dairy Queen）外面，睡著了。

「如果妳不游給我看，我怎麼知道妳會不會游泳？」他有一次坐在沙灘上跟莎夏說。

「我跟瑞秋．卡斯坦薩一起學游泳的。」

「妳沒有回答我的問題。」

她無助地朝他一笑，似乎想要用孩子氣做掩護，卻發現來不及了。「她有一隻暹邏貓，叫羽毛。」

「妳爲什麼不游？」

「噢，泰德舅舅，」她模仿起老媽來眞叫人毛骨悚然：「你累不累啊。」

莎夏八點左右抵達他的飯店，身穿紅色短洋裝，黑色漆皮皮靴，五顏六色的化妝讓她的臉蛋變成尖銳吶喊的小面具。狹長的眼睛彎彎如刺鉤。泰德的視線橫越大廳，停留在她身上，覺得自己萬般勉強，幾近軟癱。雖說是殘忍，但是他眞的希望莎夏並未現身。

儘管如此，他還是勒令自己穿越大廳，握住她的手臂說：「街上有一家不錯的餐廳，還是妳有別的提議。」

她的確有。坐上計程車，莎夏朝窗外噴菸，用結巴的義大利文大聲跟司機講話，車子尖聲穿過小巷，硬闖單行道，抵達佛梅羅，這是泰德沒見過的富裕區，位於山頂。他還在暈頭轉向，付錢下車，跟莎夏站在兩棟大樓的中間。平坦閃亮的城市在他們面前展開，懶洋洋地把尖端伸向海洋。泰德馬上聯想起哈克尼、戴本康與摩爾③。遠處，維蘇威火山平和靜眠。泰德想像另一個版本稍微不同的蘇珊與他並肩，眺望這一切。

「拿坡里就屬這裡視野最棒，」莎夏用挑戰的語氣說，但是泰德察覺她正在等待與估量他的讚許。

「景觀眞的很美，」他跟莎夏保證，當他們踱步飄滿落葉的住宅區街道時，他還補上一句：「這也是我在拿坡里見過最漂亮的住宅區。」

「我就住在這裡，」莎夏說：「再過去幾條街。」

泰德懷疑。「那我就該來這裡跟妳會合，省妳跑一趟。」

「我懷疑你找得到，」莎夏說：「外國人在拿坡里根本無助得很。很多人都被搶。」

「妳不也是外國人？」

「理論上是，」莎夏說：「不過我熟門熟路。」

他們來到十字路口，擠在那兒的人鐵定都是大學生（眞奇怪啊，全世界的大學生都是一個樣兒）：穿著黑皮夾克的男男女女，有的騎偉士牌機車，有的靠在偉士牌機車旁，有的蹲坐甚至站在偉士牌機車上。高密度的偉士牌機車讓這個廣場充滿活力，噴發的廢氣讓泰德有如吞了溫和的麻醉劑。暮色裡，棕櫚樹一排排像合唱隊，映襯著貝里尼的天空④，即席表演。莎夏帶著脆弱的自信心穿梭學生群中，眼神直直朝前。

到了廣場的一家餐廳，她要求靠窗的桌子，開始點餐：油炸義大利青瓜花配披薩。一次又一次，她的眼光飄向窗外，注視那些學生跟他們的偉士牌機車。這簡直再明白不過了，她想成爲他們的一員。泰德問：「妳認識他們任何人嗎？」

「他們只是學生，」她輕蔑地說。彷彿學生等同於「沒啥」。

「他們看起來跟妳年紀差不多。」

莎夏聳聳肩。「他們多數還住在家裡，」她說：「我想多聽聽你的事，泰德舅舅。你還是藝術史教授嗎？現在，你鐵定是專家了。」

莎夏的記憶力再度讓泰德吃驚，每次聊及自己的工作，泰德的壓力感便又一次浮升。當初就是這種混亂心情驅使他不顧父母的失望，欠了一屁股債，只爲完成以塞尙爲題的博士論文。他在論文裡以迫切激動的語調（現在想起來很丟臉）主張——塞尙的特殊筆法是要表達聲音，也就是說塞尙的那些夏日景觀畫作，主要是想表達蝗蟲的催眠式齊鳴。

「我正在寫一篇希臘雕刻對法國印象派的影響，」他想要語氣輕鬆，卻重如磚塊。

「你的妻子，蘇珊，」莎夏說：「她是金髮，對吧？」

「沒錯，蘇珊是金髮……」

「我的頭髮以前是紅色的。」

「現在還是紅色，」他說：「微紅。」

「比不上以前了，」她注視泰德，等待他的同意。

「是。」

兩人無話。「你愛她嗎？蘇珊？」

這個淡漠的詢問擊中了泰德的腹腔神經叢附近。他糾正莎夏：「蘇珊舅媽。」

莎夏努力抑制，說：「舅媽。」

泰德平靜回答：「我當然愛她。」

菜來了：蓋滿水牛奶酪莫薩里拉起司的披薩，化在泰德的喉嚨裡，濃郁軟滑，奶香四溢。第二杯紅酒下肚後，莎夏開始說話。她跟韋德私奔離家，就是「針頭樂團」（Pinheads）的鼓手（言下，似乎該團毋須介紹，人盡皆知），當時他們去東京表演。「我們住在大倉旅店，大倉代表奢華的意思，」她說：「那是四月，日本的櫻花季，所有的樹都蓋滿粉紅色花朵，上班族戴了紙帽，在櫻花樹下唱歌跳舞！」泰德從未去過近東，遑論遠東，感覺一絲絲嫉妒。

東京之後，樂團前往香港。「我們住在山丘上一棟白色大樓，景觀棒透了，」她說：「可以看見島嶼、海水、船隻跟飛機……」

「所以，這個韋德現在跟妳在一起？在拿坡里？」

莎夏眨眨眼說：「韋德？沒啊。」

韋德把她丟在香港，留在那棟白色摩天大樓；她在那兒一直窩到房東趕人為止。然後她搬到青年自助旅舍，那棟樓裡面有一堆血汗工廠，工人就睡在縫紉機下面的布堆上。莎夏講起上述經驗，語氣輕鬆，彷彿那是一場喧鬧遊戲。「之後，我交了一些朋友，」莎夏說：「我們就轉進中國。」

「就是妳昨晚要碰頭的那些朋友？」

她笑了。「我每到一處都會認識新朋友，」她說：「四處浪遊就是這樣，泰德舅舅。」

她臉紅了——可能是酒，或者回憶的快樂所致。泰德揮手要帳單，付了錢。他滿懷沉重，沮喪。外面的年輕人已經消失於寒冷夜裡。莎夏沒穿外套。「請穿上我的外套，」泰德說，脫下破舊厚重的斜紋軟呢外套，但是莎夏沒理會。泰德覺得她只想耀眼展現她的紅洋裝。長筒靴讓她跛行更明顯。

他們走了好幾條街，抵達一個模樣普通的夜店，門口的保鑣懶洋洋揮手讓他們進去。這時已經接近午夜。莎夏說：「這是我朋友開的店。」帶頭穿越擁擠的人群、紫色螢光，以及類似電鑽各式速度組合的節拍。就連不熟悉夜店的泰德也能感覺此情此景實在陳腔爛調，莎夏卻似乎迷惑其中。她指著鄰近桌子上面擺的恐怖調酒說：「請我喝杯酒好嗎，泰德舅舅？就是這種，上面再放一把小小的雨傘。」

泰德推擠人群走向酒吧。離開外甥女就好像推開一扇窗，紓緩了窒息的壓迫感。問題到底出在哪裡呢？莎夏過得開心得很，到處見世面；過去兩年她幹過的事遠超過泰德的二十年。他到底為什麼想逃離她呢？

莎夏霸住矮桌的兩個位子，那種座位讓泰德覺得自己像隻猿，膝蓋直抵下巴。莎夏舉起擺了小雨傘的酒杯，紫色螢光閃過她手腕內側的白色疤痕。當她放下酒杯，泰德握住她的手，翻轉過來；莎夏沒有抗拒，直到她發現泰德在看什麼，便急忙抽開手。「那是以前的，」莎夏說：「還在洛杉磯的時候。」

「我看看。」

她不肯。泰德居然伸手橫過桌子，一把抓住莎夏的手，他自己都大吃一驚，他用力扭壓外甥女的手，彷彿她的痛苦能帶來某種憤怒的快樂。他注意到莎夏的指甲鮮紅；那是下午才塗的。莎夏不願看到泰德在冷淡詭異的燈光下研究她的手臂，抗拒地轉開視線。她的手臂佈滿割痕，好像破損的家具。

「很多是意外，」莎夏說：「我的平衡感很差。」

「妳那段日子很痛苦。」泰德希望莎夏能夠承認。

一陣沉默。莎夏終於開口：「我一直以爲看見了我爸。很瘋，對吧？」

「我不知道。」

「不管在中國或者摩洛哥。我只要一抬眼——砰——就看到他的頭髮出現在房間那一頭，或者他的腿，我還記得他雙腿的確切形狀。或者他是如何仰頭大笑的——你還記得嗎？泰德舅舅？他的笑聲有點像吶喊那樣？」

「經妳這麼一說，我想起來了。」

「我認爲他可能在跟蹤我，」莎夏說：「確保我平安沒事。後來，我發現他並沒在照看我，我就變得非常害怕。」

泰德放開她的手，她雙手交握放在大腿上。「我以爲他憑著我這頭紅髮就能追蹤到我。但是我的頭髮現在也不紅了。」

「我認得出妳啊。」

「說的也是，」莎夏朝前傾，蒼白的臉龐貼近泰德，滿臉因期待而顯得專注：「泰德舅舅，你究竟到這裡幹嘛？」

這正是泰德畏懼的問題，但是答案從他口中滑出，一如肉從骨頭剝落。「我來參觀藝術，」他說：「來看藝術，思索藝術。」

喏，就是如此：一股令人振奮的祥和。泰德如釋重負。他不是爲莎夏而來，實情的確如此。

「藝術？」

「這是我喜歡做的事，」他笑著說，回想起今天下午看到的奧菲斯與尤麗狄絲。「我一直想做這個。我眞正在乎的就是藝術。」

莎夏露出放鬆的神色，彷彿某種讓她戒備的壓力突然解除了。「我還以爲你是來找我的。」

泰德隔著距離看她。一種平和的距離。

莎夏點燃一根萬寶路。只抽了兩口，便按熄。她說：「我們跳舞吧。」站起身時，她似乎顯得沉重。「來吧，泰德舅舅，」她抓住泰德的手，帶領他往舞池走，液體般扭動的人群身體讓泰德頓覺羞澀。他猶豫，抗拒，但是莎夏一把拉住他，擠入舞客間，泰德瞬間感覺飄飄然，浮於半空。他有多久沒這樣在夜店跳舞啦？十五年？更久？泰德開始試探性地扭動身體，感覺斜紋軟呢外套下的「教授身體」笨重拙劣，他試著移動雙腳，讓它們看似舞步，直到他發現莎夏根本沒在動。她站得直直瞧他。然後她伸出長長的雙臂，環抱泰德，攀住他的身體，他能感覺這個新莎夏的中等體型、重量與高度，他的外甥女一度那麼嬌小，現在已經成人，這種不可逆轉的改變讓泰德興起尖銳傷感，喉頭一緊，鼻腔裡一陣痛苦刺激。他靠近莎夏。但是那個小女孩已經不見。那個曾經深愛過她的熱情男孩也不見了。

終於，莎夏放開他。「你在這兒等我，」她說，沒看他的眼睛：「我馬上回來。」泰德暈頭轉向地跟一大堆義大利舞客混在舞池裡，直到突兀的感覺越來越強，他離開舞池，但仍在附近徘徊。終於，他繞了整間夜店。她提到這裡有她的朋友，會不會跑去跟他們聊天了？還是跑到外面去？他因爲喝了酒腦袋昏沉又焦慮，跑去酒吧點了聖沛黎洛礦泉水，伸手掏錢，這才發現皮夾失蹤，他被莎夏洗劫了。

陽光撬開他滯黏的眼皮，強迫他醒來。他忘了拉窗簾。清晨五點，他才終於上床，連續數小時在巷弄無助遊蕩，經歷一連串糟糕的指路，他終於抵達警察局，對一個滿頭油髮、極端漠不關心的警察報告了他的悲哀故事（隱瞞了小偷的身分）；之後他在警察局認識的一對老夫婦讓他搭便車回旅館（他也只期望這個），這對夫婦是在阿瑪菲的渡輪上被扒了護照。

泰德起身，頭痛欲裂，心頭紊亂。床頭散放了留言訊息：貝芙打了五通，蘇珊三通，艾佛德兩通。（其中一通是旅館櫃檯以破碎的英文寫著：**我輸了。**）泰德任由字條扔在原來的地方。他淋浴更衣，沒刮鬍子，拿出小冰箱裡的伏特加，喝了一杯，從房間的保險箱裡拿出現金與另一張信用卡。他必須找到莎夏——今天就得找到——非做不可，相較於先前的逃避，這股不知何時興起的迫切感恰成百分百反比。他還有其他事待辦——打電話給貝芙與蘇珊，吃東西——此刻，完全不可能。他得找到莎夏。

但是哪裡？泰德在旅館大廳連吞三杯濃縮咖啡，讓咖啡因與伏特加在他的腦袋裡有如兩條鬥魚面對面，一邊仔細思索上述問題。在這個混亂蔓生的惡臭城市，怎麼找到莎夏呢？他重新檢驗他未能實施的策略：到車站與青年自助旅舍接觸那些遊蕩墮落的年輕人，不，不。他一直拖著沒這麼做，現在太晚了。

缺乏清晰計畫，他搭計程車到國家博物館，順著似乎像是他昨日看完奧菲斯與尤麗狄絲後的漫步路線行進。所有東西看起來都不一樣了，顯然肇因於他的心理狀態，他的恐慌就像小小的節拍器滴答作響。一切看起來都不一樣，卻也都很眼熟：汙穢的教堂、傾斜粗糙的牆壁、倒鉤刺的欄杆。他沿著一條狹窄的街道，直走到扭曲的街底，眼前突然出現大道，兩旁是長條的破舊宮廷式建築，一樓挖開改建成小小間的廉價服裝店與鞋店。一股熟悉的感覺如風鼓動他的心。他沿著街道慢慢走，左右張望，直到他瞧見劍與十字架的家徽，上面塗蓋了黃色笑臉符號。

巨大彎曲的入口處開了一扇長方形小門，那原本是設計給馬車出入的，泰德推開小門，就看見中庭裡有一條鵝卵石車道，剛曬過太陽，還顯得溫熱。空氣裡有爛西瓜的味道。一個穿著藍色中筒襪的老太婆踩著外八字腳蹣跚走來，包著頭巾。

泰德瞪著她昏昧濡濕的眼珠說：「莎夏，美國人，卡陪里．羅西。」r發音沒發準，再試一次。「羅西，」他說，這次有捲舌喉音。「卡陪里．羅西。」這才想到這個形容詞已經不再精確。

那女人喃喃說：「不知道，不知道。」她蹣跚走開，泰德跟隨其後，塞了二十元到她柔軟的手裡，再問一次，這次r的捲舌音很流暢。那女人咔了一聲，歪了一下脖子，然後一臉近乎悲傷的表情，要泰德跟她走。他照辦，卻滿懷鄙夷，這女人這麼簡單就被收買，莎夏的隱私保護簡直一文不值。正門一邊有寬闊的階梯，雖是滿佈灰塵，依然可以看到豪華的拿坡里大理石點點閃耀光輝。那女人抓住扶手，慢慢往上爬。泰德跟隨其後。

二樓就是所謂的貴族樓層（piano nobile），跟泰德多年來在大學部教書時講的一樣，就是宮廷式建築的主人用來向客人誇富的地方。雖然現今它飽受鴿毛汙染，鴿糞爲它塗上灰泥，俯視中庭的高大拱頂卻依然令人驚嘆。那女人瞧見他在看，便說：「美極了，對吧？這兒，瞧瞧！（Bellissima, eh? Ecco, guardate!）」她的驕傲讓泰德深深感動。她推開一扇門，進入灰暗的大房間，牆壁一塊塊汙漬，應該是發霉。那女人打開開關，懸掛在電線上的燈泡將霉塊轉變成頗具提香與吉奧喬尼風格的壁畫：結實的裸女抱著水果；一叢叢暗色的樹葉。鳥兒的銀鈴囀啼。這個房間以前應該是跳舞廳。

爬到三樓時，泰德看到兩個男孩站在門口分享一根菸，還有一個男孩躺在掛滿凌亂衣物的曬衣繩下睡覺：濕襪子與內褲細心地夾在鐵絲上。泰德聞到大麻與回鍋橄欖油的味道，暗處傳來不可辨識的活動聲，這才領悟這棟宮廷式建築已經變成分房出租公寓。此行他盡力躲開放蕩的女人，現在卻置身暗娼窩，他覺得無比諷刺。不過，終究是找到了莎夏。

他們爬到了五樓，這是頂樓，也是昔日僕人的住處，這裡的門比較小，走道也比較窄。泰德的老太婆嚮導靠牆休息。他的不屑轉爲感激：她爲了區區二十元，多麼賣力啊！她鐵定很需要這筆錢。「對不起，」他說：「抱歉讓妳走這麼遠。」那女人只是搖搖頭，聽不懂。她蹣跚走到走道中間，用力敲打某扇小門。門打開，泰德瞧見莎夏，睡眼惺忪，穿著男人的睡衣。莎夏一看見泰德，雙眼登時放大，臉部依然無表情。她溫和地說：「嗨，泰德舅舅。」

「莎夏，」他說，這才發現自己也是爬得氣喘吁吁：「我想……跟妳說話。」

那女人的眼神在兩人間跳來跳去；然後她轉身走開。她一轉過彎，莎夏就砰地關上門。「走開，」她說：「我很忙。」

泰德靠近門，手掌平貼著有裂痕的木板。隔著木門，他能感覺到外甥女，以及她的恐懼與憤怒。他說：「原來妳住在這裡。」

「我馬上要搬去比較好的地方。」

「等妳偷夠了錢?」

一陣沉默。「不是我偷的，」她說：「是我一個朋友偷的。」

「妳交遊廣闊，但是我一個都沒看過。」

「你走吧！走啊！泰德舅舅。」

「我很想走，」泰德說：「相信我。」

但是他沒法離開，他甚至沒法移動身體。他站在那裡，直到雙腿發痛，然後屈膝滑坐到地板上。此刻已是下午，走道那頭滲入昏黃的光圈。泰德揉揉雙眼，覺得快睡著了。

莎夏在門後大吼：「你還在嗎？」

「還在。」

門兒打開一條縫，泰德的皮夾砸在腦門，彈到地板上。

「去死吧，」莎夏說，再度摔門。

泰德打開皮夾，發現裡面的東西沒動，塞到口袋裡。繼續坐在地板上。坐了很長一段時間，好幾小時吧（他忘了帶表），四周只有沉默。偶爾，他聽見其他房間有走動的聲音，雖然他看不見那些房客的形影。他想像自己是這棟宮廷建築的一部分，一條有知覺的天花板裝飾嵌線或者一級臺階，他的宿命就是目睹代代人物浮沉更迭，感覺這個龐大的中世紀建築漸漸頹圮到土裡。日復一日，年復一年。他曾兩次起身讓住戶過路，揹著破舊皮包、雙手揮動的女孩從他身旁走過，壓根沒瞧他。

莎夏在門後問：「你還在啊？」

「還在。」

莎夏從房裡現身，迅速鎖上門。她穿著藍色牛仔褲、T恤，塑膠夾腳拖，拿著一條褪色的粉紅色毛巾跟一個小袋子。他問：「妳去哪裡？」但是她闊步朝前走，沒回話。二十分鐘後，她回來了，頭髮濕濡，飄散花香肥皂味。她拿出鑰匙開門，遲疑了一下說：「我靠拖走道、掃中庭來支付房租，好吧？這樣你滿意了嗎？」

他回問：「妳滿意嗎？」

門兒用力關上，鉸鍊震動。

當泰德坐在門口，感受下午的時光推移，他發現自己想起了蘇珊。不是版本略有差異的蘇珊，而是許多年前的眞實蘇珊——他的太太——那時泰德還未將自己的慾望一再摺疊成今日的模樣。他們到紐約旅行，搭渡輪到史坦登島，純是好玩，因爲他們都沒坐過渡輪。蘇珊突然轉身看著他說：「讓我們永遠保持這樣。」那時他們是如此心意相通，泰德完全明白她的意思：不是因爲他們那天上午做了愛，也不是午餐時喝掉了一瓶普利芙賽白酒——是因爲她感覺到時光的流逝。就在棕色海水翻騰、船兒順風而駛、眼前所見皆是動態與混亂之際，他也感覺到了，他握住蘇珊的手說：「我們永遠都會像這樣。永遠。」

不久前，他在一次情境完全不同的場合裡提起那次的旅行，蘇珊瞪著他的臉瞧，爽朗的聲音如鈴響：「你確定那個人是我？我一點點都不記得！」然後她輕快地在泰德的腦門上啄吻了一下。泰德當時想她得了失憶症，被洗腦了。現在回想起來，蘇珊明顯是在說謊。他因爲封鎖自己而放走了她——他到底爲什麼而守呢？想到自己完全不明白緣由，泰德害怕了。是他鬆了手，因此，她才走了。

「你在嗎？」莎夏大聲問。泰德沒回答。

她拉開門往外瞧。「你還在。」那是卸下重負的語氣。泰德坐在地板上抬頭看她，沒說話。莎夏說：「我想，你可以進來吧。」

他掙扎起身，踏進房內。房間很小：一張窄窄的床，一個書桌，放在塑膠杯裡的一小撮薄荷讓房間充滿香氣。那件紅色洋裝掛在鉤子上。太陽開始下山，從屋頂與教堂尖塔往下沉，浮現在莎夏床邊的單扇窗外。窗台上擺滿她的旅遊紀念品：一個小小的金色寶塔、一個吉他撥片、一個白色的長貝殼。窗戶的正中央懸掛著一個由衣架彎成的簡陋小圓圈。莎夏坐在床上，看著泰德將她少得可憐的家當盡收眼底。昨日他未能看清的事實，今日近乎殘酷的一目了然：他的外甥女在國外是孑然一人。一無所有。

似乎感受到他的思想流動，莎夏說：「我認識不少人。總是不持久。」

書桌上擺著一小疊英文書：《世界史的二十四堂課》、《拿坡里的華麗寶藏》。最上面一本破爛冊子是《學會打字》。

泰德坐到床上，抱住外甥女的肩膀。隔著外套，她的肩膀窩像鳥巢。他的鼻子又湧上那種酸痛的感覺。

「妳聽我說，莎夏，」他說：「妳一個人也可以闖。但是會辛苦很多很多。」

她沒應話，正在看太陽。泰德也瞪著窗外那團模糊的鮮亮色彩。他想到泰納、歐姬芙與克利⑤。

二十年後的某天，莎夏已經念完大學，住在紐約；透過臉書，她連絡上大學時代的男友，之後結婚（貝芙都差點放棄希望了），生了兩個小孩，其中一個有輕微自閉症，莎夏這時已經跟所有人一樣，被生活搞得團團轉，有時擔憂，卻也充滿活力。泰德呢，離婚多年，當了祖父，他跑到加州沙漠探訪莎夏的家。他踏過丟滿孩童雜物的起居室，看見西沉的太陽懸掛於玻璃拉門外，閃紅耀眼。那一剎那，他想起了拿坡里：他跟莎夏並肩坐在小小的房間裡；當他瞧見太陽真的掉到窗戶的正中央，落在鐵絲圓圈裡，他是多麼訝異又開心。

現在他轉頭瞧莎夏，微笑。橘色陽光襯映她的頭髮與臉龐，有如火焰。

「看見沒，」莎夏對著太陽喃喃說：「這是屬於我的太陽。」

---

① 威浮（Wiffle ball），從棒球蛻變而來、規則類似棒球的運動。

② 盧西安·佛洛依德（Lucian Freud），已故的德裔英國畫家。

③ 哈克尼（David Hockney），英國畫家。戴本康（Richard Diebenkorn），美國已故畫家。摩爾（John Moore），南非畫家。

④ 此處指喬凡尼·貝里尼（Giovanni Bellini），義大利文藝復興時代著名畫家。

⑤ 威廉·泰納（William Turner），十九世紀的英國畫家，擅長風景畫。保羅·克利（Paul Klee），已故的瑞士裔德國畫家。

第十二章

出現很棒停頓的搖滾歌曲

愛麗森・布萊克著

202- 年5月14與15日

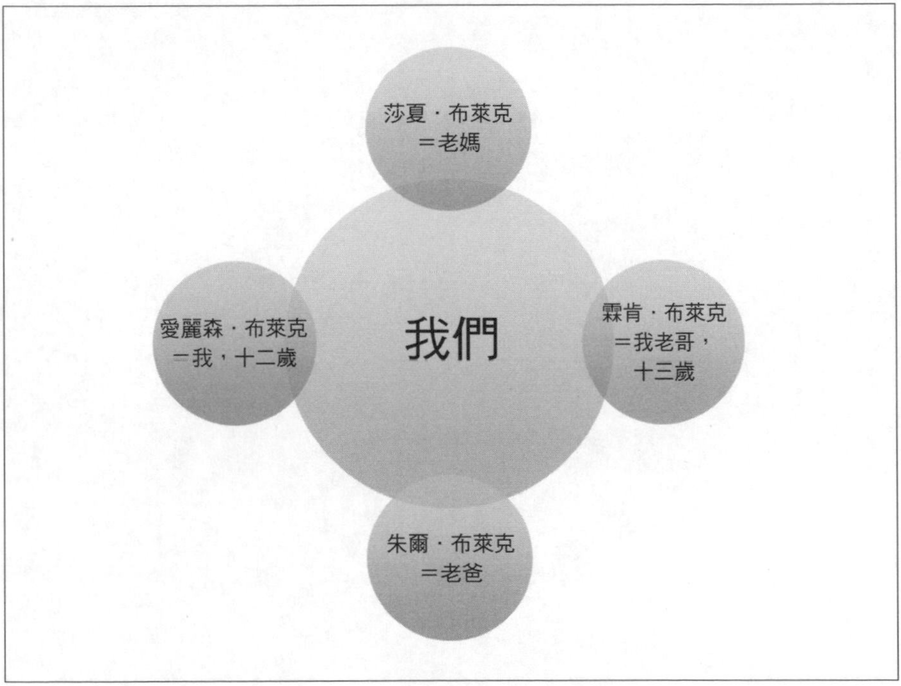
莎夏·布萊克
＝老媽
愛麗森·布萊克
－我，十二歲
我們
霖肯·布萊克
＝我老哥，
十三歲
朱爾·布萊克
＝老爸

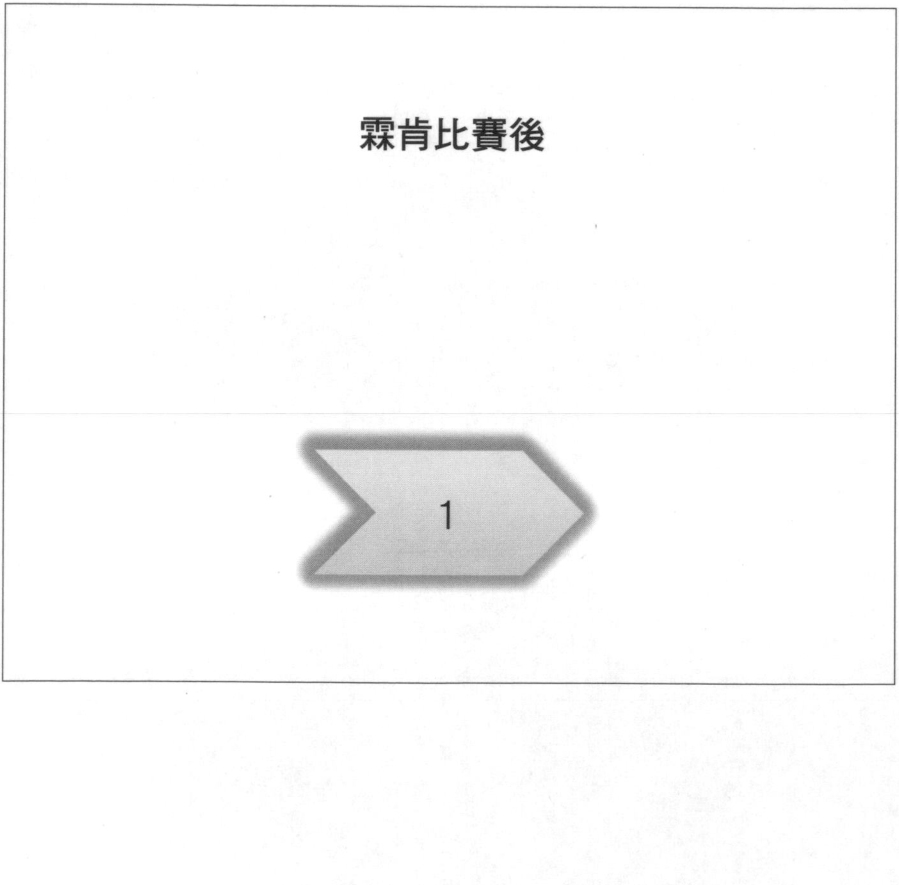
霖肯比賽後
1

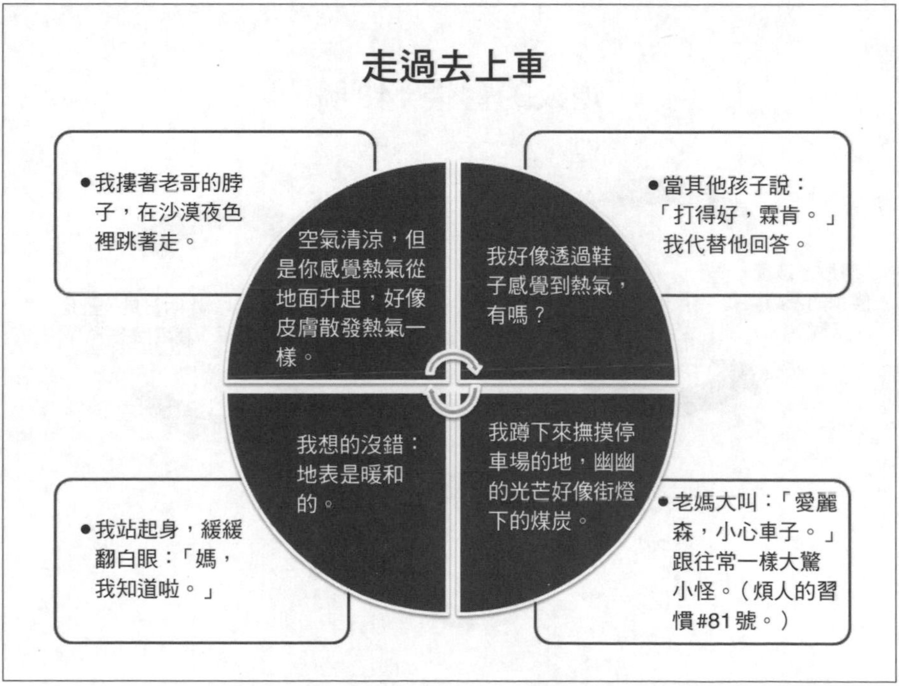
走過去上車
我摟著老哥的脖子，在沙漠夜色裡跳著走。
空氣清涼，但是你感覺熱氣從地面升起，好像皮膚散發熱氣一樣。
我好像透過鞋子感覺到熱氣，有嗎？
當其他孩子說：「打得好，霖肯。」我代替他回答。
我想的沒錯：地表是暖和的。
我蹲下來撫摸停車場的地，幽幽的光芒好像街燈下的煤炭。
我站起身，緩緩翻白眼：「媽，我知道啦。」
老媽大叫：「愛麗森，小心車子。」跟往常一樣大驚小怪。（煩人的習慣#81號。）

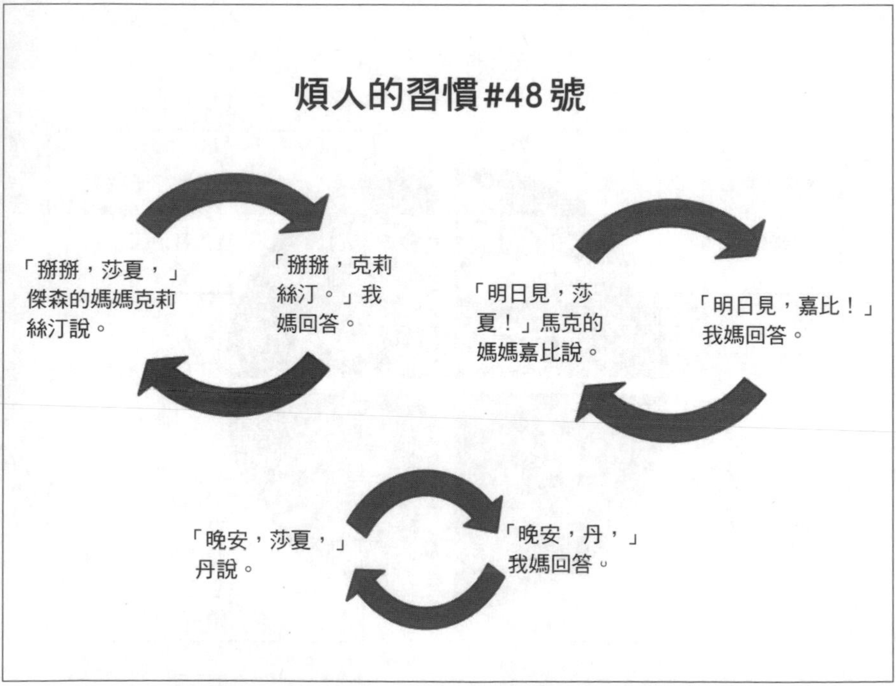
煩人的習慣#48號
「掰掰，莎夏，」傑森的媽媽克莉絲汀說。
「掰掰，克莉絲汀。」我媽回答。
「明日見，莎夏！」馬克的媽媽嘉比說。
「明日見，嘉比！」我媽回答。
「晚安，莎夏，」丹說。
「晚安，丹，」我媽回答。

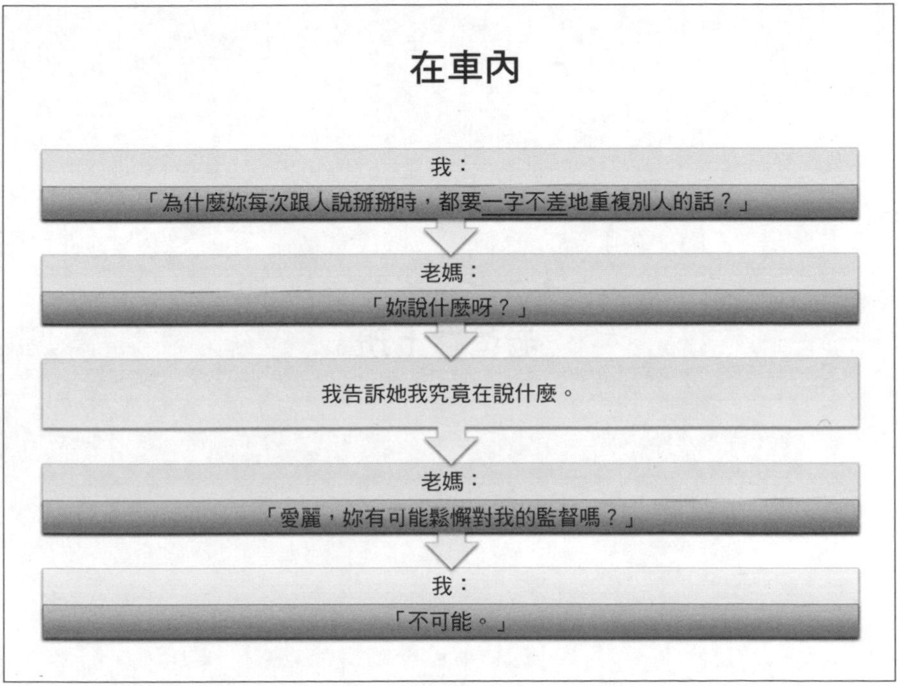
在車內
我：
「為什麼妳每次跟人說掰掰時，都要一字不差地重複別人的話？」
老媽：
「妳說什麼呀？」
我告訴她我究竟在說什麼。
老媽：
「愛麗，妳有可能鬆懈對我的監督嗎？」
我：
「不可能。」

老爸在上班

沙漠景觀

我小時，這裡有草坪。

現在，你需要大筆貸款才能搞個草坪，或者渦輪機，非常貴。

我們的房子靠近沙漠。兩個月以前，一隻蜥蜴跑到我們家陽台旁的沙地裡產卵。

老媽、霖肯跟我坐在我家的野餐桌，抬頭看星星。

老媽用垃圾跟我們的舊玩具做出沙漠雕塑。

後來，她的雕塑崩垮了，這也算是「過程的一部分」。

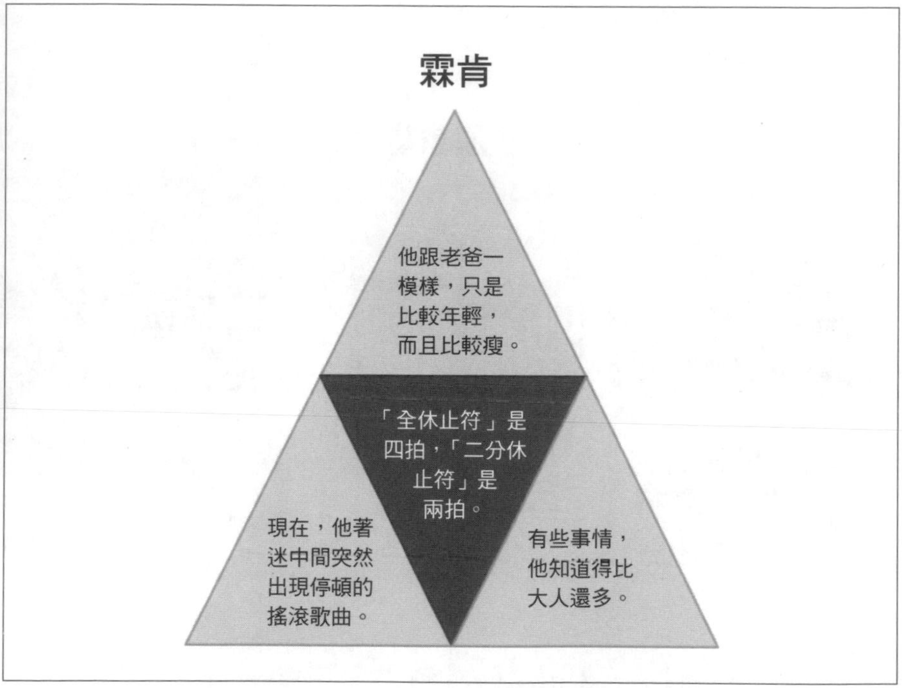
霖肯
他跟老爸一模樣，只是比較年輕，而且比較瘦。
「全休止符」是四拍，「二分休止符」是兩拍。
現在，他著迷中間突然出現停頓的搖滾歌曲。
有些事情，他知道得比大人還多。

霖肯的歌曲評論

〈柏娜黛特〉(Bernadette)／四頂尖合唱團(Four Tops)

「這首歌很早就有個停頓，很棒。唱腔越來越小聲，接著從2:38秒到2:395秒，足足1.5秒的寂靜無聲，然後副歌再度進來。你正在想，哦，這首歌沒還結束——但是26.5秒後，它真的結束了。」

〈性感女人〉(Foxey Lady)／吉米·漢醉克斯(Jimi Hendrix)

「也是很早便有個很棒的停頓，這首歌共長3:19秒，停頓從2:23秒開始，兩秒鐘，但不算完全無聲，你可以聽到背景裡有吉米的呼吸聲。」

〈年輕美國人〉(Young Americans)／大衛·鮑伊(David Bowie)

「他錯失機會。媽的，在『……崩潰哭了……』這句後面，他隨便就可以撐個一秒，或者兩秒，甚至三秒的停頓，但是鮑伊鐵定是因為某個原因，膽怯了。」

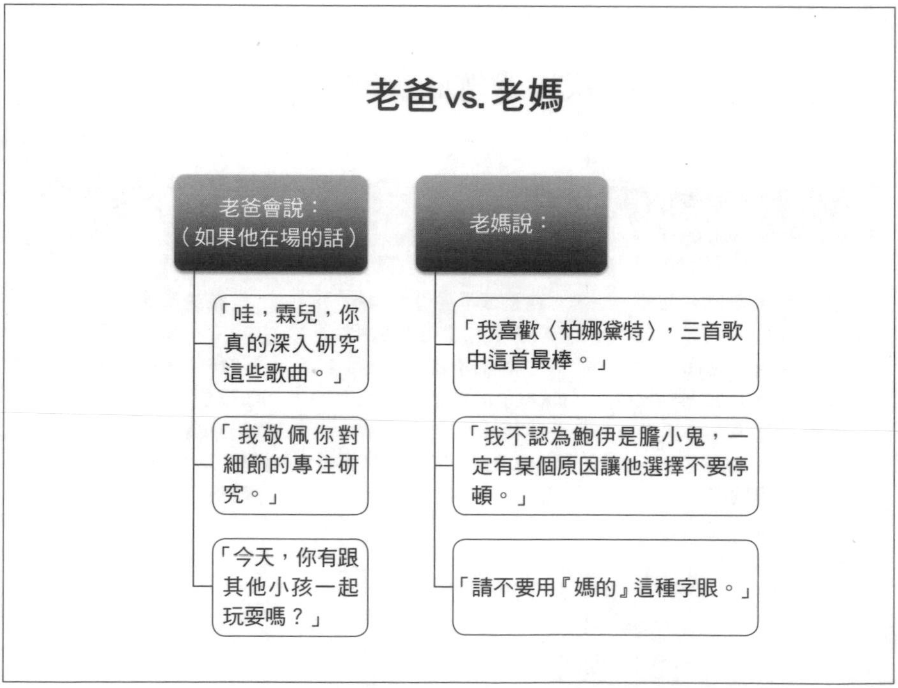
老爸vs.老媽
老爸會說：（如果他在場的話）
「哇，霖兒，你真的深入研究這些歌曲。」
「我敬佩你對細節的專注研究。」
「今天，你有跟其他小孩一起玩耍嗎？」
老媽說：
「我喜歡〈柏娜黛特〉，三首歌中這首最棒。」
「我不認為鮑伊是膽小鬼，一定有某個原因讓他選擇不要停頓。」
「請不要用『媽的』這種字眼。」

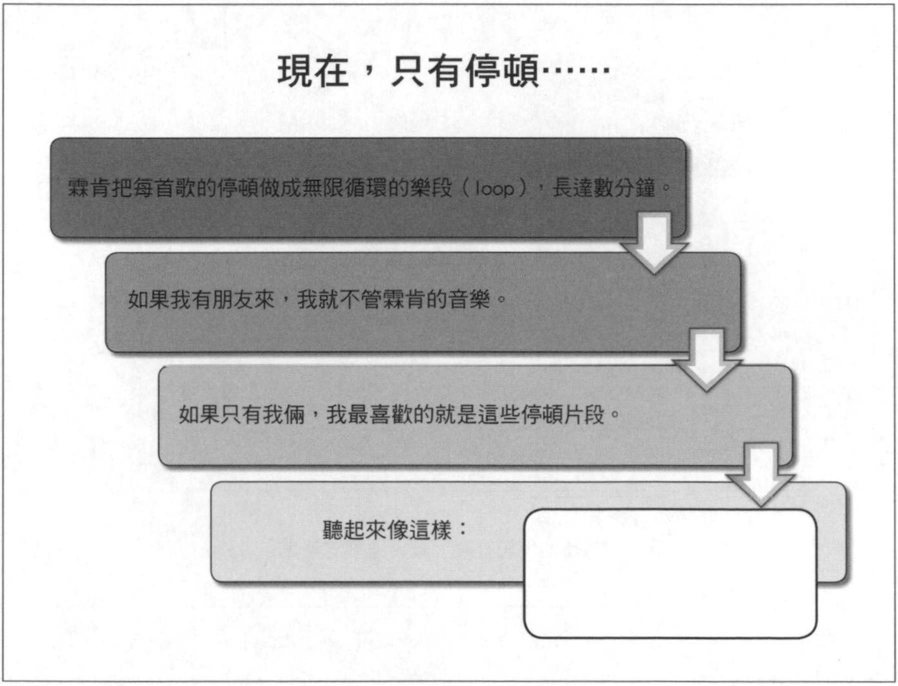
現在，只有停頓……
霖肯把每首歌的停頓做成無限循環的樂段（loop），長達數分鐘。
如果我有朋友來，我就不管霖肯的音樂。
如果只有我倆，我最喜歡的就是這些停頓片段。
聽起來像這樣：

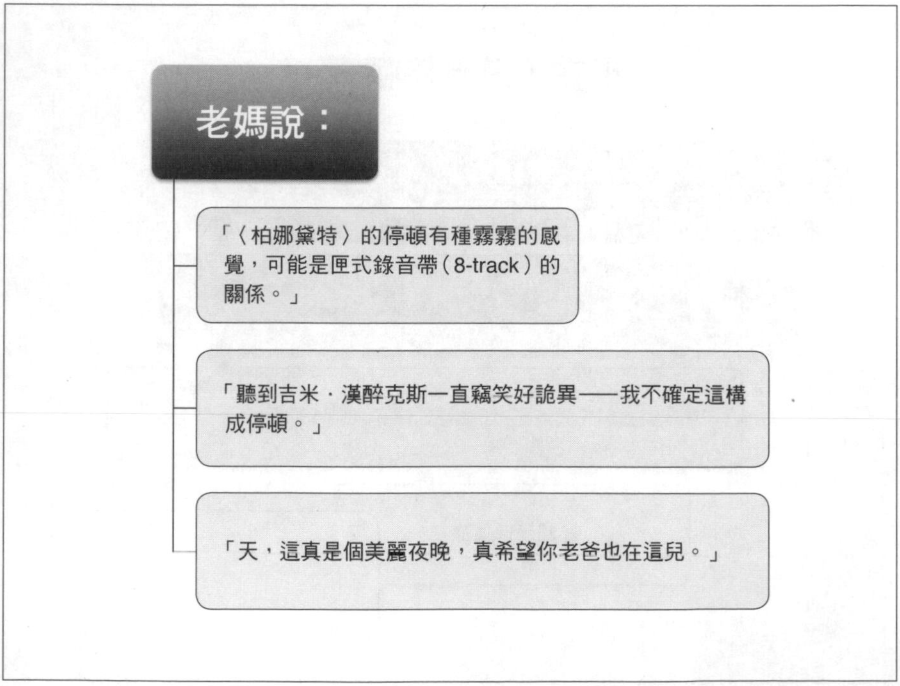
老媽說：
「〈柏娜黛特〉的停頓有種霧霧的感覺，可能是匣式錄音帶（8-track）的關係。」
「聽到吉米．漢醉克斯一直竊笑好詭異——我不確定這構成停頓。」
「天，這真是個美麗夜晚，真希望你老爸也在這兒。」

老爸為什麼不在

因為他是醫生
- 今天他替一個比我還小的女孩動心臟手術。
- 她的父母都是非法移民。

因為他是「好人」
- 這是眾人對老爸的評語。
- 因為他開的診所。

因為他是老闆
- 工作時，眾人跟在老爸屁股後面問東問西。
- 進了辦公室，他會關上門，大大嘆一口氣說：「愛麗小咪，告訴我妳今天做了什麼？」

因為他有弱點
- 他無法瞭解霖肯。
- 舉例來說：

霖肯想說的話／真正說出來的話

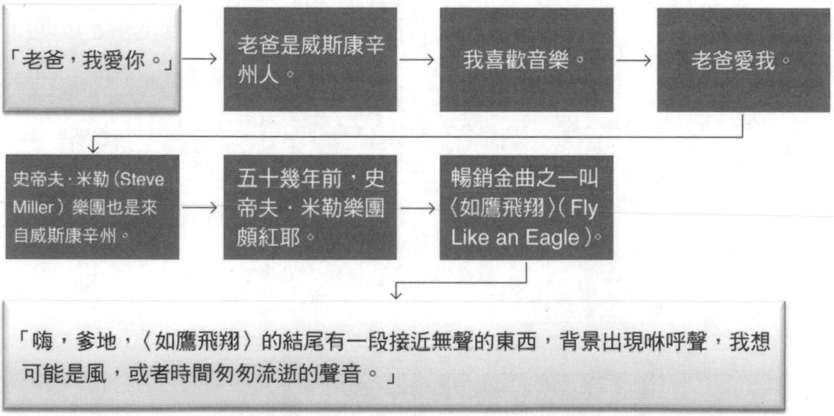
「老爸，我愛你。」
老爸是威斯康辛州人。
我喜歡音樂。
老爸愛我。
史帝夫·米勒（Steve Miller）樂團也是來自威斯康辛州。
五十幾年前，史帝夫·米勒樂團頗紅耶。
暢銷金曲之一叫〈如鷹飛翔〉（Fly Like an Eagle）。
「嗨，爹地，〈如鷹飛翔〉的結尾有一段接近無聲的東西，背景出現咻呼聲，我想可能是風，或者時間匆匆流逝的聲音。」

「能夠知道這些，真好，霖兒，」老爸說。

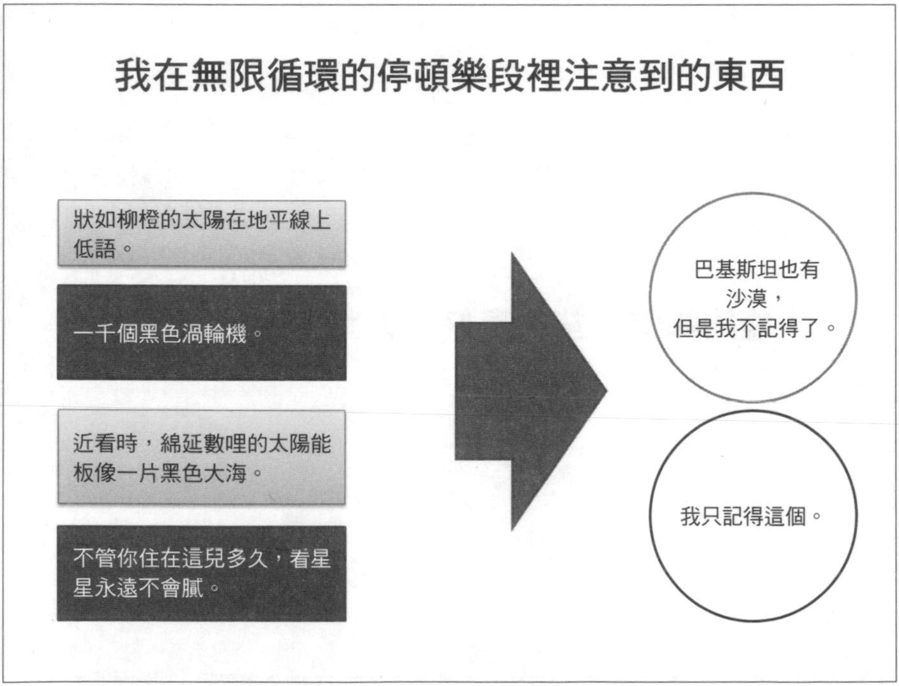
我在無限循環的停頓樂段裡注意到的東西
狀如柳橙的太陽在地平線上低語。
一千個黑色渦輪機。
近看時，綿延數哩的太陽能板像一片黑色大海。
不管你住在這兒多久，看星星永遠不會膩。
巴基斯坦也有沙漠，但是我不記得了。
我只記得這個。

在我的房內

煩人的習慣#92號

老媽（看見我在製作幻燈片）：
「又在做？」

我：
「怎樣？」

老媽：
「為什麼不換個花樣，改成寫作？」

我：
「對不起，但這是我的幻燈片紀實報導。」

老媽：
「我是說寫份報紙。」

我：
「呃！現在還有誰用這個字眼？」

老媽：
「我看到一大堆空白。什麼時候才會出現『字』呢？」

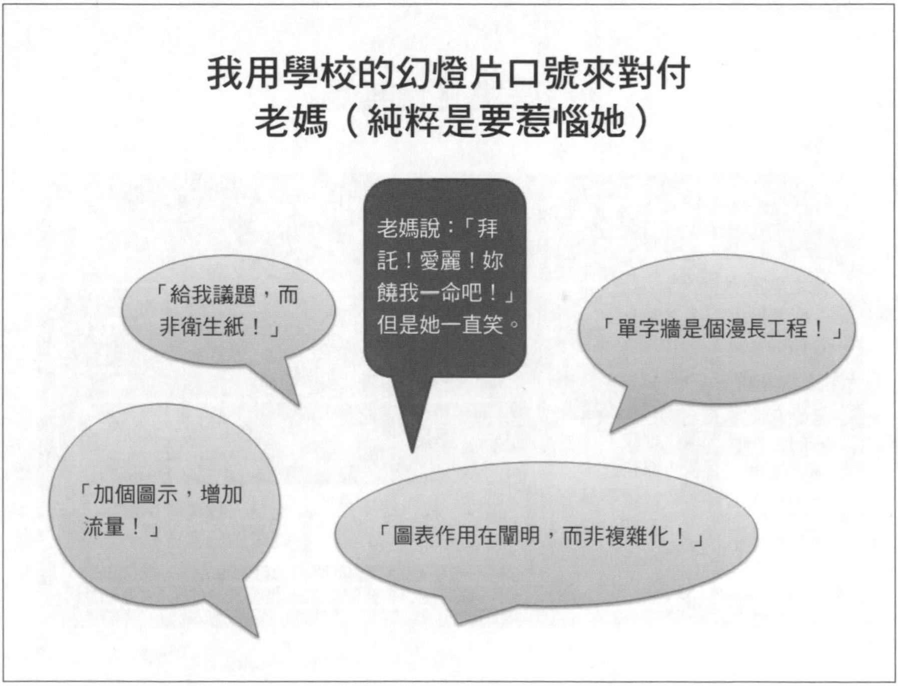
我用學校的幻燈片口號來對付
老媽（純粹是要惹惱她）
老媽說：「拜託！愛麗！妳饒我一命吧！」但是她一直笑。
「給我議題，而非衛生紙！」
「單字牆是個漫長工程！」
「加個圖示，增加流量！」
「圖表作用在闡明，而非複雜化！」

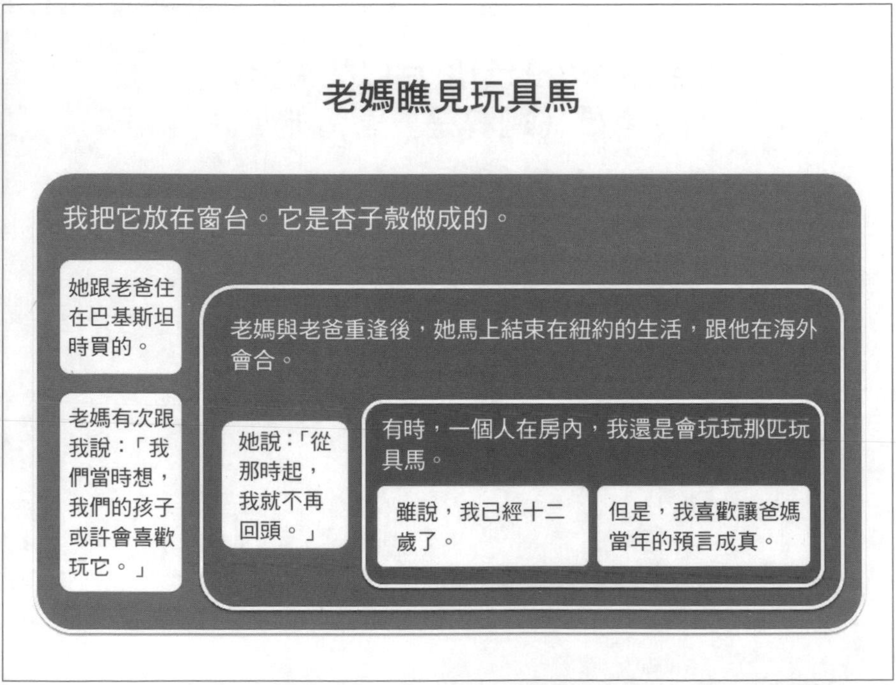
老媽瞧見玩具馬
我把它放在窗台。它是杏子殼做成的。
她跟老爸住在巴基斯坦時買的。
老媽有次跟我說：「我們當時想，我們的孩子或許會喜歡玩它。」
老媽與老爸重逢後，她馬上結束在紐約的生活，跟他在海外會合。
她說：「從那時起，我就不再回頭。」
有時，一個人在房內，我還是會玩玩那匹玩具馬。
雖說，我已經十二歲了。
但是，我喜歡讓爸媽當年的預言成真。

「噢，愛麗，我看到這匹馬好開心，」老媽說。

我問：「那這個呢？」並打開書。
《導電合唱團：一則搖滾自殺記》
朱爾斯．瓊斯著
老媽買的書，
但是從來不提。
這書講一個肥胖的搖滾明星
想要死在舞台上，結果，身體
痊癒，還成為乳牛場老闆。
第128頁有一張
老媽的照片。

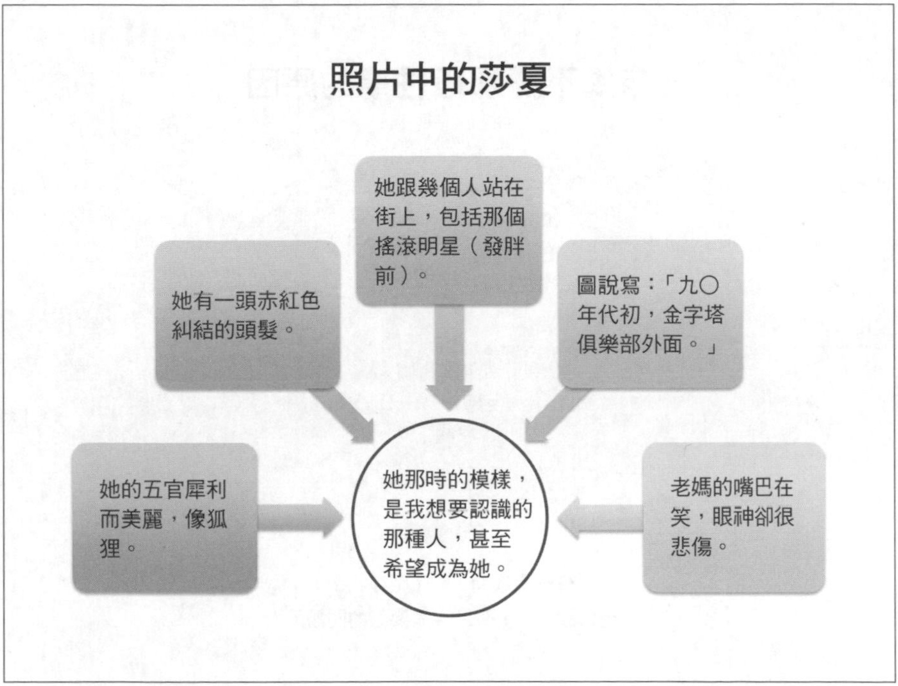
照片中的莎夏
她跟幾個人站在街上，包括那個搖滾明星（發胖前）。
她有一頭赤紅色糾結的頭髮。
圖說寫：「九〇年代初，金字塔俱樂部外面。」
她的五官犀利而美麗，像狐狸。
她那時的模樣，是我想要認識的那種人，甚至希望成為她。
老媽的嘴巴在笑，眼神卻很悲傷。

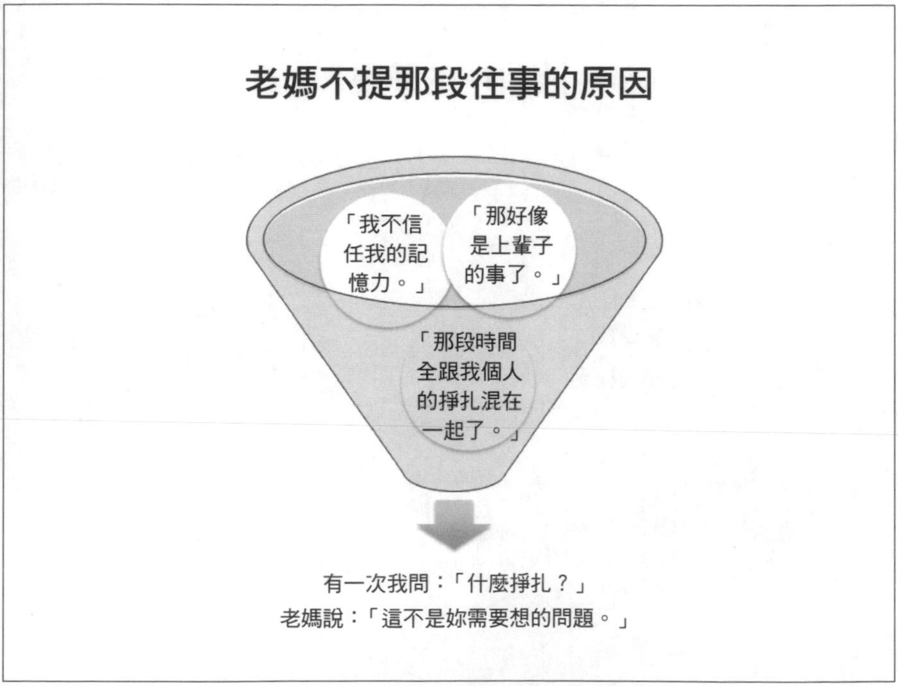
老媽不提那段往事的原因
「我不信任我的記憶力。」
「那好像是上輩子的事了。」
「那段時間全跟我個人的掙扎混在一起了。」
有一次我問：「什麼掙扎？」
老媽說：「這不是妳需要想的問題。」

霖肯的床跟我的床只有一牆之隔

- 他那邊敲牆兩下＝「晚安，愛麗。」
- 接著，老媽會進他的房間。
- 她陪霖肯最久。

- 我這邊敲牆兩下＝「晚安，霖。」
- 隔著牆，我能聽見他們說話的聲音。
- 不過，她會先來看我。

老媽坐在我的床邊

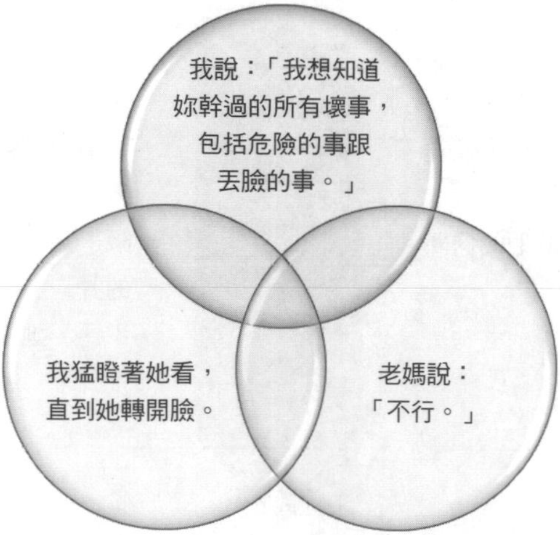
我說：「我想知道
妳幹過的所有壞事，
包括危險的事跟
丟臉的事。」
我猛瞪著她看，
直到她轉開臉。
老媽說：
「不行。」

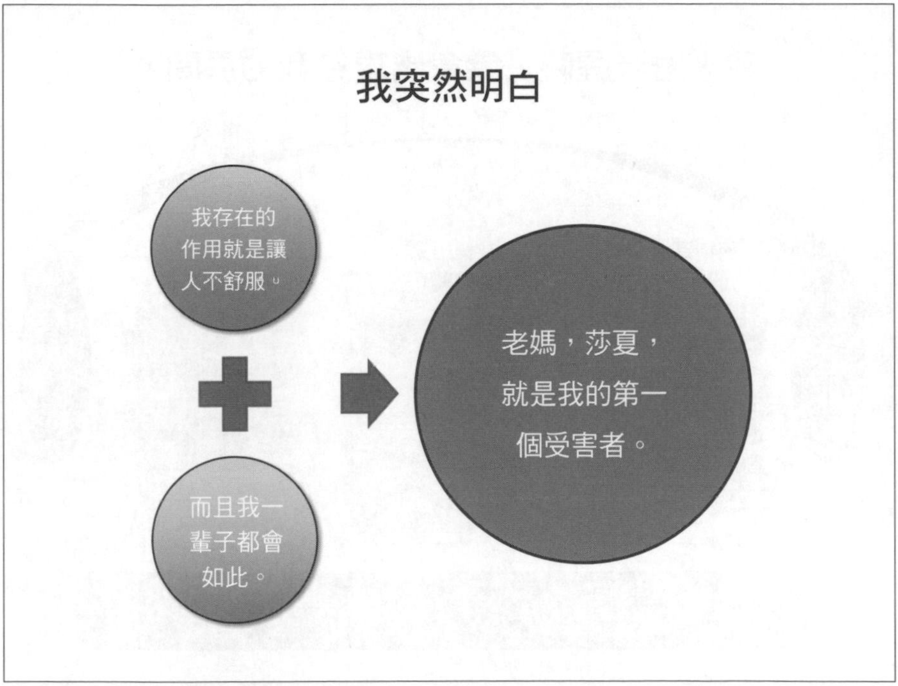
我突然明白
我存在的作用就是讓人不舒服。
而且我一輩子都會如此。
老媽，莎夏，就是我的第一個受害者。

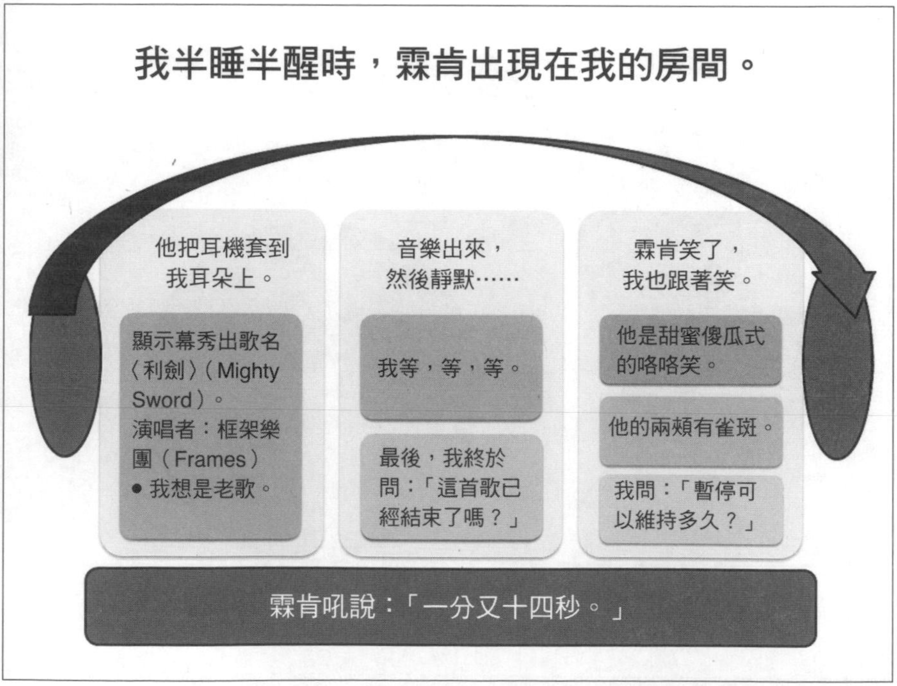
我半睡半醒時，霖肯出現在我的房間。
他把耳機套到
我耳朵上。
顯示幕秀出歌名
〈利劍〉（Mighty
Sword）。
演唱者：框架樂
團（Frames）
● 我想是老歌。
音樂出來，
然後靜默……
我等，等，等。
最後，我終於
問：「這首歌已
經結束了嗎？」
霖肯笑了，
我也跟著笑。
他是甜蜜傻瓜式
的咯咯笑。
他的兩頰有雀斑。
我問：「暫停可
以維持多久？」
霖肯吼說：「一分又十四秒。」

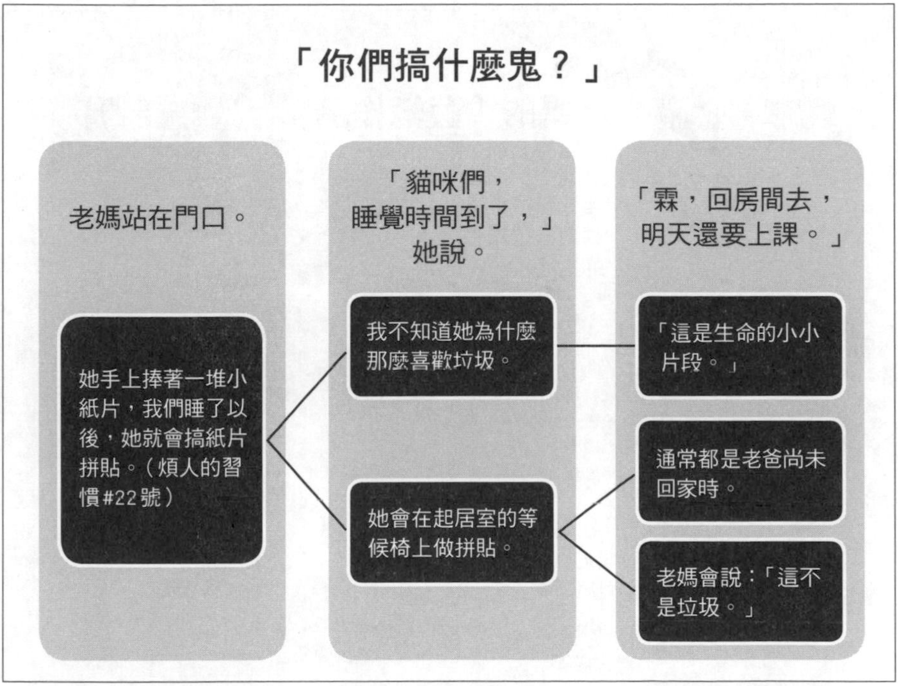
「你們搞什麼鬼？」
老媽站在門口。
她手上捧著一堆小紙片，我們睡了以後，她就會搞紙片拼貼。（煩人的習慣#22號）
「貓咪們，睡覺時間到了，」她說。
我不知道她為什麼那麼喜歡垃圾。
她會在起居室的等候椅上做拼貼。
「霖，回房間去，明天還要上課。」
「這是生命的小小片段。」
通常都是老爸尚未回家時。
老媽會說：「這不是垃圾。」

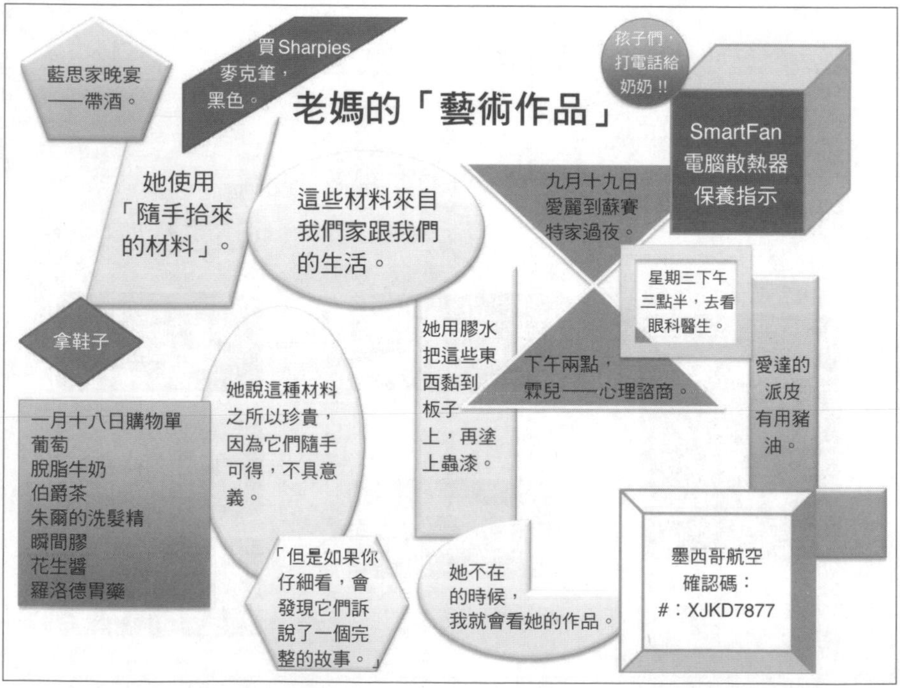
老媽的「藝術作品」
藍思家晚宴
——帶酒。
買 Sharpies
麥克筆，
黑色。
孩子們，
打電話給
奶奶 !!
SmartFan
電腦散熱器
保養指示
她使用
「隨手拾來
的材料」。
這些材料來自
我們家跟我們
的生活。
九月十九日
愛麗到蘇賽
特家過夜。
星期三下午
三點半，去看
眼科醫生。
拿鞋子
她用膠水
把這些東
西黏到
板子
上，再塗
上蟲漆。
下午兩點，
霖兒——心理諮商。
愛達的
派皮
有用豬
油。
一月十八日購物單
葡萄
脫脂牛奶
伯爵茶
朱爾的洗髮精
瞬間膠
花生醬
羅洛德胃藥
她說這種材料
之所以珍貴，
因為它們隨手
可得，不具意
義。
「但是如果你
仔細看，會
發現它們訴
說了一個完
整的故事。」
她不在
的時候，
我就會看她的作品。
墨西哥航空
確認碼：
#：XJKD7877

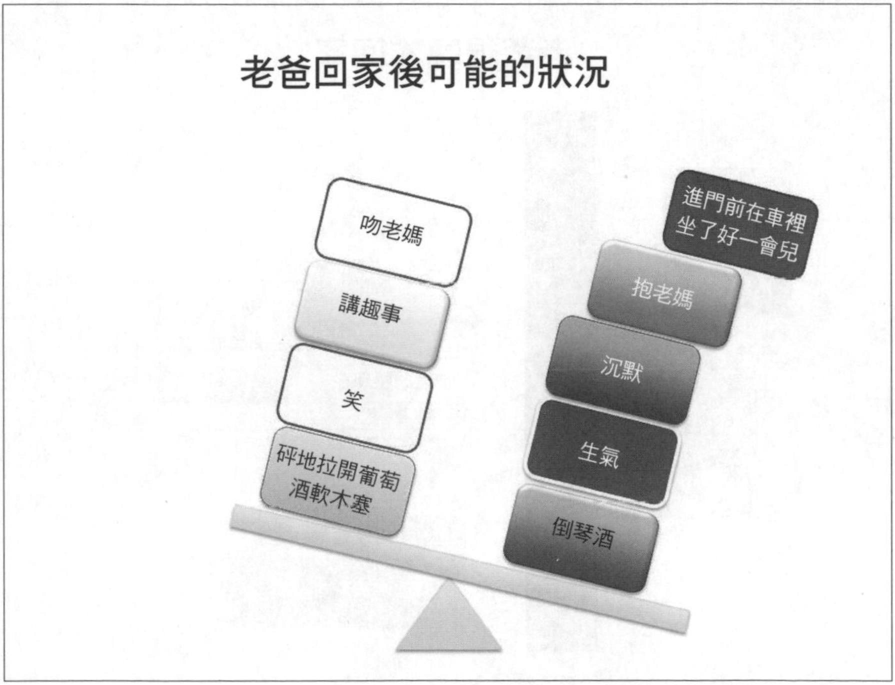
老爸回家後可能的狀況
吻老媽
講趣事
笑
砰地拉開葡萄酒軟木塞
進門前在車裡坐了好一會兒
抱老媽
沉默
生氣
倒琴酒

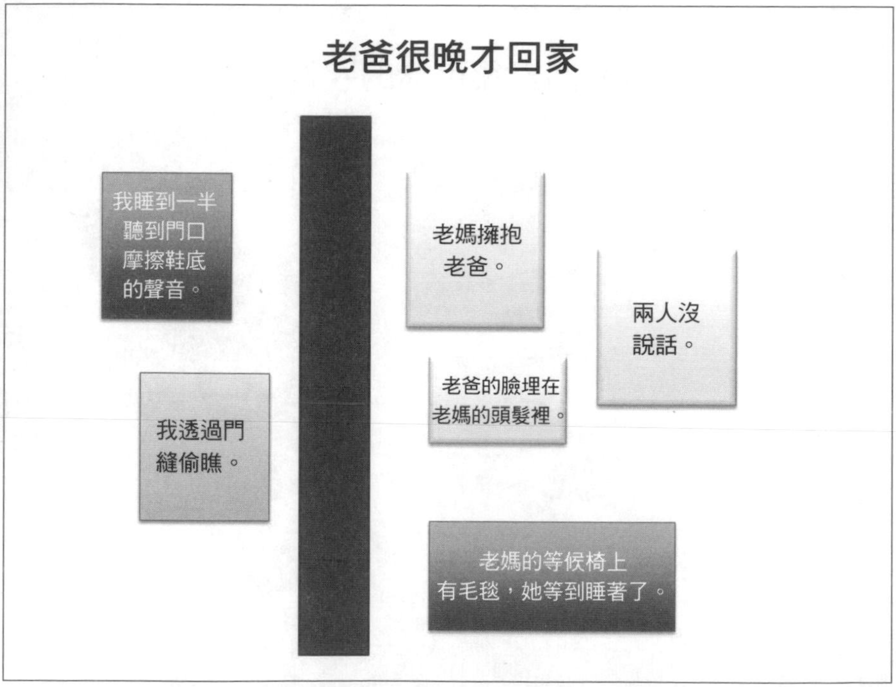
老爸很晚才回家
我睡到一半
聽到門口
摩擦鞋底
的聲音。
我透過門
縫偷瞧。
老媽擁抱
老爸。
老爸的臉埋在
老媽的頭髮裡。
兩人沒
說話。
老媽的等候椅上
有毛毯，她等到睡著了。

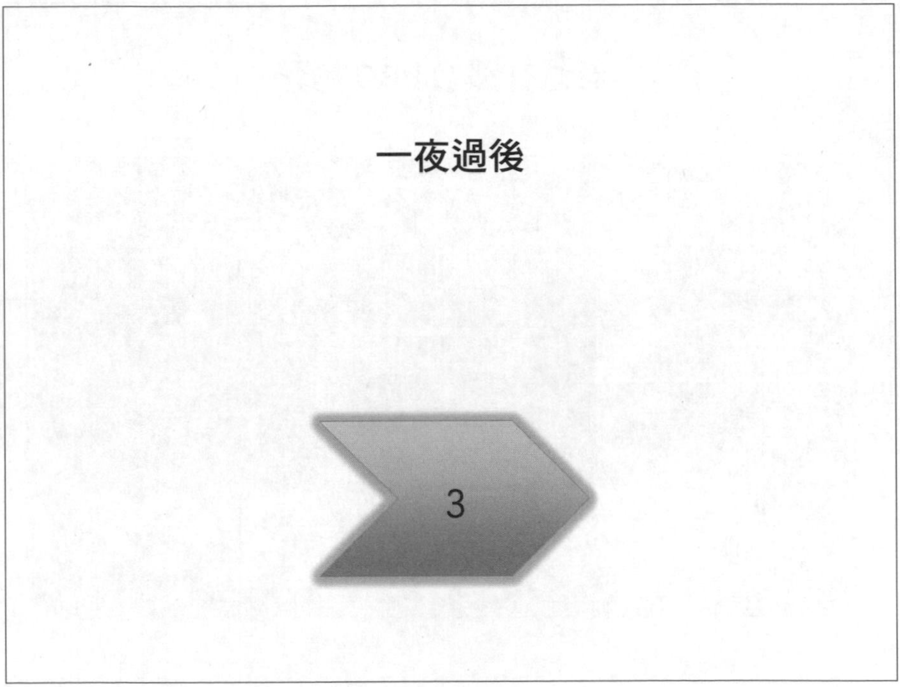
一夜過後
3

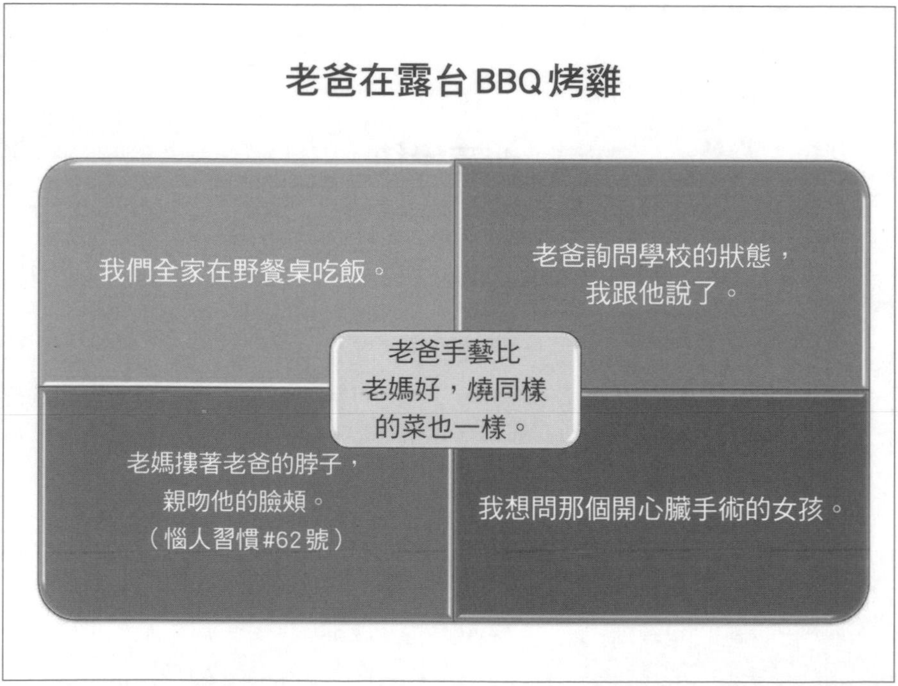
老爸在露台BBQ烤雞
我們全家在野餐桌吃飯。
老爸詢問學校的狀態，
我跟他說了。
老爸手藝比
老媽好，燒同樣
的菜也一樣。
老媽摟著老爸的脖子，
親吻他的臉頰。
（惱人習慣#62號）
我想問那個開心臟手術的女孩。

有關我老爸的事實
他剛刮完臉時，你用手指戳他的臉，他的皮膚會發出「吱」的聲音。
跟許多老爸不一樣，我老爸的頭髮濃密又波浪捲。
他現在還是可以一把將我舉上肩頭。
當他咀嚼食物，我聽見他的磨牙聲。
● 聽那磨牙聲，你以為他的牙齒早該裂成碎片，事實上，他的牙齒又白又堅硬。
他失眠時，就會去沙漠散步。
他為什麼如此愛老媽，實在不可解。

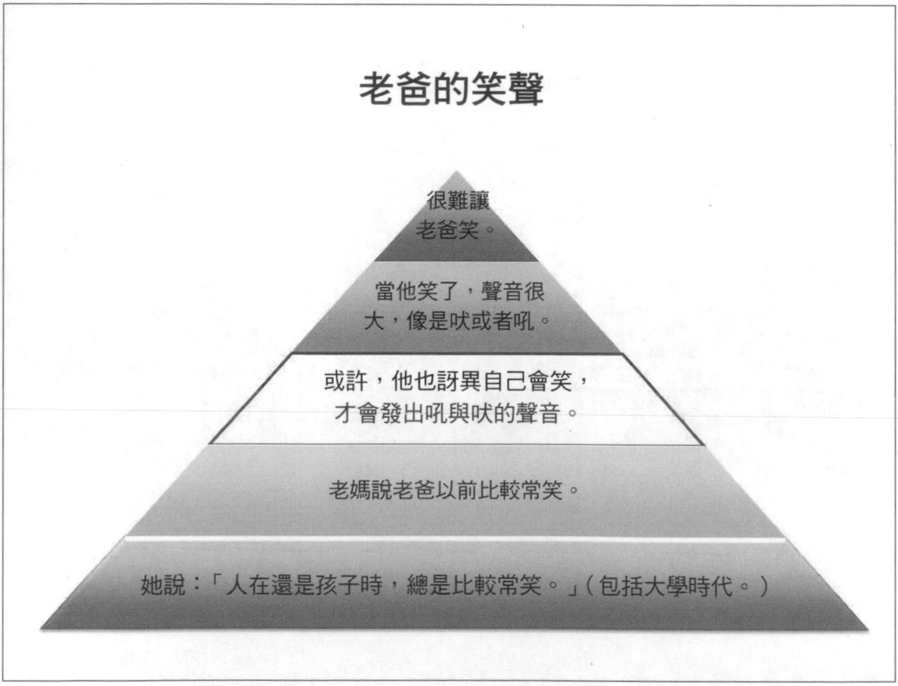
老爸的笑聲
很難讓
老爸笑。
當他笑了，聲音很
大，像是吠或者吼。
或許，他也訝異自己會笑，
才會發出吼與吠的聲音。
老媽說老爸以前比較常笑。
她說：「人在還是孩子時，總是比較常笑。」（包括大學時代。）

事實真相

老爸讀大學時，
跟一個叫羅勃的人去游泳，
羅勃淹死了。

老爸就是在那時決定要
成為醫生。

「為什麼不做救生員？」
有時我會問：
「或者做游泳教練。」

「這想法不錯，」老爸說：「妳
認為我還來得及嗎？」

在那之前，
老爸的志向是
當總統。

他會說：
「誰不想呢？
我那時才
十八歲。」

老爸會跟任何
人講此類事。

「死守祕密會
扼殺了你自己」
是他最愛講的
一句話。

羅勃是老媽最要好的朋友

她皮夾裡總放著他的照片。

他算是可愛型的，臉上有紅色短鬍渣，眼睛漂亮，像登山者。

不過，我爸還是比較英俊。

如果你仔細看，看得出羅勃會早逝。	我問老媽：「妳愛他嗎？」	「他是什麼樣的人？」	「他為什麼會淹死？」	「為什麼老爸沒能救他？」
他的長相就是那種老時代照片裡的人。	「是的。朋友的愛。」	「他是個大好人，也很困惑，當時許多年輕人都這樣。」	「他不是很會游泳，碰到了暗流。」	「他試了。」

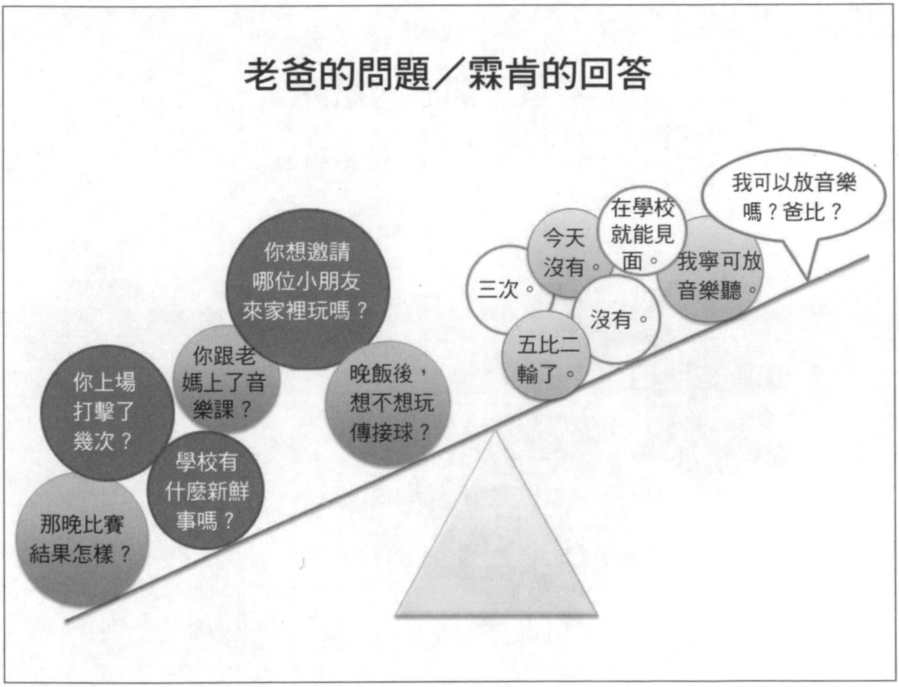
老爸的問題／霖肯的回答
你想邀請
哪位小朋友
來家裡玩嗎？
你跟老
媽上了音
樂課？
你上場
打擊了
幾次？
晚飯後，
想不想玩
傳接球？
學校有
什麼新鮮
事嗎？
那晚比賽
結果怎樣？
我可以放音樂
嗎？爸比？
在學校
就能見
面。
今天
沒有。
我寧可放
音樂聽。
三次。
沒有。
五比二
輸了。

老爸不開心的癥兆
揉眼睛。
喝第二杯琴通寧酒。
嘴巴在笑，臉色卻很疲憊。
「當然可以，霖兒，」吃完晚飯後，他說：「我們來聽音樂。」

霖肯的歌曲評論

杜比兄弟（Doobie Brothers）的〈列車奔馳〉（Long Train Running）

「停頓只有兩秒，從2:43秒到2:45秒，但是基本上十分完美：副歌接進來，歌曲一直延續到3:28秒——也就是停頓之後，還足足有一分鐘的音樂。」

垃圾合唱團（Garbage）的〈超級潑婦〉（Supervixen）

「這首很特別，歌裡沒有休止符，卻有停頓。0:14秒到0:15秒，3:08秒到3:09秒，兩次都是一秒，像是干擾，錄音時出現的空隙，卻是故意的！」

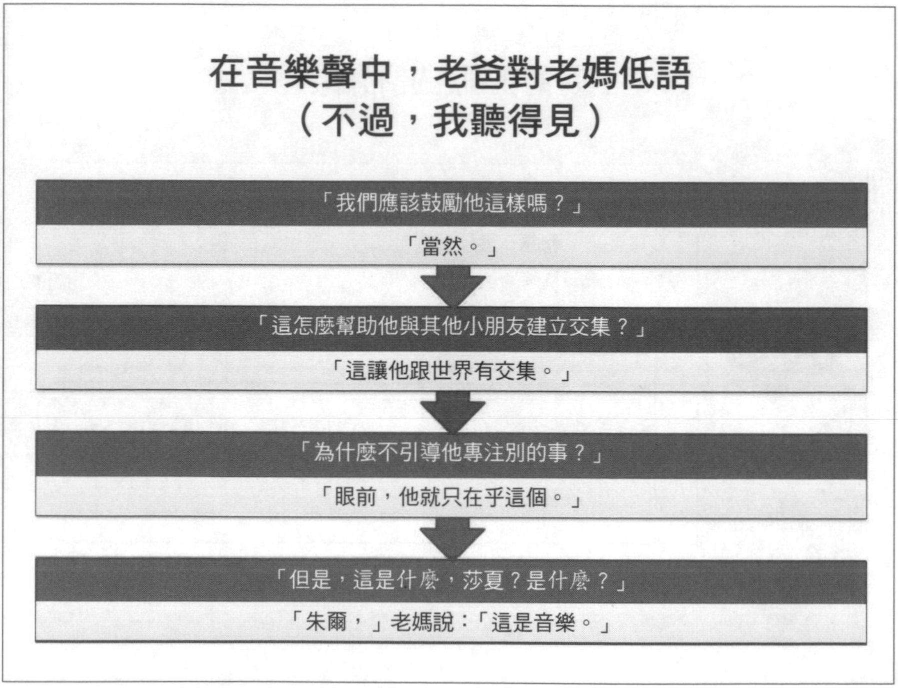
在音樂聲中，老爸對老媽低語
（不過，我聽得見）
「我們應該鼓勵他這樣嗎？」
「當然。」
「這怎麼幫助他與其他小朋友建立交集？」
「這讓他跟世界有交集。」
「為什麼不引導他專注別的事？」
「眼前，他就只在乎這個。」
「但是，這是什麼，莎夏？是什麼？」
「朱爾，」老媽說：「這是音樂。」

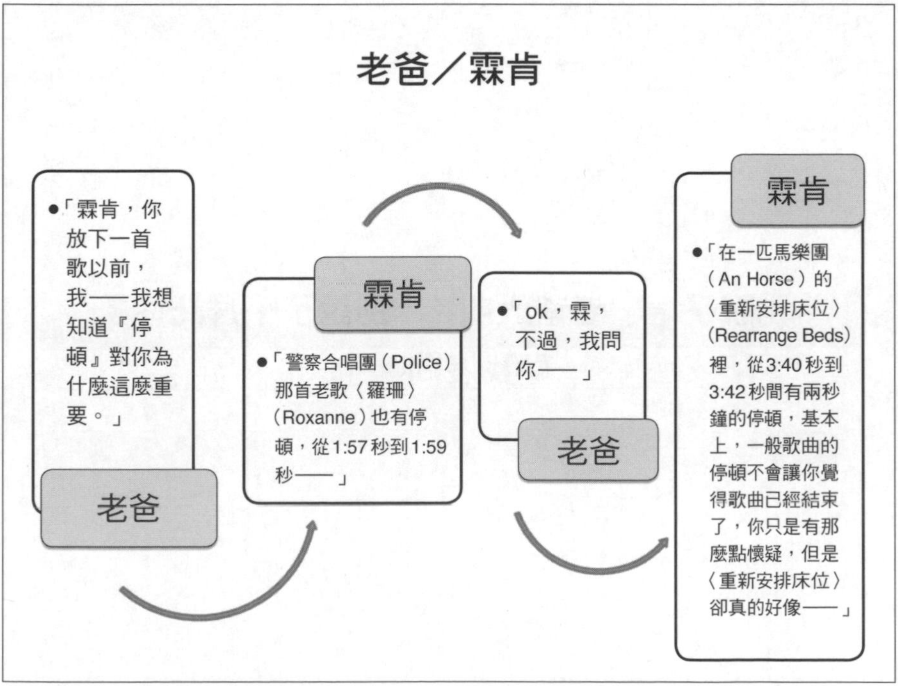
老爸／霖肯
●「霖肯，你放下一首歌以前，我——我想知道『停頓』對你為什麼這麼重要。」
老爸
霖肯
●「警察合唱團（Police）那首老歌〈羅珊〉（Roxanne）也有停頓，從1:57秒到1:59秒——」
●「ok，霖，不過，我問你——」
老爸
霖肯
●「在一匹馬樂團（An Horse）的〈重新安排床位〉（Rearrange Beds）裡，從3:40秒到3:42秒間有兩秒鐘的停頓，基本上，一般歌曲的停頓不會讓你覺得歌曲已經結束了，你只是有那麼點懷疑，但是〈重新安排床位〉卻真的好像——」

「別說了！」老爸大叫：「別說了。拜託你。
算我沒問。」

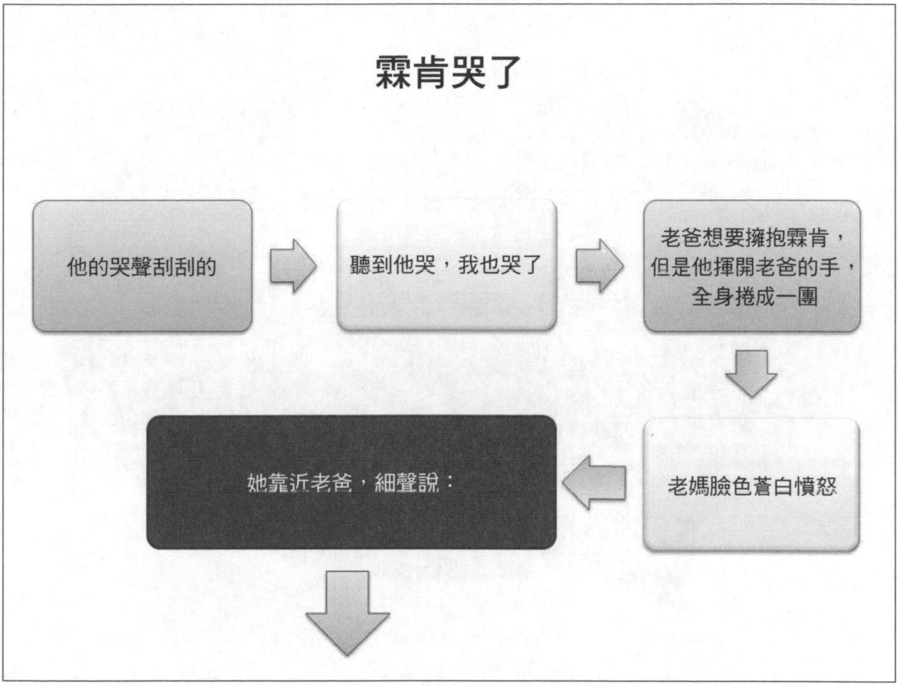
霖肯哭了
他的哭聲刮刮的
聽到他哭，我也哭了
老爸想要擁抱霖肯，但是他揮開老爸的手，全身捲成一團
老媽臉色蒼白憤怒
她靠近老爸，細聲說：

「停頓讓你以為歌曲結束。其實歌曲並未真的結束。

因此你鬆了一口氣。但是，

顯然，所有歌曲都會結束，當它真的結束時，

這．次．是．真的．結束了。」

我們全站在露台，停頓。

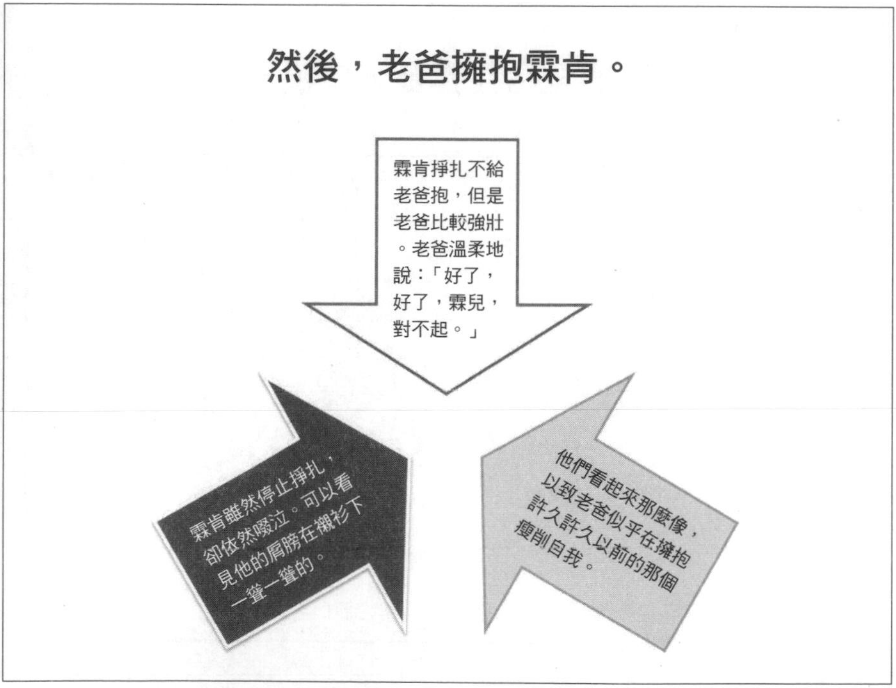
然後，老爸擁抱霖肯。
霖肯掙扎不給老爸抱，但是老爸比較強壯。老爸溫柔地說：「好了，好了，霖兒，對不起。」
霖肯雖然停止掙扎，卻依然啜泣。可以看見他的肩膀在襯衫下一聳一聳的。
他們看起來那麼像，以致老爸似乎在擁抱許久許久以前的那個瘦削自我。

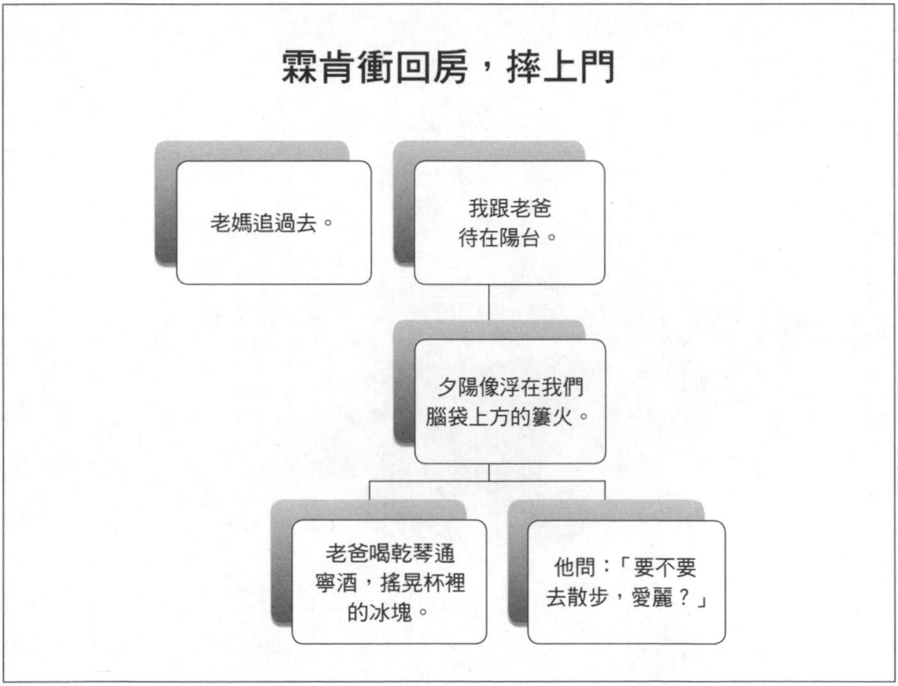
霖肯衝回房，摔上門
老媽追過去。
我跟老爸待在陽台。
夕陽像浮在我們腦袋上方的簍火。
老爸喝乾琴通寧酒，搖晃杯裡的冰塊。
他問：「要不要去散步，愛麗？」

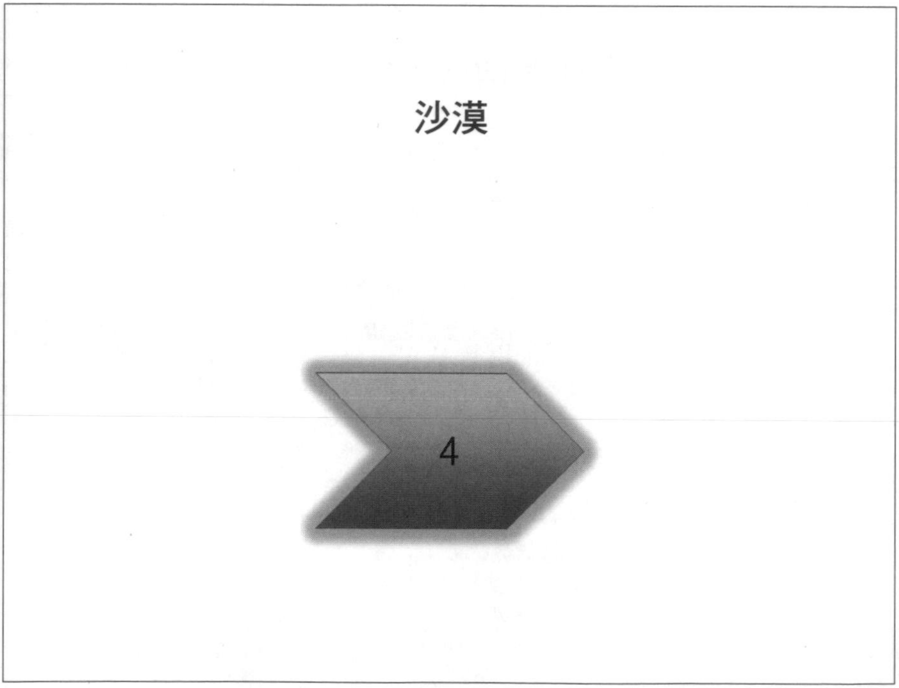
沙漠
4

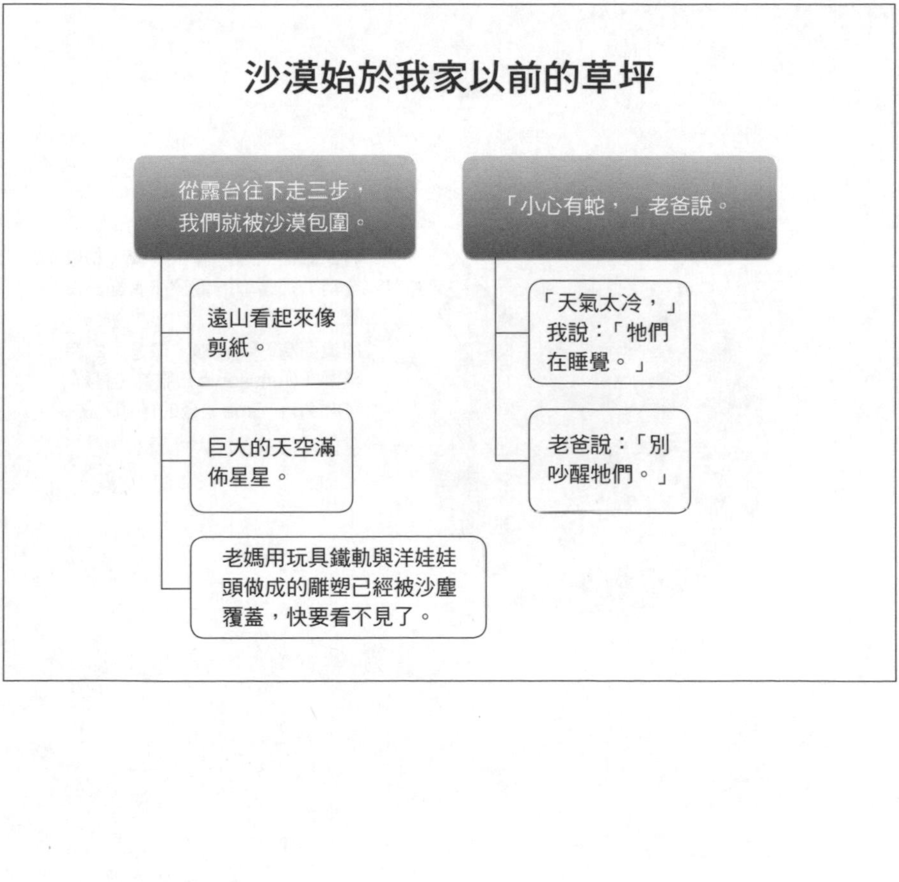
沙漠始於我家以前的草坪
從露台往下走三步，
我們就被沙漠包圍。
遠山看起來像
剪紙。
巨大的天空滿
佈星星。
老媽用玩具鐵軌與洋娃娃
頭做成的雕塑已經被沙塵
覆蓋，快要看不見了。
「小心有蛇，」老爸說。
「天氣太冷，」
我說：「牠們
在睡覺。」
老爸說：「別
吵醒牠們。」

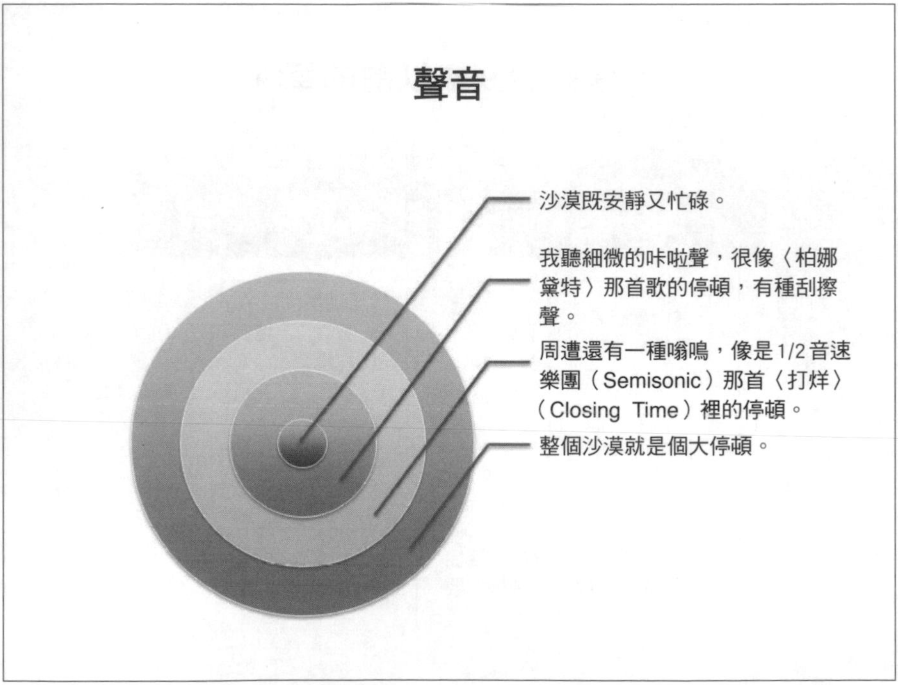
聲音
沙漠既安靜又忙碌。
我聽細微的咔啦聲，很像〈柏娜黛特〉那首歌的停頓，有種刮擦聲。
周遭還有一種嗡嗚，像是1/2音速樂團（Semisonic）那首〈打烊〉（Closing Time）裡的停頓。
整個沙漠就是個大停頓。

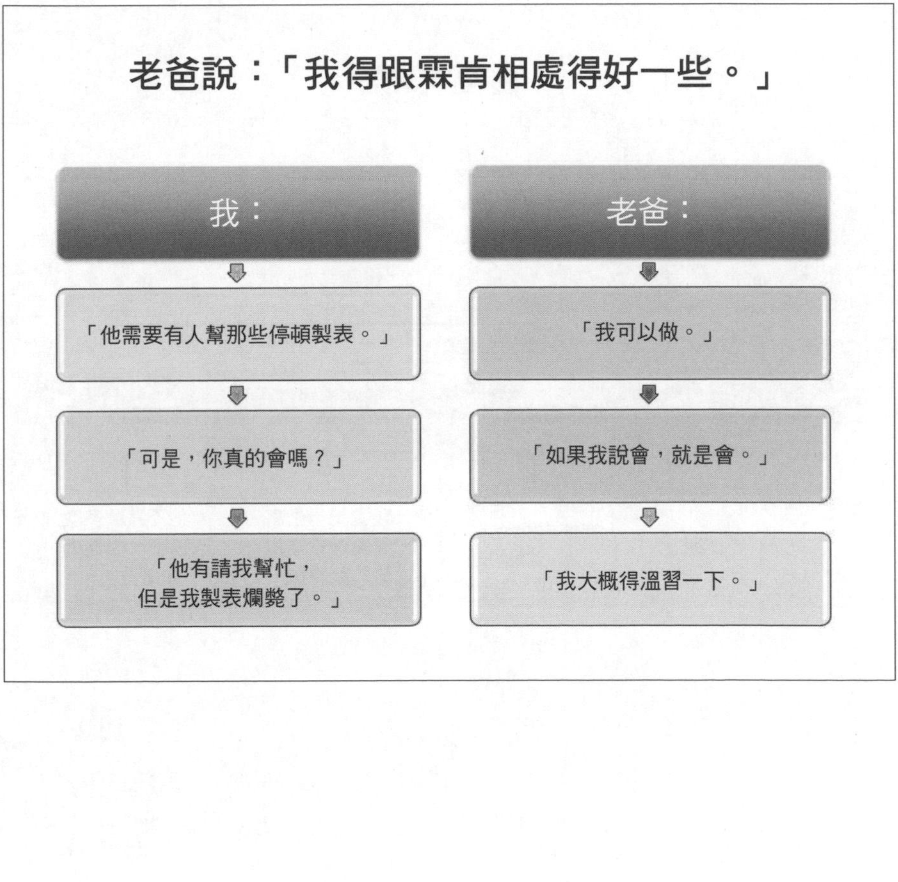
老爸說：「我得跟霖肯相處得好一些。」
我：
「他需要有人幫那些停頓製表。」
「可是，你真的會嗎？」
「他有請我幫忙，
但是我製表爛斃了。」
老爸：
「我可以做。」
「如果我說會，就是會。」
「我大概得溫習一下。」

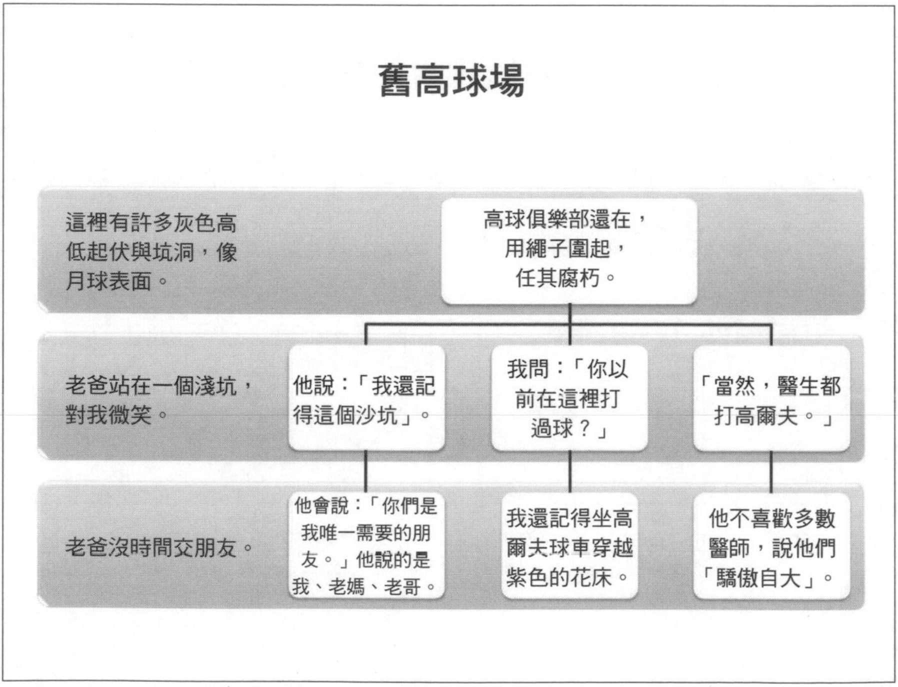
舊高球場
這裡有許多灰色高低起伏與坑洞，像月球表面。
高球俱樂部還在，用繩子圍起，任其腐朽。
老爸站在一個淺坑，對我微笑。
他說：「我還記得這個沙坑」。
我問：「你以前在這裡打過球？」
「當然，醫生都打高爾夫。」
老爸沒時間交朋友。
他會說：「你們是我唯一需要的朋友。」他說的是我、老媽、老哥。
我還記得坐高爾夫球車穿越紫色的花床。
他不喜歡多數醫師，說他們「驕傲自大」。

一段漫長且空曠的散步

我問：「老媽抓狂了嗎？」

- 「應該是。」

「她會原諒你？」

- 「當然。」

「你怎麼知道？」

- 「感謝上帝，妳老媽就是那種肯原諒人的。」

「羅勃死時，她有原諒你嗎？」

- 老爸停住腳步，轉身看我。月亮剛露臉。「你怎麼會突然想到他。」

「有時我就會。」

- 老爸說：「我也是。」

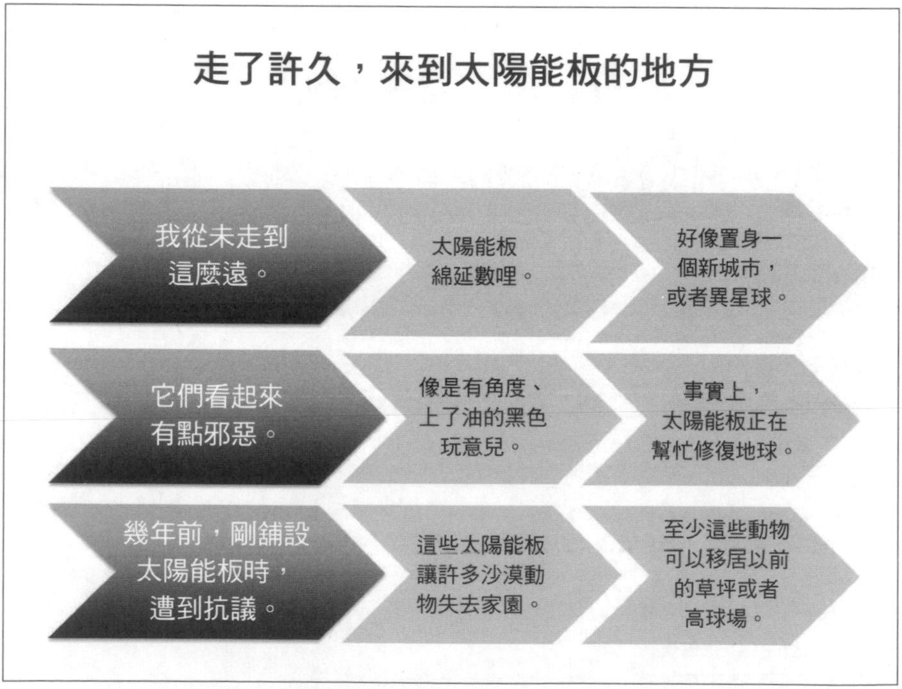
走了許久，來到太陽能板的地方
我從未走到
這麼遠。
太陽能板
綿延數哩。
好像置身一
個新城市，
或者異星球。
它們看起來
有點邪惡。
像是有角度、
上了油的黑色
玩意兒。
事實上，
太陽能板正在
幫忙修復地球。
幾年前，剛鋪設
太陽能板時，
遭到抗議。
這些太陽能板
讓許多沙漠動
物失去家園。
至少這些動物
可以移居以前
的草坪或者
高球場。

「不過，
那不是你的錯，
對吧？」
老爸說：
「那不是任何人
的錯。」
老爸說：
「她今早死了。」
「昨天那個
女孩，」我說：
「那個心臟
有毛病的。」

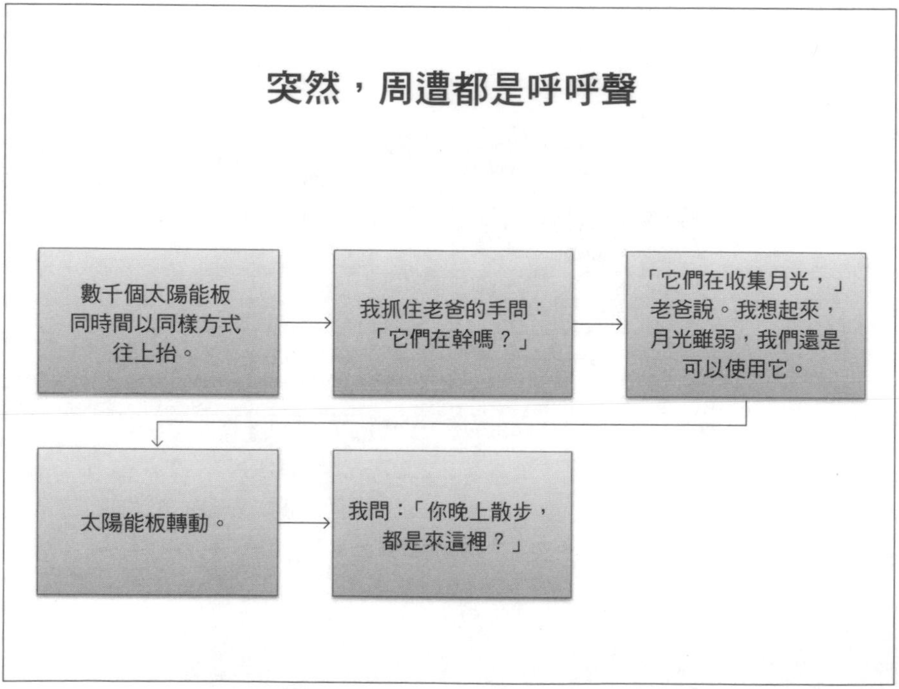
突然，周遭都是呼呼聲
數千個太陽能板同時間以同樣方式往上抬。
我抓住老爸的手問：「它們在幹嗎？」
「它們在收集月光，」老爸說。我想起來，月光雖弱，我們還是可以使用它。
太陽能板轉動。
我問：「你晚上散步，都是來這裡？」

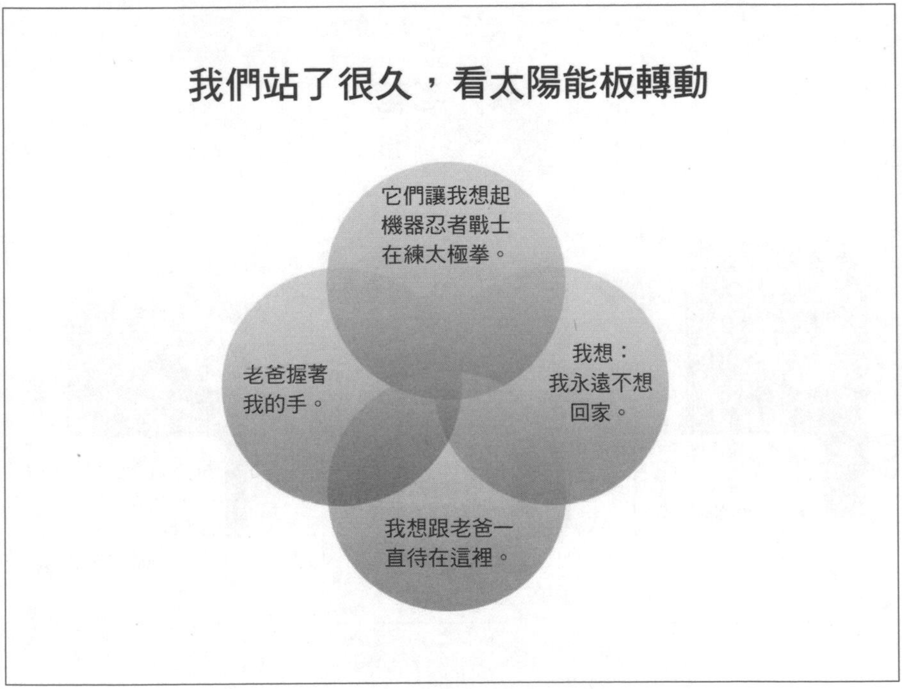
我們站了很久，看太陽能板轉動
它們讓我想起
機器忍者戰士
在練太極拳。
老爸握著
我的手。
我想：
我永遠不想
回家。
我想跟老爸一
直待在這裡。

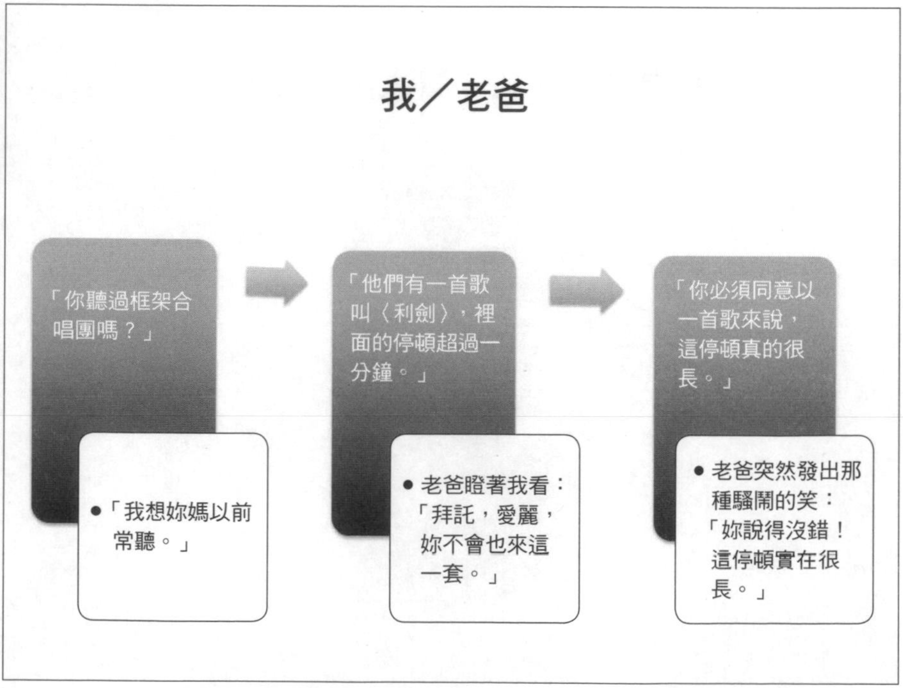
我／老爸
「你聽過框架合唱團嗎？」
●「我想妳媽以前常聽。」
「他們有一首歌叫〈利劍〉，裡面的停頓超過一分鐘。」
●老爸瞪著我看：「拜託，愛麗，妳不會也來這一套。」
「你必須同意以一首歌來說，這停頓真的很長。」
●老爸突然發出那種騷鬧的笑：「妳說得沒錯！這停頓實在很長。」

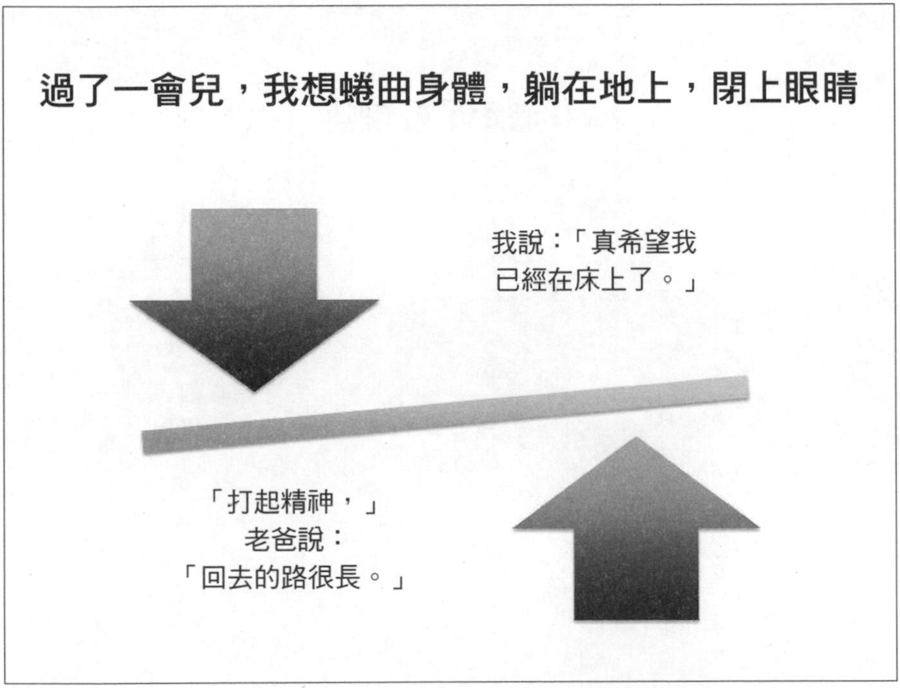
過了一會兒，我想蜷曲身體，躺在地上，閉上眼睛
我說：「真希望我
已經在床上了。」
「打起精神，」
老爸說：
「回去的路很長。」

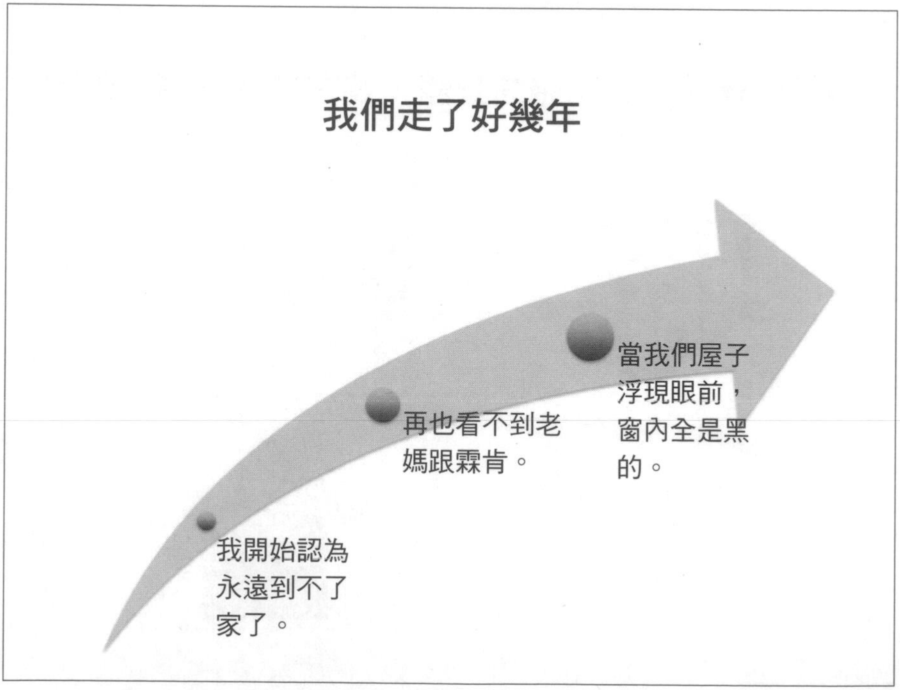
我們走了好幾年
我開始認為永遠到不了家了。
再也看不到老媽跟霖肯。
當我們屋子浮現眼前，窗內全是黑的。

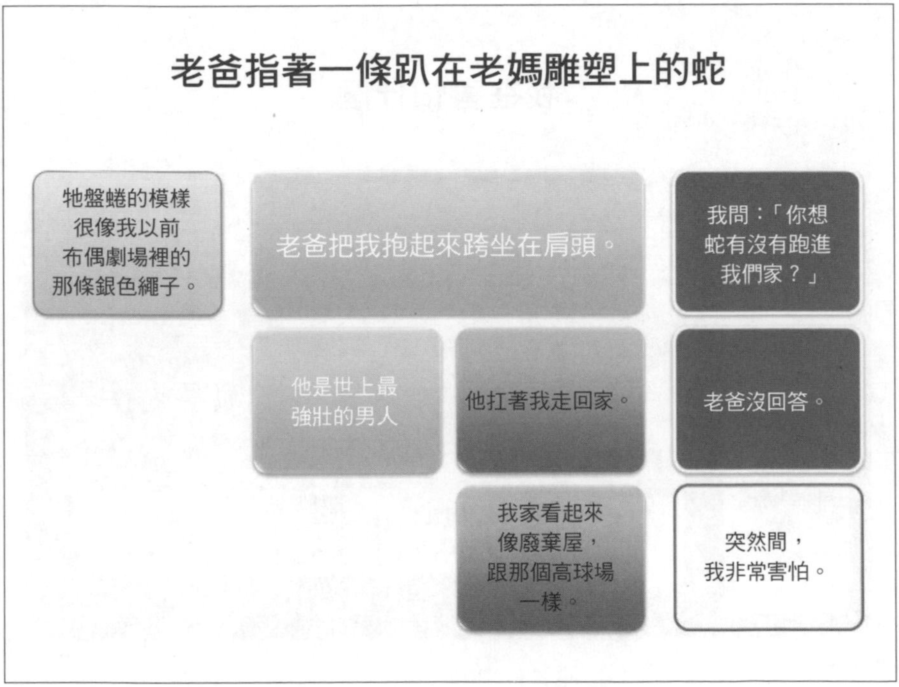
老爸指著一條趴在老媽雕塑上的蛇
牠盤蜷的模樣很像我以前布偶劇場裡的那條銀色繩子。
老爸把我抱起來跨坐在肩頭。
我問：「你想蛇有沒有跑進我們家？」
他是世上最強壯的男人
他扛著我走回家。
老爸沒回答。
我家看起來像廢棄屋，跟那個高球場一樣。
突然間，我非常害怕。

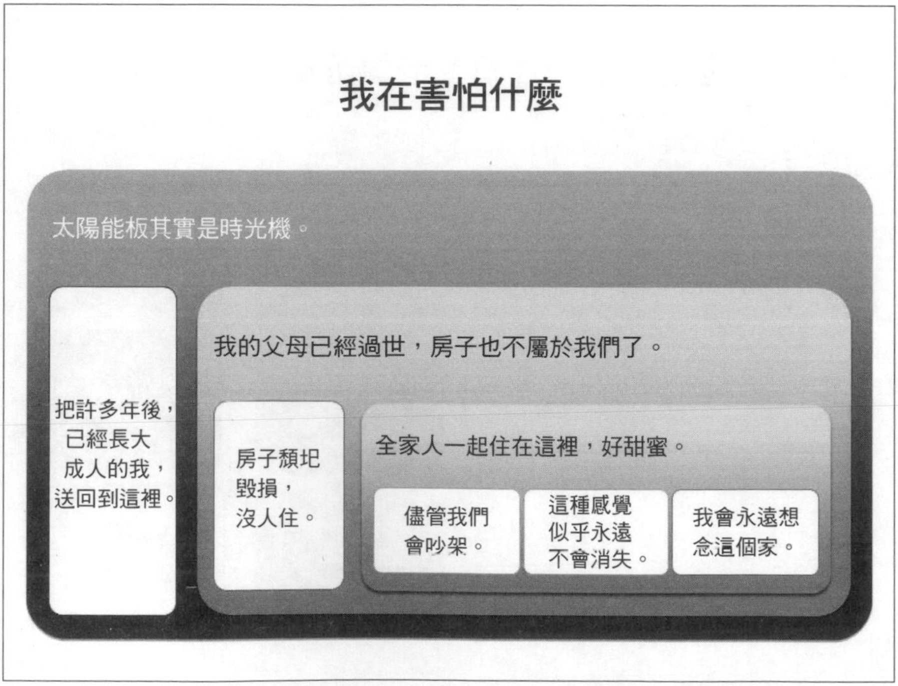
我在害怕什麼
太陽能板其實是時光機。
把許多年後，
已經長大
成人的我，
送回到這裡。
我的父母已經過世，房子也不屬於我們了。
房子頹圮
毀損，
沒人住。
全家人一起住在這裡，好甜蜜。
儘管我們
會吵架。
這種感覺
似乎永遠
不會消失。
我會永遠想
念這個家。

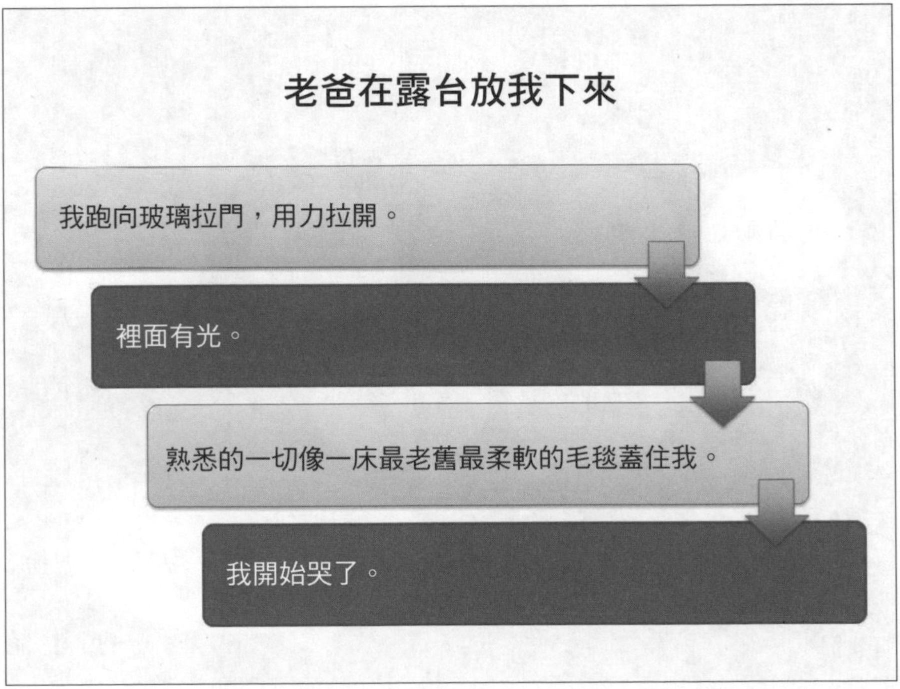
老爸在露台放我下來
我跑向玻璃拉門，用力拉開。
裡面有光。
熟悉的一切像一床最老舊最柔軟的毛毯蓋住我。
我開始哭了。

我跌入夢鄉時聽到的話
嗨，霖兒。
嗯。
你聽到那聲音沒？
沒。
那個聲音。
沒有，爸。
就是這個。
我們站到窗前一起聆聽。
那聲音聽起來像什麼？

「OK，我知道了。」

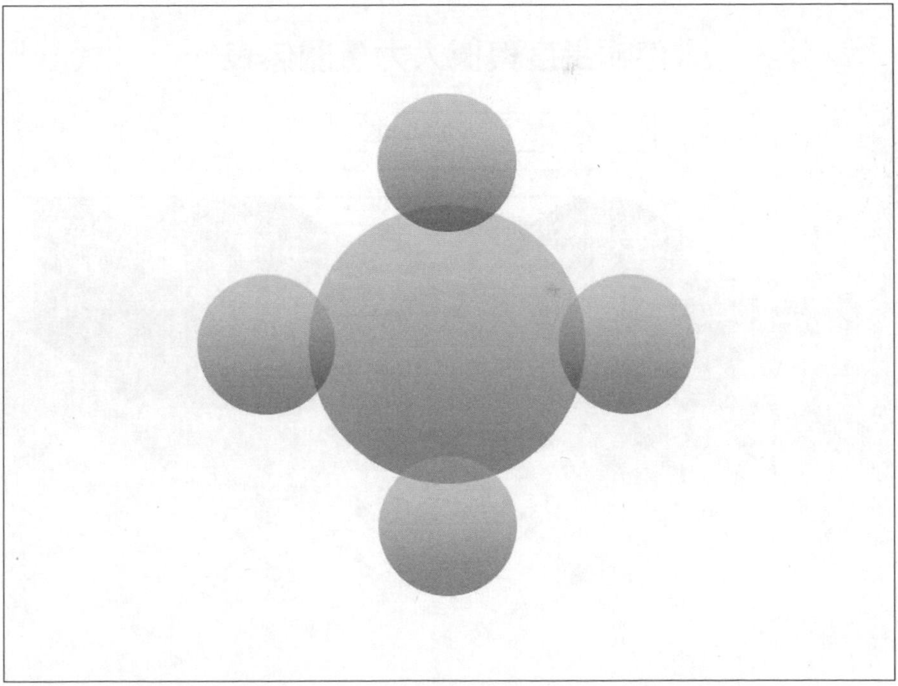

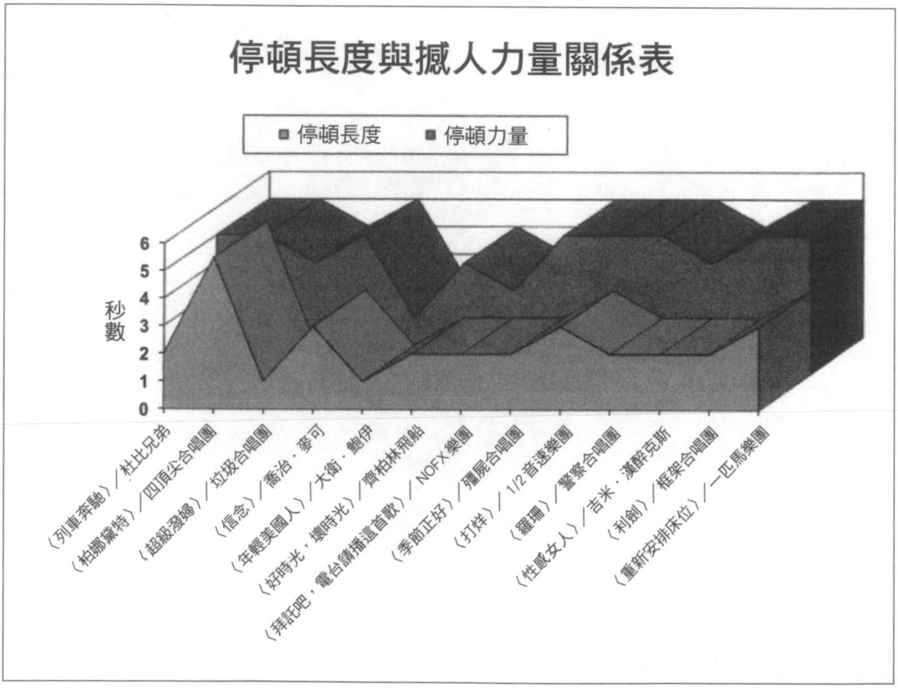
停頓長度與撼人力量關係表
停頓長度
停頓力量
秒數
6
5
4
3
2
1
0
〈列車奔馳〉／杜比兄弟
〈柏娜黛特〉／四頂尖合唱團
〈超級潑婦〉／垃圾合唱團
〈信念〉／喬治・麥可
〈年輕美國人〉／大衛・鮑伊
〈好時光，壞時光〉／齊柏林飛船
〈拜託吧，電台請播這首歌〉／ NOFX 樂團
〈季節正好〉／殭屍合唱團
〈打烊〉／ 1/2 音速樂團
〈羅珊〉／警察合唱團
〈性感女人〉／吉米・漢醉克斯
〈利劍〉／框架合唱團
〈重新安排床位〉／一匹馬樂團

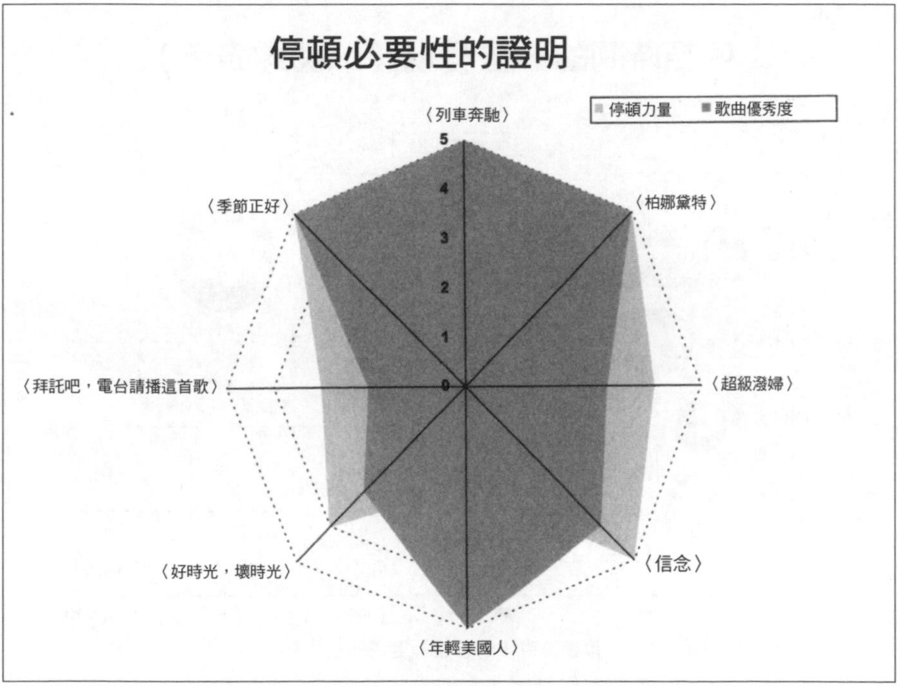
停頓必要性的證明
停頓力量
歌曲優秀度
〈列車奔馳〉
〈柏娜黛特〉
〈超級潑婦〉
〈信念〉
〈年輕美國人〉
〈好時光，壞時光〉
〈拜託吧，電台請播這首歌〉
〈季節正好〉
5
4
3
2
1
0

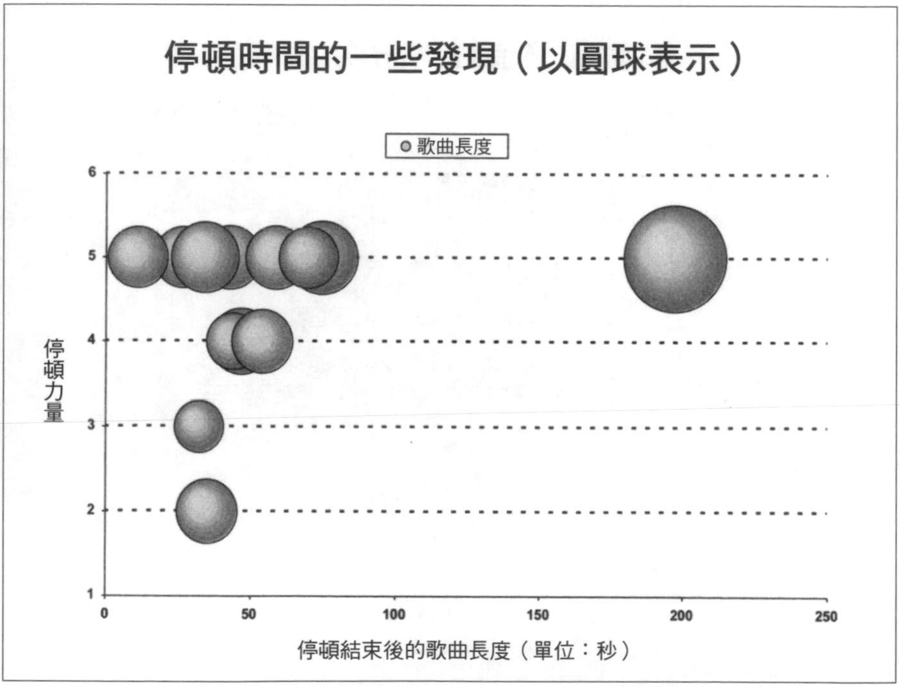
停頓時間的一些發現（以圓球表示）
歌曲長度
6
5
4
3
2
1
停頓力量
0
50
100
150
200
250
停頓結束後的歌曲長度（單位：秒）

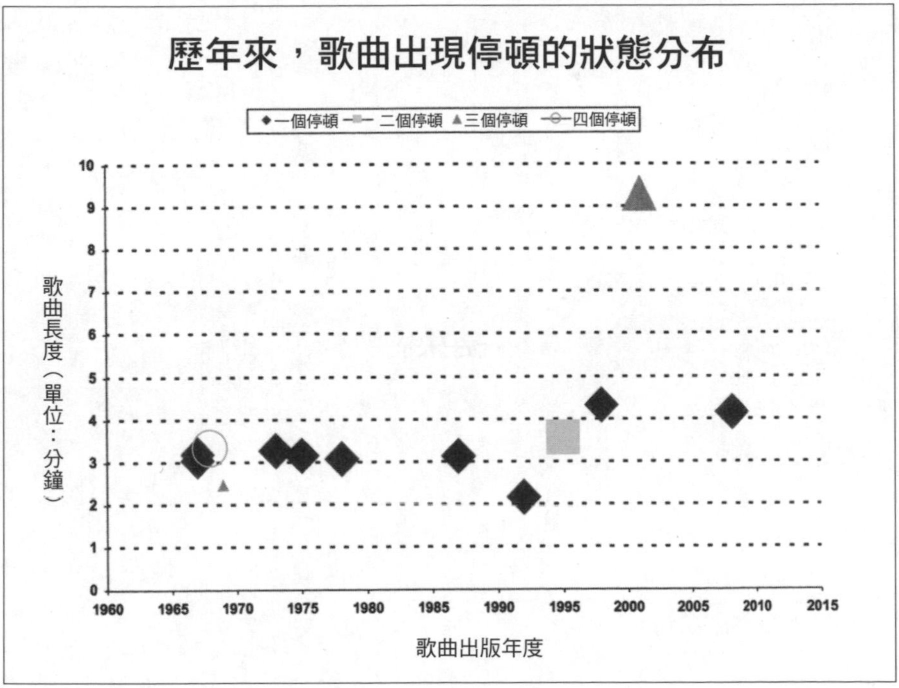
歷年來，歌曲出現停頓的狀態分布
一個停頓
二個停頓
三個停頓
四個停頓
10
9
8
7
6
5
4
3
2
1
0
歌曲長度（單位：分鐘）
1960
1965
1970
1975
1980
1985
1990
1995
2000
2005
2010
2015
歌曲出版年度

結束

第十三章　純淨語言

「你不想幹，」班尼喃喃說：「對吧？」

「百分百，」艾列克斯說。

「你認爲這是出賣自己。犧牲所有構成『你』的諸種理念。」

艾列克斯笑了：「我知道這件事的本質就是這樣。」

「瞧，你是個純粹主義者，」班尼說：「因此，這工作百分百適合你。」

艾列克斯知道這種阿諛手段逐漸奏效，就像你吸了第一口甜蜜的大麻，知道繼續吸下去就會完蛋。他期待甚久的這頓早午餐約會即將接近尾聲，他反覆練習的「希望被雇用爲混音師」的推銷詞已經落空。此刻他們在班尼的翠貝佳區閣樓裡，坐在細長的沙發上，浸沐於天窗撒下的冬陽中，互相打量對方。艾列克斯感覺眼前這位長輩對他突然產生高度好奇。他們的妻子待在廚房；他們的小女兒坐在他倆中間的一塊紅色波斯地毯上，分享一套廚房用品玩具，謹愼留意對方。

「要是我會拒絕，」艾力克斯說：「就代表我就不可能是完美人選。」

「我認爲你會接受。」

艾列克斯懊惱又好奇，問：「怎麼說？」

「一種感覺，」班尼說，從深陷的沙發裡微微欠身。「你我之間還有尚未締造的歷史。」

艾列克斯是從某個只約會過一次的女孩那兒聽聞班尼．薩拉查的名字，那時他初到紐約，班尼也還大有名氣。那女孩爲班尼工作——這點艾列克斯記得很清楚——大約也只記得這點；她的名字、模樣、他們一起幹了什麼事——這些細節早已抹消。那次約會，艾列克斯僅存的印象爲冬天，黑暗，好像還跟皮夾有關，是有人丟了皮夾嗎？有找到嗎？還是被偷？是那女孩的皮夾，還是他的？他怎麼都想不起答案，氣瘋了——這就像想要記起某首讓你特別有感覺的歌，可是想不起曲名、演唱者，甚至能讓你召喚回憶的幾個小節音符都沒。那女孩在遠處徘徊，艾列克斯無法觸及，只留下「皮夾」在他的腦海裡，像一張名片，逗引他。跟班尼共進早午餐的前幾天，艾列克斯發現自己對那女孩異常執迷。

「那噠是我的！」班尼的小女兒伊娃抗議，讓艾列克斯更堅定新近發現的理論，牙牙學語免不了要經過德語發音階段。她正從艾列克斯的女兒卡拉安手中奪過長柄鍋，後者朝前想搶回來，大聲吼：「我的鍋子！我的鍋子！」艾列克斯馬上彈起身，卻發現班尼文風不動。他強迫自己坐回去。

「我知道你想當混音師，」班尼並未拉高嗓門，卻能壓過兩個女孩的貓打架嘶吼：「你喜歡音樂。你想從事跟聲音有關的工作。你以爲我不明白那種想法嗎？」

兩個女孩像格鬥戰士一樣在地毯上翻滾、吼叫、撕打，還互扯小撮柔髮。艾列克斯的老婆蘿貝嘉的聲音從廚房傳來：「外面還好嗎？」

「沒事，」艾列克斯高聲回答。他訝異班尼的冷靜；男人離婚再娶、重新經歷養兒育女，是否就會有這樣的表現？

「問題是，」班尼繼續說：「音樂跟聲音已經沒關係。音樂也已經跟音樂無關。而是你能觸及多少人。這就是我必須吞的苦藥。」

「我知道。」

意指：他知道（圈內人統統知道）班尼在好多年前就被他一手創立的廢材唱片公司開除，因爲某次午餐董事會，班尼給那些實際控股者上「牛糞餐」。當時，班尼的祕書正替《傻看》（*Gawker*）雜誌即時報導此次大鬥爭，他寫「我們就隔著熱騰騰的菜盤說話」。據說班尼對那些嚇傻的主管大叫：「你們期望我做這種爛東西餵給聽眾？你們自己吃吃看，看看是什麼味道！」之後，班尼回去製作那種聲音粗糙質樸、類比訊號錄音的東西，沒有任何暢銷作品。現在，班尼年近六十，在圈內無足輕重；艾列克斯聽到人們提到他時都用「過去式」。

當卡拉安把新長出來的牙齒咬進伊娃的肩膀，蘿貝嘉率先從廚房跑出來，拉開她，對艾列克斯投以不解的眼神，後者此刻安詳坐在沙發上，老僧入定。跟著蘿貝嘉一起進來的是露芭，兩人的女兒同一個遊戲小組，一開始艾列克斯總是躲著她，因爲她實在漂亮，直到他後來發現她的老公是班尼．薩拉查。

傷口包紮好，秩序恢復後，露芭親吻班尼的腦袋（他的註冊標籤濃髮已經轉灰白），然後說：「我一直在等你播史考提的歌。」

班尼對著比他年輕許多的嬌妻微笑：「我留著這一手呢。」然後他撥弄遙控器，一個惡狠狠的聲音原封不動從宏偉的音響（好像讓音樂環繞了艾列克斯的每一個毛孔）傳出，搭配有如彈簧極速彈開的滑音吉他聲。「我們幾個月前發行了這張唱片，」班尼說：「你可能聽過他。史考提．郝思曼？他還蠻合指尖族的口味。」①

艾列克斯瞄了蘿貝嘉一眼，她討厭「指尖族」這個詞，只要有人如此形容卡拉安，她就用有禮但堅定的語氣矯正對方。幸好，這次她沒聽見。水母牌兒童手機無所不在，小孩只要會觸控，就可以下載音樂——紀錄顯示年紀最輕的唱片購買者是亞特蘭大市一個三月大的娃兒，他買了一首九吋釘②演唱的〈卡卡〉（Ga-ga）。十五年的戰爭下來，迎來新的嬰兒潮，這些孩童不僅復興了瀕死的音樂工業，還成爲音樂成功與否的仲裁者。搞樂團的沒有選擇，只能改造自己，迎合這群還在牙牙學語的消費者：就連惡名昭彰大人物③都再出版了一張過世後的專輯，專輯同名曲就是他一首標準曲目的重新混音。讓「幹妳娘，賤人」聽起來像「你偉大，酋長」，封面是惡名昭彰大人物戴著原住民頭飾逗弄小孩的照片。水母手機還有其他功能——指頭繪畫，專供學步小孩使用的衛星定位系統，以及相片傳輸——但是安卡拉沒碰過這種手機，蘿貝嘉跟艾列克斯決定安卡拉滿五歲後才能使用手機。就連在孩子面前，他們也很少使用手機。

「你聽聽這傢伙，」班尼說：「你聽聽。」

哀傷的顫音；滑音吉他的喧鬧抖音——艾列克斯聽來頗陰慘。但這是班尼，許多年前發掘「導電樂團」的人耶！艾列克斯問：「你聽到什麼？」

班尼閉上雙眼，清晰可見他身體的每個部分都因聆聽而活了過來。「他百分之一百純淨，」他說：「未受汙染。」

艾列克斯閉上眼睛。瞬間他耳內的聲音變得豐厚：直升機的聲音，教堂鐘聲，還有遠處的電鑽聲，尋常的喇叭與警笛熱鬧交織聲，天花板上軌道探照燈發出的細鳴聲，洗碗機的攪水聲。蘿貝嘉幫發睏的卡拉安套上毛衣，她發出的「不要……」聲，他們該走了。一想到要結束與班尼的早午餐約會，卻一無所獲，他頓時恐慌上身。

他張開眼睛，發現班尼早已睜開眼，平靜的棕色雙眼瞪著艾列克斯的臉龐，說：「我想你也聽見我所聽見的聲音，對吧？」

那天晚上，等到蘿貝嘉與卡拉安熟睡後，艾列克斯爬下掛了雲霧狀蚊帳、熱氣蒸騰如粥、他們三人共享的溫暖被窩，進入起居室兼遊戲室兼客房的小書房。他站到中間那扇窗，抬頭朝外望，可以瞧見帝國大廈的頂端，今晚是金、紅燈火閃耀。蘿貝嘉的父母之所以在911之後，在紐約這個成衣區買下這間一房小公寓，正是看中這塊窗景是個賣點。蘿貝嘉懷孕後，他們原本打算賣掉這公寓，卻發現他們俯瞰的那棟矮公寓已被開發商買走，打算夷平，蓋摩天大樓，擋住他們的光線與空氣。他們的公寓變成乏人問津。現在，兩年後，摩天大樓終於開始蓋了，艾列克斯覺得既恐懼沮喪，又有一絲絲暈眩——每次溫暖的陽光照進他們面東的三面窗子，他就覺得滋味極美，這一小片閃耀夜景，他看了許多年，多數時候是拿著靠墊坐在窗台，同時抽根大麻，現在此情此景美到令人心痛，海市蜃樓。

艾列克斯喜歡深夜。少了工地建築的咆哮噪音，以及時刻不停的直升機，聲音的隱密入口打開了，灌進他的耳朵：茶壺的鳴笛聲，珊卓穿了襪子的腳步聲（她是住在樓上的單親媽媽）；艾列克斯還能聽見類似鳴鳥的輕敲聲，大概是珊卓的青春期兒子正在隔壁房間拿著手機打手槍。還有街頭傳來的咳嗽聲，以及飄忽的對白「……你這是要我變成另一個人……」與「信不信由你，喝酒讓我不碰毒品。」

艾列克斯倚著靠墊，點起一根大麻。他一整個下午都想跟蘿貝嘉說他接下了班尼的工作，卻說不出口。班尼沒提「鸚鵡」這個詞；自從部落格醜聞後，鸚鵡兩字已成髒話。大家總認爲你的意見不是自己的意見，就連搞政治部落格的人被迫潑上網的財產清單都無法遏止質疑。每當一股熱潮興起，隨之而來的反駁必是「你拿了誰的好處啊？」還伴隨笑聲——究竟哪些人是可以被收買的？艾列克斯答應幫班尼弄到五十隻鸚鵡，針對史考提．郝思曼下個月在下曼哈頓區舉辦的首場個人演唱會製造「口耳相傳」的正港評價。

他拿著手機，開始設計一套系統，從一萬五千八百九十六個朋友篩選出可能的鸚鵡。他使用三個變項：他們有多需要錢（需求）、他們人脈有多廣、多受敬重（影響力）、他們願意出賣影響力的公開程度有多少（腐敗）。他隨機選了幾人，就這三個項目給分，評分爲零到十，在手機上製圖，三條虛線，看它們的交會點在哪裡。但是它們如果其中兩項高分，另一項必定極低分：譬如他的朋友芬恩，很窮，很腐敗，是失敗的演員兼半個毒蟲，他會在部落格裡貼快速球④的製作法，多數時候靠他當年的衛斯理大學同窗周濟過日（需求指數9，腐敗指數10，但是影響力超低，只有1。）脫衣舞者兼大提琴演奏者蘿絲，窮困卻有影響力，每次一換髮型，東村幾個點馬上有人模仿（需求指數9，影響力10，腐敗指數0）——事實上，據說蘿絲在她的網頁裡隱藏了一份名單，類似非正式的警用事故登記簿，記錄了哪個朋友的男友揍了她，誰借走並搞壞她的套鼓，誰把狗綁在收費器旁淋雨數小時。有些人既有影響力又貪腐，譬如他的朋友馬克思，以前是「粉紅鈕扣樂團」（Pink Buttons）的主唱，現在搞風力發電，他在蘇活區有棟三層樓公寓，每年聖誕節還舉辦慷慨供應魚子醬的派對，人們從八月就開始捧他的屁股，盼望能躋身派對邀請名單（影響力10，腐敗指數8），但是馬克思之所以大受歡迎，就是因爲他有錢（需求指數0），沒有出賣自己的誘因。

艾列克斯瞪大眼望著手機螢幕。會有人同意幹這件事嗎？這時他頓時想起——他不就幹了？他想像蘿貝嘉對他如何評分：需求指數9；影響力6；腐敗指數0。就像班尼說的，艾列克斯是個純粹主義者；他數度離開爛老闆（音樂圈），就像他現在也會遠離那些瞧見在上班時間居然在照顧女娃的男人、就忍不住要投懷送抱的女人一樣。媽的，他之所以認識蘿貝嘉，還不是萬聖節前有個戴狼面具的人搶了蘿貝嘉的皮包，而他奮不顧身去追的關係。但是艾列克斯未經掙扎，就向班尼投降，爲什麼？因爲他的公寓即將被遮住光線，欠缺新鮮空氣？因爲蘿貝嘉全職教書與寫作，讓他照顧卡拉安，他欠缺安全感？還是他寫過的點點滴滴（最喜歡的顏色、蔬菜與做愛體位）都存在跨國公司擁有的資料庫裡，雖然他們發誓絕對絕對不會使用這些資料，事實是它們擁有他，也就是說，在他最具顛覆精神的年紀，他卻在毫無意識的狀態下出賣了自己？他初次聽見班尼．薩拉查的名字，是他剛到紐約時，跟一個他已經忘記模樣的女孩約會，她告訴他的，十五年後，他終於見到班尼，卻是因爲他們的小孩同屬一個遊戲小組，是這兩者的奇怪平行對應讓他點頭的嗎？

艾列克斯不知道。他不需要知道。他只需要再找到五十個跟他一樣不知自己的性格已經在何年何月何日轉變的人。

「物理是必修。三個學期。如果物理當了，你就得跟學程說掰掰。」

「這是行銷學位耶？」艾列克斯不可置信地說。

「以前是必修流行病學，」露露說：「你知道，就是病毒式行銷模型還很流行的時候。」

「人們現在還是在講『病毒』式行銷呀，」艾列克斯眞希望自己喝的是眞咖啡，而不是這家希臘小館倒給他的洗碗水，但是班尼的助理露露已經喝了十五還是二十杯——本性使然？

「沒人講『病毒』了，」露露說：「我的意思是就算使用，也是無意的，就像我們仍然講『連線』與『傳輸』，但是這兩個跟機械相關的比喻，已經跟現今訊息的散佈無關了。就像，散播力已經不是用來形容因果關係：它是同時發生的。根據測量，它眞的比光速還快。所以，現在我們研究粒子物理。」

「接下來呢？弦論？」

「選項之一。」

露露約莫二十出頭，巴納德學院研究生，班尼的全職助理；恰恰是「手機員工」新風潮的佐證；不用紙張，不用書桌，不必通勤，而且理論上，隨時應召，永遠都在，雖然她似乎懶得理會那支不時鈴響與震動的手機。她個人網頁的照片未能忠實呈現她的撼人美貌，一雙大眼睛極端對稱，頭髮閃亮發光。乾乾淨淨：沒有打洞、刺青，或者自殘疤痕。現在的孩子都不來這一套。誰能怪他們。他們可是連看了三個世代的人——死氣沉沉的刺青爬在疲軟的二頭肌跟下垂的屁股上，活像被蛀蟲啃過的沙發布套。

卡拉安在嬰兒揹帶裡睡得很沉，臉蛋卡在艾列克斯的下巴與鎖骨間，帶著水果、餅乾味道的氣息吹入他的鼻孔。他大約還有三十或者四十五分鐘，之後，她就會醒來，吵著要吃中飯。但是艾列克斯覺得有需要探索露露的過去，了解她，才能指出她到底爲什麼讓他不安。

「妳是怎麼攀上班尼的？」他問。

「他的前妻以前替我媽工作，」露露說：「那是很多年前的事了，那時我還是個小孩。我認識班尼超久的，還有他的兒子克里斯。他大我兩歲。」

「哦，」艾列克斯說：「妳媽做什麼的？」

「她搞公關宣傳，不過已經離開這行了，」露露說：「住在上紐約州。」

「什麼名字？」

「杜麗。」

按照艾列克斯的意思，他想一路追溯到杜麗孕育露露的那一天，但是他忍住了。一陣沉默，正好碰到上菜。艾列克斯本來想點湯，但是那看起來會很「娘」，所以他在最後一秒改變心意，點了魯本三明治，卻忘記他如果要嚼三明治，鐵定會吵醒卡拉安。露露點了白霜檸檬派，只用叉子的最頂端挑一點點蛋白酥吃。

「所以，」艾列克斯來不及說話，露露便說：「班尼說我們要組一個盲目隊伍（blind team），你是匿名隊長。」

「他眞的用了這些詞？」

露露笑了：「不，這是行銷詞彙。學校裡教的。」

「其實它們是體育用語。從運動那邊來的，」艾列克斯曾做過很多次校隊隊長，但是面對這麼年輕的女孩，講這個，好像白頭宮女話當年。

「從體育發展出來的譬喻，到現在都還能用，」露露沉思。

「所以，這是眾人皆知的詞彙？」他問：「盲目隊伍？」艾列克斯還以為這是他的構想——組個團隊，隊員不知道他們屬於某支隊伍，也不知道他們有個隊長，這樣就能減低身為「鸚鵡」的羞愧與內疚。每個隊員都跟露露單獨互動，艾列克斯則躲在幕後操縱。

「哦，是啊，」露露說：「盲目——盲目隊伍——對上年紀的人特別有效，我是說，」她笑了：「年過三十的。」

「爲什麼？」

「上年紀的人比較抗拒——」她開始支吾。

「被收買？」

露露笑了。「你瞧，這就是我們所謂的不實比喻，」她說：「廣告宣傳單看起來只是描述，其實隱含判斷。我的意思是賣橘子的人算不算**被收買**？修家電算不算**出賣自己**？」

「不，因爲他們的營生坦現於眾人面前，」艾列克斯覺得自己的口氣有點紆尊降貴：「公開的。」

「你瞧，這些比喻——坦現於眾人面前，公開的——只不過是我們所謂『返祖純粹主義』系統的一部分。返祖純粹主義主張世間的確有完美境界的倫理，實情是它不僅從未存在過，未來也不會出現，它只不過是價值判斷者用來號召偏見的工具罷了。」

艾列克斯感覺卡拉安在他肩頭扭動，一大片長長的燻牛肉還沒嚼就吞下肚。他們在這裡坐了多久？肯定是比他原先預計的久。艾列克斯無法抗拒跟這女孩死命對幹的欲望。她那種強大的自信顯然不是來自快樂童年；那是滲透每個細胞的自信，露露就像個皇后，喬裝打扮，不想被認出，也不需要別人的肯定。

「所以，」他說：「妳的意思是因爲**鈔票**而信仰某個東西，或者宣稱如此，本質上並無錯誤？」

「本質上的錯誤？」她說：「天，這簡直是道德鈣化的最佳範例。我一定得說給我以前的當代倫理課老師畢斯提先生聽，他專門收集這個。我告訴你，」露露伸直背脊，轉動她那雙嚴肅（儘管她的表情故做滑稽）的灰色眼眸，看著艾列克斯說：「如果我相信，就是相信。你憑什麼論斷我的原因？」

「如果鈔票就是妳的原因，這不是信念，這是狗屎。」

露露扮鬼臉。這是這一代的另一個特色：不飆髒話。艾列克斯曾聽過年輕孩子說「超白爛」跟「天啊」，但其中並無反諷的意思。「這種事我們見多了，」露露審視艾列克斯，說：「我們叫它ＥＡ——道德上的矛盾（ethical ambivalence）——尤其是面對強力行銷時。」

「別告訴我，強力行銷叫ＳＭＡ⑤。」

「沒錯，」露露說：「對你來說，就是挑選盲目隊伍這件事。表面上，這不是你該幹的事，所以你感到矛盾，我卻認爲正好相反：道德矛盾是你的預防針，一個藉口，讓你去幹你根本很想做的事。我沒有不敬的意思。」

「就像妳嘴裡說『並無不敬』，其實講的正是非常不敬的話？」

艾列克斯從未見過有人的臉可以紅到這樣：一股朱砂紅熱潮瞬間遮蓋她整張臉，好像發生什麼兇猛的事，譬如她噎著了，還是即將大出血。艾列克斯本能地坐直身體，查看卡拉安。發現女兒眼睛睜得大大的。

「你講得沒錯，」露露虛弱地吸口氣說：「我抱歉。」

「沒事，」艾列克斯說。露露的臉紅比她的自信更讓他吃驚。他注視她紅潮漸褪，留下一臉慘白，問：「妳還好嗎？」

「我沒事，只是聊天累了。」

「我也是，」艾列克斯也累壞了。

「這件事有千百種出錯的可能，我們的唯一武器是比喻，而它們還不見得正確。你永遠不可能實—話—實—說。」

卡拉安緊瞪露露，問：「那噠是誰？」

「她是露露。」

「我可以傳簡訊給你嗎？」露露問。

「妳是說——」

「現在。我可以現在傳簡訊給你嗎？」不過，此舉純是出於禮貌；因爲她早就開始輸入。馬上，艾列克斯的手機在褲袋裡震動；他得稍微推開卡拉安，才能拿手機。

螢幕上出現：ㄎ以丟ㄐ個名字ㄍ我？（可以丟幾個名字給我？）

艾列克斯鍵入：ㄋ（喏），就這些。他把五十個名單連同備註、切入角度，以及這些對象的禁忌事項一起傳到露露的手機裡。

棒！立馬ㄎ（開）工。

他們看著對方。艾列克斯說：「很簡單啊。」

露露說：「我知道。」鬆了一口氣讓她顯得昏昏欲睡。「這檔子事很單純——不涉及哲學、修辭隱喻，以及價值判斷。」

「要噠個。」卡拉安指著艾列克斯的手機。他居然毫無知覺，在離卡拉安臉蛋不到幾吋處使用手機。

「不行，」艾列克斯突然緊張了，說：「我們——我們得走了。」

「等等，」露露好像第一次注意到卡拉安，她說：「我來傳簡訊給她。」

「喔，我們不——」針對小孩使用手機，艾列克斯夫婦有相同立場，此刻卻覺得難以說明。他的手機又震動了；卡拉安興奮尖叫，肥肥的手指飛快指著螢幕，用命令的語氣說：「我噠要。」

艾列克斯只好盡責，大聲念出短訊「小女孩，妳有個好拔比哦」，頓時滿面通紅。安卡拉狂熱無比猛敲字鍵，好像一頭餓狗進入肉品儲藏室。現在手機傳出聲響，出現一張傳給小孩看的圖庫照片——陽光下的獅子。安卡拉開始局部放大獅子的各部位，熟練得好像一出生就懂得玩手機。露露繼續傳簡訊「沒ㄐ（見）過我拔比。出生前，他就掛ㄌ（了）。」艾列克斯默讀此句。

「噢，眞遺憾，」他抬頭看露露，察覺自己嗓門過大，像是粗魯的干擾。他低下頭，穿過安卡拉章魚般舞動的手指，終於傳出簡訊：悲哀。

露露回傳「800年前ㄉ（的）事了」。

安卡拉憤怒粗聲吶喊「噠偶的！」她窩在嬰兒揹帶裡，手指猛戳艾列克斯的口袋。此刻，他的手機正在裡面無聲震動，離開餐館已經數小時，他的手機來電沒停過。他的女兒眞有可能透過他的身體就感覺到手機的震動嗎？

「偶的棒棒糖！」艾列克斯搞不清楚她為什麼管手機叫棒棒糖，但是他不打算糾正她。

「妳要什麼，甜心寶？」蘿貝嘉用那種過於熱切（這是艾列克斯的感覺）的口氣跟女兒說話，每次上完一整天班，她就會如此。

「拔比，棒棒糖。」

蘿貝嘉困惑地看著艾列克斯說：「你有棒棒糖啊？」

「當然沒有。」

他們忙著往西走，趕在太陽下山前抵達河邊。地球繞軌道運轉，氣溫也必須跟著改變調整，冬日白晝縮短，一月份裡，太陽大約四點二十三分下山。

蘿貝嘉問：「換我帶她，好嗎？」

她把卡拉安從揹帶中抱出來，讓她站在骯髒的人行道上。女孩像稻草人蹣跚走了幾步。艾列克斯說：「如果讓她走路，我們會趕不上。」蘿貝嘉抱起她，快步向前走。艾列克斯今日又是意外現身圖書館門外，給老婆一個驚喜，自從公寓對面的工程開始後，他爲了逃避噪音，越來越常如此。但是今天還有其他理由：他必須跟蘿貝嘉坦白他與班尼的合作。現在就說，不能再拖。

他們抵達赫德遜河時，太陽已經落下河面，他們爬上木板圍起、上面歡樂書寫「水上棧道」（Waterwalk!）的棧道時，瞧見橘紅色蛋黃一樣的太陽還懸掛在哈波肯那一頭。安卡拉用命令口吻說「下來」，蘿貝嘉便放她下來。她跑向木板牆外的鐵絲圍籬，每天這個時候，圍籬處總是擠滿人，多數跟艾列克斯一樣，尚未爬到棧道高處，根本沒察覺太陽下山了。現在他們渴望看到落日。艾列克斯挽著蘿貝嘉的手，跟在卡拉安後面擠入人群。認識蘿貝嘉這麼久以來，她那副書獃子眼鏡總是讓她散發出性感美麗，有時像電影《太陽鑽》（Dick Smart）的女主角，有時像貓女。艾列克斯超愛她這副眼鏡，因爲它掩蓋不住蘿貝嘉的性感美麗，近來，他的想法動搖了；那副眼鏡加上蘿貝嘉提早灰白的頭髮，以及睡眠不足，讓書獃子這個假身分快要變成「眞身」：一個備受折磨的學術界奴隸，不僅要教兩門課，還要完成一本書，更兼數個委員會主席。在這幅生動的畫面裡，艾列克斯對自己的角色最沮喪：一個年歲漸增的音樂瘋子，賺的錢不足糊口，吸乾老婆的生氣（至少是吸乾了她的性感與美貌）。

蘿貝嘉在學術界是顆明星。她的新書討論「文字的僵固」，這是她發明的詞彙，意指那些放到上下引號外面便失去意義的文字。英文充斥此類空泛文字——朋友、眞實、故事、改變——這些字已經被剝除意義，僅剩空殼。有些字譬如「身分」、「搜尋」與「雲端」成爲網路用語，逐漸失去原本的生命。某些字的僵固原因比較複雜，譬如「美國式」爲什麼變成反諷詞彙？「民主」又爲何多數用在嘲諷的句子裡？

跟以往一樣，太陽眞正滑落河面之前的幾秒，眾人無聲。就連在蘿貝嘉臂彎裡的卡拉安也很安靜。艾列克斯的臉龐仍感覺到太陽餘暉，他閉上雙眼，品味微溫，耳裡是渡船破水而過的嘩啦聲。太陽一消失，就像魔咒解除，眾人立即開始走動。卡拉安發出命令「下來」，隨即她便沿著棧道快走，蘿貝嘉笑著緊追於後。艾列克斯連忙檢查手機。

ＪＤ說要想想。

桑秋ＯＫ。

卡爾說，X的，不！

每個回覆都激起他的複雜感受，經過一個下午，他對這種感受越來越熟悉：ＯＫ者讓他的勝利感摻雜了鄙夷，拒絕者讓他在失望之餘，敬佩感油然而生。正當他要敲鍵回覆時，他聽到咚咚腳步聲，以及女兒飢渴的大叫「棒！棒！糖！」艾列克斯連忙收起手機，太晚了：卡拉安不斷扯他的褲口袋，說；「嗟偶的。」

蘿貝嘉輕步走來：「所以，棒棒糖是這個。」

「是的。」

「你讓她用手機？」

「一下而已，好吧？」他的心臟快要跳出來了。

「沒跟我商量，你一個人改變規則？」

「我沒有更改規則，只是犯規。好吧？天殺的，我就不能小小犯規一次？」

蘿貝嘉豎起眉毛。艾列克斯能感覺她在研究端詳：「為什麼是現在？我們遵守了這麼久，為什麼是今天——我不明白。」

「沒什麼好不明白的！」艾列克斯大聲吼，心裡卻想：她怎麼知道？又想：她知道了什麼？

他們站在即將消失的餘暉裡，彼此對看。卡拉安靜靜等待，顯然忘了棒棒糖這回事。水上棧道幾乎已無行人。正是時候，該跟蘿貝嘉說他與班尼合作這回事——就是現在，**現在**！——但是艾列克斯渾身麻痺，彷彿他要透露的事已經摻了毒汁。他超想給蘿貝嘉傳簡訊，甚至腦海已經開始構思句子：**新ㄍ作，$粉多，請保持ㄎ放心胸**。（新工作，錢粉多，請保持開放心胸。）

「我們走吧，」蘿貝嘉說。

艾列克斯抱起卡拉安，放進揹帶裡，他們沿著棧道木牆往下走，沒入暮色，跨過昏暗街頭，艾列克斯想起認識蘿貝嘉的那一天。他追趕那個戴了狼面具的搶匪不及，卻成功誘拐蘿貝嘉出來跟他喝啤酒吃墨西哥煎餅，之後，閃開她的三個室友，他們跑到D大道她所住的公寓屋頂做愛。他甚至還不知道她姓什麼。就在那一刻，艾列克斯猛然想起那個替班尼做事的女孩叫莎夏。毫不費勁，一扇門就這樣打開。

莎夏。艾列克斯把這個名字小心鎖在心房，果然，他們的第一個親密回憶輕鬆閃現：旅館大廳；一間又小又熱的公寓。這彷彿在追憶一個夢。他們有做愛嗎？艾列克斯猜想應該有——那個年代，約會幾乎都是以性愛收尾。就像現在他們與卡拉安共睡一床，空氣裡都是小娃兒的肌膚味跟可分解尿片的化學氣味，了無性慾也是必然的。但是莎夏堅決不透露他們有沒有做愛；她似乎對他眨眨眼（綠色的？），就又溜走了。

某個深夜，艾列克斯照例坐在窗台老位置，手機傳來簡訊「ㄋ（喏）**聽說了嗎？**」

有，**聽了**。

新消息是班尼將史考提·郝思曼的演唱會從室內移到世貿遺址⑥，場地的移動需要艾列克斯的盲鸚鵡更大力地散播（卻沒有加錢），想參加演唱會的人才知道該怎麼去。

班尼稍早前才來電告知艾列克斯要更換演出地點：「史考提不喜歡封閉的場所。如果唱戶外，我想他會比較開心。」來自這方面的特殊要求與需要不斷升高，一波波而來，這只是最新一項。「他個性孤僻。」（班尼解釋爲什麼史考提需要個人拖車）。「他跟人對話有困難。」（解釋他爲何拒絕專訪）。「他跟小孩相處不多。」（解釋「指尖族的吵鬧」可能會形成困擾）。「他對科技很戒慎。」（解釋他爲何拒絕獻聲網路影片，爲什麼班尼爲他特別設計了一個網頁，他還是拒絕回應任何歌迷簡訊）。艾列克斯每次看到史考提的網頁照片——長髮、活潑、笑起來一口磁牙，被彩色大球團團圍住——他就一陣火大。

再來ㄋ（呢）？他回簡訊給露露，**要提供牡蠣？**

他只吃中國ㄘㄞˋ（菜）。

！

告訴偶，他本人比較口愛。

沒見過。

金的？

他害羞。

#@￥★

……

這樣的對話可以無限延續，空檔期間，艾列克斯監控他的盲鸚鵡：檢查他們的網頁以及串流影片有沒有在狂推史考提，把殆忽職守的鸚鵡放到「違規名單」裡。三星期前，他們在餐館會面後，艾列克斯跟露露沒再見過面；她是住在艾列克斯口袋裡的人物，他給了露露專屬的震動。

艾列克斯抬起頭。建築工程現在已遮蔽他半個窗戶，各式升降梯與梁木構成凹凹凸凸的翦影，翦影後面是隱約可見的帝國大廈尖塔。再過幾天，這景觀也會被遮蔽了。安卡拉第一次看到窗戶外鋸齒狀的建築工程，上面爬了人，嚇得要命。艾列克斯努力把整件事變成遊戲。「大樓，往上升！」他每日都這麼說，好像建築工程的進度值得興奮，光明無限，安卡拉隨著他的指示，鼓掌激勵「往上升！往上升！」。

大樓，往上升，往上升。他正給露露傳簡訊，評論幼童語言如何輕易侵入簡訊語言裡。

大樓？露露回訊。

偶家旁。沒空氣／沒光線ㄌ（了）。

能阻止ㄇ（嗎）？

試過。

搬家？

困住。

露露回，ㄋㄧㄡ戹啊（紐戹，紐約超牛戹的）。艾列克斯想，這種嘲諷不像露露的作風。然後他才明白露露不是指他「牛戹」，而是「紐戹」，紐約超牛戹的。

演唱會那天，完全是不合節氣的熱，三十一度，乾燥，金黃色陽光從十字路口斜射人們的眼睛，把他們的影子拉長到近乎可笑。一月時還在開花的路樹，現在冒出新芽。蘿貝嘉把安卡拉塞進去年的夏裝，衣服胸口上有一隻鴨子，他們跟一大堆年輕夫婦走在兩旁都是摩天大樓的第六大道上，由艾列克斯揹安卡拉，最近才買的鈦金屬揹架取代了原先的揹帶。公眾集會場所，嬰兒車禁止入內——會阻礙疏散。

艾列克斯一再自我辯證，該如何說服蘿貝嘉來參加演唱會，到頭來，卻發現毫無必要；一晚，卡拉安睡著後，她檢查手機，說：「史考提．郝思曼……不就是班尼放給我們聽的那傢伙？」

艾列克斯感覺心臟輕微爆炸：「我想是。怎樣？」

「我不斷收到訊息，說他星期六要在世貿遺址舉辦一場闔家都可參與的免費演唱會。」

「哦。」

「或許能幫助你跟班尼重新連上線。」班尼沒雇用艾列克斯，蘿貝嘉到現在都還爲艾列克斯痛苦。每次提到這件事，艾列克斯就備感內疚。

「說得也是，」他說。

「我們也去吧，」她說：「幹嘛不去？反正不要錢。」

穿過十四街，摩天大樓漸少，斜射的陽光現在籠罩行人全身，二月的陽光不算猛烈，不需要戴太陽眼鏡，但是相當閃耀，差點讓艾列克斯沒瞧見左思，來不及躲他，因爲他是艾列克斯的鸚鵡之一。太晚了；蘿貝嘉已經呼喚左思。左思的俄羅斯女友娜塔莎就站在旁邊，六個月大的雙胞胎，他們胸前各揹一個。

「你要去聽史考提？」左思問，好像史考提．郝思曼是他們的共同朋友。

「是啊，」艾列克斯問：「你們呢？」

「當然是啊，」左思說：「放在膝上彈奏的鋼弦滑音吉他——你看過有誰現場這樣演奏的？我們講的還不是搖滾山歌哩⑦。」左思在血液銀行上班，空閒時間協助唐氏症兒童製作、販賣彩繪運動衫。艾列克斯仔細研究左思的表情，希望能看到「鸚鵡」的蛛絲馬跡，但是從臉蛋上方一直看到他嘴邊那撮早就退流行，而左思始終不肯放棄的鬍髭爲止，什麼異樣也沒。

娜塔莎以濃重的口音說：「聽說他現場很棒。」

「我也這麼聽說，」蘿貝嘉說：「大約來自八個不同的人，好奇怪啊。」

「不奇怪，」娜塔莎乾笑：「有人拿錢辦事。」艾列克斯感覺熱血衝上臉面，簡直沒法看娜塔莎。

但是，她只是隨便說說而已；左思保守他的角色祕密。

「但他們都是我認識的人耶。」

今天就是那種日子，你每轉過一個街口就會碰到熟人，老朋友，朋友的朋友，點頭之交，以及看起來很面熟的人。艾列克斯在這個城市待太久了，難以追憶他們相識的過程：是他曾當過ＤＪ的夜店？他當過祕書的律師事務所？還是他在湯普金斯廣場公園跟人尬籃球的那些年認識的？二十四歲那年，他來到紐約，差點就離開，到了現在，要是哪個物價較低的地方能夠提供一個較好的工作，他跟蘿貝嘉還是隨時可以打包走人。他在這裡待了太多年，曼哈頓區的每張臉孔，他至少都見過一次。不知道莎夏是否也在人群裡。艾列克斯不記得她的模樣，卻在人海裡尋找那張只有一點點熟悉的臉孔，好像經過這麼多年，他看到莎夏還是能認出她，就能找出那個問題的答案。

往南走啊？……我們聽說……不是只給指尖族聽的……唱現場，他應該……

艾列克斯在華盛頓廣場附近，與人交換了大約九次還是十次這樣的對話，他突然明白這些人，有小孩的，沒小孩的，單身的，成雙成對的，同性戀、異性戀、皮膚乾淨、身體有刺青打洞的，全部是要去聽史考提的演唱會，每一個都是。不敢置信的感覺橫掃艾列克斯，緊接著是操控感與權力感——他辦到了。天，他還真是這行的天才。跟著而來的感覺是噁心（這種勝利並不光耀）與恐懼：萬一，史考提．郝思曼不是個偉大藝人，怎麼辦？萬一，他只是普通，或者更差呢？接著是自我安慰，以腦海簡訊形式顯現：沒人ㄓ道是偶，偶是隱形ㄉ，偶是隱形ㄉ。（沒人知道是偶，偶是隱形的，偶是隱形的。）

「你還好吧？」蘿貝嘉問。

「好啊，幹嘛問？」

「你看起來很緊張。」

「是嗎？」

「你剛剛在捏我的手耶，」她說。不過，她的雙眼在鈕扣孔模樣的眼鏡後面微笑：「這感覺不錯。」

當他們穿過運河街，進入下曼哈頓區（現在，這裡的孩童密度鐵定居全國之冠），加入了蝟集於人行道與道路的大批人群。交通打結了，直升機在上空盤旋，隆隆聲不斷重擊空氣，早年，艾列克斯根本無法忍受這個聲音——太吵，太吵了——但是久而久之，他也就聽而不聞，習以為常：這是安全的代價。今日，這種來自軍方保護的噪音顯得奇異且貼切，艾列克斯環顧四周，見到一片嬰兒包巾、嬰兒揹帶與背包，大孩子抱著小弟妹，這難道不是另一種形式的軍隊？一支由孩童組成的軍隊，讓自認已經失去所有信仰者重燃信心。

有孩子ㄉ（的）地方，就有未來，是唄？

他們的前方，新摩天大樓優雅盤旋，襯映著天空，比舊大樓要漂亮多了（舊的，艾列克斯只看過照片），看起來比較像雕塑而不像建築，因為裡面沒人。越接近那裡，人群行動速度越慢，還被迫後退了一點，因為前面的人要魚貫進入紀念水池區，突然間，到處都能看見警察與安全警衛（憑公家用手機即可辨認），同時可見的是裝置在建築飛簷、燈柱與樹上的監視器。艾列克斯每次進入世貿遺址，仍能依稀感受到二十年前那件事的重量。對他，911事件就像聽力範圍外的聲音，或者舊困擾重上心頭的顫動。但是今天這股聲音顯得比以往固執：一種低沉深厚的顫動，原始又熟悉，一直攪和在這些年來他聽過的、製造過的、儲存下來的聲音裡：那是隱藏於諸種聲音裡的脈動。

蘿貝嘉握住他的手，纖細的手指汗濕：「我愛你，艾列克斯。」

「別這樣說。很不吉祥。」

「我有點緊張，」她說：「現在連我都緊張了。」

「直升機的關係，」艾列克斯說。

「好極了，」班尼低聲說：「要是你不在意，艾列克斯，守在這裡。就站在門旁邊。」

艾列克斯把老婆、小孩、朋友扔在成千上萬不斷湧進的觀眾群裡，他們還在耐心等待——但是有點毛躁了——因為預定開唱的時間到了，又過去了，卻只瞧見四個緊張的演唱會工作人員守住史考提・郝思曼應該出現的高搭舞台。露露傳來簡訊，說班尼需要協助，艾列克斯便跟蛇一樣蜿蜒穿過一關關安全檢查，來到史考提・郝思曼的拖車。

拖車裡，班尼與一個上了年紀的工作人員跌坐在摺疊椅裡。沒瞧見史考提。艾列克斯整個喉嚨都乾了。心想，偶是隱形ㄉ(的)。

「班尼，你聽我說，」那個工作人員穿著燈芯絨格子襯衫，露在袖口外的雙手直發抖。

「我告訴你，」班尼說：「你辦得到的。」

「聽我說，班尼。」

班尼再度說：「給我站在門邊。」沒錯，艾列克斯正打算上前問班尼，他媽的，他想搞啥鬼？拿這個衰老的工作人員假扮史考提？或者取代他演出？這傢伙兩頰凹陷，一雙手紅咚咚，滿是繭與骨節，看起來，連玩把撲克都沒法，遑論橫在他雙膝之間那把奇特又性感的樂器。當艾列克斯的眼光落在那把樂器上，他突然明白，一陣內臟絞痛：這個衰老的工作人員就是史考提．郝思曼。

「觀眾都來了，」班尼說：「箭在弦上。沒法叫停。」

「太遲了，我太老了。我就是——辦不到。」

史考提的聲音聽起來像剛剛哭過，或者快要哭了——可能兩者皆有。他的及肩長髮整齊地往後梳攏，眼神空洞枯萎，儘管鬍子刮得很乾淨，還是一副「棄民」模樣。艾列克斯只認出他的牙齒：白而閃亮——很尷尬的模樣，彷彿在說這麼一張殘破的臉，它們這些白齒能加分多少？艾列克斯明白史考提．郝思曼並不存在。他只是一個以「人形模樣」存在的名字，一個具體內涵已經消失的空殼。

「你辦得到，史考提——你必須辦到，」班尼的語氣如常平靜，但是艾列克斯看到他稀疏銀髮下的頭皮頂正在冒汗：「時光是惡棍，對嗎？你要讓這惡棍整倒你？」

史考提搖搖頭說：「惡棍已經贏了。」

班尼深呼吸，偷瞄了一下手表，這是他唯一顯現的不耐神色。「史考提，記得嗎？是你自己來找我的。二十幾年前——難以相信居然那麼久了。你帶了一條魚來送我。」

「是啊。」

「我以為你要來殺我。」

「我該殺的，」史考提發出一聲乾笑：「我想殺的。」

「當我跌落谷底——史黛芙離開我，廢材唱片公司開除我——我找到你的下落。還記得我怎麼說嗎？你記得嗎？當時你在東河釣魚？我出其不意出現？我說了什麼？」

史考提喃喃了一句。

「我說：『該是你成為巨星的時候了。』還記得你怎麼回我的嗎？」班尼靠近史考提，用自己優雅的雙手握住史考提顫抖的手腕。「你說：「『我賭你辦不到。』」

兩人陷入長長的沉默。然後，毫無預警，史考提彈身而起，座椅翻倒，他衝向拖車的門。艾列克斯正準備側身讓他過，但是史考提動作比他快，扭住他，打算蠻衝出去，這時艾列克斯才明白他的任務是什麼——班尼叫他站在那裡，只有一個理由——擋住門，不讓這位歌手免脫。他們在喘氣沉默中扭打，史考提乾枯的臉蛋如此貼近艾列克斯，他都能聞到他的口氣，像啤酒，或者啤酒的餘味。然後他修正：是鹿伯利口酒的味道。

班尼從背後抓住史考提，但是抓不牢——因為史考提扭轉身，朝艾列克斯的胸口就來個頭錘。艾列克斯痛到彎腰。他聽見班尼對史考提喃喃細語，好像在安慰一匹馬。

當艾列克斯能再度呼吸，就跟老闆商量：「班尼，既然他不想——」

史考提朝艾列克斯揮拳，他連忙閃躲，史考提的拳頭劃破紗門。空氣裡有一股血腥味。

艾列克斯繼續說：「班尼，這有點——」

史考提掙脫班尼，膝蓋撞向艾列克斯的睪丸，讓他痛苦地頹倒在地，捲成胚胎姿態。史考提一腳踢開他，推開紗門。

「哈囉，」外面傳來清亮的聲音，有點熟悉。「我是露露。」

儘管處於劇痛狀態，艾列克斯還是轉過頭，瞧瞧拖車外發生什麼事。史考提仍站在車門口，朝下看。斜斜的冬陽照亮露露的頭髮，像一圈光輪罩著她的臉蛋。她擋住史考提的通路，一手各握住紗門的一邊。史考提輕易就可以撞翻她，但是他沒有。他低頭瞧瞧這個擋住路的可愛女孩，就那麼一秒，他整個迷失了。

露露說：「我可以陪你走上台嗎？」

班尼連滾帶爬起身去拿吉他，橫過艾列克斯斜躺的身體，交給了史考提。史考提收過吉他，靠在胸口，顫抖地吐了一口長氣。他回答：「除非妳肯讓我挽著妳，親愛的，」艾列克斯似乎看到史考提的幽靈在殘渣中對他眨眼——性感又放蕩。

露露與史考提手挽手，筆直朝群眾走去：一個古怪腐朽的老頭挽著模樣奇怪的長樂器，以及一個足以當他女兒的年輕女孩。班尼拉艾列克斯起身，跟在他們後面，艾列克斯雙腿軟綿綿，直發抖。人海像波浪同時閃開，讓出通往舞台的通道，台上只有一把凳子跟十二支已經調好位置的大麥克風。

「露露，」艾列克斯對班尼搖搖頭說。

班尼回答：「她將主宰全世界。」

史考提爬上台，坐在凳子上。他沒瞧觀眾一眼，也沒有自我介紹，就開始彈唱〈我是一隻小羔羊〉，乍聽之下，充滿童趣，卻掩蓋不住奔湧的金屬錚鳴，以及細膩如金銀細工的滑音吉他演奏。接著他彈唱〈山羊喜歡燕麥〉、〈一棵跟我很像的小樹〉。擴音效果很好，非常強，足以遮蓋直升機的隆隆噪音，把音樂傳送到最遠處、散落於大樓間的觀眾。艾列克斯畏縮地聆聽，預料他祕密召集的成千上萬觀眾，善意已經被漫長等待磨光，隨時會發出排斥的怒吼。但是並沒有。那些指尖族早已熟悉這些歌曲，鼓掌歡叫，以示認同，大人則深深著迷於歌詞的一語雙關，以及很容易就明白的隱含意義。這很有可能跟第一屆胡士托音樂節、蒙特婁國際流行音樂祭、**Human Be-In**音樂會一樣⑧，一群人處於特定的歷史時刻，共同創造一個目標，爲自己的參與賦予某種意義。也可能是綿延兩個世代的戰爭與監控，讓人們渴望把自身的不安化現成一個手握滑音吉他、孤獨、不定的男人。不管原因如何，聽眾的讚美認可就像陣雨般清晰可見，從群眾的中心擴散滾動到邊緣，潑濺到建築上、水牆上，然後以加倍的力量彈回到史考提身上，讓他從椅子上站起來（工作人員連忙衝上台調麥克風位置），炸開了那個幾分鐘前看起來還很畏縮的史考提軀殼，釋放出某個勁道十足、充滿魅力、尖銳無比的東西。那天在場的每一個人都會告訴你，真正的演唱會是史考提從椅子上站起來的那一刻才開始。他開始演唱這幾十年來他窩在地下寫作的歌曲，這些歌曲從來沒有人聽過，你也找不到任何類似這樣的歌曲：〈腦袋上的眼睛〉、〈基本元素〉、〈誰監視你最嚴〉——這些有關偏執與疏離的歌曲全部撕扯自這男人的心窩，你只要瞧瞧他，就知道他沒有自己的網頁，網路個人資料，沒有手機，這男人不在任何人的資料庫裡，這男人數十年來活在網路的空隙裡，被世人遺忘，充滿怒氣，而人們視他的怒火爲純淨，未受汙染。不過，現在很難說誰參加了史考提的第一場演唱會——宣稱親眼目睹的人數遠超過那個場地的容量，雖然說那場子十分遼闊，而且人山人海。現在史考提已經成爲神話，每個人都想擁有他。或許應該如此。神話爲眾人所共有，不是嗎？

艾列克斯站在班尼身旁，看他一邊注視史考提，一邊瘋狂打手機。艾列克斯覺得周遭一切似乎早就發生過，他現在只是在回顧。他希望此刻能在蘿貝嘉與卡拉安的身邊，這股渴望初時淡淡，慢慢變成尖銳，近乎刺痛。他可以用手機尋找蘿貝嘉的位置，不過找到那個區域，還得用手機的拉近功能來過濾群眾，才能看到她，得花上幾分鐘。過程裡，他用手機左右掃描那些出神，甚至淚痕斑斑的成年觀眾臉孔，幼童們牙齒稀疏的狂喜笑容，以及像露露那樣的年輕人。露露此刻正跟一個雕像般漂亮的黑人男子手牽手，他們瞪著史考提，臉上的狂喜表情代表他們這個世代終於找到了值得尊敬的對象。

他終於找到蘿貝嘉，抱著卡拉安，滿面笑容。她正在跳舞。但是他們隔得太遠，那距離有如無法彌補的鴻溝，會讓他永遠無法再觸摸蘿貝嘉細緻如絲緞的眼皮，或者隔著卡拉安的肋骨，感受她砰砰的心跳。少了手機的拉近功能，他甚至瞧不見她們。無計可施，他傳簡訊給蘿貝嘉：偶的美妻子，請ㄉㄥ（等）我。然後把鏡頭對準蘿貝嘉的臉，看見她感覺手機在震動，停下舞步，撈出手機爲止。

「如果你是全世界運氣最好的人，」班尼說：「這輩子就有可能碰上一次這種場面。」

「你應該看多了吧，」艾列克斯說。

「沒，」班尼說：「沒有，艾列克斯，沒有——這就是我要說的重點！差得遠呢！」班尼正處於延長的狂喜狀態，衣領鬆開，雙手揮舞。慶功宴早舉行了；大喝香檳（史考提喝鹿伯利口酒），到唐人街吃水餃，過濾與推掉數千通媒體電話，他們的女兒被開心到爆炸的媽媽們推上計程車，回家了（蘿貝嘉不斷問：「你聽了他唱歌嗎？你聽過有誰比得上他嗎？」然後在艾列克斯耳邊低語：「再去跟班尼開口要份工作！」）今晚的閉幕曲是露露介紹她的未婚夫喬伊，從肯亞來的，正在哥倫比亞大學攻讀機器人學博士。子夜已過，班尼與艾列克斯在下東城區閒逛，因爲班尼想走路。艾列克斯卻處於奇怪的沮喪狀態，還得壓抑自己，不被班尼看出他的沮喪。

「你超棒的，艾列克斯，」班尼揉揉艾列克斯的頭髮說：「你是天生好手，說眞的。」

艾列克斯差點衝口問哪種天生好手？但是他忍住了。停頓了一會兒，他問的居然是：「你是否曾有過一個員工……叫莎夏？」

班尼停住腳步。這名字似乎飄浮在他們之間的空氣裡，白熱發光。莎夏。「是，有的，」班尼說：「她是我的助理。你認識她？」

「很久以前，我見過她一次。」

「她就住在這附近，」班尼繼續往前走，說：「莎夏。我好久好久沒想到這個名字了。」

「她是什麼樣的人？」

「棒極了，」班尼說：「我簡直迷死她。結果她居然手腳不乾淨，」他瞄了艾列克斯一眼說：「偷東西。」

「你在開玩笑！」

班尼搖搖頭：「我猜想她那是一種病。」

艾列克斯的腦海開始串連點滴，卻無法完成整幅圖像。他那時就知道莎夏是個小偷嗎？那天晚上發現的？「所以嗎……你開除了她？」

「沒辦法，」班尼說：「她跟了我十二年耶。簡直就是我的半顆腦袋。應該說四分之三。」

「你知道她現在去那兒了？」

「不知道。如果還在這個圈子，我應該會知道。不過，也可能不知道，」他笑了：「我自己都算不上圈內人了。」

他們沉默走了幾分鐘。下東城區的街頭有種月夜寂靜。班尼似乎陷入莎夏勾起的回憶裡。他特意轉入佛賽夫街，走了幾步，又停下。「喏，那兒，」他瞪著一棟老舊的出租樓房，磨損的樹脂玻璃大門後面，隱約可見螢光點亮的大廳。「莎夏就住在這裡。」

艾列克斯抬頭看這棟在薰衣草色天空下顯得汙黑的建築，熟悉感猛然湧上，似曾相識的震顫，好像他重返一個已經不存在的地方。

「你記得哪一間？」他問。

「好像是四樓，」班尼說。一會兒後，他說：「想不想看看她在不在家？」

他滿面笑容，顯得年輕；艾列克斯覺得他跟班尼・薩拉查就像一對共犯，潛行於年輕女孩的公寓外。

「她姓泰勒嗎？」艾列克斯看著對講機上的手寫名牌問。他也滿臉笑容。

「不，可能是室友。」

「我來按，」艾列克斯說。

他靠近對講機，體內的每一粒電子都渴望衝向公寓裡面光線昏暗的盤旋式階梯，現在他記得了，清晰一如他是今早才離開莎夏的公寓。他在腦海中步步前行，看見自己進入一間小而隱密的公寓——裡面是紫色與綠色——室內濕潤，飄浮著蒸騰熱氣與芳香蠟燭的味道。暖氣的嘶嘶聲。窗台上的小物件。廚房裡的浴缸——沒錯，她有那種浴缸！他這輩子只見過這麼一個。

班尼靠近艾列克斯，一起等候，兩顆心因同樣的不安興奮而懸著。艾列克斯發現自己屏住呼吸。莎夏會按對講機讓他們進去嗎？艾列克斯還認得出她的模樣嗎？她認得他嗎？這瞬間，他對莎夏的渴欲終於化現成形——他想像自己走進公寓，會看到年輕時代的自己仍在那兒，一腦子計畫與崇高道德標準，人生尚未有任何定論。這個狂想讓他整個人傾斜沉浸於希望中。他再度按鈴，一秒秒過去，失望的感覺漸漸掏乾他。整齣啞劇就這麼崩頹流散。

「她不住這兒了，」班尼說：「我打賭啊，她鐵定搬得遠遠的。」然後他仰首看天，終於說：「我希望她找到美滿人生。那是她應得的。」

他們繼續走。艾列克斯覺得喉嚨與眼睛發痛。「我不知道我怎麼了，」他搖搖頭說：「眞的不知道。」

這個滿頭白髮亂飛、雙眼深思的中年人看著他，說：「你只是長大了，跟我們所有人一樣。」

艾列克斯閉上眼，聆聽：一個店家拉上前門。一頭狗粗聲狂吠。橋下卡車轟鳴而過。在他的耳裡，這是絲絨般的夜。還有那個低鳴，永遠存在的低鳴，現在看來應該不是迴聲，而是時光流逝的聲音。

藍色ㄉ（的）夜。

看ㄅ（不）見的☆☆

永不消失的ㄉㄧ（低）鳴。

人行道上傳來規律的鞋跟橐橐聲。艾列克斯猛地張開眼睛，他跟班尼同時轉身——應該說急轉，在暗黑的夜色裡瞪眼等待莎夏現身。但那只是另一個女孩，年輕，紐約新人，正在翻找她的鑰匙。

---

① 此處原文爲pointer，意指新一代小孩都用指尖觸控螢幕。

② 九吋釘（Nine Inch Nails）是美國工業搖滾團，眞正的靈魂人物只有一個，就是團長Trent Raznor，他每張唱片

都會號召不同樂手參與，被視爲工業搖滾廣受大眾矚目的大功臣。

③此處原文用Biggie，即惡名昭彰大人物（Notorious B.I.G.，又稱Biggie Small），他是美國東岸嘻哈最有名的饒舌歌手，一九九七年被人槍殺。

④快速球（speedball），毒品黑話，指海洛因與古柯鹼的混和製品。

⑤強力行銷的英文爲strong marketing action，縮寫正好是SMA。此處是艾列克斯針對露露前面使用EA的嘲諷。

⑥此處原文用footprint，是建築用語，指一個東西或者一棟建築所佔據的形狀（shape）與體積（size)。世貿重建，但舊有的遺址上蓋了兩座水池，以紀念。footprints就是指那一大塊空地。這是很冷僻的用法。

⑦搖滾山歌（rockabilly）融合鄉村歌曲、西部歌曲，以及早期的節奏與藍調（R&B），是初期搖滾（Rock and Roll）的最早型態之一，多數樂手是來自深南方的白人，只使用簡單的樂器，包括電吉他以及直立式大提琴，後者多半是以抓弦方式表現，有時用以取代鼓。

⑧Human Be-In是一九六七年一月十四日在舊金山金門公園舉辦的音樂會，播散六〇年代的反文化精神，宣揚個人的賦權（或稱陪力，empowerment）、文化與政治的去核心化、公社生活、關心環境、在藥物的協助下拓展個人的感官意識，被視爲「愛之夏」（Summer of Love）的前身。

作者感謝語

我萬分感謝Jordan Pavlin、Deborah Treisman、Amanda Urban給我靈感、動力，以及絕佳的指導。

感謝Adrienne Brodeur、John Freeman、Colin Harrison、David Herskovits、Manu Herskovits、Raoul Herskovits、Barbara Jones、Graham Kimpton、Don Lee、Helen Schulman、Ilena Silverman、Rob Spillman、Kay Kimpton Walker、Monica Alder Werner、Thomas Yagoda在編輯方面提供他們的卓見與支持，總是在最正確的時機提供最正確的點子。

感謝Lydia Buechler、Leslie Levine、Marci Lewis在完成本書過程裡的耐性與專注。

感謝Alex Busansky、Alexandra Egan、Ken Goldberg、Jacob Slichter（特別是他的作品《*So You Wanna be a Rock & Roll Star*》）、Chuck Zwicky針對我不熟悉、所知甚少的領域，提供專業協助。

感謝Erika Belsey、David Herskovits（再次感謝，永遠都要感謝）、Alice Naude、Jamie Wolf、Alexi Worth多年來幫忙細讀我的作品。

最後，感謝以下同輩：Ruth Danon、Lisa Fugard、Melissa Maxwell、David Rosenstock、Elizabeth Tippens，他們的卓絕才氣與慷慨大度，我仰賴至深，他們比任何人都明白，沒有他們，就沒有《時間裡的癡人》一書。

〈推薦文〉

時間暴徒的敲門聲

吳明益（國立東華大學華文系副教授）

我是聽卡帶長大的一代。黑膠唱片和卡帶的特色之一就是，聽完一面得翻轉另一面。在「翻面」的過程中，音樂與音樂間的空白出現了，這個空白甚且不是音樂本身的空白，而是音樂跟聆聽者生活空間所交織出的「新的空白、新的停頓」。

到柏林前我已讀完《時間裡的癡人》（*A Visit From the Goon Squad*），又在第一周調整時差的睡前時間，片段片段地再讀一遍，並試著在電腦上把所有的人物關係畫成簡圖。這部小說，或許可以簡單地說是一個稱爲「燃燒的假陽具」的年輕樂團，和一個「骨頭輕如羽毛，碎了就難以癒合」的紅髮女孩莎夏爲核心，發展出的情感故事。時間則從一九七〇年直到二〇二〇年左右，從「後嬉皮」時代，到我們前頭的未來，裡頭至少包含了三代人情感的青春歲月，以及成年後人生的微妙改變。

這樣一部小說由庸手來寫，那就只能是庸俗的套路而已，可是在臺灣或許不具任何知名度的傑出小說家珍妮佛·伊根（Jennifer Egan）筆下，就變成一新我們小說閱讀經驗的作品。

在這十三章的小說裡面，再分爲A、B兩面。作者用了第一人稱、第二人稱、第三人稱全知觀點等敘事角度，有時心靈獨白、有時是報導體，第十二章甚至是以簡報（PowerPoint）的方式來呈現，第十三章則採用簡訊來推動故事……。最讓人訝異的是，以這麼多樣的手法來結構這部篇幅不算長的小說，卻不會讓讀者有炫奇或違和之感，反而在每個故事裡，讀者都能感受到一股無形卻摧折人心的力道。

我常想，一部能雅俗共讀的小說，難處在於一般讀者不會花太多時間去思考小說本體故事外的線索和枝節。由於一開始就以短篇小說的形式發表，《時間裡的癡人》非常適合每章拆解閱讀，適合只願意給故事一小時時間的讀者。而其中埋藏線索之繁複，光是把第十二章提到的那些「出現很棒空白停頓的搖滾歌曲」找出來聽並且思考，就已經接近寫一篇搖滾樂論文的工程。而第九章那種註腳長於本文，拗口長句的文風，也讓評論者想起美國小說家大衛．華萊士（David Foster Wallace）。這都意味著，這部作品對重度的小說迷應該也有非凡的吸引力。

雖然珍妮佛．伊根的意圖可能超過讀者如我的想像，但最令我珍重的還是這部對「時光」致意的作品裡，彷彿逼視陽光以致目盲的文字光華。「他們緊緊相擁，模樣憔悴卻性感，你知道的，年輕人有段時間就是這模樣，直到他們只剩憔悴為止。」「人們會想改變你，但別讓他們得逞。」讀著這樣的字句，不禁感歎，時間確如惡棍、暴徒（英文書名直譯就應該是《暴徒臨門》），它總有一天會來到你的眼前，那敲門的節奏既平靜又讓你心驚。

我由衷希望讀者不要因為一時無法將繁複的人名、音樂與被打散的時空背景聯繫起來，而放棄閱讀，因為我深知最後一片碎玻璃拼上後，在你手上的小說將成一瓶醇酒。正如以往我們在翻轉黑膠唱片或卡帶時，總是有一段音樂消失的空白時光，你可能在喝完一杯咖啡、接完一通電話、或者做完愛之後才想起還沒翻面的唱片。我想，這就是讀這部小說的最佳節奏了。你總得有一段停頓的空白，才能突如其來地領悟那些已然流逝的音樂對你而言的深層意義。小說裡提到史帝夫．米勒（Steve Miller）樂團那首〈如鷹飛翔〉（Fly Like an Eagle）中，有一段接近無聲的段落，隱藏著一種祕密的咻呼聲，那可能是風，也可能是時光匆匆流逝的聲音。每個人聽到的或有不同，但只有你知道那空白裡，隱藏著與某物、某人、某事重逢的可能性與期待。

我也認為，你手上的這部書是我讀過描述「重逢」最好的小說之一。年紀漸長後，我發現人生裡如果排出最令人心震、心醉且心碎的十個詞彙，「重逢」很可能是其中之一。人生有各種形式的重逢，與物、與情人、與親人，無論兩段記憶間的空白有多久，「重逢」總是或顯或隱地打散人生的韻腳。「重逢」總是搭配著「祕密的咻呼風聲」，那風聲正是時間暴徒的敲門聲。

我想起我們那個時代完美專輯的典型，A面與B面不是獨立分開，一首歌與一首歌之間仍有故事，每首歌風格不同卻同時指向心靈深處。做爲一個小說作者，我嫉妒珍妮佛·伊根辦到了，也感激她辦到了。她讓我們曉得，在世界的某個角落，有個人眞能如斯這般演奏小說這種樂器，並且演奏出不可捉摸的人生如鷹飛翔，咻呼而逝的時光樂曲。

〈推薦文〉

歲月殘響

馬世芳（廣播人、作家）

《時間裡的癡人》原題《*A Visit from the Goon Squad*》。Goon Squad典出十九世紀美國工運蜂起年代，敵對陣營雇用破壞對方行動的流氓打手，後來Goon便引申爲「惡棍」代名詞。至於書名來由，第七章便有線索——過氣搖滾樂手波斯可說的：「歲月是個惡棍，對吧？」

這部小說用了三百多頁篇幅描述的，或許就是這麼一句話——書中每個角色面對「時間」這個「惡棍」的侵凌、威逼，幾經顛簸曲折，最終幾乎都走到了當初無從想像的所在：有人年紀輕輕便死去、那永遠靜止的青春形象成爲後死者終身的負疚。有人懷著半生鋪張放浪的記憶狼狽老死病床，有人自毀未遂乃轉而擁抱平淡生活，有人破罐破摔卻柳暗花明開展第二人生。整部書橫亙半個世紀的歲月，牽扯三代人的悲歡流離，從嬉皮當道的六〇年代到二〇二一連嬰兒也人手一支手機的近未來，場景從紐約到舊金山到遙遠的肯亞和拿波里。串接這許多故事的背景，是轟轟然的搖滾——是的，搖滾。它令書中人一度生死相許而後死心幻滅，把你捧紅捧高然後重重摔下，讓你目睹九重天堂與阿鼻地獄，在你心灰意冷槁木死灰之際又讓你重獲新生。

很難說《時間裡的癡人》不是一部小說家「炫技」之作：十三個章節各有主角，敘事人稱不斷跳躍，故事不按時序排列，整本書也沒有絕對的「主角」和「配角」，往往這一章的主角，之後又變成另一章的配角。作者還大玩「文體實驗」：有一章是一篇新聞特稿，有一章插入了大量的手機簡訊，還有一章是七十幾頁的PowerPoint簡報檔！此外，整本書分成A、B兩部曲，就像一張唱片，聽完A面必須換口氣翻到B面……。

這些「炫技」並未讓《時間裡的癡人》淪爲「奇技淫巧」的寫作實驗場——儘管網上已經有不少讀者自己

製作了人物關係圖表、按時序重新排列情節，以利查索（例如這個網站 goonsquadtimelines.weebly.com）。但老實說，這部書的「非線性」敘事，倒不至於造成閱讀的障礙。正相反——這樣的敘事手段，讓我們像在看一齣時而倒敘、時而跳接的電影，一段段故事各有獨特的色溫、光影、節奏和聲效。一路看下來，那些散落在不同時代、不同人物身上的故事，彼此包覆、互相註解，共同融爲一則大故事。

作者珍妮佛．伊根說：之所以採取這種形式，正是受到六、七〇年代那些經典搖滾「概念專輯」（concept album）的影響，比方英國樂團 The Who 的《Tommy》（1969）和《Quadrophenia》（1973）——六、七〇年代之交，勇於創新的搖滾樂手拓展了「專輯」的定義，讓它不再僅只是一堆單曲的結合，他們以整張專輯的篇幅創作野心龐大、貫串全輯的概念，每首歌獨立聆聽各有各的姿態，但擺在一塊兒，它們又曲曲相扣、彼此呼應。

伊根說那些「概念專輯」：「每一個片段聽起來都不一樣，而有趣的地方就在這些聽上去各自不同的片段，它們相互撞擊、融合成整個故事。我追求的就是那樣的效果。」

於是仔細一看《時間裡的癡人》的結構，正如一張唱片，從A面到B面（「A to B」是第七章的標題，也是書中過氣搖滾樂手波斯可的專輯），每一章都是一首歌，每首歌都能獨立聆聽，但又在整體結構中佔據了不可替代的位置——比方倒數第二章，那則形式特殊的 PowerPoint 簡報，便像一張唱片在最終大高潮之前的一個「停頓」，一次屏氣凝神的懸念。那一章的標題，正是「出現很棒停頓的搖滾歌曲」。

觸發整部《時間裡的癡人》的遠因，是法國小說家普魯斯特（Marcel Proust, 1871-1922）。伊根說：她二十多歲時草草讀過幾篇普魯斯特，但很快失去耐心。直到年近四十，她纔花了五年時間通讀了普魯斯特的小說，尤其深遠的觸動來自《追憶逝水年華》：讀罷那數千頁的鉅著，伊根自問：在現代世界，我們能不能用更經濟的手法，描寫我們身處這個時代的流逝歲月？普魯斯特的書裡充溢著那個時代的音樂，伊根遂決定以搖滾串起自己這本書——畢竟，還有什麼比搖滾更適合裝載那一代代浪擲、錯置的青春歲月？還有什麼比搖滾更能體現那人世間最最不堪的惡濁與狼狽、乃至那幾代人靈魂提煉出來的奇麗絕美的精魄？

伊根說，她寫這部小說，開筆之初並沒有整體布局的構想。事實上，書裡有四章原是她先前發表在不同媒體、各自不相干的短篇故事。但她繼續寫下去，深入那些角色的生命史，並且把原本不相干的故事串在了一起。就這樣，整個「大故事」的輪廓漸漸浮現，她決定採用「多聲道、非線性敘事」的手法寫這本書，並且給自己訂下三大原則：

一、每一章都要以不同的主角作爲敘事者。

二、每一章都要採用不同的敘事技巧（人稱或文體的變換）。

三、每一章都要能作爲獨立的短篇。

同時滿足這三項條件，並不容易。然而通讀全書，的確應驗了那句老話：The whole is greater than the sum of its parts——它總體的力量，遠遠大於部分之和。

第十二章是這麼說的：「停頓讓你以爲歌曲結束，其實歌曲並未眞的結束，因此你鬆了一口氣。但是，顯然，所有歌曲都會結束……。」讀完《時間裡的癡人》，闔上書，那些角色仍會繼續跟著你，那些情節仍會時時回來刺著你，那些對話會繼續在你腦中迴盪。一如唱片放完，唱針在空軌往復繞行，空氣中仍將久久飄浮著若有似無的殘響。

〈推薦文〉

月光的採集者

張惠菁（作家）

太陽不在的時候，月亮的光終於被看見。黑暗是光的要件，創造了背景，於是瞳孔就可以分辨更柔和更涼冷的光階。別忘了魔鬼總是藏在細節裡。一小級光階的變化，或許就窩藏著一整個人生的悲劇。或喜劇。

不是人人都能當太陽。也沒有人能永遠只活在熾白熱烈的陽光下。儘管我們總用熱血來形容青春，理想，某種單純天真，但永遠無法取代的內在能量。我們也很清楚，熱血也是會變涼的。熱血變冷的狀況，我們都看過很多。除非你十三歲，否則我相信你也經歷過。

《時間裡的癡人》是一本很好看的小說，角色一個一個現身，都是和流行／搖滾音樂圈沾邊的人物。從紅牌唱片製作人，到對音樂中的空白暫停敏感的自閉少年。從玩過團但沒闖出局面的吉他手，到置身流行中樞卻有偷竊癖的美女助理。音樂是很個人的聽覺體驗，但發生的場所背景卻有一整個流行工業的噪音——置之不理或許可行，但有時在無臉的大眾中，最難找到的是自己的臉。

如果極致的成功是太陽，大多時候小說角色們沉寂在晦暗的月光裡，渴慕或拒絕著名利，疑惑自己在人生的哪一點錯過了上升成太陽的機會。如果完美的愛情是太陽，小說角色們在時間中幾乎擁有過，卻花上更多的時間在日落，去思念去想像，那些甚至沒機會確認的愛。

愛與記憶分離不開。用記憶愛，也用記憶失去愛。有多少「擁有」，就有多少「不擁有」的時候。

這不必然是個悲觀的陳述。悲觀樂觀由你決定。對《時間裡的癡人》小說裡的角色們而言，由敘述的時間而定。

好比說，學生時代一起組團的好朋友，班尼和史考提，一個成了知名音樂製作人，兩眼盯著潮流走向；一個沉寂多年，過著不上網不臉書不微博的日子。在班尼是太陽的時候，沒人看得見史考提的光。這兩個老友，一亮，一暗。多年後的某一天卻交換位置——史考提的光通過時間坐實了它的存在，黯淡，而確切。

然而每在光亮突圍之前，周遭是最深的黑暗。失敗是習慣，上台的前一刻史考提幾乎要向習慣屈服了，差點要從他一生一次的發亮機會前逃跑。他逃跑的路徑正落在班尼的盤算中，他狠狠擋住史考提說：「時間是個惡棍。你要讓這惡棍整倒你嗎？」班尼是在對老友，也是對自己喊話。身為時間的過來人，他比誰都清楚臨陣脫逃的衝動有多大；也比誰都清楚，屈服於那衝動將付出更大的代價。

我喜歡這段結局。小說中或許是個浮華的世界，但人卻不是自私的動物。有過名利、當過太陽的班尼，拿他在時間的惡棍手下繳了好多學費才得到的教訓，人性與遊戲規則之種種，一點不留全部貢獻給老友，幫抬他成為新的一輪太陽。

把這個結局叩回前面幾章，史考提和班尼重逢後出現的意象：一顆閃亮的心，朝向四面八方放射光芒。史考提解釋這不是夢，因為沒有情節，沒有事情發生，腦中的畫面只有懸掛在空中發亮的一顆心。他說的沒錯。夢想的構成成分不是只有心，要有方向，有動力。心不是夢。心只是心。

這兩人的生命，各自分開來看，悲劇都夠多了。他們分開經歷了時間，各有不為人知的痛苦折騰，在光亮處寂寥在幽暗處蟄伏，才終於來到了這一天。有心而沒有行動力的史考提，與行動很多但失去了心的班尼，重逢了。這次，他們各自的悲劇，有機會一起得到喜劇的結局。

時間是歧義的。不一定是悲劇，不一定悲觀。就算你失去生命中的光源而痛不欲生，卻有可能轉手成就另一個原來沒想過的星光。

小說中最戲劇性的角色應該是莎夏。她有最多祕密，一路從社會底層到流行頂端，最黑暗到最光亮都經歷過。這些她的女兒愛麗森全不知道。有一天愛麗森寫下：「我突然明白，我存在的作用就是讓人不舒服，而且我一輩子都會如此。老媽，莎夏，就是我的第一個受害者。」

好吧，早日認清這點是好的，省下很多「討好別人─失敗─怨恨別人難搞」的時間。好吧，溫柔而謙卑地讓別人在他們的不舒服裡自由待一會兒，也是世界和平的一種狀態。女兒片面而不完整地理解著母親，在暗影裡試圖拼湊她人生的全貌。但她永遠不會知道全貌。

因爲母親的位置，會形成溫柔的屏蔽。在女兒眼裡，莎夏實際、平凡、大驚小怪。身爲女兒她永遠認不得年輕時的母親。莎夏的人生或許不完美，母性卻是完整的。所有母性都是完整的。當下一代出現時，我們便眞正地長大。

史考提之於班尼的意義，也是下一代。

這算是題外話了：莎夏與羅勃的相遇，讓我想起歌手派蒂・史密斯（Patti Smith）和攝影師羅勃・梅普爾索普（Robert Mapplethorpe）的傳記故事。有一點情節上的巧合：同樣是女孩請男孩假扮她的男友而相識，同樣是男孩經歷著同性戀的掙扎，同樣在紐約。

或許一代代的故事，眞的沒那麼多不同。時間往復，循環，帶來相近的情感，掙扎的歷程。就像在大海的岸邊，潮浪會一道接著一道打上沙灘。

每道波浪都是相像的。每道波浪也都是不同的。

推薦語

正如曾經有人預言，我會因為閱讀某些文字，而同時擁有月亮和太陽。這些文字，就藏在這本書裡。

——歌手陳綺貞

大師名作坊126

時間裡的癡人

作　者—珍妮佛・伊根
譯　者—何穎怡
總 編 輯—嘉世強
編　輯—黃嬿羽
美術設計—蔡南昇
責任企劃—呂小弁、林貞嫻
校　對—何穎怡、黃沛潔

董 事 長—趙政岷
出 版 者—時報文化出版企業股份有限公司
108019台北市和平西路三段二四〇號三樓
發行專線—（〇二）二三〇六—六八四二
讀者服務專線—〇八〇〇—二三一—七〇五
（〇二）二三〇四—七一〇三
讀者服務傳真—（〇二）二三〇四—六八五八
郵撥—一九三四四七二四時報文化出版公司
信箱—一〇八九九台北華江橋郵局第九九信箱

時報悅讀網—http://www.readingtimes.com.tw
電子郵件信箱—liter@readingtimes.com.tw
法律顧問—理律法律事務所　陳長文律師、李念祖律師
印　刷—勁達印刷有限公司
初版一刷—二〇一二年六月二十九日
初版十刷—二〇二四年七月二十九日
定　價—新台幣三五〇元
（缺頁或破損的書，請寄回更換）

時報文化出版公司成立於一九七五年，
並於一九九九年股票上櫃公開發行，於二〇〇八年脫離中時集團非屬旺中，
以「尊重智慧與創意的文化事業」為信念。

時間裡的癡人 / 珍妮佛・伊根（Jennifer Egan）著；何穎怡譯. -- 初版. -- 臺北市：時報文化, 2012.06
面；　公分. --（大師名作坊；126）
譯自：A Visit from the Goon Squad
ISBN 978-957-13-5593-1（平裝）

874.57　　101010499

ISBN 978- 957-13-5593-1
Printed in Taiwan

時間裡的癡人

A VISIT FROM THE GOON SQUAD

珍妮佛・伊根／著　何穎怡／譯

獻給 Peter M